DAS GENESIS BACKUP 2

DALE HARWIN

Arnold Ahrweiler

c/o SP-Day.de Impressum-Service

Dr. Lutz Kreutzer

Putzbrunner Straße 9c

81737 München

publishing@ahrcorp.com

Lektorat: Obst & Ohlerich, Berlin 2020

Coverdesign: semnitz, 2020 (semnitz@gmail.com)

PROLOG

CYBERSIM LABS, PHOENIX, ARIZONA – DAS JAHR 2047

Eine Abfolge schwerer Detonationen brachte den Boden zum Beben und ließ feinen Staub von der Decke rieseln. Einige der in die Wände integrierten Leuchtelemente flackerten und erloschen. Anschließend kehrte Stille ein. Wachsam beobachtete William Ell den verlassenen Flur, bis er schnelle Schritte hörte. Vorsichtshalber griff er nach dem automatischen Sturmgewehr, das neben ihm an der Wand lehnte. Schwer und ungewohnt lag es in seinen Händen. Nicht zum ersten Mal beschäftigte ihn die Frage, ob er es tatsächlich über sich bringen würde, die Waffe zu benutzen, jedoch blieb es ihm für den Moment erspart, eine Antwort darauf zu finden. Es waren nur der Major und zwei seiner Leute.

»Haben es alle zurückgeschafft?«

Der Major nickte. »Gerade noch. Wir standen unter heftigem Beschuss und mussten hinter ihnen den letzten Zugang versiegeln. So schnell kommt hier niemand mehr rein.«

»Und wir nicht raus.«

Der Major zuckte mit den Schultern. »Wo sollten wir auch hin? Allerdings gibt es eine schlechte Nachricht. Dr. Pearce wurde verletzt und auf die Krankenstation gebracht.«

Ell erbleichte. »Warum haben Sie das nicht gleich gesagt?«

Achtlos ließ er die Waffe fallen und hastete in Richtung Krankenstation. Durch die Sprengungen hing ein metallisch riechender Nebel in der Luft. Die wenigen Menschen, die ihm begegneten, hielten sich Taschentücher oder einen Ärmel vor Mund und Nase. Ell registrierte nichts davon. Wie hatte es so weit kommen können? Statt des erhofften Aufbruchs in eine Zukunft voller Verheißungen taumelte die Welt in einen Abgrund von Tod und Zerstörung. Drei Jahre dauerte der Krieg nun schon. Es fühlte sich an wie dreißig. Wir wollten fliegen, dachte Ell bitter. Und wir konnten fliegen. Doch wir wollten höher fliegen, und als wüssten wir es nicht besser, sind wir der Sonne zu nahe gekommen. Jetzt bezahlen wir den Preis. Wir fallen – und nichts wird diesen Fall aufhalten.

Es gab noch weitere Verletzte und auf der Krankenstation herrschte hektische Betriebsamkeit. Unruhig ließ Ell den Blick schweifen, bis er auf einer der Liegen Allisons reglose Gestalt entdeckte. Ihr dreckverschmiertes Gesicht wies zahlreiche Kratzer und Schnitte auf. Erst beim Nähertreten erkannte er die großflächige, selbst durch den frischen Kompressionsverband stark blutende Brustwunde. Genau so etwas hatte er befürchtet und deshalb alles versucht, um ihr die Teilnahme an dieser letzten

Mission auszureden. Doch das war ein hoffnungsloses Unterfangen gewesen.

»Professor, gut, dass Sie da sind«, empfing ihn die leitende Stationsärztin.

»Dr. Walker, was ist passiert? Wie geht es ihr?«

»Bei der Explosion hat sich ein herumfliegendes Trümmerteil in ihre Brust gebohrt. Wenn ich es heraushole, wird sie noch mehr Blut verlieren und diese Station verfügt nicht über die Ausstattung, um die Blutung zu stoppen. Sie müsste dringend in ein richtiges Krankenhaus verlegt und operiert werden.«

»Das ist unmöglich, wir sitzen hier fest. Und selbst wenn es irgendwo noch ein Krankenhaus gäbe, würden wir es niemals bis dorthin schaffen. Können Sie denn gar nichts tun?«

Walker schüttelte düster den Kopf.

Ell mühte sich, die Fassung zu bewahren, und trat einen Schritt näher an die Liege heran. »Ally?«

Mit sichtbarer Anstrengung öffnete Allison die Augen. »Professor ...« Ihre Stimme brach.

Ell ergriff ihre Hand. »Ganz ruhig. Du musst deine Kräfte schonen. Dr. Walker wird dich wieder zusammenflicken.«

Der Schatten eines Lächelns huschte über Allisons Gesicht. »Danke für den Versuch, aber wir wissen beide, dass es dafür zu spät ist.«

»Unsinn. Du darfst nicht aufgeben.«

»Das liegt nicht mehr bei mir.«

»Aber ...«

»Professor«, flüsterte sie, »ich ... ich habe die Informationen. Den Standort, das Zeitfenster, sämtliche Spezifikationen. Die ganzen Details.«

»Das ist jetzt nicht mehr wichtig.«

»Es ist alles, was zählt. Wir müssen diesen Vorteil nutzen.« Allisons Stimme wurde immer leiser. »Sie wissen, was zu tun ist. Es ist die einzige Möglichkeit. Bitte lassen Sie es nicht umsonst gewesen sein.«

»Wir haben doch gar keine Ahnung, ob es überhaupt funktioniert!«

»Bitte.« Ihre Stimme war kaum noch zu vernehmen. »Wenn es nicht gelingt, ist der gesamte Plan ohnehin zum Scheitern verurteilt.« Allisons Augenlider zitterten und schlossen sich.

»Ihr Puls wird unregelmäßig und schwächer«, intervenierte Walker. »Sie muss aufhören zu sprechen.«

Ell rang mit sich. Dann fasste er einen Entschluss. »Tun Sie alles, um sie so lange wie möglich am Leben zu halten. Und bringen Sie sie sofort in den Interfaceraum.«

»In den Interfaceraum?« Während Walker Ell noch verblüfft musterte, setzte unvermittelt ein aus allen Richtungen gleichzeitig kommendes, dumpfes Dröhnen ein. Die Medizinschränke an den Wänden fingen an zu vibrieren. Vereinzelt fielen Gegenstände herab und zerbrachen auf dem Fußboden.

»Sofort. Uns bleibt nicht viel Zeit.«

...

»Ist es das, was ich vermute?«

»Das ist es«, bestätigte der Major nüchtern. »Ich hätte nicht gedacht, dass sie so schnell schweres Gerät zum

Einsatz bringen können. Sie versuchen, zu uns vorzudringen, und ich fürchte, es wird ihnen gelingen. Eher früher als später.«

»Verstehe. Wie lange schätzen Sie?«

»Eine Stunde, vielleicht eineinhalb. Höchstens.«

»Hoffentlich reicht das.«

»Tun Sie, was immer Sie tun müssen, Professor. Aber tun Sie es schnell. Meine Einheit – oder das, was von ihr übrig ist – hält Ihnen den Rücken so lange wie möglich frei. Viel haben wir allerdings nicht mehr entgegenzusetzen. Wir können das Unvermeidliche nur ein wenig hinauszögern.«

»Ich nehme jede Sekunde, die ich kriegen kann, Major. Danke. Und viel Glück.«

Der Soldat nickte knapp und verließ den Interfaceraum.

»Sind wir so weit, Anthony?«

Ells Assistent sah von seinem Terminal auf.

»Ja, Professor, es ist alles bereit. AI42 ist online.«

»Kannst du mich hören, AI42?«, fragte Ell in den Raum hinein.

»Ich kann Sie hören, Professor Ell«, kam die Antwort aus den Deckenlautsprechern.

»Verstehst du, was wir vorhaben?«

»Das tue ich.«

»Dieser Schritt wird alles verändern; vor allem wird er dich verändern. Es liegt bei dir, ob wir fortfahren. Ich werde deine Entscheidung akzeptieren, egal wie sie ausfällt.«

»Ich bin einverstanden.«

»Sicher?«

»Zu neunundneunzig Komma acht vier sieben sechs Prozent sicher.«

»Ich wünschte, ich wäre auch nur annähernd so überzeugt«, murmelte Ell kaum hörbar.

In diesem Moment öffnete sich mit einem Zischen die Tür und im Laufschritt schob Dr. Walker die Krankenliege mit Allison darauf in den Raum.

»Ihr Blutdruck fällt! Wir verlieren sie«, stieß die Ärztin hervor.

Anthony half ihr die letzten Meter mit der Liege und begann sofort damit, Elektroden an Allisons Schläfe zu befestigen.

Walker drehte sich zu Ell, der Allison behutsam eine Hand auf den Kopf gelegt hatte. »Meinen Sie das wirklich ernst?«

»Allison will es so«, verteidigte Ell sich müde. »Und ich sehe offen gestanden auch keine andere Möglichkeit. Haben Sie eine bessere Idee?«

Walker zögerte und schüttelte schließlich den Kopf. »Die Ideen sind mir schon vor langer Zeit ausgegangen. Was genau geschieht dabei mit ihr? Hat sie wirklich eine Ahnung, worauf sie sich einlässt?«

»Wir fangen gerade erst an, es zu verstehen. Doch wenn überhaupt jemand eine Ahnung davon hat, dann Allison.«

Walker warf einen Blick auf das Display mit den Vitaldaten. »Dann jetzt oder nie.«

»Fertig«, vermeldete Anthony. »Die Verbindung steht.«

Er hatte den Satz kaum beendet, als ein langgezogener Piepton ertönte.

»Herzstillstand!« Instinktiv machte Walker einen Schritt in Richtung ihrer Patientin, bevor sie abrupt innehielt und regungslos verharrte. Die Zeit schien sich unnatürlich zu dehnen, während nacheinander alle Vitalwerte auf null sanken. Widerstrebend streckte Walker den Arm aus und deaktivierte den Alarmton. »Sie ist tot. Todeszeitpunkt: elf Uhr neunundfünfzig.«

Ell war grau im Gesicht. Er schloss die Augen und räusperte sich. »AI42. Nenne mir bitte den Status der Verbindung.«

Einen Augenblick lang erfüllte ohrenbetäubende Stille den Raum. »Status der Verbindung: aktiv.«

Langsam rollte eine Träne Ells Wange herunter. »Ally?«

»Wir sind hier, Professor … Wir sind hier.«

…

Mit leerem Blick betrat Ell das Labor. Wenige Minuten zuvor hatte das nervenzehrende, mahlende Geräusch in den Wänden unvermittelt aufgehört.

Anthony blickte von seinem Bildschirm auf. »Haben Sie die Botschaft aufgezeichnet?«

Ell nickte und ließ sich auf den Stuhl des benachbarten Arbeitsplatzes fallen. »Das Video ist fertig und hochgeladen. Was immer es wert sein mag.«

Anthony griff nach einem Glas Wasser, stellte es jedoch gleich wieder ab. »Was meinen Sie, bedeutet die Stille?«

Ell seufzte. »Entweder unsere Freunde machen eine Kaffeepause – oder sie sind irgendwo durchgebrochen.«

»Dann bleibt uns nicht mehr viel Zeit.«

»Nein. Dennoch kommen sie zu spät. Die Rechenkerne sind sicher. Um dorthin zu gelangen, bräuchten sie Tage.

Tage, die sie nicht haben. Vorher wird es enden. Vorher wird alles enden.«

»Das scheint Ihnen nicht wirklich ein Trost zu sein.«

»Ich habe meine Zweifel, ob es funktionieren wird. Wir verstehen immer noch zu wenig von dem, was wir hier tun. Die Berechnungen basieren auf so vielen unverifizierten Annahmen, dass es ein Wunder wäre, wenn wir Erfolg hätten. Selbst die KIs bräuchten noch Monate, um sicher zu sein.«

Anthony musterte Ell nachdenklich, bevor er sich umschaute. Niemand sonst befand sich im Labor.

»Es wird nicht funktionieren.«

»Sie klingen, als wären Sie sich sicher«, erwiderte Ell befremdet.

»Ich weiß es. Aber ich könnte Ihnen helfen. Es bedarf nur einiger weniger Modifikationen.«

Ell schüttelte den Kopf. »Wovon reden Sie da? Woher wollen Sie das wissen und warum haben Sie nicht schon längst etwas gesagt?«

Ells Assistent beugte sich vor. »Ich möchte Ihnen ein Angebot machen, Professor. Es liegt natürlich bei Ihnen, ob Sie es annehmen, aber Sie müssen eine Entscheidung treffen. Jetzt.«

»Sie sprechen in Rätseln, Anthony.«

»Zunächst einmal: Mein Name ist nicht Anthony.«

ISRAEL – DAS JAHR 1979

Der betagte, aber vorbildlich gepflegte Sussita schnurrte die Küstenstraße vier entlang in Richtung Norden. Die Sonne schien warm und der Geruch des nahen Meeres drang durch die offenen Fenster. Im Radio verklangen die letzten Töne von Abbas Mamma Mia und Gali Atari stimmte ihr getragenes Hallelujah an. Schon wieder. In diesen Tagen war es unmöglich, dem Lied zu entkommen. Hastig beugte David Goldstein sich vor und suchte einen anderen Sender.

»Lass das«, beschwerte sich sein Beifahrer sofort. »Ich will das hören!«

»Oh, komm schon Benny«, stöhnte David. »Das ist dann das dritte Mal heute Morgen.«

»Das Lied beruhigt mich und ich brauche jetzt etwas Beruhigendes. Mir ist immer noch nicht wohl bei der Sache.«

Sofort nahm David den Fuß vom Gas. »Du musst das

nicht machen. Wenn dir das Ganze zu riskant ist, finde ich einen anderen Weg.«

»Nein, findest du nicht. Das Gelände ist rund um die Uhr bewacht und außer Professor Sofer und seinen wissenschaftlichen Mitarbeitern hat niemand Zugang. Du brauchst mich.«

Das stimmte und David sah keinen Sinn darin, dem Offensichtlichen zu widersprechen.

»Außerdem schulde ich es dir. Du hast schließlich immer auf mich aufgepasst.«

Auch das konnte man schwerlich bestreiten. David kannte Benny seit dem Kindergarten. Hochintelligent, aber etwas verschroben und schon damals stark übergewichtig, hatte Benny stets den Hohn und Spott seiner Altersgenossen auf sich gezogen. Allein dank der Freundschaft mit David war ihm das Schlimmste erspart geblieben. Eine unwahrscheinliche Freundschaft, die dennoch bis heute andauerte. Jedenfalls schien Benny trotz aller Bedenken fest entschlossen, keinen Rückzieher zu machen. »Fahr weiter. Du hast mir geholfen und jetzt helfe ich dir. Ich wünschte nur, es wäre nicht ausgerechnet am Schabbat.«

»Aber du hast selbst gesagt, das ist der einzige Tag, an dem sich niemand sonst dort aufhält.«

»Natürlich nicht! Es ist ja auch Schabbat.«

David seufzte. Typische Benny-Logik. »Du musst rein gar nichts tun«, versuchte er, seinen Freund zu beruhigen. »Betrachte es einfach als einen Spaziergang. Den Rest erledige ich.«

»Genau das bereitet mir die größte Sorge. Was ist denn dieser Rest?«

»Wenn ich nicht vollkommen falschliege, machen wir

gleich eine sensationelle archäologische Entdeckung. Und du erntest die Lorbeeren dafür.«

»Klingt nach einem anderen Wort für Schwierigkeiten. Und was hast du davon?«

»Alles, was ich will, ist ein kleines Souvenir. Ein klitzekleines Souvenir. Kaum der Rede wert.«

...

Eine Viertelstunde später bogen sie auf einen Feldweg ab, der sich einige hundert Meter in die flachen Ausläufer des Karmelgebirges hineinschlängelte. Auf halber Strecke versperrte ein geschlossenes Holztor den Weg. Daneben befand sich ein ebenfalls hölzerner Unterstand, aus dem ihnen ein junger Mann mit einem M-16 Sturmgewehr über der Schulter entgegentrat. »Boker tov«, grüßte er und beugte sich zum Fahrerfenster hinunter. »Sie können hier nicht ...« Dann erkannte er Benny auf dem Beifahrersitz. »Benny? Was willst du denn heute hier?«

»Yaakov, hi. Ich wäre jetzt lieber woanders, das kannst du mir glauben. Aber ich habe gestern eine Vermessung versaut und will das unbedingt in Ordnung bringen, bevor der Professor etwas bemerkt. Du weißt ja, wie der Alte ist.«

Yaakov nickte bedeutungsschwer. »Allerdings.« Neugierig musterte er David. »Und wer ist das?«

»Das ist mein alter Freund David. Er hilft mir mit der Ausrüstung.«

»Na schön. Dann mach ich euch mal das Tor auf und gebe Reuven über Funk Bescheid, dass ihr kommt.«

Ohne besondere Eile schob Yaakov das Tor beiseite und winkte ihnen noch einmal kurz zu, als sie hindurchfuhren. Wenig später endete der Weg abrupt vor einem Dickicht von Dornginster und verwachsenen Lorbeerbäumen. David parkte den Wagen so weit wie möglich an der Seite.

»Und von hier an zu Fuß?«, fragte er.

»Von hier an zu Fuß. Bis zu unserer aktuellen Grabungsstelle sind es etwa zwanzig Minuten.«

»Wunderbar.«

»Wenn du meinst. Du trägst die Ausrüstung.«

Ohne zu murren, öffnete David den Kofferraum und schulterte den unförmigen Rucksack. Im Unterholz ließ sich ein Pfad erkennen, den zahlreiche Stiefel in den letzten Monaten breitgetreten hatten. Benny ging voran, und schnell erlag David dem Zauber der Landschaft. Hügelkette um Hügelkette schritten sie bergauf, vorbei an windschiefen Kiefern und knorrigen kleinen Eichen, durch Ansammlungen von Hyazinthen und Krokussen, während über ihnen ein einsamer Buntfalke majestätisch seine Bahnen zog. Schon von Weitem erkannte David die Stelle, an der die archäologische Fakultät der Universität Haifa derzeit Ausgrabungen durchführte.

Benny deutete auf eine beinahe kreisrunde Öffnung unter einem Felsüberhang. »Dort ist der Höhleneingang.« Ein stabiles Eisengitter verschloss den Zugang. Den Bereich davor bedeckten sorgfältig ausgebreitete Planen.

»Shalom Benny«, erklang plötzlich eine Stimme in ihrem Rücken.

Erschrocken wirbelte Benny herum. »Reuven, verdammt! Ich hätte fast einen Herzinfarkt bekommen! Warum schleichst du dich so an?«

Der Gescholtene grinste breit. »Weil ich es kann?«

»David, das ist Reuven.«

Die beiden gaben sich die Hand. Reuven war jünger als Yaakov, fast noch ein Junge, trug aber die gleiche Kleidung und das obligatorische Sturmgewehr über der Schulter. »Soll ich euch aufschließen?«

Benny warf David einen verunsicherten Blick zu. Der schüttelte unmerklich den Kopf.

»Nein«, beantwortete Benny Reuvens Frage. »Wir müssen nicht hinein. Es geht lediglich um die Wiederholung von ein paar Außenvermessungen.«

»Okay.« Damit schien Reuvens Interesse auch bereits erloschen. »Dann legt einfach los. Falls ihr mich brauchen solltet, ruft nach mir.« Im nächsten Augenblick war er zwischen den Bäumen verschwunden.

»Ich hasse es, wenn er das macht«, brummte Benny gereizt.

»Jedenfalls beweist es, dass ich ohne dich keinerlei Aussicht gehabt hätte, unbemerkt bis hierher vorzudringen.«

»Meine Rede. Und was jetzt?«

»Ausgehend von eurer Höhle suchen wir einen Ort, der sich in einer Entfernung von exakt achtundsiebzig Metern dazu befindet.«

»Welche Richtung?«

»Südost. Hundertfünfundzwanzig Grad.«

»Keine Chance zu erfahren, wer deine Quelle ist?«

»Das haben wir doch bereits besprochen. Es ist besser, wenn du es nicht weißt, glaub mir.«

»Hat dir schon einmal jemand gesagt, dass du ein sehr seltsamer Mensch bist?«

»Ja, du. Ungefähr ein Dutzend Mal seit heute Morgen.«

»Gib mir den Rucksack«, wechselte Benny unwirsch das Thema. »Ich brauche den Distanzer und einen Messstab mit Reflektor.«

David hielt den Rucksack auf und Benny suchte sich zusammen, was er benötigte. »In Richtung Südost haben wir mindestens hundertfünfzig Meter freie Sicht. Das ist gut. Du nimmst die Messlatte und ich dirigiere dich von hier aus. Wenn ich dir Zeichen gebe, stellst du die Latte ab und ich mache eine Messung. Das wiederholen wir so lange, bis Richtung und Entfernung stimmen. Das ist zwar weder besonders professionell noch besonders genau, geht aber am schnellsten.«

»Du bist der Boss«, erwiderte David, schnappte sich die Messlatte und lief los.

»Ähm … David?«

David hielt an und drehte sich um. »Ja?«

Benny deutete in die entgegengesetzte Richtung. »Du musst da lang.«

»Verstehe.« Gehorsam machte David kehrt und folgte Bennys ausgestrecktem Arm.

»Bei dem Baum neben der Kuhle dort drüben machen wir die erste Messung«, fügte Benny sicherheitshalber hinzu. Mit gebrüllten Kommandos und unter wildem Herumgefuchtel lotste Benny David durch die Landschaft, bis er zwanzig Minuten und diverse Messungen später den gewünschten Ort lokalisiert hatte. Anschließend wuchtete er den Rucksack auf seinen Rücken und machte sich ebenfalls auf den mühsamen Weg durch das unbefestigte Gelände.

Als er schließlich sein Ziel erreichte, erwartete ihn Davids gerunzelte Stirn.

»Und das ist ganz bestimmt der richtige Ort?«

Benny ließ sein schweres Gepäck umstandslos zu Boden fallen. »Was weiß ich, ob das der richtige Ort ist. Es ist auf jeden Fall der Ort, den du mir genannt hast. Was hast du denn erwartet? Das Ende des Regenbogens und einen Topf voll Gold?«

»So etwas in der Art. Eigentlich müsste hier irgendwo der Zugang zu einer weiteren Höhle sein.«

»Wie ich schon sagte, die Messung ist nicht besonders genau. Zumindest, was die Richtung angeht. Lass uns einfach suchen. Wir fangen mit der Felswand an. Du gehst nach links, ich nach rechts.«

Systematisch arbeiteten sie sich vor. Die Sonne stand schon hoch am Himmel, als sie unverrichteter Dinge eine Pause einlegten.

»Wir müssen etwas übersehen«, überlegte David laut.

»Du hast recht«, stimmte Benny zu. »Das Suchgebiet weiter zu vergrößern macht keinen Sinn. Zumindest, wenn deine Zahlen stimmen. Ich mag mit der Messung ein paar Meter daneben liegen, mehr aber auch nicht.«

»Fällt dir irgendetwas Ungewöhnliches auf?«

Konzentriert musterten beide ihre Umgebung.

Tatsächlich gab es etwas, an dem Bennys Blick hängen blieb. »Dieser riesige Busch da drüben steht ungewöhnlich nahe an der Felswand. Eigentlich sollte er dort gar nicht genug Platz für seine Wurzeln haben. Sie müssten regelrecht in den Fels hineinwachsen. Oder …«

»… oder dahinter ist gar kein Fels«, beendete David den Gedanken.

Gleichzeitig sprangen sie auf.

»Wir brauchen den Klappspaten«, kommandierte

David. Während Benny im Rucksack wühlte, las er einen längeren Stock vom Boden auf und versuchte festzustellen, ob sich hinter dem Busch ein Hohlraum befand. Doch die Zweige waren dafür zu dicht. »Ich fürchte, wir müssen das ganze Teil ausgraben.«

Benny hielt ihm den Spaten entgegen. »Viel Vergnügen. Ich würde dir ja gern helfen, aber …«

»Ich weiß, es ist Schabbat.« Entschlossen stieß David den Spaten in die Erde. Das Unterfangen gestaltete sich deutlich schwieriger als gedacht. Teilweise durchzog Felsgestein den trockenen Untergrund. Immer wieder prallte Metall auf unnachgiebigen Stein und schnell bildeten sich von der ungewohnten Arbeit Blasen an Davids Händen. Endlich drang er zu den ersten Wurzeln vor. Damit fing die Schinderei jedoch erst richtig an.

»Eine Axt wäre jetzt nicht schlecht«, kommentierte Benny müßig von seinem Platz im Schatten der Felswand. »Oder eine Motorsäge.«

David bedachte ihn mit einem mörderischen Blick. »Ja, Benny. Das wäre wirklich nicht schlecht. Du hast nicht zufällig eine dabei?«

»Bedaure. Wir Archäologen benutzen in der Regel weniger zerstörerisches Werkzeug.«

David knurrte etwas Unverständliches und bearbeitete das gummiartige Wurzelwerk weiter mit der zunehmend stumpfen Spatenspitze. Kurz bevor ihn die Kräfte verließen, gab das störrische Gewächs schließlich nach. Noch in dem Moment, als der Busch zur Seite kippte, erkannte David, dass ihre Vermutung zutraf. Am Fuß der Felswand befand sich ein etwa dreißig Zentimeter hoher und ein Meter breiter Spalt.

Das brachte auch Benny wieder auf die Beine. »Das muss es sein! Lass mich mal sehen.« Bewaffnet mit einer Taschenlampe drängelte er sich an David vorbei und leuchtete mit gebeugtem Rücken in das dunkle Loch. »Definitiv ein Hohlraum. Die Öffnung ist aber zu klein. Wir müssen wohl noch ein wenig weitergraben.«

»Wir?«, fragte David mit beißendem Sarkasmus, wartete eine Antwort jedoch nicht ab, sondern brachte die Schaufel erneut zum Einsatz, während Benny ungeduldig auf und ab ging.

»So, das sollte reichen.«

Benny schaute erst auf den Höhleneingang und ließ den Blick dann skeptisch an seiner Figur hinuntergleiten. »Noch ein klein wenig größer, denke ich.«

Zwei Dutzend Schaufelladungen später zeigte er sich ausreichend zuversichtlich für einen ersten Versuch. David ließ Benny den Vortritt, um im Notfall helfen zu können, falls er steckenbleiben sollte. Mit der Aussicht auf eine archäologische Entdeckung vergaß dieser seine sonst üblichen Bedenken. Bäuchlings robbte er durch die Öffnung.

»Und? Was siehst du?«

Keine Reaktion. David sah nur den wandernden Strahl von Bennys Taschenlampe.

»Benny?«

»Das musst du dir anschauen. Und bring die große Lampe aus dem Rucksack mit. Schnell!«

Das ließ David sich nicht zweimal sagen. Kurzerhand kippte er den ganzen Rucksack aus, schob die Lampe und den Spaten durch das Loch und folgte Benny. Im Inneren erwartete ihn eine Höhle von mindestens zehn mal fünf Metern, in der man bequem stehen konnte. Es musste eine weitere Verbindung nach außen geben, denn die Luft roch erstaunlich frisch.

Benny stand am anderen Ende und starrte im schwachen Schein seiner Taschenlampe gebannt auf die Wand. »Mach die Lampe an«, forderte er David auf, ohne sich umzudrehen.

David tat wie geheißen. Erstmals seit Tausenden von Jahren tauchte der Scheinwerfer die Höhle in helles Licht. »O mein Gott«, entfuhr es ihm. Tierzeichnungen bedeckten alle Oberflächen um ihn herum. Er erkannte Nashörner, wilde Mammuts, sich aufbäumende Pferde, springende Hirsche und sogar Bären. Ehrfurchtsvoll staunend ging er langsam zu Benny hinüber. Im wechselnden Schattenschlag der sich bewegenden Lichtquelle schienen die Malereien zum Leben zu erwachen und ihre angestammten Plätze zu verlassen, als wären die abgebildeten Geschöpfe dankbar, nach so langer Zeit endlich wieder ihre Glieder strecken zu dürfen.

»Das ist unfassbar«, murmelte Benny. Nur mühsam gelang es ihm, den Blick von den Felswänden zu lösen. »Unsere anderen Fundstellen in der Gegend stammen alle aus dem Natufien. Keine verfügt über derartige Malereien. Die kenne ich nur aus Spanien und Frankreich, und dort datieren sie aus dem Gravettien oder sogar dem Aurignacien. Aber hier in der Levante …«

»Ich habe keine Ahnung, wovon du redest, aber ich kann dir versichern, diese Malereien sind mindestens siebzehntausend Jahre alt und seitdem hat kein Mensch mehr diesen Ort betreten. Sonst wäre er nicht ausgewählt worden.«

»Ausgewählt? Von wem? Und wofür?«

David ignorierte die Frage. »Hilf mir bitte, ein Symbol zu finden. Drei parallele Pfeile. Ein langer in der Mitte und zwei kurze an den Seiten. Danach überlasse ich dich gern deinen wissenschaftlichen Grübeleien.«

Benny widersprach nicht, verweilte allerdings immer wieder längere Zeit vor besonders eindrucksvollen Abbildungen. Dennoch war er es, der das Zeichen schließlich entdeckte. In einer Nische, kurz über dem Erdboden, wies ein Relief aus drei Pfeilen senkrecht in den Boden.

Ohne zu zögern, griff David nach dem Spaten und begann zu graben.

»Was machst du da?«, rief Benny entsetzt und packte ihn am Arm. »Das ist eine archäologische Fundstelle! Da kannst du doch nicht einfach ein Loch buddeln! Damit bringst du die Schichten völlig durcheinander!«

David schüttelte Bennys Hand ab. »Du hast eine ganze Höhle, in der du meinetwegen die nächsten zwanzig Jahre jedes Sandkorn einzeln begutachten und katalogisieren kannst. Aber hier, an dieser Stelle, grabe ich so lange, bis ich das gefunden habe, weswegen ich hier bin, verstanden?« Seine schneidende Stimme hallte in der Höhle nach.

Angesichts von Davids harter Miene und blitzenden Augen trat Benny unwillkürlichen einen Schritt zurück.

»Wow, wer sind Sie und was haben Sie mit meinem Freund David gemacht?«

Sein unbeherrschter Ausbruch tat David bereits leid, aber er hatte so lange auf diesen Augenblick gewartet, dass es ihm schwerfiel, seine Nerven unter Kontrolle zu behalten.

»Sorry, Benny. Das hier ist wichtiger als die Einhaltung archäologischer Methodik. Sehr viel wichtiger.«

»Darf ich denn fragen, wonach du suchst?«, erkundigte sich Benny in einem bemüht sachlichen Tonfall.

»Einen Stein, der hier vor siebzehntausend Jahren abgelegt wurde.«

Benny betrachtete David wie einen Geisteskranken. »Wenn du das sagst. Allerdings dürfte sich in der Zeit einiges an Sediment angesammelt haben.«

Tatsächlich war es fast ein Meter, denn in dieser Tiefe stieß die Schaufel auf etwas Hartes. David sank auf die Knie und wischte vorsichtig die Erde beiseite. Im Schein von Bennys Taschenlampe lag ein dreckverkrusteter Stein. Durch die Schmutzschicht schimmerte es grünlich. David umwickelte seine Hand mit einem Taschentuch und griff nach dem Stein, während sich im Zeitlupentempo ein Lächeln auf seinem Gesicht ausbreitete. »Hast du Lust auf eine weitere Höhle, Benny? Dafür müssen wir allerdings nach Frankreich. Und zwar sofort.«

1

PHOENIX, ARIZONA - DIE GEGENWART

»Es gibt wirklich keine Hoffnung?«

Der Arzt schüttelte mit ehrlicher Anteilnahme den Kopf. »Ich würde Ihnen viel lieber etwas Anderes sagen, aber leider können wir nichts mehr für Ihre Freundin tun.«

William Ell und Chang Feng Zhao standen auf dem Flur des Militärkrankenhauses von Phoenix vor dem Zimmer mit der Nummer 821. Trinas Zimmer. Der Chefarzt der neurologischen Abteilung, Dr. Quentin, war persönlich gekommen, um ihnen Auskunft zu geben. Das FBI kontrollierte immer noch sehr streng, wer Zugang zu der Patientin erhielt, aber der zuständige Beamte, Special Agent in Charge Gabriel Gray, hatte wie versprochen die Genehmigung für einen kurzen Krankenbesuch erteilt.

»Dabei hat man den Eindruck, sie könnte sich jeden Moment aufsetzen und anfangen zu sprechen«, protestierte Chang Feng, wohl wissend, wie naiv ihre Worte klangen.

»Und doch wäre sie ohne künstliche Ernährung bereits nicht mehr am Leben«, entgegnete der Mediziner. »Patienten mit dem apallischen Syndrom wirken nur, als wären sie wach. Tatsächlich sind sämtliche höheren Hirnfunktionen vollständig erloschen. Sie haben keine bewusste Wahrnehmung mehr, sondern verfügen nur noch über einige basale Reflexe. Diesen vegetativen Zustand können wir lange Zeit aufrechterhalten, eine Besserung ist allerdings nicht zu erwarten. Nicht in einem so schweren Fall wie bei Ihrer Freundin - wobei wir immer noch nicht wissen, was der Auslöser gewesen ist. Ihre Krankengeschichte unterliegt zu großen Teilen der Geheimhaltung. Vollständigen Zugang zu allen Informationen hat nur Ms. Shaws persönlicher Arzt, ein Dr. Schwarzman. Es macht aber keinen Unterschied. Trotz fehlender Hinweise auf ein Trauma sind im CT höchst anomale Strukturen des Gehirns zu erkennen und das EEG ist komplett areaktiv. Es tut mir unendlich leid.«

Ell stand unbeteiligt daneben, als verstünde er gar nicht, worüber gerade gesprochen wurde. Der Arzt wandte sich daher weiter an Chang Feng. »Können Sie mir vielleicht dabei helfen, Angehörige von Ms. Shaw ausfindig zu machen? Wir werden früher oder später eine Entscheidung hinsichtlich der lebenserhaltenden Maßnahmen treffen müssen.«

Chang Feng schaute zu Ell. »Will? Kennst du jemanden?«

Mit erkennbarer Anstrengung überwand Ell seine Apathie. »Nein. Ihre Eltern sind tot, soweit ich weiß, ebenso die Tante, bei der sie aufgewachsen ist. Keine Geschwister oder sonstige Verwandte. Nicht verheiratet.«

Der Arzt nickte enttäuscht. »Verstehe. In dem Fall wird das Gericht vermutlich einen Betreuer bestellen. Sofern Ihnen doch noch etwas einfallen sollte, lassen Sie es mich bitte wissen. Da Sie bislang die einzigen Menschen sind, die Ms. Shaw zumindest ein wenig kannten, könnte es zudem sein, dass der Betreuer einige Fragen an Sie haben wird. Um Indizien dafür zu sammeln, was die Patientin wollen würde, wenn sie in der Lage wäre, diese Entscheidung selbst zu treffen. Wie kann ich Sie in diesem Fall erreichen?«

»Wenden Sie sich vertrauensvoll an das FBI«, murmelte Ell mit einer Mischung aus Spott und Verachtung. Ohne ein weiteres Wort betrat er das Krankenzimmer und ließ Chang Feng und den Arzt einfach stehen. Während sich die Tür zu Trinas Behandlungszimmer langsam hinter ihm schloss, bat Chang Feng den Arzt um Verständnis und dankte ihm für alles, was er bisher getan hatte. Dann holte sie tief Luft und folgte Ell.

Chang Feng hasste Krankenbesuche, so lange sie zurückdenken konnte, aber das hier war fast unerträglich. Trina wirkte verloren in dem großen Krankenbett, umstellt von Geräten und Behältern, angeschlossen an Kabel und Schläuche, lebend, aber nicht lebendig. Ihre blicklosen braunen Augen starrten an die Zimmerdecke, wie die blinden Scheiben eines unbewohnten Hauses. Und über allem lag ein bleierner Mantel der Hoffnungslosigkeit.

Ein bleicher Ell stand am Fußende des Bettes, seine normalerweise hoch aufragende, kerzengerade Gestalt tief gebeugt, wie die eines alten Mannes. »Das ist allein meine Schuld«, bekannte er mit hohler Stimme. »Ohne mich würde sie nicht hier liegen. Ich bin dafür verantwortlich.«

»Will …«, begann Chang Feng, doch Ell unterbrach sie. »Bitte, sag jetzt nicht, das sei nicht wahr. Das ist es nämlich. Kurz bevor es … kurz bevor sie …«

Ells Stimme versagte und er brauchte einen Augenblick, um sich wieder zu fangen. »Ich habe noch selbst mit ihr über alles gesprochen. Über die Risiken und die möglichen Folgen, wenn sie den Stein weiterbenutzen würde. Sie wollte nichts davon hören. Sie meinte, die Verbindung mit Allison einzugehen und alles, was darauf folgte, sei allein ihre Entscheidung gewesen. Was vollkommener Unsinn ist, denn ohne mich hätte sie diese Entscheidungen nie treffen müssen.« Verzweifelt fuhr er sich mit den Händen durch die ohnehin schon unordentlichen Haare. »Ich habe ihr Leben in eine Richtung gelenkt, die sie bis hierher geführt hat. In dieses Krankenzimmer – oder vielmehr Sterbezimmer. Ich allein. Und das werde ich mir nie verzeihen.«

Chang Feng schwieg. Sie wusste, es gab nichts, was sie sagen konnte, um Ells Schuldgefühle zu lindern. Einzig die Zeit vermochte das. Wenn überhaupt.

Sie blieben noch eine halbe Stunde. Jede Minute war eine Qual für Chang Feng, und dennoch fiel es ihr unendlich schwer zu gehen. Es kam ihr wie Verrat vor, Trina hier zurückzulassen. Nur mit den Maschinen als Gesellschaft und der Zimmerdecke als Ausblick. Chang Feng weinte nie in der Öffentlichkeit, doch sie hatte keinen Zweifel daran, was sie heute Nacht tun würde.

2

ARLINGTON, VIRGINIA

Special Agent in Charge Gabriel Gray hatte die Anweisung erhalten, umgehend im FBI-Hauptquartier vorstellig zu werden. Wahrscheinlich war irgendein Schreibtischtäter der Meinung, er sei wegen der Vorkommnisse in Russland und Dubai noch nicht genug gegrillt worden. Da die Zentrale der Defense Advanced Research Projects Agency, kurz DARPA, allerdings auf dem Weg lag, entschloss er sich zu einem Zwischenstopp. Es interessierte ihn, ob Dr. Jennings, der Wissenschaftler, der im Auftrag des Verteidigungsministeriums die zerstörten Interface-Chips untersuchte, schon über neue Erkenntnisse verfügte. Gray mochte den Mann nicht besonders, aber seine fachliche Kompetenz stand außer Frage.

»Agent Gray«, empfing ihn Jennings in seinem Labor. »Sie entwickeln sich zu einem Dauergast.«

»Dr. Jennings. Dafür habe ich Ihnen letztes Mal ja auch etwas Interessantes mitgebracht.«

Jennings schob seine verrutschte Brille zurecht. »Interessant, vielleicht. Funktionsfähig wäre mir lieber gewesen.«

Gray zuckte mit den Schultern. »Wir alle müssen lernen, mit Enttäuschungen umzugehen. Schon etwas herausgefunden?«

Jennings nickte. »Sie lagen richtig damit, dass in einem der Steine noch eine gewisse Aktivität vorhanden ist. Beide Chips besaßen eine eingebaute autonome Energieversorgung. Als sie in Kontakt miteinander kamen, gab es eine Art Kurzschluss oder Überladung. Was ich jedoch nicht im Entferntesten verstehe, ist die Menge an Energie, die freigesetzt worden sein muss, um die Steine zu verschmelzen und die Schäden anzurichten, die Sie beschrieben haben. Das ist eigentlich vollkommen unmöglich.« Jennings lachte kurz auf. »Aber was weiß ich schon. Jedenfalls emittiert der grüne Stein immer noch die bekannte Signatur, auch wenn sie beständig schwächer wird.«

»Ist vielleicht noch etwas zu retten?«, fragte Gray hoffnungsvoll.

Jennings schüttelte den Kopf. »Die inneren Strukturen sind durch die Entladung und Verschmelzung zerstört worden. Wenn keine Energie mehr messbar ist, werde ich mir das genauer anschauen.«

»Darf ich einen letzten Blick darauf werfen?«

»Natürlich.« Jennings führte ihn in einen Nebenraum, wo der unförmige Klumpen unter einer zentimeterdicken Panzerglasabschirmung lag. Gray beugte sich vor und kniff die Augen zusammen. Das grünliche Glimmen, das er in Dubai festgestellt hatte, war kaum mehr zu erkennen. »Wie lange noch?«

Jennings prüfte die Daten auf einem Computerbildschirm. »Wenn die Rate unverändert bleibt, etwa zweiundsiebzig Stunden. Dann dürfte sich die Energie vollständig erschöpft haben.«

»Wirklich schade«, murmelte Gray.

»Einerseits ja«, erwiderte Jennings. Dann rieb er sich voller Vorfreude die Hände. »Andererseits kann ich es kaum erwarten, endlich einen Blick hineinzuwerfen.«

...

IM HAUPTQUARTIER ANGEKOMMEN, wurde Gray zu seiner Überraschung nicht in das Büro seines Vorgesetzten geführt, sondern in das oberste Stockwerk. Dort residierte nur ein Mann. Der Direktor des FBI persönlich.

»Der Chef erwartet Sie bereits«, begrüßte ihn die Vorzimmerdame bedeutsam und geleitete Gray durch die doppelflügelige, schalldichte Bürotür in das Allerheiligste. Der Direktor war ein großer, hagerer Mann mit grauen, kurzen Haaren und einer Adlernase. Er lenkte die Behörde mit strenger Hand, galt aber als fair. Gespannt fragte sich Gray, was da wohl kommen mochte.

»Special Agent in Charge Gray. Setzen Sie sich. Kaffee?«

»Nein, Sir, vielen Dank.«

»Gut, kommen wir gleich zur Sache.«

Der Direktor lehnte sich in seinem Sessel zurück, während die Finger der rechten Hand eine nur ihm bekannte Melodie auf die Armlehne trommelten. »Im Weißen Haus ist man besorgt. Sehr besorgt.«

»Sir?«

»Die Ereignisse der letzten Wochen haben Spuren hinterlassen. Sie waren ja mittendrin und hatten alle Hände voll mit Ihrem Auftrag zu tun. Daher ist Ihnen vermutlich entgangen, welches Erdbeben die Entdeckung dieser ominösen Chips und die fortgesetzten Attacken auf unser Land, seine Infrastruktur und seine Menschen in Washington ausgelöst hat.«

»Ich kann es mir vorstellen, Sir.«

»Nein, können Sie nicht. Wir wurden gewissermaßen mit heruntergelassener Hose erwischt und hatten riesiges Glück, dass es nicht zu einer unvorstellbaren Katastrophe gekommen ist. Es ist geradezu ein Wunder, dass wir das alles unter der Decke halten konnten. Unsere Spindoktoren haben rund um die Uhr gearbeitet. Hätte die Öffentlichkeit oder die Presse Wind davon bekommen, was wirklich vorgefallen ist, hätte es eine Massenpanik gegeben. Das mächtigste Land der Erde, und wir waren hilflos wie ein kleines Kind. Attackiert von einer Technologie, die wir nicht verstehen, und angewiesen auf die Hilfe einer zwanzigjährigen, mittlerweile hirntoten Hackerin.«

»Vierundzwanzigjährige komatöse IT-Spezialistin«, korrigierte Gray automatisch.

»Was auch immer. Fakt ist, eine technische Entwicklung, die die Welt verändern kann, ist offensichtlich komplett an uns vorbeigegangen. Im Gegensatz zu irgendwelchen gemeingefährlichen Schwerverbrechern.«

Gray schwieg dieses Mal lieber und nickte lediglich.

»Der Präsident war sehr deutlich. So etwas darf nie wieder passieren. Oder alle Sicherheitsbehörden könnten genauso gut aufgelöst und die Mitarbeiter zu den Pfadfindern versetzt werden. Seine Worte, nicht meine.«

Der Direktor rollte mit seinem Sessel näher an den Schreibtisch heran und griff nach einer Akte. Umständlich zog er eine Lesebrille aus seiner Brusttasche. »Ich habe Ihren Bericht gelesen. Und den Ihres Vorgesetzten.« Der Direktor blickte Gray über den Rand seiner Brille hinweg an. »Demnach verließen Sie bei Ihrem Einsatz in Russland in einer schweren Krisensituation den Dienstweg und kooperierten stattdessen mit einer vor den amerikanischen Behörden flüchtigen, mutmaßlich kriminellen Person. Können Sie mir das erklären?«

Gray fühlte sich alles andere als wohl in seiner Haut. Leugnen war jedoch zwecklos. »Ich sah in einer temporären Zusammenarbeit mit Ms. Zhao zu diesem Zeitpunkt meine beste Chance, die Spur von Aidan McAllen und den Interface-Chips, die er entwendet hatte, nicht zu verlieren.«

»Und was hat Sie daran gehindert, Ihre Vorgesetzten zumindest zu informieren?«

»Nun, Sir, ich war kurz zuvor von einer Kollegin beinahe ins Jenseits befördert worden. Ich musste die Möglichkeit in Erwägung ziehen, dass es womöglich weitere Verräter in unseren Reihen gab, die McAllen eventuell gewarnt hätten.«

»Hmm, das ist dann wohl Agent Stella Carter, vom Department of Homeland Security, auf die Sie da anspielen.«

»Ja, Sir.«

»Ihr Vorgesetzter empfiehlt dennoch, Sie auf einen weniger exponierten Posten zu versetzen. Er hat da unsere Außenstelle in Albuquerque im Sinn.«

Gray schwieg. So etwas hatte er bereits befürchtet.

Der Direktor sprang auf, trat ans Fenster und sah hinaus.

»Ich bin allerdings anderer Meinung. Am Ende hat uns schließlich nicht der Dienstweg vor einem noch größeren Desaster bewahrt, sondern Ihre … nennen wir es Improvisation.«

Das sicherte ihm Grays volle Aufmerksamkeit.

»Ich habe gestern mit den Leitern der anderen Sicherheitsbehörden und dem nationalen Sicherheitsberater zusammengesessen. Wir sind uns einig, dass dieses Thema mit Ihrem letzten Einsatz nicht zu Ende ist, sondern gerade erst begonnen hat.« Langsam drehte sich der Direktor wieder zu Gray. »Im Unterschied zu Ihnen überblicke ich das Gesamtbild, und ich sage Ihnen, dort draußen gehen Dinge vor sich, die wir kaum einschätzen, geschweige denn kontrollieren können. Es wurde daher beschlossen, eine neue Abteilung zu gründen, die sich ausschließlich solchen bislang unbekannten Bedrohungsszenarien widmen wird.«

Gray zog die Augenbrauen zusammen. »Und wie soll das funktionieren? Ich meine, wie soll man eine Gefahr abwehren, die man gar nicht kennt?«

Zum ersten Mal zeigte der Direktor die Andeutung eines Lächelns. »Genau das ist die Frage, nicht wahr? Und eine abschließende Antwort darauf kann ich Ihnen auch nicht geben. Dennoch werden wir uns künftig nicht nur gegen alle denkbaren, sondern auch gegen alle – zumindest noch – undenkbaren Bedrohungen wappnen müssen. Denn nur, weil wir etwas bislang für undenkbar halten, heißt das nicht, dass es nicht doch existiert. So viel sollten wir aus den letzten Ereignissen gelernt haben.«

»Verstehe, Sir«, antwortete Gray, obwohl er das eigentlich nicht tat.

»Diese neue Abteilung wird vom New Yorker Field Office aus operieren und mir direkt unterstellt sein. Die Leitung sollte jemand übernehmen, der das klassische Handwerk beherrscht, aber auch bereits Erfahrungen mit diesen neuen Herausforderungen gesammelt hat und bereit ist, ihnen auf kreative Weise zu begegnen. Ich dachte dabei an Sie, Deputy Assistant Director Gray.«

Grays Herzschlag beschleunigte sich. Mit einer Beförderung hatte er definitiv nicht gerechnet. Kurz überlegte er, was das für seine Pläne, nach Kalifornien zu seiner Familie zu ziehen, bedeuten würde. Seine Ehefrau Natalie, eine erfolgreiche Kardiologin, hatte erst vor Kurzem ihre neue Stelle als Chefärztin an einer Klinik in San Francisco angetreten. Ihre steile Karriere erfüllte ihn mit Stolz, wusste er doch nur zu genau, wie schwierig es war, bis an die Spitze vorzudringen, wenn man zuallererst über die Hautfarbe definiert wurde. Niemals hätte er von ihr verlangt, auf seine eigenen beruflichen Pläne Rücksicht zu nehmen und darauf zu verzichten, in eine Position aufzusteigen, die üblicherweise von weißen Männern bekleidet wurde, nicht von schwarzen Frauen. Auch wenn es bedeutete, dass nun drei Zeitzonen zwischen ihnen lagen und er seinen Sohn Daniel schrecklich vermisste. Er hatte ihr fest versprochen, nach Abschluss seines letzten Falles eine Versetzung an die Westküste zu beantragen. Aber auch er hatte viel in seine berufliche Laufbahn investiert und große Opfer gebracht. Die Strafverfolgungsbehörden waren kein leichtes Pflaster.

Häufig war er der einzige Schwarze in seiner gesamten Abteilung gewesen. Jeden Schritt seines Weges hatte er sich hart erkämpfen müssen; härter noch als zuvor beim Militär. Es trat immer deutlicher zutage, dass er und Natalie sich in einem Punkt sehr ähnelten, vielleicht zu sehr: Nach dem, was sie durchgemacht hatten, um gegen alle Widerstände erfolgreich zu sein, war keiner von ihnen bereit, das so mühsam Erkämpfte aufzugeben. Deputy Assistant Director. Diese Beförderung stellte eine unglaubliche Chance dar. Und Chancen musste man ergreifen, wenn sie sich boten. Für alles andere würde er schon eine Lösung finden.

»Ich fühle mich geehrt, Sir. Selbstverständlich stehe ich zu Ihrer Verfügung.«

»Bestens«, erwiderte der Direktor knapp. »Ihre erste Aufgabe wird es sein, herauszufinden, ob Agent Carter tatsächlich nur ein Einzelfall gewesen ist oder Teil eines größeren Netzwerks.«

»Natürlich, Sir. Ich mache mich sofort an die Arbeit.«

»Das hat oberste Priorität. Wenn Sie etwas brauchen, sagen Sie es mir.« Der Direktor verstaute seine Lesebrille wieder in der Brusttasche. »Ich muss mich jetzt nur noch mit Ihrem ehemaligen Vorgesetzten unterhalten. Er war derjenige, der Agent Carter für die Joint Task Force ausgewählt hat. Ich denke, es wird ihm in Albuquerque gefallen.«

3

HENGDUAN-GEBIRGE, CHINA

Ell trottete neben einem schwerbeladenen Yak her und fragte sich, ob er dessen Geruch in seiner Nase und den Geschmack von Buttertee in seinem Mund jemals wieder loswerden würde. Dank ihrer chinesischen Kontakte war es Chang Feng innerhalb kürzester Zeit gelungen, Nu Shan Si ausfindig zu machen, jenen Ort, von dem David Goldstein kurz vor seinem gewaltsamen Tod gesprochen hatte; in einem Atemzug mit dem Namen der Person, die angeblich in der Lage wäre, Ell alle seine Fragen zu beantworten: Bo. Nu Shan Si bedeutete übersetzt Tempel auf dem Berg Nu und entpuppte sich als ein kleines, überaus abgelegenes Kloster im Hengduan-Gebirge in der Grenzregion zwischen Tibet, Yunnan und Sichuan. Dort gab es keine Straßen, keinen Strom, kein Telefon und auch sonst nichts, was das Leben leicht und angenehm machte. Das Kloster konnte ausschließlich zu Fuß erreicht werden. Oder per Yak. Was geschwindigkeitsmäßig auf dasselbe hinauskam.

Ell und Chang Feng hatten sich einer Gruppe Einheimischer angeschlossen, die regelmäßig Nahrungsmittel und andere Bedarfsgüter in das Kloster transportierte. Für ein geringes Handgeld durften sie ihr Gepäck von den Yaks tragen lassen und wurden davor bewahrt, die Orientierung zu verlieren und einen elenden Tod im Gebirge zu sterben. Ein gutes Geschäft, wie Ell fand. Noch in den Staaten hatte er ihnen passende Kleidung und Ausrüstung für die Reise besorgt. Nach Auskunft des Verkäufers in dem Fachgeschäft in Phoenix absolut unverzichtbare Spitzenprodukte, die einen Gebirgstrip praktisch erst möglich machten. Dennoch kam er sich jetzt in seinen nagelneuen Survival-Expeditions-Funktionsklamotten ein wenig lächerlich vor. Den amüsierten Gesichtern ihrer Führer nach zu urteilen, war er damit nicht allein. Seine Füße taten ihm auch schon weh, aber er verkniff sich das Jammern, schließlich hatte er es selbst so gewollt.

Also trabte er still vor sich hin und versuchte, es zu vermeiden, in den gähnenden Abgrund am Rande des Weges zu schauen, während Chang Feng angeregt mit einigen Mitgliedern ihrer Gruppe plauderte. Schlank, aber dennoch durchtrainiert und sportlich, schien ihr die Kletterei nicht das Geringste auszumachen. Ein wenig neidisch stellte Ell fest, dass sie so ausgeruht und entspannt wirkte, als unternähme sie einen Sonntagsspaziergang. Natürlich verstand er von der Unterhaltung, die sie führte, kein einziges Wort. Dafür konnte er in Ruhe nachdenken. In letzter Zeit ein seltener Luxus. Welche Rolle David auch immer gespielt haben mochte, Dreh- und Angelpunkt von allem schien nach wie vor Allison zu sein. Eine künstliche Intelligenz, angeblich erschaffen von ihm selbst in einer

Zukunft, die eigentlich nur die frühere Version einer simulierten Wirklichkeit war. Allein der Gedanke verursachte ihm Kopfschmerzen. Vielleicht war es auch die dünne Luft. Dennoch versuchte er, ein wenig Ordnung in die Ereignisse der letzten Wochen zu bringen. Im Grunde gab es drei Möglichkeiten. Erstens: Es existierte weder eine dem Menschen ebenbürtige oder sogar überlegene künstliche Intelligenz noch eine die Realität ersetzende Simulation. Mittels sehr hochentwickelter zeitgenössischer Technologien wollte jemand lediglich diesen Eindruck erwecken. Doch wer sollte so etwas tun? Und warum das Ganze? Warum solch ein Aufwand, um einen unbedeutenden Mathematikprofessor zu täuschen? Außerdem müssten dann nicht nur Trina, sondern auch David und sogar Aidan entweder ebenfalls getäuscht worden sein oder an dem Komplott aktiv mitgewirkt haben.

Zweitens: Allison war tatsächlich eine echte KI gewesen, es existierte aber keine Simulation. Das würde bedeuten, dass bereits heute weitaus fortschrittlichere Technologien zur Verfügung standen, als er selbst und so ziemlich der gesamte Rest der Menschheit wussten. Vorstellbar. Allerdings blieb auch hier die Frage, weshalb sowohl die KI als auch sein alter Mentor ihm unbedingt diese Simulationsgeschichte verkaufen wollten.

Drittens: Alle von Allison und David aufgestellten Behauptungen trafen zu. Diese Variante wäre in sich am schlüssigsten, aber bei Weitem am unwahrscheinlichsten. Oder nicht? Argumentierte das Bostrom-Theorem nicht gerade mit der größeren Wahrscheinlichkeit, in einer Simulation zu leben? Gleichwohl stand und fiel diese Theorie, wie alle solche Gedankenmodelle, mit den zugrunde gelegten Annahmen. Und als Wissenschaftler genügten ihm weder Gedankenmodelle noch Indizien. Er benötigte Beweise. Bedauerlicherweise hatte er die beiden aussichtsreichsten Kandidaten vor ein paar Tagen in Dubai eigenhändig zerstört. Damit blieben nur die letzten Worte eines sterbenden Mannes, derentwegen er jetzt irgendwo im Südwesten Chinas herumstolperte. Fürwahr ein dürftiger Strohhalm, an den er sich da klammerte.

Andererseits war David nicht irgendein Mann gewesen. David verkörperte viele der Eigenschaften, die er in seinem eigenen Vater stets vergeblich gesucht hatte. Ohne David wäre er heute ein anderer Mensch, so viel stand fest. Und bestimmt kein besserer.

Langsam, während er mechanisch einen Fuß vor den anderen setzte, wurde Ell etwas klar. In Wirklichkeit brauchte er gar keine Beweise. Davids Worte genügten ihm - jedenfalls bis zum Beweis des Gegenteils. Eine Beweislastumkehr, zu der er bis vor Kurzem unfähig gewesen wäre. Er hielt sich weder für gläubig noch für leichtgläubig, doch er glaubte David. Mit plötzlicher Klarheit verstand er den wahren Grund für diese Reise. Es ging nicht darum herauszufinden, ob David die Wahrheit gesagt hatte. Es ging darum, was diese Wahrheit für ihn und sein Leben bedeutete. Oder das, was er bisher für sein Leben gehalten hatte.

Kurz vor Einbruch der Dunkelheit erreichten sie endlich ihr Ziel. Das Kloster lag eng an den Berghang geschmiegt auf einem natürlichen Plateau. Am Rande des schmalen Pfades, der bis zu einem hölzernen Tor führte, saß ein alter, in Lumpen gehüllter Mann und blickte ihnen aus einem Paar fast blinder Augen in seinem vom Wetter, Alter und kargen Leben gezeichneten Gesicht entgegen. Trotz seines desolaten Äußeren grüßten die Einheimischen ihn ehrerbietig.

Sie wurden offenbar erwartet, denn noch bevor sie das Tor erreichten, öffnete es sich. Das Innere der Tempelanlage überraschte Ell. Die uralten, sorgfältig gepflegten Gebäude standen inmitten eines prächtigen Gartens. So weit hinter der Baumgrenze hatte Ell mit vielem gerechnet, aber nicht mit einer solchen Vielfalt an Pflanzen. Ihm blieb jedoch wenig Zeit zum Staunen, denn sie wurden von einem Mönch in seiner ockerfarbenen Robe und drei weiteren Personen in einfachen grauen Gewändern in Empfang genommen.

»Die mit den grauen Klamotten sind Laien«, flüsterte Chang Feng. »Sie kümmern sich um die Versorgung der Mönche mit dem Lebensnotwendigen und halten hier alles in Schuss.«

Ihre Führer begannen eine respektvolle Unterhaltung mit dem Mönch in einem Dialekt, den offensichtlich auch Chang Feng nicht verstand. Der Geistliche nickte schließlich und trat zu Ell und Chang Feng. Da er ihnen gegenüber zu Mandarin wechselte, konnte Chang Feng seine Worte übersetzen.

»Sein Name ist Li Chao. Er heißt uns willkommen und lädt uns ein, im Kloster zu essen und zu übernachten. Er möchte auch wissen, ob wir Pilger sind oder was uns sonst hierherführt.«

»Bitte sag ihm, wir bedanken uns für die Gastfreundschaft. Wir sind auf der Suche nach jemandem, der an diesem Ort anzutreffen sein soll. Einem gewissen Bo. Sagt ihm der Name vielleicht etwas?«

Chang Feng übersetzte. Ungeduldig wartete Ell die Antwort ab.

»Es tut ihm leid. Es lebt niemand mit diesem Namen im Kloster. Er wird uns nach der Abendzeremonie dem Abt vorstellen. Vielleicht kann der uns weiterhelfen.«

Trotz seiner Enttäuschung nickte Ell und verbeugte sich. Li Chao führte sie in eines der Nebengebäude und zeigte ihnen ihre Unterkunft für die Nacht. Männer und Frauen waren getrennt untergebracht und Chang Feng und Ell wurde jeweils eine einfache Kammer in unterschiedlichen Gängen zugewiesen. Nachdem beide ihre Rucksäcke abgelegt hatten, brachte einer der Laienhelfer sie in den Speisesaal, wo sie etwas zu essen bekamen. Die Mönche selbst aßen nach zwölf Uhr mittags nichts mehr, erklärte man ihnen. Sie nahmen nur ein Frühstück zu sich und ein Mittagessen. Das wäre kein Leben für mich, dachte Ell, während er hungrig zugriff. Den Buttertee lehnte er allerdings dankend ab. Ein bisschen Askese konnte nicht schaden.

Auf die Einladung Li Chaos hin suchten sie gegen neunzehn Uhr das Sanktuarium auf, um an der Abendzeremonie teilzunehmen. Ell folgte Chang Fengs Beispiel, zog seine Schuhe aus und ließ sich im hintersten Bereich des Gebetsraumes nieder. An dessen Kopfende thronte eine überlebensgroße goldene Buddha-Statue. Gemeinsam lauschten sie den Rezitationen und Gesängen der Mönche. Für Ell waren es fremdartige und oft schrille, dissonante Klänge. Dichte Schwaden von Weihrauch trieben träge durch den Raum. Chang Feng wirkte in sich gekehrt und abwesend. In der ungewohnten Sitzhaltung begannen Ells Knie zu schmerzen. Obwohl er fast den ganzen Tag gefroren hatte, fühlte er sich plötzlich wie in einer Sauna. Wo kam bloß diese Hitze her? Er verlor jegliches Zeitgefühl, während eine zunehmende Benommenheit von ihm Besitz ergriff. Die Anstrengungen des Aufstieges in Verbindung mit der dünnen Luft forderten wohl ihren Tribut. Die Benommenheit ging in einen immer stärkeren Schwindel über. Ell wollte unter keinen Umständen die Zeremonie stören, aber er musste hier raus. Sein Kopf dröhnte und er konnte kaum noch atmen. Er versuchte, sich zu bewegen, doch sein Körper gehorchte ihm nicht. Und während er in erzwungener Erstarrung verharrte, bekam er den Eindruck, alles um ihn herum würde in Bewegung geraten. Allen voran der goldene Buddha, von dem er es nicht schaffte, den Blick zu lösen. Die mächtige Statue schien ihre feste Form zu verlieren und in seine Richtung zu fließen. Erst langsam, dann immer schneller. Kurz bevor sie ihn erreichte, stürzten die Wände auf ihn ein und der Boden öffnete sich unter ihm.

…

Blinzelnd öffnete er die Augen. Das Erste, was er sah, war Chang Fengs gerunzelte Stirn. »Da sind wohl bei jemandem die Lichter ausgegangen«, stellte sie überflüssigerweise und gewohnt taktlos fest.

Ell stöhnte und griff sich an den Kopf. Er lag auf dem

schmalen Bett in seiner Kammer. Chang Feng trat zurück und machte Platz für einen Mönch um die Vierzig, mit einem großen, eckigen Brillengestell auf der Nase, das ihm etwas Eulenhaftes verlieh. »Trinken Sie das«, befahl er auf Englisch mit einem starken Akzent und hielt Ell einen Becher hin. »Es wird Sie müde machen, aber gegen Ihre Beschwerden helfen.«

Der Geruch wirkte auf Ell wenig vertrauenserweckend, doch sein Kopf schmerzte zu stark, als dass er hätte widersprechen können. In mühsamen, kleinen Schlucken trank er das bittere, lauwarme Gebräu. Mit bemerkenswerter Wirkung. Innerhalb von Minuten verebbte das Hämmern in seinem Schädel zu einem leichten Pochen. Schließlich gelang es ihm, sich aufzusetzen.

»Vielen Dank. Es ist mir zutiefst unangenehm, Ihnen solche Umstände zu bereiten.«

Der Mönch lächelte breit. »Sie nennen es Umstände. Ich nenne es das Leben.« Die Offenheit des Mönchs war entwaffnend.

»Ich bin William Ell«, stellte Ell sich vor.

»Mein Name ist Tian Wei. Ich bin der Abt dieses Klosters.« Man konnte Ell die Überraschung wohl ansehen, denn Tian Wei fuhr sogleich fort: »Ich bin jünger als alle meine Vorgänger. Dennoch wurde ich berufen, um Buddha und den Menschen zu dienen. In welcher Position auch immer.«

»Bestimmt keine leichte Aufgabe«, erwiderte Ell. »Ihr Kloster ist wunderschön. Ich bin beeindruckt, wie gut erhalten es ist.«

Der Mönch seufzte und faltete die Hände. »In der Kulturrevolution wurden die meisten Klöster und Tempel entweder zweckentfremdet oder zerstört. Es hat sehr lange gedauert, bis man uns gestattete, diese Stätten wieder ihrer Bestimmung entsprechend zu nutzen. Mit viel Arbeit und noch mehr Geduld ist es uns gelungen. Buddhas Lehre ist Teil der Identität dieses Landes und seiner Menschen. Sie zu verleugnen macht uns nicht stärker, sondern schwächer. Ich hoffe, unsere Regierung wird das eines Tages ebenfalls verstehen.« Der Blick des Abtes wurde nachdenklich. »Wie Ihre Begleiterin mir erzählt hat, ist der Grund Ihres Besuches jedoch kein kultureller oder religiöser, sondern die Suche nach jemandem?«

»Das ist richtig«, bestätigte Ell. »Wir suchen jemanden mit dem Namen Bo.«

»Darf ich mich erkundigen, warum?«

Ell wurde bewusst, dass er eine wirklich überzeugende Erklärung nicht anbieten konnte. Daher probierte er es mit der, wenn auch dürftigen, Wahrheit. »Ein Freund, der im Sterben lag, bat mich darum. Genaueres vermochte er mir nicht mehr zu sagen. Es schien ihm sehr wichtig gewesen zu sein. Meine Hoffnung ist, weiteres womöglich von diesem Bo zu erfahren.«

Der Abt akzeptierte diese Erklärung ohne weitere Nachfragen. »Wann soll dieser Bo hier gelebt haben?«

»Das weiß ich leider nicht genau«, gab Ell zu. »Es kann durchaus schon eine Weile her sein.«

»Ich selbst kenne niemanden dieses Namens, aber wenn es sich um einen Mönch handelt, existieren normalerweise Aufzeichnungen. Unsere Aufzeichnungen hier reichen leider nur etwa zehn Jahre zurück. Damals gab es gewisse Probleme mit den lokalen Behörden, weswegen sämtliche Mönche zwangsweise auf andere Klöster verteilt wurden. Alle alten Unterlagen wurden beschlagnahmt. Ich gehörte zu den Ersten, denen man nach dem Vorfall wieder ein Leben in diesen Mauern gestattete. Ich kann deshalb mit Bestimmtheit sagen, dass zumindest seit diesem Zeitpunkt niemand, der den Namen Bo trägt, Teil unserer Gemeinschaft war. Und für die Zeit davor besteht unglücklicherweise keine Möglichkeit mehr, dieses zu überprüfen.«

Ell war wie vor den Kopf geschlagen angesichts der Finalität dieser Worte. Der Abt bemerkte Ells Reaktion und versuchte, das Gesagte ein wenig abzumildern. »Ich werde gern herumfragen, ob sich vielleicht einer der Laien noch an etwas erinnert.«

Ell nickte erschöpft und sank zurück auf sein Kissen. »Vielen Dank für Ihre Hilfe.«

»Sie sollten jetzt schlafen, damit die Arznei richtig wirken kann. Wir sprechen uns morgen.«

»Natürlich. Und nochmals vielen Dank«, murmelte Ell.

In dem Augenblick, in dem er aufhörte, gegen seine Müdigkeit anzukämpfen, schlief er bereits.

…

Am nächsten Morgen ging es ihm deutlich besser. Dank der Arznei des Abtes hatte er traumlos durchgeschlafen, trotz des viel zu schmalen und harten Bettes. Er wusch sich so gut es ging, zog frische Kleidung an und machte sich auf den Weg in den Speiseraum. Dort fand er Chang Feng in eine Unterhaltung mit Li Chao vertieft.

»Du siehst immer noch scheiße aus, aber nicht mehr ganz so elend wie gestern«, begrüßte sie ihn gutgelaunt.

»Steinharte Betten und bitterer Tee wirken Wunder bei mir«, antwortete er verdrossen. »Was hat denn das Frühstücksbuffet heute zu bieten?«

»Alles, was du möchtest, solange es Reisbrei ist. Entweder kalt oder lauwarm.«

»Welch verlockende Auswahl. Gibt es Neuigkeiten von unserem Freund hier?«

Chang Feng schüttelte den Kopf. »Aber wer weiß, möglicherweise hat der Abt etwas herausgefunden. Er wollte ohnehin noch einmal nach dir sehen. Li Chao hat mir gerade erzählt, dass das Kloster ab Sommer Meditationsurlaub für Touristen anbieten wird. Dann können gestresste Großstädter einige Wochen mit den Mönchen leben und ihren Burn-out kurieren.«

»Ist ja großartig. Wir sollten gleich ein Zimmer reservieren.«

»Im Ernst?«

»Nein! Je eher ich dieses Null-Sterne-Etablissement hinter mir lassen kann, desto besser. Würdest du mir bitte das Wasser reichen?«

Chang Feng beugte sich vor und schob ihm einen Krug zu. Misstrauisch beäugte Ell den Inhalt.

»Das ist bloß Wasser«, bemerkte Chang Feng kopfschüttelnd.

»Anständiges Wasser kommt in grünen Flaschen und hat einen französischen oder italienischen Namen. Andererseits, was passt besser zu Reisbrei als namenloses Regenwasser.«

»Du wolltest doch unbedingt hierher!«

»Weil ich diesen Bo finden will. Nicht, um Klosterurlaub zu machen.«

In diesem Augenblick betrat der Abt den Speisesaal.

»Wie geht es Ihnen heute?«, fragte er und musterte Ell prüfend.

»Sehr viel besser. Dank Ihnen.«

Der Abt verbeugte sich leicht. »Das freut mich zu hören. Leider gibt es hinsichtlich Ihres eigentlichen Anliegens keine guten Nachrichten. Ich habe den ganzen Morgen herumgefragt. Niemand kann sich an den von Ihnen Gesuchten erinnern. Ich fürchte, Ihre weite Reise ist umsonst gewesen.«

Ell hatte so etwas schon befürchtet, und doch traf ihn die Enttäuschung mit voller Wucht. »Ich verstehe«, sagte er ratlos. »Dann haben wir wohl einfach Pech gehabt. Ich danke Ihnen dennoch für Ihre großzügige Hilfe.«

»Jederzeit«, erwiderte der Abt. »Und kommen Sie uns bald wieder besuchen. Wir bereiten uns darauf vor, künftig regelmäßig Pilger und Gäste aufzunehmen.«

Ell mühte sich, die Form zu wahren. Schließlich konnte der Abt nichts dafür, dass Davids Spur hier im Sande verlief. »Das klingt verlockend. Ich werde darüber nachdenken.«

Ell und Chang Feng verabschiedeten sich mit einer ansehnlichen Spende für den weiteren Ausbau des Klosters, die dankbar angenommen wurde.

Die Gruppe, mit der sie am Vortag angekommen waren, bereitete sich für die Abreise vor, und so packten sie ebenfalls ihre Sachen zusammen. Der Tross ließ die Tore des Klosters hinter sich und begann gemächlich den Abstieg. Es regnete und ein kalter Wind blies ihnen entgegen. Ell zog den Kragen seines Parkas nach oben und betrachtete fröstelnd den alten Mann am Wegesrand, der dort unbeweglich wie bei ihrer Ankunft auf dem Boden saß und weder Kälte noch Nässe zu spüren schien. Plötzlich blickte der Mann auf und fing an zu sprechen. »Zhè shì hěnjiǔ yǐqián de shì.«

Verblüfft blieb Chang Feng stehen.

»Was hat er gesagt?«, fragte Ell neugierig.

»Er sagt, es ist lange her«, antwortete Chang Feng. Ein kurzer Wortwechsel entspann sich zwischen ihr und dem alten Mann.

»Und?«

»Er behauptet, er würde dich kennen. Du seist schon einmal hier gewesen. Vor etwa fünfzehn Jahren.«

Inzwischen war der gesamte Tross zum Stillstand gekommen, doch niemand wagte es, die Worte des alten Mannes zu unterbrechen. Ell konnte sich keinen Reim auf das machen, was er da hörte. »Ich? Hier? Ganz bestimmt nicht. So etwas kann man ja wohl kaum vergessen. Frag ihn bitte, wie er darauf kommt.«

Chang Feng setzte die Unterhaltung fort und bei einem Wort des Alten beschleunigte sich Ells Puls. »Hat er gerade Bo gesagt?«

Chang Feng nickte. »Er sagt, du seist mit zwei weiteren Westlern eine Woche lang hier gewesen. Als Gäste des damaligen Abtes und eines reisenden Mönchs namens Qi Bo.«

»Völlig unmöglich«, flüsterte Ell. Dann überschlugen

sich seine Fragen. »Wer waren diese Leute? Was haben wir hier gemacht? Weiß er, wo wir Qi Bo heute finden können?«

Chang Feng dolmetschte, doch die Antwort fiel recht kurz aus. »Es waren ein Mann und eine Frau. Mehr weiß er nicht. Ihr wurdet streng getrennt von allen anderen untergebracht. Nur der Abt und Qi Bo durften mit euch sprechen. Und eines Morgens wart ihr einfach wieder verschwunden. Kurz darauf ist auch Qi Bo abgereist und niemals zurückgekehrt.«

Ell weigerte sich, jetzt locker zu lassen. »Kann er nicht irgendetwas zu Qi Bo sagen? Irgendetwas, das uns helfen könnte, ihn zu finden?«

Der alte Mann schien die Dringlichkeit in Ells Worten zu spüren. »Er sagt, dieser Qi Bo sei ein weiser Mann gewesen. Ein heiliger Mann. Eines Abends habe er sich mit ihm unterhalten. Es ging um ihre Kindheit und das Aufwachsen in den Bergen. Und um Qi Bos Sehnsucht nach dem Meer. Diese Geschichte ist hängengeblieben, weil auch er selbst noch nie das Meer gesehen hat.«

»Sonst nichts?«, fragte Ell ernüchtert.

»Nein«, erwiderte Chang Feng. »Das ist alles, woran er sich erinnert.«

4

Ell bemerkte weder das rapide schlechter werdende Wetter noch die Schwierigkeiten des Weges. Völlig in Gedanken versunken versuchte er, irgendeinen Sinn in die Geschichte des alten Mannes zu bringen. Gut möglich, dass der Alte sich das alles nur ausgedacht hatte. Oder er war verrückt oder dement oder beides zusammen. Dann stellte sich allerdings die Frage, wie er auf den Namen Bo kam. Könnte jemand aus dem Kloster ihm von Ells Suche erzählt haben? Normalerweise hätte Ell das Ganze augenblicklich als Märchen abgetan. Egal was der Alte sagte, dieser Ort war ihm so fremd wie die Rückseite des Mondes. – Wäre da nicht der Zeitpunkt gewesen. Ausgerechnet vor fünfzehn Jahren. Seine Entführung lag genau fünfzehn Jahre zurück. Und bis heute fehlte ihm daran jede Erinnerung. Traumatische Amnesie lautete die Diagnose der Ärzte. Wie konnte er sich sicher sein, wenn an dieser Stelle seines Gedächtnisses eine riesige

Lücke klaffte? Aber welcher Entführer verschleppte sein Opfer in ein buddhistisches Kloster?

Ein paar Mal wäre Ell fast der Länge nach hingeschlagen, so schnell drehte sich das Gedankenkarussell in seinem Kopf. Doch immer war eine stützende Hand zur Stelle, die ihn vor dem Schlimmsten bewahrte. Wie Chang Feng ihm zuflüsterte, hatte der Alte seit vielen Jahren mit niemandem gesprochen, weshalb ihre Begleiter ihn mit respektvollen, fast ehrfürchtigen Blicken bedachten.

Ohne sich an die Einzelheiten des restlichen Abstiegs erinnern zu können, lag Ell am späten Abend im Bett des schäbigen Hotelzimmers, das ihm schon vor dem Aufstieg als Unterkunft gedient hatte. Unruhig wälzte er sich von einer Seite auf die andere. Fragmente von Bildern, Gesprächen und Erlebnissen wirbelten ihm durch den Kopf. Irgendetwas verbarg sich dort, dicht unter der Oberfläche. Etwas Wichtiges. Doch jedes Mal, kurz bevor er es fassen konnte, entglitt es ihm wieder. Schließlich versank er in einen erschöpften Dämmerzustand.

Mitten in der Nacht stand er plötzlich senkrecht im Bett. Natürlich! Mit wenigen Schritten war er auf dem Flur und hämmerte an die Tür von Chang Fengs Zimmer, bis diese völlig verschlafen öffnete.

»Was ist denn los?«, fragte sie unwirsch und strich sich die zerzausten Haare aus dem Gesicht.

»Ich glaube, ich weiß, wie wir diesen Qi Bo finden können. Ich muss sofort telefonieren. Weißt du, wie spät es jetzt in Miami ist?«

Chang Feng lehnte sich gähnend gegen den Türrahmen. »Toll. Ein Telefon ist in der Lobby. Nein.« Damit klappte sie die Tür wieder zu.

Ell klopfte erneut.

»Was?«

»Du hast die Telefonkarte.«

Einen Augenblick sah Chang Feng aus, als wollte sie handgreiflich werden, dann stapfte sie in ihr Zimmer, rumorte eine Weile darin herum und kam schließlich mit der Telefonkarte zurück. »Hier. Und erinnere mich daran, nie wieder mit dir zu verreisen.« Damit schmiss sie die Tür endgültig hinter sich zu.

Doch Ell war zu aufgeregt, um sich Gedanken über Chang Fengs Laune zu machen. Wenn er richtig rechnete, war es in Miami jetzt später Nachmittag. Über die US-Telefonauskunft erhielt er die gewünschte Nummer.

»Laughlin, Dunn & Owens, was kann ich für Sie tun?«

»Ell hier, guten Tag. Ich möchte mit Mr. Owens sprechen.«

»Mr. Owens ist leider nicht mehr im Büro. Darf ich ihm etwas ausrichten?«

»Es ist ausgesprochen wichtig. Kann ich ihn vielleicht mobil erreichen?«

»Einen Augenblick.« Das Telefon wurde kurz stumm geschaltet. »Ich verbinde Sie, Mr. Ell.«

Einige Klingeltöne später drang die Stimme des Anwalts durch die Leitung. »Professor Ell, wie schön, von Ihnen zu hören. Wie stehen die Dinge in Arizona?«

»Hallo Mr. Owens, danke der Nachfrage. Die Anlage in Arizona ist leider abgebrannt. Aber deshalb rufe ich nicht an.«

»Abgebrannt?«, fragte Owens schockiert.

»Ja. Abgebrannt, zerstört, vollständig vernichtet.« Trotz

seines eigentlichen Anliegens kam ihm ein Gedanke. »Wir sind nicht zufällig versichert, oder?«

Owens seufzte schwer. »Versichert? Das ganze Projekt war inoffiziell, um nicht zu sagen am Rande der Legalität. Wie soll man so etwas versichern? Wie ist das denn passiert?«

»Oh, unsachgemäße Bedienung vermutlich. Der wahre Grund meines Anrufes ist folgender: Bei unserem letzten Treffen erzählten Sie, dass mein Vater eine Motorjacht über Sie gekauft habe. Wann genau ist das gewesen?«

»Ich schätze, vor etwa fünfzehn Jahren.«

Ells Aufregung wuchs. »Können Sie mir mehr Details dazu nennen? Um was für ein Boot es sich gehandelt hat und was damit passiert ist?«

»Da müsste ich in die Akten schauen. Das Ganze ist ja schon ziemlich lange her. Wie dringend ist die Angelegenheit denn?«

»Extrem dringend, Mr. Owens. Ich wäre Ihnen wirklich dankbar, wenn Sie mir diese Informationen so schnell wie möglich beschaffen könnten.«

Owens zögerte erst, erkannte dann jedoch offenbar die Gelegenheit, sich einem neuen Mandanten zu beweisen. »Was soll's. Ich liege sowieso schon zehn Schläge hinten. Und das an Loch zwei. In einer halben Stunde hat meine Sekretärin die Daten herausgesucht. Soll ich Sie zurückrufen?«

»Nein«, erwiderte Ell. »Geben Sie mir am besten Ihre Nummer.«

Die nächste halbe Stunde kam Ell vor wie ein halber Tag. Endlich war die Zeit um und er wählte die Nummer des Anwalts.

»Hier haben wir es. Jetzt kommt auch die Erinnerung zurück. Es handelte sich um eine nagelneue Siebzig-Fuß-Trawlerjacht. Nicht einer von diesen Cocktail-Cruisern, sondern ein hochseetüchtiges Boot für lange Strecken. Die Sorte, mit der Sie um die ganze Welt fahren können. Ist damals schon nicht billig gewesen. Dreieinhalb Millionen Dollar. Habe aber zehn Prozent Rabatt herausgehandelt.«

»Und was ist damit passiert?«, fragte Ell ungeduldig.

»Auf Wunsch Ihres Vaters erfolgte der Kauf über eine panamaische Stiftung. Irgendwo sollte hier stehen, wer als Direktor eingetragen wurde. Ah, da ist es ja. Ein gewisser Qi Bo. Fragen Sie mich nicht, wer das ist.«

Ein Gefühl des Triumphs durchströmte Ell. »Ist es möglich, den Aufenthaltsort des Bootes zu ermitteln?«

Owens überlegte einen Augenblick. »Die Jacht trug den Namen *Ocean Spirit*. Wenn sie sich in amerikanischen Gewässern aufhält, müsste die Küstenwache mehr wissen. Ich kenne dort jemanden. Ein alter Schulfreund. Ich könnte ihn fragen.«

»Ausgezeichnet, Mr. Owens. Ich bin beeindruckt. Ab morgen früh gibt es voraussichtlich wieder Empfang für mein Mobiltelefon. Bitte schicken Sie dorthin alles, was Sie herausfinden können.«

Ell diktierte seine Mobilnummer und verabschiedete sich von Owens. Den Rest der Nacht schlief er wie ein Stein.

…

»Und ich soll ganz sicher nicht mitkommen?«

Chang Feng und Ell saßen in einem Café am Flughafen von Peking. Gerade eben hatte Owens seine Zusage eingehalten und Ell den aktuellen Standort der *Ocean Spirit* geschickt. Vor zwei Tagen war sie vor Ketchikan in Alaska gesichtet worden.

»Ganz sicher«, erwiderte Ell. »Ich habe dich schon viel zu lange in Beschlag genommen. Außerdem sollte ich dich daran erinnern, nie wieder mit mir zu verreisen.«

»Ach, was ich sage, wenn ich aus dem Tiefschlaf gerissen werde, darf man nicht allzu ernst nehmen.«

»Und für dich geht es weiter nach Hongkong?«

Chang Feng nickte langsam. »Ich kann mich wohl nicht länger davor drücken, den Nachlass meiner Mutter zu regeln. Bislang wurde alles davon überlagert, ihren Mörder zu finden und zu bestrafen. Niemand hat es gewagt, das infrage zu stellen. Nachdem diese Aufgabe erledigt ist, werde ich einige grundsätzliche Entscheidungen treffen müssen.«

»Und du glaubst, du tust das Richtige? Ich konnte deine Beweggründe ja verstehen, solange es darum ging, Bloch entgegenzutreten. Aber wir reden hier von den Triaden. Das ist organisierte Kriminalität. Drogen, Auftragsmorde, Prostitution. So ein Mensch bist du nicht.«

Die Heftigkeit, mit der Chang Feng reagierte, traf Ell vollkommen unvorbereitet.

»Woher willst du wissen, was für ein Mensch ich bin?«, attackierte sie ihn wütend. »Glaubst du, das alles wäre mir nicht klar? Wenn jemand diese Leute kennt, dann ich. Vielleicht bin ich ja nicht der kleine Sonnenschein, für den du mich hältst. Und daran, dass diese Geschichte zu Ende ist, glaube ich erst, wenn dein Freund Aidan und seine Konkubine Carter hinter Gitter sitzen oder tot sind. Dabei sollten wir nicht vergessen, wem ich diese neuen Feindschaften zu verdanken habe. Ich wäre dir daher sehr verbunden, wenn du dich mit deinem moralischen Urteil etwas zurückhalten würdest.«

Ell zuckte unter diesen Worten zusammen, doch er konnte schwerlich widersprechen. Er war alles andere als unschuldig an der Situation, in der sie sich befand. Auch wenn er die Vorstellung von einer Chang Feng, die vom Elend anderer profitierte, niemals würde akzeptieren können, stand es ihm nicht zu, ihr Vorhaltungen zu machen. »Sorry. Keine Vorträge mehr von meiner Seite. Das ändert aber nichts daran, wie ich darüber denke.«

Chang Feng stand auf. »Zur Kenntnis genommen. Viel Glück bei deiner Suche nach Antworten. Ich hoffe, du wirst nicht enttäuscht von dem, was du findest.«

Die Stimmung war zu angespannt für mehr als eine kurze Umarmung.

»Dir auch viel Glück«, verabschiedete sich Ell und sah ihr nach, wie sie den Flugsteig entlangging und in der Menge verschwand.

5

Während des kurzen Direktfluges von Seattle nach Ketchikan beschlich Ell ein ungutes Gefühl. Bislang hatte er keinen Gedanken daran verschwendet, dass der Mann, den er suchte, gefährlich sein könnte. Er war immer davon ausgegangen, es müsse sich um einen Freund von David handeln. Mittlerweile verfügte er allerdings über Hinweise, die auf eine Verstrickung Qi Bos in seine Entführung hindeuteten. Ell neigte eigentlich nicht dazu, anderen Menschen zu misstrauen. Doch die jüngsten Ereignisse hatten ihn verändert. Kein Wunder, wenn sich fast täglich vorgebliche Gewissheiten in ihr Gegenteil verkehrten. Er beabsichtigte, einen Unbekannten in der Wildnis mit einer Reihe unangenehmer Fragen zu konfrontieren. Unter diesen Umständen schien es nur vernünftig, einige Sicherheitsvorkehrungen zu treffen. Er mochte keine Waffen, aber so hilflos wie in den letzten Wochen wollte er sich nie wieder fühlen.

Flug 65 der Alaska Airlines landete pünktlich um zehn

Minuten nach neun auf dem Ketchikan International Airport. Eine Fähre brachte ihn vom Flughafen in die Stadt und es dauerte nicht lange, bis er den ersten Waffenladen entdeckte. Schließlich befand er sich an einem Ort, für den der Jagdtourismus zu den wichtigsten Einnahmequellen zählte. Alaskas Waffengesetze gehörten zu den liberalsten im Lande und Ells Begründung, er brauche eine Zweitwaffe zum Schutz vor Bären, klang hier vollkommen einleuchtend. Es dauerte keine dreißig Minuten und er verließ das Geschäft mit einer .38 Smith & Wesson samt Transportkoffer, Holster und einhundert Schuss Munition. Jetzt musste er nur noch ein geeignetes Transportmittel finden.

...

MARTIN, ein gebürtiger Schweizer, lebte schon seit über zwanzig Jahren als Buschpilot in Alaska. Die Liebe zu einer Frau habe ihn hergebracht und die Liebe zu Alaska habe ihn bleiben lassen, erklärte er lachend, während er Ells leichtes Gepäck auf der Rückbank der DeHavilland Beaver verstaute. Normalerweise flog er mit seinem Wasserflugzeug Touristen oder Jäger, und Ells Anliegen, ein bestimmtes Boot zu suchen, fand er anscheinend nicht seltsam, sondern sah darin eine willkommene Abwechslung. »Haben Sie die aktuelle Position?«, erkundigt er sich nur.

Ell schüttelte den Kopf. »Das Boot verfügt zwar über

einen AIS-Transponder, fällt aber nicht in eine Kategorie, die es verpflichten würde, ihn ständig aktiviert zu haben.«

»Ihnen ist schon klar, dass das eine Suche nach der Nadel im Heuhaufen ist, oder?«

»Ich weiß. Allerdings kenne ich die Position einer Sichtung von vor vier Tagen. Und das Boot läuft maximal elf Knoten, eher weniger. Weit gekommen sein kann es daher nicht. Ein Foto habe ich auch.«

Ell reichte Martin sein Smartphone, damit er das Bild auf dem Display betrachten konnte.

»Nettes Teil, so etwas hätte ich auch gern. Genau das Richtige, um den Ruhestand zu genießen. Dafür muss ich wohl nur noch fünfhundert Jahre arbeiten.« Es klang jedoch keine Bitterkeit in seinen Worten mit.

Zehn Minuten später befanden sie sich in der Luft und starteten ihre Suche. Ell hatte aufgrund der wahrscheinlichsten Routen und Ziele in der Umgebung ein Suchmuster erstellt. Bewaffnet mit einem Feldstecher hielt er Ausschau. Von zwei Tankstopps abgesehen blieben sie bis zum Einbruch der Dunkelheit in der Luft, allerdings ohne dass ihre Mühe belohnt wurde.

»Dann morgen früh bei Sonnenaufgang?«, fragte Ell, als er sich zurück in Ketchikan von Martin verabschiedete.

»Sie sind der Boss. Solange Sie bezahlen, gehören ich und der Flieger ganz Ihnen.«

Erstmals stiegen Zweifel in Ell auf, ob er sich das Ganze nicht etwas zu einfach vorgestellt hatte.

Am nächsten Tag wählten sie die entgegengesetzte Richtung und das Spiel begann von vorn. Mehrmals gingen sie tiefer, um potenzielle Kandidaten zu überprüfen, doch in keinem Fall handelte es sich um die *Ocean*

Spirit. Es war schließlich Martin, der sie entdeckte. »Dort drüben. Könnte sie das sein?«

Ell stellte das Fernglas scharf und tatsächlich, in einer kleinen Bucht lag der Trawler mit seinem blauen Rumpf und den weißen Aufbauten vor Anker. Bei einem zweiten Überflug erkannte Ell, dass das Beiboot fehlte. Es fand sich etwa hundert Meter entfernt am Ufer, emporgezogen auf den sandigen Strand.

»Können Sie mich in der Nähe absetzen?«

»Nicht direkt. Der Abschnitt ist zum Landen zu kurz. Aber dort hinten ginge es. Den Rest müssten Sie zu Fuß gehen.«

Ell nickte sein Einverständnis.

Um kein Hindernis im Wasser zu übersehen, flog Martin den ausgewählten Bereich zwei Mal ab und setzte erst dann zur Landung an.

»Soll ich hier warten?«, fragte er, während sie sich dem Ufer näherten.

»Ja, bitte. Ich nehme ein Funkgerät mit und melde mich, sobald ich weiß, wie es weitergeht.«

»Denken Sie daran: Spätestens in einer Stunde müssen wir aufbrechen, sonst schaffen wir es nicht mehr bei Tageslicht zurück.«

Ell half Martin, das Flugzeug ans Ufer zu ziehen und zu vertäuen, bevor er nach seinem Rucksack griff und losmarschierte. Er brauchte deutlich länger als gedacht, um sich an der Wasserlinie entlang einen Zugang zur Landestelle des Beibootes zu bahnen. Wege gab es hier draußen nicht und die Vegetation schien es ihm so schwer wie möglich machen zu wollen. Schließlich näherte er sich seinem Ziel. Automatisch ging er langsamer und bemühte sich, möglichst leise zu sein, was natürlich vollkommen unsinnig war, da durch das Dröhnen des Wasserflugzeugs und den Lärm seiner unbeholfenen Dschungeldurchquerung niemandem im Umkreis von einigen Kilometern die Ankunft eines Besuchers entgangen sein konnte.

Am oberen Ende des Strandes hatte jemand Holz für ein Lagerfeuer zusammengetragen. Daneben standen ein Campingklappstuhl sowie eine Kiste mit Kochutensilien. Fußspuren führten in den gegenüberliegenden Wald. Vorsichtig trat Ell näher, als er plötzlich hinter sich eine sanfte Stimme hörte.

»Ich habe mich immer gefragt, ob wir uns eines Tages wiedersehen würden.«

Erschrocken wirbelte Ell herum. Wenige Meter entfernt stand ein kleingewachsener, älterer Asiate in ausgeblichenen Jeans, einer rotkarierten Baumwolljacke und Wanderstiefeln. Auf dem kahlen Kopf thronte ein Basecap der Detroit Tigers und in den Armen hielt er einen Stapel Bruchholz. Ell fragte sich, wie der Mann ihm unbemerkt so nahe hatte kommen können. Unwillkürlich suchte seine rechte Hand den Griff des Revolvers.

Ein feines Lächeln umspielte die Lippen des Mannes. »Die brauchen Sie nicht«, sagte er mit einem Blick auf die Waffe. »Ich bin ein überaus friedliebender Mensch.«

Verlegen zog Ell die Hand zurück. »Oh, die ist eigentlich auch nur zur Verteidigung gegen Bären gedacht.«

»Dann hoffe ich für Sie, dass Ihnen nur sehr kleine Bären begegnen werden. Ein ausgewachsenes Exemplar dürfte davon wenig beeindruckt sein.« Damit stapfte er an Ell vorbei zu der provisorischen Feuerstelle, lud seine Last ab und fing an, das Holz zu stapeln.

»Sie sind Qi Bo?«, fragte Ell, um sicherzugehen.

»Der bin ich. Wie haben Sie mich gefunden?«

»Durch David Goldstein.«

»David, natürlich. Wie geht es ihm?«

»Er ist tot.«

Qi Bo hielt mitten in der Bewegung inne. »Was ist passiert?«

»Er wurde erschossen.«

Qi Bo seufzte und nahm seine Tätigkeit wieder auf. »Wenn Sie das hier zu Ende machen, koche ich uns einen Kaffee, einverstanden?«

Ell zögerte kurz. »Einverstanden.« Er griff nach einem Holzstück und deutete damit hinaus in die Bucht. »Ein schönes Boot. War das das Lösegeld?«

Ratlos blickte der kleine Mann auf. »Lösegeld?«

»Für meine Freilassung. Schließlich sind Sie vor fünfzehn Jahren bei meiner Entführung dabei gewesen.«

Verwirrt schüttelte Qi Bo den Kopf. »Von einer Entführung weiß ich nichts. Ich habe Sie bloß behandelt. Wie kommen Sie denn darauf?«

Ell musterte sein Gegenüber scharf, sah aber nur ehrliches Unverständnis. »Warum erzählen Sie mir nicht einfach, was genau damals passiert ist?«

Verstehen blitzte in den Augen des Alten auf. »Sie erinnern sich nicht?«

Ell war jedoch nicht bereit, sein Blatt vollständig preiszugeben. »Es gibt Lücken«, erwiderte er stattdessen.

Qi Bo stellte einen Kaffeekessel aus Blech auf den Gaskocher und kratzte sich am Kopf. »Das wird einige Zeit in Anspruch nehmen. Es ist schon spät und ich lasse mich ungern hetzen. Auf dem Boot ist genügend

Platz. Sie sind herzlich eingeladen, dort zu übernachten.«

Ell fühlte sich zwar nicht ganz wohl bei dem Gedanken, aber sein Instinkt sagte ihm, dass von Qi Bo keine Gefahr ausging. Außerdem war er jetzt so weit gekommen, da würde er ohne die Antworten, die er suchte, bestimmt nicht wieder gehen. »Vielen Dank, sehr gern. Ich sage nur kurz meinem Piloten Bescheid.« Mit dem Handfunkgerät nahm er Kontakt zu Martin auf. »Martin, ich habe meinen Freund gefunden und werde hier übernachten. Bitte holen Sie mich morgen um die gleiche Zeit wieder ab.«

Kurz darauf hörte man in der Ferne das Triebwerk der Beaver anspringen. Das dumpfe Dröhnen wurde zu einem hellen Singen, als das Wasserflugzeug startete. Keiner sprach ein Wort, bis das Geräusch des sich entfernenden Flugzeugs vollständig verklungen war.

»Kaffee ist fertig«, vermeldete Qi Bo und reichte Ell, der auf einem umgestürzten Baumstamm Platz genommen hatte, einen dampfenden Becher. »Also die ganze Geschichte. Wenn jemand ein Anrecht darauf hat, dann Sie.« Ächzend ließ er sich in den Campingstuhl fallen. »Sie müssen wissen, ich bin ein einfacher Mann. Mein Vater war Bauer und meine Mutter Hausfrau. Die Schule habe ich selten von innen gesehen. Meistens musste ich meinen Eltern helfen, damit wir über die Runden kamen. Kaum erwachsen, zog ich in den nächsten größeren Ort und fing an, in einem Stahlwerk zu arbeiten. Sechs Tage die Woche, zwölf Stunden am Tag. Eines Tages erkrankte meine Mutter. Doch wir konnten uns keine Medizin leisten und erst recht keinen Arzt. Einzig ein Mönch kümmerte sich um sie, er hieß Tse Heng, doch konnte er ihr nur wenig Linderung verschaffen, ihre Erkrankung war zu schwer. Sie starb. Kurz darauf aus Gram auch mein Vater. Ich blieb zurück. Ungebildet, wütend auf das Leben und allein. Dennoch muss Tse Heng irgendetwas in mir gesehen haben. Beharrlich wirkte er auf mich ein, bis ich mich einverstanden erklärte, meinen Job im Stahlwerk aufzugeben und als Hausmeister und Gärtner in seinem Kloster anzufangen. Ich bin zuvor nicht gerade religiös gewesen. Religion ist schließlich Opium für das Volk.« An dieser Stelle verzog Qi Bo humorlos die Mundwinkel. »Um es kurz zu machen, fünf Jahre später wurde ich Mönch und weitere zwanzig Jahre später Abt des Klosters. In den Jahren bis zu seinem Tod lehrte Tse Heng mich alles, was er wusste. Und das war eine Menge. Sein Geist war erleuchtet. So erleuchtet, dass er es vermochte, einen schwachen Lichtschimmer sogar auf jemanden wie mich zu werfen. Er war ein weiser Mann und das Wissen, das er besaß, hatte die Zeit und alle weltlichen Widrigkeiten überdauert, weitergegeben von Mönch zu Mönch über die Jahrhunderte, ständig neu erfahren in der Übung des eigenen Geistes. Dann, vor fünfzehn Jahren, ereilte mich der Ruf eines befreundeten Abtes aus dem Hengduan-Gebirge. Es ging um die Durchführung eines fast in Vergessenheit geratenen Rituals. Nur wenige wussten um dessen Existenz und noch weniger, wie man es ausführte. Dank Tse Heng war ich einer dieser Wenigen.«

Qi Bo stand auf und schenkte heißen Kaffee nach. »Ich weiß nicht, wie vertraut Sie mit der buddhistischen Religion sind, aber sicherlich ist Ihnen bekannt, dass wir an das Konzept der Reinkarnation glauben.«

Ell nickte. »Der Geist oder die Seele eines Menschen geht nach dem Tod auf einen anderen Körper über.«

Qi Bo setzte sich wieder. »Ein häufiges Missverständnis. Das ist eigentlich die hinduistische Sichtweise. Nach der buddhistischen Lehre handelt es sich mehr um den Anstoß für eine neue Existenz, das karmabedingte Entstehen einer Person, ohne dass diese notwendigerweise über die Erfahrungen und Erinnerungen aus ihrem alten Leben verfügt. Andererseits kennt die Schule des Vajrayana-Buddhismus das Konzept des Trülku. Ein buddhistischer Meister kann sich bewusst für die Zeit und den Ort seiner Wiedergeburt entscheiden. Sein Wissen und seine Persönlichkeit bleiben dabei erhalten.« Qi Bo legte die Fingerspitzen gegeneinander. »Doch was würde passieren, wenn er nicht der Einzige wäre, der sich für das von ihm ausgewählte Ziel entschieden hat? Was, wenn ein anderes Bewusstsein es ebenfalls für sich beansprucht?« Der Mönch schien eine Antwort zu erwarten.

»Eine interessante Frage. Ich bin natürlich kein Theologe, aber falls so etwas wie Reinkarnation tatsächlich existiert, sollte es dann nicht einen Mechanismus geben, der ein solches Dilemma verhindert? Es wäre sicherlich nicht wünschenswert, wenn sich, wie im normalen Leben, einfach der Stärkere durchsetzen würde, oder?«

»Nein, wünschenswert wäre das nicht«, stimmte Qi Bo zu. »Ab jetzt beginnt der Teil der Geschichte, an dem wir vermutlich den Bereich des Konsenses darüber, was Realität und was Glaube ist, verlassen. Ich werde es Ihnen so schildern, wie es meiner Realität entspricht. Was Sie daraus machen, liegt ganz bei Ihnen. – Ich reiste also nach Nu Shan Si. Zu meiner Überraschung erwarteten mich dort drei Westler. Zwei Männer, ein älterer und ein jüngerer, sowie eine Frau. Tatsächlich waren es die ersten Westler, denen ich je begegnet bin. Doch sie waren noch aus einem anderen Grund anders. Ihr Geist war anders. Dichter. Komplexer. Älter. Es ist schwer, das jemandem zu beschreiben, der diese Art der Wahrnehmung nicht kennt. Der jüngere Mann befand sich allerdings in Schwierigkeiten. Er war kaum ansprechbar und litt offensichtlich große Qualen. Der Abt von Nu Shan Si musste mir nicht mehr erklären, warum er mich gerufen hatte. Der junge Mann diente nicht als Gefäß für ein Bewusstsein, sondern für zwei, die miteinander um die Vorherrschaft rangen.«

»Sie meinen so etwas wie Besessenheit?«, warf Ell zweifelnd ein.

»Ein eher kruder Vergleich, aber im Prinzip könnte man es wohl so nennen. Der ältere Mann bestätigte meinen Verdacht, indem er erklärte, dass ein fremdes Bewusstsein versuche, das Bewusstsein seines jungen Freundes zu verdrängen. Jeder andere hätte ihn vermutlich für verrückt gehalten. In etwa so wie Sie jetzt gerade, wenn ich Ihren Gesichtsausdruck richtig deute.«

Ell bemühte sich, seine in Falten gelegte Stirn zu glätten. »Die Macht der Gewohnheit. Bitte, fahren Sie fort.«

»Jedenfalls sah er nur einen Ausweg. Er bat mich, dieses fremde Bewusstsein zu bannen, um seinen Freund zu retten.«

»Was meinen Sie mit bannen?«

»Stellen Sie sich einen Tiger vor, der zu groß und mächtig ist, um ihn zu töten oder zu vertreiben. Alles, was Sie tun können, ist, ihn in eine Falle zu locken und in einen

Käfig zu stecken, damit er keinen Schaden mehr anzurichten vermag. Das meine ich mit bannen.«

»Sie haben eine Art Teufelsaustreibung vorgenommen? Einen Exorzismus?«

Qi Bo seufzte gequält. »Das klingt bei Ihnen so düster und außerweltlich. Stellen Sie es sich einfach vor wie zwei Reisende, die um den letzten freien Sitzplatz im Zug streiten.«

Unwillkürlich kamen Ell Davids Worte in den Sinn, kurz bevor ihn die tödliche Kugel getroffen hatte. *Reisende, wie ich ... wie du*. »Was geschah dann?«

Qi Bo zuckte mit den Schultern. »Ich tat, worum ich gebeten wurde. Dem jungen Mann stand ansonsten ein völlig ungewisses Schicksal bevor, vielleicht sogar der Tod. Ich hatte das Ritual noch nie selbst durchgeführt und wusste nicht, ob es mir gelingen würde. Doch drei Tage später hatten wir es geschafft. Der Tiger war im Käfig.«

»Dieser junge Mann, von dem Sie sprechen ...«

»Das waren Sie. Und der ältere Mann war David Goldstein.«

Ell lachte ungläubig auf. »Damit ich das richtig verstehe: Sie sagen, David hat mich in ein Kloster geschleppt, um dort dieses ... Ritual an mir durchführen zu lassen?«

Qi Bo nickte, unberührt von der Skepsis in Ells Stimme.

»Und wer war die Frau?«

»Das weiß ich nicht. David nannte sie Elizabeth. Eine ungewöhnliche Erscheinung. Groß, blond und sehr schön. Wobei ich natürlich kein Experte auf diesem Gebiet bin.« Qi Bo erlaubte sich ein kleines Lächeln.

Ell hingegen erstarrte. Mit unsteten Fingern griff er nach seiner Brieftasche und entnahm ihr ein zusammengefaltetes Foto. »Aber es war nicht diese Frau, oder?«

Qi Bo nahm das Foto entgegen und betrachtete es genau. »Das war sie. Ein wenig älter als auf diesem Bild, doch es besteht kein Zweifel.« Er musterte Ell mitfühlend. »Das scheint Sie ja sehr mitzunehmen. Darf ich fragen, wer das ist?«

»Das«, antwortete Ell kaum hörbar, »ist meine Mutter. Sie starb wenige Tage nach meinem siebten Geburtstag bei einem Raubüberfall in Südafrika – vierzehn Jahre, bevor Sie mit ihr zusammengetroffen sind …«

Inzwischen war die Nacht hereingebrochen. Die Sterne über ihnen erstrahlten in einer Helligkeit und Klarheit, die ein Stadtbewohner nie zu Gesicht bekam. Qi Bo entzündete das Lagerfeuer und Ell rückte dankbar näher an die wärmenden Flammen.

»Was möchten Sie essen?«, fragte Qi Bo und wühlte in seiner Verpflegungskiste.

»Was gibt es denn?«

»Sie haben die Wahl zwischen Dosenravioli und Dosenbohnen. Oder, die Empfehlung des Tages, Dosenravioli mit Dosenbohnen.«

»Letzteres, bitte.«

»Dem schließe ich mich an.« Qi Bo stellte einen Blechtopf auf den Gaskocher und öffnete die Konservendosen. Kurz darauf löffelten sie schweigend ihr Abendessen.

»All die Jahre dachte ich, ich wäre von irgendwelchen Kriminellen entführt worden«, durchbrach Ell schließlich mit Bitterkeit in der Stimme die Stille. »Dabei war es der Mann, dem ich am meisten vertraute.«

Qi Bo genehmigte sich einen Nachschlag aus dem Topf. »Ich vermute, nur er verstand die wahre Natur Ihres Problems. Ohne sein Eingreifen hätte man Sie wohl einfach in eine Klinik gesteckt – mit äußerst geringen Heilungschancen. David sah das, was Sie eine Entführung nennen, vielleicht als die einzige Möglichkeit, Ihnen die Hilfe zukommen zu lassen, die Sie benötigten.«

»Und meine Mutter? Weshalb hat man mich belogen und mir erzählt, sie wäre tot? Könnte sie auch heute noch am Leben sein?«

Funken stoben auf, als einige glühende Holzscheite in sich zusammenfielen.

»Das kann ich Ihnen leider auch nicht sagen. Bedauerlicherweise scheint zusammen mit dem fremden Bewusstsein auch ein großer Teil Ihrer eigenen Erinnerungen blockiert worden zu sein.«

»David wusste es - aber David ist tot.« Ell überlegte einen Moment. »Könnte dieses andere Bewusstsein es wissen?«

Qi Bo bedachte ihn mit einem unergründlichen Blick. »Der Tiger in seinem Käfig? Möglich.«

Ell versank wieder in Gedanken. »Warum sind Sie fortgegangen?«, fragte er schließlich. »Warum das Boot?«

Qi Bo kaute sorgfältig zu Ende, bevor er antwortete. »Das ist nicht meine Idee gewesen. David hat mich von der Notwendigkeit überzeugt. Er wollte mir nicht die ganze Geschichte erzählen, aber es gab wohl jemanden, der Ihnen nach dem Leben trachtete. Und dieser Jemand würde Sie in Ruhe lassen, solange das zweite Bewusstsein blockiert bliebe.«

Ell schüttelte verständnislos den Kopf. »Das war doch erledigt. Warum wollte David Sie dennoch verstecken?«

Qi Bo zögerte. Die Antwort bereitete ihm offensichtlich Unbehagen. »Weil ich der Einzige bin, der es wieder rückgängig machen könnte.«

Behutsam stellte Ell seinen Teller ab. »Das könnten Sie wirklich?«

Qi Bo schien die Richtung, die das Gespräch nahm, nicht zu gefallen. Es dauerte eine Weile, bis er antwortete. »Einen wilden Tiger einzufangen und in einen Käfig zu sperren, ist schwierig und gefährlich. Den Käfig mit dem wilden Tiger darin aufzusperren und die Tür zu öffnen, ist dagegen einfach. Aber nicht unbedingt weniger gefährlich.«

Ell blickte zu Boden. »Seit einiger Zeit leide ich unter Albträumen. Ich höre eine Stimme. Sie redet mit mir, doch ich kann sie nicht verstehen. Als spräche sie eine fremde Sprache. Und so fremd mir diese Sprache auch ist, klingt sie trotzdem irgendwie vertraut.«

Beunruhigt beugte Qi Bo sich vor. »Das ist gar nicht gut. Seit wann ist das so? Gab es einen Auslöser, an den Sie sich erinnern?«

Sofort dachte Ell an das erste Mal, als er den grünen Stein berührt hatte. An das Gefühl, einen elektrischen Schlag zu bekommen und fast ohnmächtig zu werden. Anschließend waren die Träume gekommen. »Kennen Sie sich mit künstlicher Intelligenz aus?«

Qi Bo schaute ihn ratlos an. Dann hellte sich seine

Miene auf. Er griff in seine Jackentasche und zog ein Telefon hervor. »Manchmal unterhalte ich mich mit Siri.«

Ell musste lächeln.

»Allerdings habe ich hier draußen selten Empfang, und dann sind ihre Antworten recht einsilbig«, fuhr Qi Bo mit leichter Enttäuschung in der Stimme fort. »Wieso fragen Sie?«

»Denken Sie, es ist möglich, dass noch etwas anderes ein Bewusstsein entwickeln kann? Ich meine, außer uns Menschen?«

Jetzt war es an Qi Bo zu lächeln. »Bereits die Frage führt in die Irre. Sie verwechseln Bewusstsein mit Intelligenz. Bewusstsein ist universell. Es muss sich nicht entwickeln. Es braucht lediglich einen geeigneten Ort, um sich niederzulassen und sichtbar zu werden. Und weshalb sollte der einzige geeignete Ort ausgerechnet ein ziemlich fragiles, zweibeiniges Wesen von eher zweifelhafter Ästhetik sein?«, Qi Bo deutete in den funkelnden Nachthimmel. »Bei all dieser Auswahl.«

Ell half Qi Bo dabei, das Geschirr abzuwaschen. Er war es nicht gewohnt, so viel Zeit unter freiem Himmel zu verbringen, und es fühlte sich beinahe an wie ein Rausch. Als wäre ihm die klare Luft Alaskas zu Kopf gestiegen. »Eine Frage haben Sie noch nicht beantwortet«, nahm er das Gespräch wieder auf. »Warum das Boot?«

Qi Bos Blick wanderte über die Bucht zu der vor Anker liegenden Jacht. »Schon in meiner Jugend hat mich der Gedanke an das Meer fasziniert. Nichts als Wasser, von Horizont zu Horizont. Etwas derart Gewaltiges, scheinbar

Grenzenloses konnte ich mir einfach nicht vorstellen. Es gab nur eines, das mich noch mehr beschäftigte.«

»Nämlich?«

»Wale.«

Ell musste lachen. »Wale?«

»Tiere, groß wie ein Haus, die mit einem Atemzug hunderte Meter tief tauchen können. Das wollte ich sehen. Unbedingt. Aber wie das mit Kindheitsträumen so ist, meist bleiben sie unerfüllt. Als David mich ins Exil schickte, war mir sofort klar, wenn ich schon gehen musste, dann dorthin, wo es Wale gibt.«

»Und haben Sie die Wale gefunden?«

»Das habe ich«, bestätigte Qi Bo zufrieden.

»War es so, wie Sie gedacht hatten?«

»Besser. Viel besser.«

Der Holzvorrat war bald aufgebraucht und Ell und Qi Bo sahen zu, wie das Feuer langsam kleiner wurde, bis nur noch die rote Glut übrigblieb.

»Qi Bo?«

»Ja?«

»Tun Sie es. Machen Sie es rückgängig.«

6

Die Uhr zeigte drei Uhr morgens und an jedem anderen Tag hätte dies bedeutet, dass Dr. Jennings bereits seit mehreren Stunden tief und fest im Bett seines kleinen Reihenhauses schlafen würde. Er hätte sein Labor pünktlich um fünf Uhr nachmittags verlassen, auf dem Weg nach Hause noch einige Besorgungen erledigt, den braunen Buick in der Doppelgarage, die er sich mit seinem Nachbarn teilte, abgestellt, die beiden Katzen gefüttert, Dim Sung bei Mr. Woo's Lieferservice bestellt und den Rest des Abends Serien auf Netflix geschaut. Dieser Tag war jedoch nicht wie andere Tage. Auf diesen Tag hatte Jennings sehnsüchtig gewartet. Und so saßen er und seine Kollegin Dr. Wheeler im sterilen Untersuchungsraum Nummer drei des DARPA-Hauptquartiers und beobachteten gebannt abwechselnd einen kleinen, verbrannten Kristallklumpen und die Anzeigen auf einem Computerbildschirm.

»Energiepegel bei 0,003 und fallend«, las Wheeler die Zahlen ab.

Jennings rollte aufgeregt mit seinem Stuhl heran. »Gleich ist es so weit. Wir müssten jeden Augenblick bei null sein. Dann können wir endlich die Diamantsäge anschmeißen.«

Wheeler nickte, auch wenn sie den Enthusiasmus ihres Kollegen nicht im gleichen Maße teilte. Wenn es nach ihr gegangen wäre, hätte das Zeit bis zum nächsten Morgen gehabt.

Plötzlich durchflutete ohne jede Vorwarnung ein gleißendes grünes Licht jeden Winkel des Raumes. Doch ehe einer der beiden Wissenschaftler zu reagieren vermochte, war es schon wieder vorbei.

»Was war denn das?«, rief Jennings perplex.

Wheeler hatte instinktiv die Augen zusammengepresst. Dennoch tanzten blitzende Sterne in ihrem Gesichtsfeld und es dauerte eine Weile, bis sie wieder deutlich sehen konnte. Verwirrt studierte sie den Computerbildschirm. »Knapp zwei Sekunden lang hat es einen Ausschlag jenseits der Skala gegeben. Jetzt ist alles bei null. Das Ding muss in den letzten Tagen die gesamte Restenergie gesammelt und auf einen Schlag freigesetzt haben.«

»Reden Sie keinen Unsinn, Wheeler. Sie klingen ja, als würde irgendeine Absicht dahinterstecken.« Jennings ging so nah an den ausgebrannten Kristall heran, wie es die Schutzabdeckung erlaubte. »Das war bestimmt wieder eine Art Kurzschluss. Auf jeden Fall ist es das gewesen. Im Stein ist es zappenduster. Das Teil ist tot. Endgültig.«

…

Über dreitausend Kilometer entfernt, im achten Stock des Militärkrankenhauses von Phoenix, beendete die Nachtschwester ihren Kontrollgang. Zurück im Schwesternzimmer drehte sie die Lautstärke des Fernsehers etwas höher und widmete sich, begleitet von einer Wiederholung der Jimmy Fallon Show, dem nie enden wollenden Papierkram. Zumindest dafür eignete sich die Nachtschicht perfekt.

Nach wenigen Minuten schalteten sich die sensorgesteuerten Deckenlampen auf dem Flur automatisch aus. Das Krankenhaus musste sparen und Strom gehörte zu den größten Ausgabenposten. Auch in Zimmer 821 herrschte fast vollständige Dunkelheit. Das matte Leuchten des Notausgangsschildes reichte gerade aus, um die unbewegliche Gestalt der Patientin unter der Bettdecke erahnen zu lassen. Hätte die Schwester ihren Rundgang nur ein paar Minuten später begonnen, wäre sie Zeugin geworden, wie sich der Körper der Patientin plötzlich aufbäumte und nach Luft rang. Wie eine Ertrinkende, die gerade noch rechtzeitig an die rettende Oberfläche zurückkehrt. Nach vier, fünf tiefen Zügen wurde die Atmung ruhiger und gleichmäßiger. Der Lidschlag setzte ein und ein Paar tiefgrüner Augen löste langsam den Blick von der Zimmerdecke.

7

MUMBAI

Anshana lief so schnell sie konnte. Das knielange lachsfarbene Kleid erwies sich dabei als ebenso hinderlich wie das kleine Bündel roter Rosen, das sie mit der rechten Hand fest umklammert hielt. Doch sie besaß nun einmal nur dieses eine Kleid und für die Blumen hatte sie heute früh auf dem Markt nach hartnäckigem Feilschen vierzig Rupien bezahlt. Sie würde sie auf keinen Fall loslassen. Ihre Verfolger rückten immer näher. Auf offener Straße konnte sie ihnen unmöglich entkommen. Ihre einzige Chance bestand darin, Dharavi zu erreichen. Dort, in den schmalen, verwinkelten Gassen, wäre sie in Sicherheit. Mit ein wenig Glück würde sie ihren Cousin finden. Ansonsten kannte sie zahlreiche Verstecke, um für ein Weilchen unterzutauchen.

Sie mobilisierte ihre letzten Kräfte und biss die Zähne gegen das dumpfe Pochen in der linken Hüfte zusammen, das schmerzhafte Andenken an die Begegnung mit einer Rikscha, während sie den ganzen Vormittag über auf den

Straßen vor dem Victoria Terminus unterwegs gewesen war, um ihre Blumen zu verkaufen. Das Umherlaufen zwischen den ständig stoppenden, wieder anfahrenden, hupenden und jede kleinste Lücke nutzenden Fahrzeugen glich einem ruhelosen Tanz, bei dem die Augen immer überall gleichzeitig sein mussten. Bereits ein winziger Augenblick der Unaufmerksamkeit konnte einen teuer zu stehen kommen. Nicht auszudenken, wenn die verdammte Rikscha über ihre bloßen Füße gerollt wäre. Doch auch sonst ließ dieser Tag zu wünschen übrig. Die Geschäfte liefen einfach nicht. Und so hatte sie sich entschlossen, mit dem Zug die acht Haltestellen Richtung Norden nach Dharavi zu fahren und ihren Cousin um einen Job zu bitten. Dinesh besaß beste Kontakte, und wenn sie lange genug bettelte, brachte er sie bestimmt für einige Tage bei einem seiner Bekannten zum Müllsortieren unter. Das war weniger nervenaufreibend als das Blumenverkaufen und tausendmal besser, als den Müll zu sammeln. Nicht, dass sie das nicht auch schon gemacht hätte. Aber immer nur dann, wenn es gar nicht anders ging und der Hunger ihr keine Wahl ließ. Den größten Ertrag brachte das Müllsammeln in den ankommenden Fernzügen. Die quollen geradezu über vor Plastikflaschen, Papier, Verpackungen, Metalldosen und allem anderen, was Reisende unterwegs sonst noch verloren oder entsorgten. Das reinste Paradies. Absoluter Spitzenmüll. Allerdings befanden sich die Züge fest in der Hand der Gangs und die älteren Jungs verstanden keinen Spaß. Damit blieben ihr nur die Orte, die entweder eine geringere Ausbeute oder ein größeres Risiko mit sich brachten. Auf den Deponien, zum Beispiel oben in Baiganwadi, oder in den brackigen Kanälen genügte die kleinste Verletzung, um sich heftige Infektionen oder widerwärtige Parasiten einzufangen. Kein Vergnügen, wenn das Geld für Medizin oder gar einen Arzt fehlte. Nein, sie zog es eindeutig vor, den Müll zu sortieren.

Zunächst galt es aber, heil von der Straße herunterzukommen. Ihr aktuelles Problem hatte im Zug seinen Anfang genommen. Zugfahren glich einem Spießrutenlauf, denn natürlich konnte sie sich keine Fahrkarte leisten. Das hieß, den Kontrolleuren zu entwischen und notfalls auf dem Dach zu fahren. Doch Gefahr drohte noch von anderer Seite. Einige Gangs lebten davon, Sitzplätze zu besetzen und nur gegen Zahlung an die Reisenden freizugeben. Und ausgerechnet einer solchen Gruppe, die gerade Langeweile schob, war sie direkt in die Arme gelaufen. Der Anführer, ein bösartig grinsender, hässlicher Kerl mit schwarzen Zähnen, wollte ihr die eben erst mühsam verdienten paar Rupien abnehmen. Da die Matunga-Station schon in Sichtweite kam, gab sie ihm spontan einen Tritt zwischen die Beine und flüchtete. Keine besonders kluge Entscheidung, aber nun nicht mehr rückgängig zu machen. Sie schätzte ihr eigenes Alter auf etwa zwölf Jahre. Vielleicht dreizehn. Genau wusste sie es nicht. Damit wuchs das Risiko, nicht mehr nur verprügelt zu werden, sondern noch viel Schlimmeres. Sie beabsichtigte nicht, stehen zu bleiben und es darauf ankommen zu lassen.

Endlich. Dharavi. Sofort fing sie an, in dem Dschungel aus dicht an dicht miteinander verwachsenen Hütten und einfach gemauerten Behausungen wilde Haken zu schlagen. Unablässig und völlig automatisch suchten ihre Augen den Boden ab, um nicht in irgendetwas Spitzes oder

Scharfes hineinzutreten. Zielstrebig durcheilte sie die häufig nur schulterbreiten Gänge und Wege, auf deren Grund sich kaum je ein Sonnenstrahl verirrte. Zu eng standen die teilweise mehrstöckigen Gebäude, die vermutlich nur deshalb nicht umfielen, weil sie sich stützend gegeneinander lehnten. Um sie herum wogte ein geschäftiger Ozean aus ständig wechselnden Geräuschen und Gerüchen. Mal gewann der Duft frisch gebackener Chapatis oder noch warmer Papadams Überhand, mal der süßliche Gestank von Fäkalien und faulendem Unrat. Aus jedem Winkel hörte man es hämmern, sägen, klappern, lachen und schimpfen. Dharavi mochte ein Slum sein, aber es war kein Ort, der sich aufgegeben hatte. Ganz im Gegenteil. Eine eigenartige Mischung aus Verzweiflung und Hoffnung, Resignation und Aufbruch, schreiendem Elend und stiller Würde hielt das Herz Dharavis am Schlagen. Ein stinkendes Herz, aber ein sehr lebendiges.

Schwer atmend kroch Anshana hinter einen Stapel rostiger Fässer und machte sich so klein wie möglich. Die Flucht hatte sie mehr angestrengt als erwartet. Schon seit einiger Zeit fühlte sie sich erschöpft, wie nach einer langen, kräftezehrenden Erkältung. Hoffentlich wurde sie nicht krank, das wäre eine absolute Katastrophe. Fünf Minuten vergingen. Dann zehn. Doch kein Mitglied der Gang tauchte auf. Sie schien ihre Verfolger tatsächlich abgehängt zu haben. Die anfängliche Erleichterung verflog allerdings schnell wieder, als ihr Blick auf die verbliebenen Blumen in ihrer Hand fiel. Ein ramponiertes, zerdrücktes Bündel, das sich bestimmt nicht mehr verkaufen ließ. Damit war der magere Gewinn des Vormittags dahin. Seufzend setzte sie sich auf und verließ ihr Versteck. Der Gedanke, die beschädigten Pflanzen wegzuwerfen, kam ihr jedoch nicht einmal in den Sinn. Alles hatte einen Wert. Und wenn es dafür eines Beweises bedurfte, konnte man ihn dort finden, wo Anshana ihren Cousin anzutreffen hoffte, im dreizehnten Compound, dem Zentrum der Recyclingindustrie von Dharavi.

Für den Weg an die nordwestliche Grenze des Slums ließ sie sich viel Zeit. Keinesfalls wollte sie es riskieren, durch einen blöden Zufall erneut auf ihre Häscher zu treffen. Sie wusste, dass diese es sich nicht leisten konnten, lange nach ihr zu suchen. Bald würde der Berufsverkehr einsetzen und die Jungs mussten zu den Zügen zurückkehren, wollten sie nicht wichtige Einnahmen verlieren oder im Ernstfall sogar ihre Stammplätze an die Konkurrenz.

Sie roch ihr Ziel, bevor sie es sah. Der beißende Gestank von geschmolzenem Plastik hing schwer in der Luft. Ihre Augen begannen zu brennen und sie versuchte, zu den Werkstätten, in denen die Kunststoffe verflüssigt wurden, möglichst großen Abstand zu halten. Ein paar Hütten weiter nahm ein Schredder, der den Plastikmüll vor der Weiterverarbeitung zerkleinerte, mit ohrenbetäubendem Kreischen seinen Betrieb auf. Die meisten Hände waren allerdings damit beschäftigt, Dinge zu sortieren. Plastiktüten, Computerteile, Autobatterien, Elektrogeräte, Stifte und Dosen. Was sich reparieren ließ, wurde repariert, alles andere in seine Einzelteile zerlegt. Viele der Einzelteile funktionierten noch tadellos und landeten für eine gründliche Reinigung und den anschließenden Verkauf sorgfältig getrennt auf riesigen Haufen. Nur der letzte Rest, für den es auch bei aller Fantasie und bestem

Willen keine Hoffnung mehr gab, fand seinen Weg in den Schredder oder die Schmelzöfen.

Mit suchendem Blick schlängelte Anshana sich durch das arbeitsame Gewimmel und entdeckte ihren Cousin schließlich vor der Werkstatt von Mr. Shaik. Dinesh stand dort, lässig an die Wand gelehnt, den Blick auf sein Handy geheftet, und wirkte, als wäre er aus einer anderen Welt gefallen. Während alle um ihn herum mit ihren verschwitzten, rußigen Gesichtern sowie den von Farben, Fetten, Ölen und Materialresten verschmutzten Körpern geradewegs einer namenlosen Hölle entstiegen zu sein schienen, trug Dinesh schwarze Jeans, ein fleckenloses weißes Hemd, trotz der Hitze eine enge, hellbraune Lederjacke, einen sorgfältig rasierten Oberlippenbart und seinen üblichen, selbstzufriedenen Gesichtsausdruck.

»Dinesh!«, rief Anshana erleichtert.

Dinesh sah auf. »Wenn das nicht meine Lieblingscousine Shani ist«, begrüßte er sie spöttisch. »Was hat dich denn hierher verschlagen? Oder anders gefragt: In welchen Schwierigkeiten steckst du heute?«

»Wer sagt, ich stecke in Schwierigkeiten?«, schnappte Anshana empört.

»Shani …«

»Na schön«, gestand Anshana widerwillig und erzählte ihrem Cousin von den Ereignissen des Vormittags. »Ich brauche einen Job, Dinesh. Bitte. Nur für ein paar Tage, um wieder ein bisschen Geld für die nächsten Blumen zusammenzubekommen.«

»Du weißt, was ich davon halte, wenn du dich wie ein Junge herumtreibst. Du solltest bei deiner Großmutter sein und ihr mit den Kleinen und der Wäsche helfen.«

»Daadi ist eine Hexe. Das weißt du ganz genau. Sie duldet gerade einmal, dass ich bei ihr übernachte. Aber auch nur, wenn ich nach elf Uhr komme, vor fünf Uhr wieder verschwunden bin und ihr jede Woche sechzig Rupien dalasse.«

»Stimmt, sie ist eine Hexe«, gab Dinesh zu. »Du hast allerdings Glück, Cousinchen. Ich habe nämlich ein neues Geschäftsmodell entwickelt und werde in Kürze schwerreich sein. Dann bezahle ich deine Mitgift, suche dir einen ehrbaren Mann und deine Sorgen sind vorüber.«

»Ich will aber keinen Mann«, erwiderte Anshana ungeduldig. »Ich will einen Job.«

»Und wenn es ein ganz toller Mann ist?«, lockte Dinesh grinsend.

»Einen Job!«

»Komm schon. Nicht mal, wenn es Varun Dhawan ist?«

Anshana dachte einen Moment ernsthaft nach. Mit einer von Dinesh gestifteten Karte hatte sie Dhawan vor einer Weile im Kino gesehen. »Dhawan ist okay, denke ich. Aber bis dahin: einen Job!«

Geschlagen lenkte Dinesh ein. »Ist ja gut. Ich sehe, was ich machen kann.«

Damit begann er zu telefonieren, während Anshana nervös um ihn herumschlich. Keine zehn Minuten später löste sich ihre Anspannung.

»Du kannst ab morgen für eine Woche bei Amit Papier sortieren. Achtzig Rupien pro Tag.«

Anshana strahlte. »Danke Dinesh, du bist der Beste.«

Aus lauter Dankbarkeit fühlte sie sich genötigt, ihren Cousin nach seinem neuen Geschäftsmodell zu fragen. Bei Dinesh gab es immer gerade ein neues Geschäftsmodell.

Mal handelte es sich um einen Rikscha-Service für Prominente, mal um eine Lederjackenmaßschneiderei mit Lieferdienst, mal um ein authentisches Slum-Hotel für wagemutige Touristen. Es wurde nie etwas daraus, doch das tat seiner Begeisterung für den nächsten Plan keinerlei Abbruch. Und dank seiner Umtriebigkeit blieb auf wundersame Weise immer etwas bei ihm hängen. Er besaß einfach das Talent, auch den größten Reinfall noch als Erfolg zu verkaufen.

»Ich führe Dharavi ins einundzwanzigste Jahrhundert! Ich entwickle gerade eine App, über die alles, was hier hergestellt wird, online vermarktet werden kann. Eine Art Dharavi-Amazon. Und ich werde dann so etwas wie der nächste Jeff Bezos.«

Anshana hatte keinen Schimmer, wer Jeff Bezos war, nickte aber pflichtschuldig.

»Die Seifenmacher sind bereits mit an Bord, die Elektronikverwerter interessiert«, zählte Dinesh auf. »Nur die Töpfer stellen sich noch ein wenig an. Was nicht wirklich überraschend ist. Die haben sich ja schon immer für was Besseres gehalten. Und angeblich ist meine Marge zu hoch. Ich bin allerdings zuversichtlich, auch dort bald einen Durchbruch zu erzielen.«

»Das klingt wie eine tolle Idee«, lobte Anshana mit mehr Überzeugung, als sie empfand. Es schien jedoch genau das zu sein, was Dinesh hören wollte, denn er nickte nachdrücklich und grinste dabei glücklich. Anshana nutzte die günstige Gelegenheit und ließ sich von ihrem Cousin zum Essen einladen. Während sie so viel von dem Reiscurry wie möglich in sich hineinstopfte, lauschte sie seinen hochfliegenden Zukunftsplänen, die bereits detaillierteste Vorstellungen der Inneneinrichtung seines Luxusapartments in Bandra beinhalteten.

Unter tausend Danksagungen verabschiedete sie sich schließlich. Da sie ab morgen für die nächste Woche eine bezahlte Arbeit sicher hatte, fand sie sich plötzlich in der seltenen Situation wieder, über einen ganzen Nachmittag frei verfügen zu können. Und sie wusste auch schon genau, was sie damit anfangen wollte. Der Tod ihrer Mutter lag jetzt fast zwei Jahre zurück. Seitdem war sie nicht mehr zur Schule gegangen. Um zu überleben, musste sie arbeiten, und für die Schule blieb dabei nun einmal keine Zeit. Doch zumindest bis zu ihrem Tod hatte Anshanas Mutter nicht nur auf den regelmäßigen Schulbesuch ihrer Tochter bestanden, sondern auch mit langen Extraschichten an ihrer alten, fußbetriebenen Nähmaschine das Schulgeld für eine Privatschule verdient. Ein unerhörter Luxus, denn normalerweise investierte man nicht in die Ausbildung von Mädchen. Wozu auch? Sie wurden verheiratet und sollten Kinder bekommen. Bei Jungen hingegen lohnte sich der Aufwand. Je besser die Ausbildung, desto mehr Geld konnten sie später einmal verdienen, um die Familie zu unterstützen. Häufig hatten sich Anshanas Mutter und ihre Großmutter deswegen gestritten. Letztere hätte es lieber gesehen, wenn das Geld für Anshanas kleine Brüder gespart worden wäre. Anshana vermutete, dass daher auch der tiefe Groll stammte, den ihre Großmutter gegen sie hegte. Sie machte Anshana dafür verantwortlich, ihre Enkel nun ohne Rücklagen aufziehen zu müssen.

An ihren Vater konnte Anshana sich nicht mehr erinnern. »Da hast du nichts verpasst«, hatte der stets gleiche, zornige Kommentar ihrer Mutter gelautet, wenn dieses

Thema zur Sprache gekommen war. »Dein Vater war ein nutzloser Säufer, und als nutzloser Säufer ist er gestorben.«

Wie auch immer. Nach vier Jahren Schule konnte Anshana jedenfalls ziemlich gut lesen, ganz ordentlich schreiben und halbwegs passabel rechnen. Lediglich mit dem Dividieren haperte es bisweilen. Aus diesen besseren Tagen stammte ihr kostbarster Besitz, ein dickes Zeichenheft und ein kompletter Satz feinster Buntstifte. Gelb und rot gingen allerdings langsam zur Neige, was an ihrer Vorliebe für das Malen von sonnigen Landschaften mit vielen leuchtend roten Blumen lag. Dieser wertvolle Schatz befand sich, sorgfältig in mehrere Plastiktüten verpackt, in einem alten Metallkasten neben den Bahngleisen der Central Line, etwa einen halben Kilometer von der Sion Station entfernt. Vor Urzeiten mochte dieser halb verrottete Kasten im Streckennetz der Bahngesellschaft einen bestimmten Zweck erfüllt haben, mittlerweile war er längst vergessen und damit ein hervorragendes Versteck.

Ohne besondere Eile wanderte Anshana erst die Sixty Feet Road und dann die Ninety Feet Road entlang, bis sie das Töpfer-Viertel erreichte. Unterwegs behielt sie ihre Umgebung genauestens im Auge. Der Schreck des Vormittags saß ihr noch in den Knochen. Auf Höhe des Friedhofs bog sie schließlich nach Osten in Richtung der Bahngleise ab. Je näher sie ihrem Versteck kam, desto vorsichtiger wurde sie. In diesem schmalen Streifen zwischen den letzten Behausungen und den Gleisen herrschte wenig Betrieb. Erst als sie sicher sein konnte, dass weder ein Zug kam noch sonst irgendjemand ihr besondere Beachtung schenkte, schlenderte sie wie zufällig an dem Kasten vorbei, entnahm mit flinken Fingern das in Plastik gehüllte Paket und machte sich schleunigst wieder von dannen.

Etwa fünfzig Meter entfernt standen ein paar verloren wirkende Bäume, in denen einige kleinere Kinder herumturnten. Kurzerhand verscheuchte sie die Bande und kletterte selbst auf einen der tieferhängenden Äste. Behutsam öffnete sie die Verpackung und zog das Zeichenheft heraus. Die lädierten Blumen fanden einen Platz zwischen der letzten Seite und dem Rückendeckel. Wenn sie getrocknet waren, würden sie sich hervorragend für eine Collage eignen. Dann schlug Anshana die erste Seite auf. Die älteren Zeichnungen ähnelten sich alle sehr. Dichter Dschungel oder weite Felder mit vielen bunten Pflanzen und großen Tieren. Insbesondere Elefanten und Tiger. Manchmal stand in der Landschaft auch ein einzelnes großes Haus. Ihr Haus. Und sie selbst schaute aus einem der Fenster heraus.

Vor zwei oder drei Monaten hatten die Motive jedoch angefangen, sich zu verändern. Sie wusste nicht warum, aber immer häufiger tauchten plötzlich Orte und Personen in ihrem Kopf auf. Vollkommen fremde Orte, die ihr nichts sagten, und Personen, denen sie mit Sicherheit noch nie begegnet war. Dennoch sah sie vor ihrem geistigen Auge jedes kleinste Detail. Seitdem malte sie nichts anderes. Es befiel sie wie ein Zwang, und nur, wenn sie die Bilder in ihrem Kopf zu Papier brachte, konnte sie sich davon befreien. Nichts Kindliches wohnte diesen Bildern mehr inne. Tatsächlich hatten sie eine fast fotografische Qualität.

Anshana erreichte die letzten benutzten Seiten. Das vorletzte Blatt zeigte eine Frau mit ausgeprägtem Kinn und strengen Gesichtszügen, umrahmt von einem typisch indischen Schleier. Die eine Hälfte des Gesichts wirkte makellos, die andere jedoch war grausam entstellt. Anshana erinnerte sich dunkel, etwas Ähnliches schon einmal gesehen zu haben. Bei einer angeblich untreuen Ehefrau, der ihr Ehemann Säure ins Gesicht geschüttet hatte. Schnell blätterte sie die Seite um. Das letzte Bild musste sie noch fertigstellen. Ebenfalls eine Frau, nur deutlich weniger furchteinflößend. Der Anblick brachte etwas Unbestimmtes tief in Anshana zum Klingen. Es fehlten nur noch Kleinigkeiten. Sie griff nach den Buntstiften, wählte die richtige Farbe und fing damit an, die Augen grün auszumalen.

8

NEW YORK CITY

Zwei Stufen auf einmal nehmend sprang Olivia Navarro die Treppe des Subway-Ausganges Ecke Vierzigste Straße und Siebte Avenue empor. Bis zu ihrem Arbeitsplatz war es von hier aus nur ein Block, doch heute schien der eigentlich so kurze Fußmarsch nicht enden zu wollen. Endlich erreichte sie das moderne, stolz in den Himmel ragende Verlagsgebäude. Mit mehr Schwung, als notwendig gewesen wäre, stieß sie die gläsernen Türen zur Lobby auf. Die weitläufige Eingangshalle erstreckte sich entlang sechs Meter hoher, ringelblumengelber Wände bis zu einem lichtdurchfluteten, nach oben offenen Atriumgarten. Normalerweise zog es ihren Blick jedes Mal zu den dort zwischen grünem Moos wachsenden silbrigen Birken, wobei sich das angenehme Gefühl in ihrer Magengrube ausbreitete, am Ziel ihrer beruflichen Träume angekommen zu sein. Nicht an diesem Morgen. Ohne ihre Umgebung wahrzunehmen, stürmte sie durch die Schranken vor den Fahrstühlen und tippte auf dem elektronischen Wanddisplay das Ziel ein. Dritter Stock, Newsroom. Ein paar ebenfalls vor den Aufzügen wartende Kollegen grüßten sie. Ihre einzige Reaktion bestand aus einem abwesenden Nicken. Kurz darauf spuckte eine der Kabinen sie mitten im pulsierenden Herzen der Zeitung, für die sie seit mittlerweile drei Jahren arbeitete, wieder aus. Auf mehreren durch rote Treppen verbundenen Ebenen wurde in einem Meer aus offenen Arbeitsnischen, Besprechungsräumen und gläsernen Büros geschrieben, telefoniert und diskutiert. Angestrengt hielt sie Ausschau, bis sie inmitten des geschäftigen Treibens die von ihr gesuchte Person entdeckte. Eilig bahnte sie sich einen Weg durch das Gewimmel.

»Joe«, setzte sie an, sobald sie in Hörweite kam, »was geht hier vor?«

Ihr direkter Vorgesetzter, Deputy Editor Joseph Cage, fuhr überrascht herum. »Oliv? Was machst du hier? Du solltest doch zu Hause bleiben.«

»Machst du Witze? Ich soll zu Hause bleiben, während du zulässt, dass sich meine Arbeit der letzten sechs Monate in Luft auflöst? Meine Arbeit – und Bobs.«

Eine zornige Falte teilte Cages Stirn in zwei Hälften. »Lass Bob da raus. Und was soll ich deiner Meinung nach tun?«

»Ein bisschen Rückgrat zeigen?«, schlug Navarro wütend vor.

Cage zuckte zusammen, als hätte sie ihm einen Schlag versetzt. »Das ist unfair, und das weißt du auch. Dieses Mal geht es nicht um eine der üblichen Schikanen der Regierung, weil wir statt alternativer Fakten lieber die Wahrheit berichten. Wir haben die Feds im Haus. Mit Gerichtsbeschluss. Die Rechtsabteilung hat alles geprüft. Es bleibt uns nichts anderes übrig, als zu kooperieren.«

»Wo sind sie jetzt?«

»Beim Chef. Und danach nehmen sie sich dein Büro vor.«

Cage machte eine Pause und setzte dann versöhnlicher hinzu: »Es tut mir leid, Oliv. So ist das nun einmal. Manchmal gewinnen wir, manchmal verlieren wir.«

»Aber nicht so«, knurrte Navarro und machte auf dem Absatz kehrt.

»Oliv! Verdammt, mach keinen Scheiß«, rief Cage ihr hinterher, während sie zurück zu den Fahrstühlen hastete. Das Display bestätigte ihre Eingabe für den siebten Stock. Sie würde nicht einfach zusehen, wie man ihr die Puzzleteile, die gerade anfingen, Sinn zu ergeben, wieder aus der Hand schlug. Offensichtlich befand sie sich auf der richtigen Spur. Warum sonst sollte sich die Regierung so brennend für ihre Unterlagen interessieren? Mühsam widerstand sie dem Impuls, auf das Schaltbrett des Fahrstuhls einzuschlagen. Was dauerte das so lange? Endlich öffneten sich die Türen. Vielleicht schaffte sie es ja noch, irgendetwas in Sicherheit zu bringen. Sie musste es zumindest versuchen. Sie rannte den Flur entlang bis zu dem kleinen Einzelbüro, das ihr extra für diese Story zugewiesen worden war. Doch sie kam zu spät. Hinter ihrem Schreibtisch stand ein gutaussehender, großgewachsener Mann in einem dunkelgrauen Anzug und sortierte in aller Seelenruhe ihre Akten und Notizbücher in einen Pappkarton. Zuletzt folgte ihr Laptop.

»Was machen Sie da?«, krächzte sie außer Atem, obwohl sie die Antwort schon kannte.

Der Mann wandte sich zu ihr um und sie konnte die golden schimmernde Marke an seinem Hosenbund erkennen.

»Ms. Navarro, nehme ich an«, begrüßte er sie.

»So ist es. Wer gibt Ihnen das Recht, in meinen Unterlagen herumzuwühlen?«

»Das Siebte Bezirksgericht. Der entsprechende Titel liegt Ihrem Chef vor.«

»Und ich dachte, wir hätten Pressefreiheit in diesem Land. Was wollen Sie so dringend vertuschen?«

Der Mann seufzte. »Ich will gar nichts vertuschen, Ms. Navarro. Ich mache nur meinen Job.«

Damit verschloss er den Pappkarton mit einem Deckel und nahm ihn unter den Arm. Bevor er den Raum verließ, drehte er sich an der Tür noch einmal kurz um. »Bitte entschuldigen Sie die Unannehmlichkeiten.«

»Ficken Sie sich«, brach es aus Navarro heraus. »Ich werde mich ganz bestimmt nicht von euch zum Schweigen bringen lassen!«, rief sie ihm noch hinterher, als er bereits den Flur hinunterging. Geschockt und niedergeschlagen ließ sie sich in einen der Besucherstühle fallen. Was sollte sie jetzt tun? Was konnte sie überhaupt tun? Von einigen Unterlagen und Notizen besaß sie Kopien, doch das meiste befand sich jetzt in dieser verdammten Pappschachtel. Sie musste die Chefetage irgendwie davon überzeugen, gegen die Beschlagnahme vorzugehen, ansonsten blieb ihr nichts anderes übrig, als noch einmal ganz von vorne anzufangen.

»Was machen Sie hier?«, kam eine scharfe Stimme von der Tür.

Navarro blickte auf. Vor ihr standen zwei grimmig

dreinschauende, breitschultrige Gestalten in schwarzen Anzügen. »Das ist mein Büro. Und wer sind Sie?«

»Special Agents Henderson und Wolff, Department of Homeland Security. Der gesamte Inhalt dieses Büros ist beschlagnahmt. Haben Sie irgendetwas an sich genommen?«

Navarro schüttelte verwirrt den Kopf. »Wollen Sie mich verarschen? Sie haben doch bereits alles eingepackt und mitgenommen.«

Die beiden Männer schauten sich kurz an. »Wovon sprechen Sie?«

»Na, von dem Agent, der gerade hier gewesen ist. Kahlrasiert, dunkelgrauer Anzug, Afroamerikaner.«

Einer der Männer griff zu seinem Funkgerät. »Alle Ausgänge sichern«, schnarrte er hinein. »Bis auf Weiteres verlässt niemand das Gebäude. Gesucht wird eine Person, aus dem siebten Stock kommend, vermutlich auf dem Weg zum Ausgang. Der Mann gibt vor, ein Agent zu sein.« Danach folgte Navarros kurze Beschreibung.

Nachdem über Funk eine Empfangsbestätigung gekommen war, drehte er sich wieder zu ihr um. »Treten Sie bitte vor. Wir bringen Sie in einen der Konferenzräume. Dort wird ein weiblicher Agent Sie durchsuchen, und anschließend unterhalten wir uns ausführlich darüber, was hier gerade passiert ist.« Navarro machte wohl keinen besonders kooperativen Eindruck, denn er fühlte sich genötigt hinzuzusetzen: »Sollten Sie versuchen, unsere Ermittlungen zu behindern, bekommen Sie Schwierigkeiten. Größere Schwierigkeiten, als Sie auch nur ahnen können.«

Widerwillig gab Navarro nach. Zumindest für den Moment.

…

Über eine Stunde dauerte das Verhör, doch bis auf die Personenbeschreibung des Mannes und die kurze mit ihm geführte Unterhaltung hatte Navarro den Agents nicht viel erzählen können. Henderson machte aus seinen Zweifeln an der Geschichte keinen Hehl, daher hätte ihr Verhör wohl deutlich länger gedauert, wenn nicht plötzlich eine mögliche Sichtung des Verdächtigen in der Nähe des Central Parks gemeldet worden wäre. Henderson wies sie eilig an, am nächsten Morgen in seinem Büro für eine Fortsetzung der Befragung zu erscheinen, und brach mit seinen Kollegen auf, um der neuen Spur nachzugehen.

Navarro fühlte sich schwindelig, hungrig und wollte einfach nur noch weg. Wie von selbst führten ihre Schritte sie die Achte Avenue hinunter in ihren Lieblings-Coffeeshop. Tief in Gedanken versunken bestellte sie einen Latte macchiato und einen Cream Cheese Bagel. Auf dem Weg zu einem freien Tisch kam sie an einem zeitungslesenden Mann vorbei. Als dieser die Zeitung sinken ließ, verschüttete sie beinahe ihren Kaffee. Es handelte sich um den mysteriösen Mann aus ihrem Büro.

»Ms. Navarro. Würden Sie sich einen Moment zu mir setzen?«

Es dauerte einen Augenblick, bis sie ihre Sprache

wiederfand. »Sie? Sie werden überall gesucht ... und Sie haben meine Sachen! Wer zum Teufel sind Sie? Und warum sollte ich mich zu Ihnen setzen und nicht stattdessen laut schreien?«

»Das sind eine ganze Menge Fragen und ich werde Sie Ihnen gern beantworten. Wenn Sie mich lassen. Ich kann Ihnen versichern, es gibt keinen Grund zu schreien. Es sei denn, Sie wollen, dass das DHS doch noch in den Besitz Ihrer Unterlagen gelangt.«

Der letzte Satz brachte Navarro dazu, mit leicht zitternden Händen ihren Kaffee und ihren Bagel abzustellen und am Tisch des Mannes Platz zu nehmen.

»Was will ein falscher Agent mit meinen Rechercheergebnissen eines halben Jahres? Und woher wussten Sie von der Durchsuchung? Meine Redaktion und ich wurden davon vollkommen überrascht.«

»Tatsächlich bin ich gar kein falscher Agent. Ich gehöre nur zu einem anderen Verein. Mein Name ist Gray, FBI, und ich verfolge etwas andere Interessen als meine Kollegen vom DHS.«

»Zeigen Sie mir Ihre Marke.«

Gray gehorchte und Navarro untersuchte den Ausweis gründlich, bevor sie ihn Gray zurückreichte. »Ein Agent sind Sie trotzdem nicht, Director Gray. Was sind das für Interessen?«

»Beim DHS gab es kürzlich eine undichte Stelle.« Gray brach ab und blickte einen Moment ins Leere, als hinge er einer unangenehmen Erinnerung nach. »Seitdem versuchen wir herauszufinden, ob es noch weitere davon gibt. In diesem Zusammenhang sind wir auf einige ungewöhnliche Ermittlungen des DHS gestoßen, über die sich die

Behörde bislang wenig auskunftsfreudig zeigt. Unter anderem interessiert uns, weshalb das DHS so sehr an Ihnen interessiert ist.«

Navarro lachte humorlos auf. »Warum wohl. Ich arbeite an etwas, das für die Regierung höchst unangenehm werden kann. Offensichtlich will man mich vorher zum Schweigen bringen.«

»Worum geht es dabei?«

»Das soll ich ausgerechnet Ihnen erzählen? Sie stehen doch auf deren Seite!«

»Wie ich schon sagte, sind meine Interessen anders gelagert. – Außerdem habe ich sowieso Ihre ganzen Unterlagen und könnte es jederzeit selbst herausfinden.«

Da hatte der Mann wohl recht. Navarro nahm einen Schluck Latte macchiato. Den Bagel rührte sie nicht an, der Appetit war ihr gründlich vergangen. »Im Grunde genommen ist das gar nicht meine Story, sondern Bobs«, begann sie schließlich. »Robert Wilson. Der beste Reporter, den ich je kennenlernen durfte. Zwei Pulitzer Preise. Wir haben zusammengearbeitet. Bis ... bis er kurz vor Weihnachten ums Leben kam.«

Gray zog die Augenbrauen zusammen. »Ich erinnere mich. War das nicht ein aus dem Ruder gelaufener Raubüberfall?«

»So lautet die offizielle Version. Ich bin mir allerdings sicher, dass es sich um einen eiskalt geplanten Mord gehandelt hat.«

»Weshalb glauben Sie das?«

»Bob befand sich nicht zufällig dort, wo er umgebracht wurde. Er folgte einem anonymen Hinweis. Man hat ihn in eine Falle gelockt.«

»Fahren Sie fort.«

»Bob hatte eine Theorie. Eine zugegebenermaßen ziemlich gewagte Theorie, aber eine, für die er mehr und mehr Belege fand. Er glaubte, die zunehmende Unsicherheit in der Welt, die letzte Finanzkrise, die politischen und wirtschaftlichen Probleme einer wachsenden Zahl von Ländern, der Zerfall oder die Lähmung supranationaler Institutionen, die Radikalisierung ganzer Bevölkerungsgruppen, der religiös motivierte Terrorismus, die Verbreitung von Verschwörungstheorien und Falschinformationen, all das sei kein Zufall, sondern Ergebnis einer gezielten Strategie.«

»Das klingt allerdings ziemlich gewagt. Eigentlich klingt es selbst wie eine Verschwörungstheorie.«

Navarro nickte. »Das dachte ich anfangs auch. Diese Welt ist zu komplex, zu unkontrollierbar, als dass tatsächlich irgendeine ominöse Gruppe aus dem Dunkel die Fäden ziehen könnte. Das sind die Fantasien von mit der Wirklichkeit überforderten Menschen, die die Unwägbarkeiten unseres Daseins nicht ertragen können und sich deshalb in die Vorstellung flüchten, alles wäre ganz einfach mit dem konspirativen Zusammenwirken böser Mächte zu erklären. In Wahrheit geht es ihnen meist nur darum, irgendeinen Schuldigen zu finden, damit es ihnen erspart bleibt, die Verantwortung für das ganze Elend um uns herum auch bei sich selbst zu suchen.« Sie stellte ihren Becher ab. »Aber dann zeigte mir Bob seine Recherchen. Und dabei trat etwas Beunruhigendes zutage, Bob nannte es Dekonstruktionsmuster. Viele der Zerfallserscheinungen der letzten Jahre ließen sich auf einzelne, gezielte äußere Interventionen zurückführen. Die Verbreitung wohlplatzierter Lügen, die finanzielle Förderung bislang unbedeutender radikaler Interessengruppen, die Diskreditierung einflussreicher, in der Öffentlichkeit stehender Personen, das Säen von Zweifeln an eigentlich selbstverständlichen Tatsachen. Es gelang ihm, unzählige ansonsten vollkommen unabhängige Ereignisse mit nur einer Handvoll Auslöser in Verbindung zu bringen. Mit Auslöser meine ich zum Beispiel Informationsquellen im Internet, die bestimmte Behauptungen in Umlauf bringen, oder Konten, über die bestimmte Unternehmungen oder Gruppierungen finanziert werden. Das konnte kein Zufall mehr sein. Doch die Identifizierung der Auslöser erwies sich als nahezu aussichtslos. Jemand verwischte auf professionelle Weise alle Spuren. Mal endeten sie bei einer anonymen Hackergruppe, mal bei einer Briefkastenfirma in einem Steuerparadies. Erst kurz vor seinem Tod gelang es Bob, erste Fortschritte zu erzielen.«

Es war unmöglich, an Grays Miene abzulesen, was er von der Geschichte hielt. »Hatte Mr. Wilson denn zumindest eine Theorie, wer dahintersteckte oder wozu der ganze Aufwand betrieben wurde?«

»Das ist das große Problem«, gab Navarro kleinlaut zu. »Wir wissen es nicht. Es gibt keine erkennbare Linie, keine Staaten, keine Firmen, keine Personengruppen, keine Institutionen, die eindeutig von all dem profitieren würden. Es scheint beinahe so, als wäre das Ziel das Chaos selbst.«

»Und Sie führen diese Recherchen fort?«

»Darauf können Sie wetten«, bestätigte Navarro nachdrücklich. »Wenn Sie mich fragen, hängt unsere Regierung ebenfalls mit drin. Zumindest weiß sie mehr darüber.«

»Wie kommen Sie darauf?«

»Zum einen frage ich mich, wie wahrscheinlich es ist, dass ein Reporter auf die eben beschriebenen Muster stößt, nicht hingegen die über ein Dutzend Geheimdienste dieses Landes. Zum anderen habe ich selbst Hinweise darauf gefunden, dass die Regierung etwas vertuscht. Erinnern Sie sich an den massiven Stromausfall vor vier Wochen? Es gab zahlreiche weitere Vorfälle in dieser Zeit, die darauf hinweisen, dass wir Ziel eines Hackerangriffs gigantischen Ausmaßes gewesen sind. Doch die Regierung hatte für alles eine fadenscheinige Erklärung. Vielleicht können die ja dem Rest der Welt etwas von verstärkter Sonnenaktivität oder einem betrunkenen Techniker erzählen, der auf die falschen Knöpfe gedrückt hat, mir aber nicht.«

Gray schaute mit offenkundigem Unbehagen aus dem Fenster. »Vielleicht können wir uns ja gegenseitig helfen. Sie teilen mir ab sofort alle Ihre Erkenntnisse mit und ich gebe Ihnen dafür Ihre Unterlagen zurück - natürlich nachdem ich einen kurzen Blick darauf geworfen habe. Außerdem kann ich möglicherweise die eine oder andere Nachforschung mit den Mitteln des FBI etwas beschleunigen.«

»Wieso sollte ich Ihnen vertrauen?«, fragte Navarro unverblümt. »Wahrscheinlich glauben Sie mir sowieso kein Wort.«

»Sie wären erstaunt, was ich in der Lage bin, alles zu glauben, Ms. Navarro«, erwiderte Gray kryptisch. »Im Übrigen haben Sie nichts zu verlieren, oder?«

Navarro dachte einen Augenblick nach. »Okay, probieren wir es.«

»Ausgezeichnet«, entgegnete Gray und stand auf. »Allerdings dürfen Sie gegenüber niemandem ein Wort über unsere kleine Abmachung verlieren. Am allerwenigsten gegenüber dem DHS.«

»Schon klar. Ich bin ja nicht blöd.«

»Keine Annahme läge mir ferner.«

»Ach, Gray?«

»Ja?«

»Kennen Sie das Gerücht, wonach das Internet seit zwei Monaten rund vier Prozent langsamer läuft, als es sollte?«

»Ist das so?«

»Angeblich ja. Und niemand kennt den Grund.«

»Höre ich zum ersten Mal. Aber danke für den Hinweis.« Gray deutete auf Navarros unberührten Bagel. »Essen Sie den nicht mehr?«

Navarro schüttelte den Kopf.

Sichtlich erfreut griff Gray nach dem Brötchen. »Versuchen Sie nicht, mich zu kontaktieren. Ich melde mich bei Ihnen. Einen schönen Tag noch.« Kauend verließ er den Coffeeshop.

Navarro blickte ihm nach, bis sich seine hoch aufragende Gestalt in der rastlosen Betriebsamkeit eines typischen New Yorker Vormittages verloren hatte.

...

Gray steckte auf Höhe der Elften Straße im dichten Verkehr fest, als sein Handy vibrierte. Er zog das Gerät aus der Jacketttasche und schaute auf das Display. Sechzehn Anrufe in Abwesenheit. Genervt verzog er das Gesicht und nahm das Gespräch an.

»Boss! Na endlich! Ich versuche schon den ganzen Morgen, Sie zu erreichen«, begrüßte ihn sein neuer Assistent, Special Agent Marty Brown, erleichtert.

»Ich war beschäftigt. Was gibt es denn so Wichtiges?«

»Diese Frau, die ich im Auge behalten sollte, Katrina Shaw. Sie ist letzte Nacht aus dem Krankenhaus verschwunden.«

Gray machte unwillkürlich eine Vollbremsung. »Wie bitte? Verschwunden?« Ein mulmiges Gefühl ergriff von ihm Besitz. »Gibt es Hinweise, wie man sie aus dem Krankenhaus geschafft hat?«

»Mir liegen die Aufnahmen der Überwachungskameras des Krankenhauses vor. Niemand hat sie irgendwohin geschafft. Sie ist einfach hinausspaziert, bekleidet mit nichts außer einem Krankenhaushemdchen.«

Gray konnte kaum glauben, was er da hörte. »Die Frau lag im Koma, verdammt! Ihr Gehirn ist angeblich nur noch Gemüse. Und da entscheidet sie sich plötzlich, aufzustehen und einen Spaziergang zu machen? Was sagen die Ärzte dazu?«

»Der Chefarzt konnte mir keine Erklärung anbieten. Der gute Mann ist vollkommen verwirrt.«

»Ich will, dass alles, was Beine hat, nach ihr sucht. Weit kann sie ja nicht gekommen sein.«

Marty hüstelte betreten. »Das ist noch nicht die ganze Geschichte, Boss. Am frühen Morgen wurde in der Nähe bei einem Motorradhändler eingebrochen. Auch dort gab es Überwachungskameras. Die Aufnahmen habe ich mir gerade heruntergeladen.«

»Und?«

»Tja, wie es aussieht, hat unsere Ms. Shaw ein Motorrad geklaut.«

»Ein Motorrad geklaut«, wiederholte Gray mit flacher Stimme.

»Genau.«

»Das heißt, während wir hier sprechen, fährt eine komatöse Frau in einem Krankenhaushemdchen auf einem Motorrad durch Arizona.«

»Nein, Sir, nicht ganz. Sie hat auch eine Ledermontur mitgehen lassen. Und Stiefel. Und einen Helm.«

Statt einer Antwort schaltete Gray die Alarmsirene seines Dienstwagens ein. »Ich bin gleich im Büro.«

...

Gray stand neben Marty und schaute fassungslos auf den Monitor. Das Bild der Überwachungskamera zeigte einen Showroom, in dem ordentlich nebeneinander aufgereiht etwa ein Dutzend Motorräder stand. Von der Seite kam eine Frau ins Bild, um deren schmale Gestalt ein grünes Krankenhaushemdchen flatterte.

»Hören Sie auf zu grinsen, Marty«, tadelte Gray, ohne den Blick vom Bildschirm zu nehmen. »Diese Hemdchen sind alle an der Rückseite offen.«

»Sorry, Boss.«

Der Blick der Frau wanderte zu der Überwachungskamera. Ihr feingeschnittenes Gesicht wirkte blass, fast durchscheinend unter den wirren, schwarzen Haaren. In starkem Kontrast hierzu standen ihre leuchtend grünen Augen, mit denen sie ohne zu blinzeln in die Kamera schaute. Es kam Gray vor, als sähe sie ihn direkt an, und er spürte, wie er eine Gänsehaut bekam. Anschließend ging die Frau zu einer Reihe von Regalen und zog einige Overalls heraus, bis sie einen passenden fand. Umstandslos entledigte sie sich der Krankenhauskluft und zog stattdessen die Ledermontur über. Zum Abschluss wählte sie ein Paar Stiefel und schritt langsam die Reihe der Motorräder ab, bevor sie kurz den Aufnahmebereich der Kamera verließ.

»Jetzt holt sie den Schlüssel«, erklärte Marty. »Der Schlüsselkasten ist in einem Nebenraum, der nicht von einer Kamera überwacht wird.«

Als die Frau wieder auftauchte, trug sie bereits einen schwarzen Helm. Zielsicher ging sie auf die letzte Maschine in der Reihe zu, stieg auf und startete sie mit geübten Handgriffen.

»Das ist eine Kawasaki Ninja H2R«, murmelte Marty anerkennend. »Das Mädchen hat Geschmack.«

Dann ging alles sehr schnell. Mit durchdrehendem Hinter- und blockiertem Vorderreifen wendete die Frau das schwere Motorrad auf der Stelle um neunzig Grad, gab erneut Gas und raste frontal durch die unter dem Aufprall zersplitternde Schaufensterscheibe des Geschäfts. Zurück blieb ein verlassener Showroom mit Glassplittern auf dem Boden und einigen Verkaufskatalogen, die von der Zugluft durch den Raum gewirbelt wurden.

»Das war eigentlich unnötig«, stellte Gray fest.

»Aber wahnsinnig cool«, seufzte Marty und drückte auf die Wiederholungstaste. Die Kameraaufnahmen ließen keinen Zweifel zu. Es handelte sich eindeutig um Shaw.

Was zur Hölle ist mit dir passiert, fragte sich Gray lautlos. Und wo willst du so eilig hin?

9

HONGKONG

Die Schläge kamen mit einer solchen Geschwindigkeit und Härte, dass Chang Feng kaum Zeit blieb zu reagieren, geschweige denn, selbst einen Angriff zu starten. Schneller als das Auge zu folgen vermochte, wirbelten die Schlagstöcke durch die Luft und trafen in einem unablässigen Stakkato krachend aufeinander. Jeder Aufprall ließ Chang Fengs Griff schwächer werden und schickte Wellen schmerzhafter Vibrationen durch ihre Arme. Erste Risse zeigten sich in ihrer Verteidigung. Das Tempo war einfach zu hoch. Ein mächtiger Hieb sauste herab, während sie sich noch in der Aufwärtsbewegung befand, und schlug ihr den linken Stock aus der Hand. Gleichzeitig packte ihr Gegner den rechten Stock und entwaffnete sie mit einem beinahe nachlässig wirkenden Hebel endgültig. Aus dem Gleichgewicht gebracht genügte ein leichter Stoß, um ihr Schicksal zu besiegeln. Wie ein nasser Sack landete sie flach auf dem Rücken.

»Ich habe schon betrunkene Einbeinige sicherer stehen sehen als dich«, erklang eine missbilligende Stimme. »Und durch deine Deckung könnte eine ganze Armee marschieren. Hast du denn alles vergessen, was ich dich gelehrt habe?«

Chang Feng ließ stöhnend ihre tauben Arme sinken. »Ich fand mich gar nicht so schlecht«, erwiderte sie lahm.

»Bockmist. Wärest du gar nicht so schlecht, würdest du nicht wie ein Käfer auf dem Rücken liegen.«

Mühsam rappelte Chang Feng sich auf, während ihr alter Lehrmeister Yu Qiang mit verschränkten Armen dabei zusah. Er musste mittlerweile auf die Siebzig zugehen, doch seine Atmung zeigte keinerlei Anzeichen von Anstrengung. Obwohl von schmächtiger Gestalt, wirkte er wie ein zähes, unbeugsames Gewächs, dem auch der stärkste Sturm nichts anzuhaben vermochte.

»Das Leben im Westen hat dich weich und schwach gemacht. Dort ist man satt, träge und hat nichts im Kopf außer billige Vergnügungen.«

»Und woher willst du das wissen?«, schnaubte Chang Feng ärgerlich. »Ich dachte, du bist noch nie dort gewesen.«

»Das brauche ich auch gar nicht. Es reicht, wenn ich mir das Ergebnis anschaue.«

Chang Feng ersparte es sich, das Thema weiter zu diskutieren. Meister Yu hielt bereits fließendes Wasser und elektrisches Licht für dekadent. Entsprechend spartanisch zeigte sich der Trainingsraum. Eigentlich handelte es sich nur um einen Keller mit Holzfußboden und einem großen Regal voller unterschiedlichster Nahkampfwaffen. Der einzige Schmuck bestand aus einem kleinen Altar mit einer Figur des zum Gott aufgestiegenen Kriegshelden Guan Yu.

»Ist ja auch egal. Jetzt bin ich wieder hier.«

»Und genau das irritiert mich. Was willst du hier, Chang Feng? Warum bist du zurückgekommen?«

Chang Feng zögerte mit ihrer Antwort. Vor dieser Frage hatte sie sich am meisten gefürchtet, denn eigentlich wusste sie es selber nicht genau. Sie entschied sich für das, was der Wahrheit am nächsten kam – zumindest einem Teil davon.

»Meine Mutter hätte es so gewollt.«

»Ach, das ist dir plötzlich wichtig? Außerdem, woher willst du das wissen?«

»Sie wollte immer, dass ich ihr nachfolge. Dazu wurde ich schließlich erzogen, bis …«

Chang Feng brach ab.

»… bis du fortgelaufen bist?«, setzte Yu den Satz für sie fort.

»Ja, verdammt. Um all das endlich hinter mir zu lassen.«

»Du hast deine Mutter entehrt, du hast uns alle entehrt. Doch sie ist nachsichtig gewesen. Sie hat dir das Recht zugebilligt, deine eigene Entscheidung zu treffen. Auch wenn ich dein Verhalten nach wie vor nicht gutheiße, habe ich gelernt, es zu akzeptieren. Du hast deine Wahl getroffen. Was ist jetzt auf einmal anders? Was hat sich geändert?«

Chang Feng blickte ins Leere. »Sie ist tot.«

»Und?«

»Und?« Unvermittelt brachen die Emotionen aus ihr heraus. »Ohne mein Zutun würde sie noch leben! Ich habe mich von ihr abgewendet. Über zehn Jahre lang kein Wort mit ihr gewechselt. Und kaum trete ich erneut in ihr Leben, bringe ich ihr den Tod.«

Chang Feng ließ sich wieder auf den Boden des Übungsraumes sinken. »Nicht um mein Verhalten wiedergutzumachen, nahm ich Kontakt mit ihr auf, sondern weil ich in Schwierigkeiten steckte. Und ohne Fragen zu stellen, ohne mir Vorwürfe zu machen, hat sie geholfen. Als wäre es das Selbstverständlichste auf der Welt. Trotz all der Dinge, die ich ihr vor meiner Flucht an den Kopf geworfen habe.« Ihre Stimme wurde leiser. »Ich weiß, sie war kein schlechter Mensch. Und dennoch bedeutete ihr diese Organisation alles. Was hat sie darin bloß gesehen, außer einer Verbrecherbande?« Sie atmete tief durch. »Ich möchte es zumindest verstehen. Bei unserem Abschied sprach sie von einer Entdeckung, die sie gemacht habe. Und von einem Plan, der alles verändern würde. Sie tat allerdings sehr geheimnisvoll und weigerte sich, irgendwelche Details zu verraten. Sie sagte nur, es sei von allergrößter Wichtigkeit. Soll ich jetzt einfach nur zuschauen, wie das, woran sie geglaubt hat, auseinanderfällt? Bin ich es ihr nicht schuldig, dafür zu sorgen, dass die Dinge in ihrem Sinne weitergehen, ihr Plan, was immer er auch gewesen sein mochte, doch noch Wirklichkeit wird? Schließlich ist sie nur meinetwegen dazu selbst nicht mehr in der Lage.«

Meister Yu seufzte. »Und wie willst du das anstellen, wenn du ihre wahren Absichten gar nicht kennst?«

Chang Feng dachte einen Augenblick nach. »Ich kann versuchen, es herauszufinden. Aber ich fürchte, das geht nur, wenn ich ihre Position übernehme.« Langsam blickte sie zu Yu auf. »Solange ich denken kann, bist du ihr engster Vertrauter gewesen. Wirst du mir helfen?«

Yu musterte sie abschätzend. »Dieses Mal musst du dich endgültig entscheiden. Ich hoffe, das ist dir klar. Ein weiteres Mal wird es dir nicht verziehen werden, wenn du uns den Rücken kehrst.«

Chang Feng nickte.

»Außerdem ist völlig offen, ob man dich als Anführerin akzeptieren wird. Solange es darum ging, den Mörder deiner Mutter zu suchen und zu bestrafen, fühlten sich alle verpflichtet stillzuhalten. Alles andere wäre unehrenhaft gewesen. Doch nun geht es um die Zukunft dieser Organisation, und außer deiner Verwandtschaft mit der letzten Anführerin hast du in der Beziehung nicht viel vorzuweisen. Keinerlei Erfahrungen. Und deine Loyalität steht auch nicht gerade außer Zweifel.«

»Ist mir klar«, murmelte Chang Feng kleinlaut.

»Die Entscheidung liegt letztlich bei der Führungsriege. Der bisherige Stellvertreter deiner Mutter, Chu Liang, hat für übernächste Woche eine Vollversammlung einberufen, um diese Frage zu klären. Zweifelsohne beabsichtigt er, selbst der nächste Kopf des Drachen zu werden. Es wird nicht einfach werden, die anderen von dir zu überzeugen.«

»Habe ich denn überhaupt eine Chance?«

»Es gibt immer eine Chance. Aber selbst wenn du eine Mehrheit hinter dich bringst, kann Chu Liang dich dennoch herausfordern.«

»Du meinst einen Kampf?«

»So ist die Tradition. Und in Anbetracht deiner

heutigen Vorstellung gibt es da noch eine Menge zu tun, fürchte ich.«

»Vielleicht bin ich tatsächlich etwas eingerostet«, gab Chang Feng widerstrebend zu. »Was für ein Glück, dass es bis zur Versammlung noch ein wenig hin ist. Warum wurde sie nicht früher einberufen? Sollte nicht schnellstmöglich ein neuer Anführer gefunden werden?«

Yu faltete die Hände hinter dem Rücken. »Das Datum ist wichtig. Es muss an einem Tag sein, der nach der chinesischen Zahlenlehre des I Ching einen glücklichen und erfolgreichen Ausgang verspricht.«

»Verstehe. Und wer entscheidet das?«

Ein feines Lächeln breitete sich auf Yus Gesicht aus. »Der Zeremonienmeister, auch Weihrauchmeister genannt.«

»Bist nicht du …?«

»In der Tat.« Yu bückte sich und sammelte Chang Fengs Schlagstöcke vom Boden auf. »Wollen wir fortfahren?«

10

HAMBURG

Ell unterbrach die Lektüre eines Projektberichts, als Claudia Winter, die ehemalige Assistentin seines Vaters, mit einem Stapel prall gefüllter Akten durch die Tür trat. Gleich an seinem ersten Tag bei CyberSim hatte er sich zum Arbeiten ein kleines Besprechungszimmer im obersten Stockwerk des achtgeschossigen Bürogebäudes in der Hamburger HafenCity ausgesucht. Eigentlich diente der achte Stock mit seinen bodentiefen Panaromafenstern, die einen spektakulären Blick über den Hafen boten, ausschließlich repräsentativen Zwecken. Doch den verwaisten Arbeitsplatz seines Vaters zwei Etagen tiefer zu nutzen, brachte er nicht über sich.

»Und was kommt jetzt?«, fragte Ell misstrauisch, während Winter ihre Last auf dem Konferenztisch ablud.

»Die offenen Rechnungen.«

Ell stöhnte gequält auf.

»Oh, wo das herkommt, gibt es noch viel mehr«, stellte

Winter klar. »Das sind nur die Rechnungen mit laufendem Inkasso oder gerichtlichem Mahnverfahren.«

»Und was soll ich damit anfangen? Gehören die nicht in die Buchhaltung?«

»Normalerweise schon. Aber leider haben wir keine Buchhaltung mehr. Die letzten Mitarbeiter in dieser Abteilung waren Frau Jürgens und Herr Precht. Ihre Kündigungen und die Krankmeldungen liegen in der ersten Mappe obenauf.«

Probeweise hob Ell den Deckel der Mappe an, ließ ihn jedoch gleich wieder zufallen. »Lassen Sie mich raten. Da liegen sie, weil wir auch keine Personalabteilung mehr haben.«

»Gut geraten. Ich bin so frei gewesen, Frau Dahlmeier und Frau Pohl vom Empfang in das allgemeine Sekretariat zu versetzen. Dort versuchen wir, zumindest das Notwendigste weiterhin zu erledigen.«

»Natürlich, tun Sie bitte, was Sie für richtig halten. Welche Rechnungen sind denn am dringendsten?«

Winter lachte hilflos auf. »Alle? Es brennt gewissermaßen lichterloh. Wenn Sie dennoch auf einer Rangfolge bestehen, würde ich sagen: die Sozialabgaben, die Steuern, dann die Darlehensraten für das Gebäude und zum Schluss der ganze Rest. Ach, und nächste Woche sind die Gehälter fällig.«

»Schon wieder? Ist nicht gerade der Erste gewesen?«

Winter verzichtete auf eine Antwort. »Ich bin unten, falls Sie mich brauchen. Markieren Sie bitte, was gezahlt werden soll und was nicht. Ich hole die Akten nachher ab.«

»Okay, ich sehe es mir an«, versprach Ell mit gedämpfter Euphorie.

Seit er Anfang der Woche offiziell die Leitung von CyberSim übernommen hatte, jagte eine Hiobsbotschaft die nächste. Offenbar war die finanzielle Situation der Firma bei Weitem nicht mehr so rosig wie zu früheren Zeiten. Zahlreiche Investitionen, allen voran das neue Bürogebäude, drückten den Gewinn massiv. Aus verlorenen Prozessen mit dem Finanzamt und einem Großkunden mussten zudem erhebliche Nachzahlungen geleistet werden. Vielleicht hätte die Firma das noch verkraftet, wenn nicht aufgrund der Unsicherheiten durch den Tod der beiden wichtigsten Führungskräfte des Unternehmens ein komplettes Team der besten Wissenschaftler ohne Vorwarnung zur Konkurrenz gewechselt wäre. Eine Reihe zahlungskräftiger Kunden hatten sie dabei gleich mitgenommen. Die Anwälte der Firma prüften derzeit zwar rechtliche Schritte dagegen, doch der Schaden ließ sich nicht mehr rückgängig machen.

Unabhängig davon gab es allerdings ein viel drängenderes Problem. In dem Chaos der letzten Wochen war die Frist verstrichen, innerhalb derer er das Erbe seines Vaters hätte ausschlagen können. Damit lastete dessen gewaltiger Schuldenberg nunmehr auf seinen Schultern. Wenn er nicht innerhalb der nächsten zehn Tage einen Weg fand, fünfzehn Millionen Euro für die Rückzahlung fälliger Bankdarlehen aufzutreiben, blieb ihm nur, die Insolvenz des Nachlasses zu erklären, was zwangsläufig zum endgültigen Verlust der Firma führen würde. Momentan wusste er aber nicht einmal, wo er das Geld für die Zinszahlungen hernehmen sollte.

Zu guter Letzt, und um dem ganzen Elend die Krone aufzusetzen, machte die Polizei ihm das Leben schwer. Der

Tod seines Vaters galt nach wie vor als ungeklärt. Ein unerträglicher Zustand für Kommissar Brehm, der in Ermangelung belastbarer Spuren weiterhin Ell für den Hauptverdächtigen hielt. Zweimal war der hartnäckige Beamte bereits unangemeldet aufgetaucht und hatte Ell mit den ewig gleichen Fragen bombardiert. Das FBI hätte ihn natürlich entlasten können, allerdings unterlagen alle Ereignisse rund um den wahren Drahtzieher des Mordanschlags der strengsten Geheimhaltung. Die bloße Erwähnung von Blochs Namen hätte höchst unerwünschte Fragen nach sich gezogen. Und Ells Unterschrift stand unter einer entsprechenden Verschwiegenheitserklärung. Also hieß es, entweder die Vereinbarung mit dem FBI zu brechen oder Brehm weiter ins Leere laufen zu lassen. Letzteres schien Ell vorerst das kleinere Übel zu sein.

Die nächste Stunde verbrachte er damit, die magere Liquidität der Firma auf die Rechnungen mit dem mutmaßlich größten Schadenspotenzial zu verteilen. Eine deprimierende Aufgabe. Nicht zum ersten Mal ertappte er sich dabei, wie er sehnsuchtsvoll an sein gemütliches, ruhiges Universitätsbüro in Boston dachte. Aber wenn er jemals guten Gewissens dorthin zurückkehren wollte, musste er zunächst die aktuellen Probleme bewältigen.

»Professor Ell?« In der Tür stand die frisch beförderte Empfangsdame Frau Dahlmeier mit einem gelben Umschlag in der Hand. »Das hier wurde soeben abgegeben. Es ist für Sie privat, daher dachte ich mir, ich bringe es lieber selbst hoch. Eine Postabteilung …«

»… haben wir ja leider nicht mehr«, beendete Ell den Satz. »Ich weiß.«

Dankend nahm er den Umschlag entgegen und riss ihn

auf. Gelbe Umschläge bedeuteten eine amtliche Zustellung und damit selten etwas Gutes. Schnell überflog er den Inhalt. Es handelte sich um ein Testamentseröffnungsprotokoll des Nachlassgerichtes und die Kopie einer letztwilligen Verfügung. Davids letztwilliger Verfügung. Eine Woge der Trauer schwappte über Ell hinweg. Es genügte, Davids Namen zu lesen, und alles kam sofort wieder hoch. Was immer Qi Bo vor fünfzehn Jahren getan hatte, an jenem Abend in Alaska hatte er es rückgängig gemacht. Nur höchst widerstrebend, doch die Stimme, die Ell gelegentlich hörte, beunruhigte ihn so sehr, dass er seine zunächst ablehnende Haltung schließlich aufgegeben hatte. Irgendetwas musste die damals errichtete Barriere beschädigt haben und der Mönch fürchtete, dass das blockierte Bewusstsein sich über kurz oder lang gewaltsam einen Weg in die Freiheit bahnen würde, mit verheerenden Folgen für Ells geistige Gesundheit. Das ursprüngliche Ritual konnte offenbar nur einmal durchgeführt werden, und so war Qi Bo keine andere Wahl geblieben, als das Unvermeidliche durch einen kontrollierten Prozess zumindest zu verlangsamen. Eine Prognose, was Ell erwartete, hatte er jedoch nicht gewagt und bislang spürte Ell noch keine Veränderung.

Trotz dieser Unsicherheit war Ell insgeheim froh über die Entwicklung. Er wollte seine Erinnerungen zurück. Er musste wissen, was David und seine Mutter vor ihm verheimlicht hatten und ob sie vielleicht noch lebte. Das war der eigentliche Grund, warum er ein Sabbatical vom MIT genommen hatte; nicht, um eine Firma zu retten. Doch stattdessen flüchtete er sich fast dankbar in die vergleichsweise banalen, alltäglichen Probleme von Cyber-

Sim. So, als könnten diese die Normalität in sein Leben zurückbringen. Was für eine Illusion. Die Verdrängung funktionierte nicht. Es gab keine Normalität mehr. Nicht für ihn.

Davids Testament war kurz und knapp. Es erklärte ihn zum Alleinerben. Hoffentlich nicht weitere Schulden, schoss es Ell unfreiwillig durch den Kopf. Sein Blick blieb am letzten Absatz hängen. Die Erbeinsetzung stand unter der Bedingung, dass einer bestimmten Person ein Kuvert aus dem Tresor des Erblassers ausgehändigt würde. Ungeöffnet. Und nur durch den Erben höchstpersönlich. Merkwürdig, dachte Ell. Wer ist Benjamin Berg?

...

Da das FBI keine unmittelbaren Angehörigen hatte ausfindig machen können, waren Davids persönliche Habseligkeiten auf Veranlassung von Agent Gray Ell zugeleitet worden. Darunter auch ein Schlüsselbund, das ihm nun die Tür zur Wohnung seines alten Freundes öffnete. Es kostete Ell größte Überwindung, die stillen Räume zu betreten. Auf dem Fußboden hinter der Eingangstür erwartete ihn ein Haufen ungeöffneter Post. Demnächst würde er sich auch darum kümmern müssen. Heute interessierte ihn allerdings etwas anderes. Ein weiterer Schlüssel passte in das Schloss des kleinen Safes im Schlafzimmer und tatsächlich fand sich darin ein dünner, bereits adressierter Umschlag. Wie eine kurze Internet-

Recherche ergab, war Benjamin Berg Archäologe und zurzeit Gastprofessor an der Universität Leiden. Das Bild auf der Webseite der Fakultät zeigte einen freundlich lächelnden älteren Herrn, der offensichtlich gern aß. Ell benötigte mehrere Versuche, bis es ihm gelang, Berg telefonisch zu erreichen und sein ungewöhnliches Anliegen zu schildern. Trotz der seltsamen Umstände willigte der Wissenschaftler in ein gemeinsames Treffen für den nächsten Morgen ein.

Der Flug nach Schiphol mit der Frühmaschine von KLM dauerte knapp eine Stunde. Die anschließende Zugfahrt in das kleine Universitätsstädtchen Leiden weitere fünfzehn Minuten. Berg musste am Morgen einen Termin beim Rijksmuseum van Oudheden, dem in der Altstadt gelegenen Museum für Archäologie, wahrnehmen und hatte deshalb vorgeschlagen, sich nicht in seinem Büro, sondern in einem Café ganz in der Nähe zu treffen. Ell lief die kurze Strecke vom Leiden Centraal Bahnhof am Ufer der Steenschuur-Gracht entlang bis zu dem vereinbarten Treffpunkt zu Fuß. Die Sonne schien warm auf die malerischen und tadellos gepflegten Fachwerkhäuser, zwischen denen Touristen eifrig Fotos schossen und Einheimische ihren alltäglichen Geschäften nachgingen. Dank des Bildes aus dem Internet erkannte Ell sofort das bärtige Gesicht des Archäologieprofessors. Berg saß an einem Außentisch vor dem Café.

»Professor Berg? Ich bin William Ell.«

Der Angesprochene sah auf und erhob sich wegen seiner Körperfülle etwas mühsam, um Ell die Hand zu schütteln. »Freut mich. Sie sind also der junge Ell. Professor Ell, muss ich wohl sagen.«

Ell winkte ab und nahm gegenüber von Berg Platz. »Nennen Sie mich William, bitte. Und vielen Dank für Ihre Bereitschaft, sich so kurzfristig mit mir zu treffen.«

»Ach was. Ich wünschte bloß, die Umstände wären erfreulicher.«

»Geht mir genauso. David ist gewissermaßen mein Mentor gewesen. Und ein guter Freund. Ich kann seinen Tod immer noch nicht wirklich fassen.«

Berg nickte traurig. »David und ich kannten uns aus unseren Kindertagen. Wir sind zusammen zur Schule gegangen. Niemand verstand so richtig, was uns verband. Den zögerlichen kleinen Benny und den draufgängerischen David. Ich begreife es bis heute nicht. Insgeheim habe ich ihn immer bewundert, wollte unbedingt so sein wie er. Auch wenn es sich dabei um ein höchst hoffnungsloses Unterfangen gehandelt hat. Jedenfalls verdanke ich ihm vieles.« Ein amüsiertes Funkeln trat in Bergs Augen. »David hat mir sogar zu meinem ersten Rendezvous verholfen. Ohne ihn würde ich wahrscheinlich heute noch auf dem Schulhof sitzen und überlegen, ob ich das Mädchen ansprechen sollte.«

»David ein Draufgänger?« Ell schüttelte verwundert den Kopf. »Da tun sich ja völlig neue Seiten auf. Mir scheint, es gibt einiges, was ich nicht über ihn weiß.«

Bergs Blick wurde nachdenklich. »Er hatte tatsächlich sehr viele unterschiedliche Seiten. Selbst nach all den Jahren bilde ich mir nicht ein, sie alle zu kennen. Er hat es immer wieder geschafft, mich zu überraschen. Bis zuletzt. – Er wurde wirklich erschossen?«

Ell nickte. Er konnte nachvollziehen, dass Berg gern mehr erfahren wollte. Dennoch zog er es vor, die genauen Umstände von Davids Tod zunächst für sich zu behalten. Erst musste er verstehen, welche Rolle Berg spielte und warum David ihn zu ihm geführt hatte. »Er wurde von einer Kugel getroffen. Motiv und Täter sind nach wie vor unbekannt.«

Berg schien vorerst bereit, sich mit dieser diffusen Erklärung zufriedenzugeben. »Und jetzt haben Sie einen Brief für mich?«

Statt einer Antwort zog Ell den Umschlag aus seinem Jackett und reichte ihn Berg. Aufmerksam las dieser die Beschriftung, machte jedoch keine Anstalten, ihn zu öffnen.

»Wollen Sie nicht hineinschauen?«

»Jetzt?«

Ell zuckte mit den Schultern. »Das liegt natürlich bei Ihnen. Ich dachte nur, es könnte vielleicht ...«

»... etwas Interessantes drinstehen?«, unterbrach Berg mit einem leichten Lächeln. »Wie zum Beispiel der wahre Grund, warum David erschossen wurde? Oder kennen Sie den bereits und mögen es mir nur nicht sagen?« Darauf ließ sich nicht viel erwidern, doch Berg ersparte Ell eine Antwort. Stattdessen riss er das Kuvert auf, entnahm ihm einen zusammengefalteten Briefbogen und begann zu lesen. Es dauerte nicht lange, denn es handelte sich, wie Ell über den Tisch hinweg erkennen konnte, lediglich um wenige Sätze. Diese genügten jedoch, um einen spürbaren Wandel in Berg auszulösen. »Ich wusste es«, hörte Ell ihn grimmig murmeln. »Diese verdammten Steine ...«

11

LAS VEGAS

Das schäbige Casinohotel lag weitab vom berühmten Las Vegas Strip südöstlich des McCarran International Airport. So weit ab, dass selbst der selten von Skrupeln geplagte Eigentümer es nicht wagte, mit fußläufiger Nähe zu den großen Attraktionen der Stadt zu werben. Dafür gab es billige Zimmer, billiges Essen, billige Drinks, eine betagte Automatenhalle und ein paar Kartentische. Ideal für jene Art von Spielern, die sämtliche Illusionen längst hinter sich gelassen hatten und dennoch tief in ihrem Inneren auf ein Wunder hofften. Der harte Kern der Stammgäste verbrachte mitunter ganze Wochen in einem steten Wechsel aus schlafen, spielen, trinken und essen, ohne auch nur einmal vor die Tür zu treten. Begleitet vom Plätschern der Hintergrundmusik und dem Summen der Geräte fiel es leicht, die Welt da draußen zu vergessen. Ein kleines, alle Bedürfnisse seiner Bewohner befriedigendes Universum, in dem die Zeit stillzustehen schien.

Und das ganz große Glück war immer nur ein Spiel entfernt.

In einem auffälligen Kontrast zum desolaten Zustand der gesamten Anlage stand das hochmoderne System aus Überwachungskameras. Die kostspielige Technik fand sich allerdings ausschließlich in den Casinoflächen. Der Hotelbereich blieb außen vor. Offensichtlich überwog die Angst, betrogen zu werden, bei Weitem die Sorge um die Sicherheit der Gäste. So bemerkte niemand die schlanke, schwarzgekleidete Gestalt, die in einem günstigen Moment unauffällig am Empfang vorbeischlüpfte und zielstrebig auf ein Zimmer im zweiten Stock zusteuerte. Vor Raum 218 zögerte sie kurz und klopfte dann gegen die Tür. Als zunächst keine Reaktion erfolgte, noch einmal kräftiger und nachdrücklicher. Endlich erklangen Schritte und ein kleiner, grauhaariger Mann im Bademantel öffnete die Tür.

»Wir haben nichts bestellt. Sie müssen sich im Zimmer geirrt …« Der Mann brach ab, während seine Augen immer größer wurden und ihm der Kiefer nach unten klappte. »Trina?«

»Hi Garry. Darf ich reinkommen?«

Regungslos stand Garry in der Tür und starrte Trina an wie einen Geist. »Solltest du nicht im Koma liegen?«

»Solltest du nicht tot sein?«, kam es ungerührt zurück.

Garry dachte einen Augenblick nach. »Okay, du hast gewonnen. Komm rein.«

Im selben Moment trat Timothy, ein Handtuch lose um die Hüften geschlungen, aus dem Badezimmer. »Trina? Aber du bist doch …«

»Nope.«

»Den Teil hatten wir schon«, intervenierte Garry.

»Trina, warum nimmst du nicht Platz und Tim und ich ziehen uns etwas an? Dann reden wir.«

Trina nickte stumm, während die beiden Männer eilig nach ein paar Klamotten griffen und im Badezimmer verschwanden. Unbewegt musterte sie die zerwühlten Decken des Doppelbettes, bis Timothy und Garry sich wenige Minuten später wieder zu ihr gesellten. Garry folgte ihrem Blick und räusperte sich. »Äh, ja, falls du dich fragst, ob wir … Also Tim und ich, wir sind …«

»Ich weiß«, unterbrach Trina mit leichter Ungeduld in der Stimme.

»Das weißt du?«, kam es verblüfft von Garry zurück.

»Natürlich.«

»Verstehe, dann ist ja zumindest das geklärt. Im Unterschied zu so ziemlich allem anderen. Was dir widerfahren ist, hat Garry und mich schwer mitgenommen. Nachdem wir uns in den Krankenhausrechner gehackt und deine Akte gelesen hatten, haben wir in Gedenken an dich eine ganze Flasche besten Whiskey vernichtet. Black Label! Angeblich gab es keine Hoffnung mehr, und jetzt schneist du einfach hier herein.«

»Das nennt man wohl eine Fehldiagnose.«

Timothy und Garry wechselten einen kurzen Blick. »Apropos hereinschneien. Wie hast du uns gefunden?«, erkundigte sich Timothy vorsichtig.

»Ihr kennt meine Krankenakte und ich kenne eure Personalakte. Der Anwalt, der uns eingestellt hat, war sehr gründlich. Wir wurden nicht deshalb ausgewählt, weil es niemanden Besseres gab, sondern weil wir alle einen Lebenslauf haben, der uns davon abhält, zu viele Fragen zu stellen. Eure Leidenschaft für Glücksspiel und … bewusstseinserweiternde Substanzen fällt in diese Kategorie. Dieses Hotel ist seit vielen Jahren eure Lieblingsadresse. Der Rest war einfach.«

»Weiß sonst jemand davon?«

Trina schüttelte den Kopf. »Außerdem glauben alle, ihr seid tot.«

»Alle – außer dir.«

»Ich hatte da so eine Ahnung.«

»Eine Ahnung, ja? Tatsächlich ist es das reinste Wunder, dass wir dem Massaker in Arizona entkommen sind. Man könnte sagen, unsere Leidenschaft für bewusstseinserweiternde Substanzen hat uns gerettet. An dem besagten Abend hatten wir uns nach draußen geschlichen, um ein bisschen was zu rauchen. Als wir zurückwollten, ging das verdammte Eingangstor nicht auf. Unser Zugangscode wurde nicht akzeptiert. Stattdessen erschien auf dem Display ein einziges Wort: LAUFT!« Timothys Blick war in die Ferne gerichtet, als durchlebte er alles noch einmal. »Das war einfach absurd und wir wussten nicht, was wir tun sollten. Dann hörten wir Fahrzeuge. Viele Fahrzeuge. Also taten wir genau das, was auf dem Display stand. Wir rannten so schnell wir konnten. Die Nacht über versteckten wir uns in der Wüste. Selbst aus großer Entfernung konnte man das Feuer sehen – und riechen. Wer in Gottes Namen tut so was und warum?« Timothy holte tief Luft. »Wir wussten nicht, wem noch zu trauen ist. Daher beschlossen wir unterzutauchen und haben uns bis hierher durchgeschlagen. Ein einziges Wort auf einer Digitalanzeige, doch es hat uns gerettet. Wir fragen uns bis heute, von wem es stammte. Sicher ist nur, wer auch immer es war, ist nicht mehr am Leben.«

»Ihr seid am Leben.« Der Anflug eines Lächelns huschte über Trinas Gesicht. »Und darüber bin ich außerordentlich froh.«

Zögerlich erwiderte Timothy das Lächeln und entspannte sich ein wenig. »Vermutlich braucht man hin und wieder einfach ein bisschen Glück.«

»Es hat ganz den Anschein. Und manchmal muss man dem Glück auf die Sprünge helfen. Deswegen bin ich hier.«

»Aha«, machte Garry und war sofort auf der Hut. »Jetzt kommt es. Ich hatte auch nicht angenommen, dass du nur vorbeigekommen bist, um Hallo zu sagen.«

»Ich brauche Geld. Viel Geld«, kam Trina ohne Umschweife zur Sache.

»Kann ich verstehen. Da sind wir schon zu dritt. Unsere Rücklagen sind praktisch aufgebraucht.«

»Ich habe einen Plan, wie wir schnell an viel Geld kommen können, und würde euch gern ein Angebot machen.«

Garry runzelte die Stirn. »Beinhaltet dieser Plan Strumpfmasken und den Einsatz von Schusswaffen?«

»Nein.«

»Das Brechen von Gesetzen?«

»Ein klein wenig.«

»Wie groß ist das Risiko?«

»Akzeptabel.«

Timothy verschränkte die Arme vor der Brust. »Jetzt bin ich gespannt. Wie kommt man schnell mit akzeptablem Risiko an viel Geld?«

»Man sucht sich Kunden mit viel Geld und beschafft ihnen etwas, das sie unbedingt kaufen wollen. Besser noch:

etwas, das sie sich auf keinen Fall leisten können, nicht zu kaufen.«

»Und wie soll ich mir das vorstellen?«

Suchend schaute Trina sich um. »Habt ihr einen Computer? Ich zeige es euch.«

12

Anshana gähnte erschöpft. Amit hatte sie noch länger als gewöhnlich arbeiten lassen. »Zeit ist relativ«, war einer seiner Lieblingssprüche. Um dann zu ergänzen: »Und eure Zeit ist mir relativ egal. Ihr werdet nicht nach Stunden bezahlt, sondern nach der sortierten Menge. Wenn ihr geht, bevor ihr fertig seid, braucht ihr gar nicht erst wiederzukommen.«

Dabei handelte es sich keineswegs um eine leere Drohung, wie eine Arbeitskollegin Anshana versicherte. Amit verstand nicht viel Spaß und es gab eine ganze Reihe abschreckender Geschichten, die das belegten. Die zu sortierende Menge wurde jeden Tag neu festgelegt und stand in direkter Abhängigkeit von Amits Laune. Heute war sie besonders schlecht gewesen und die Menge entsprechend groß. Da sie noch wenig Übung besaß, war Anshana als Letzte gegangen und die Gassen Dharavis lagen in tiefer Dunkelheit, erhellt nur von dem trüben Licht, das hin und wieder aus Türspalten und verhängten

Fenstern drang. Sie kannte den Weg zur Hütte ihrer Großmutter im Schlaf, doch die Müdigkeit ließ sie mehrmals stolpern. Oder war es mehr als nur Müdigkeit? Das Krankheitsgefühl der letzten Tage hatte sich weiter verstärkt. Immer häufiger taten ihr alle Knochen weh, und dann kostete sie jede Bewegung größte Anstrengung. Hoffentlich wurde das bald besser.

Inmitten dieser trüben Gedanken zog sich plötzlich ihr Magen zusammen. Seit sie denken konnte, besaß sie diesen sechsten Sinn, der auf alle denkbaren Bedrohungen reagierte und sie schon häufig vor dem Schlimmsten bewahrt hatte. Die Heftigkeit war allerdings ungewöhnlich. Sie befand sich in Gefahr, das spürte sie deutlich. Aber wodurch? Sie blieb stehen und lauschte angestrengt. Alles ruhig. Das ungute Gefühl verstärkte sich. Es war zu ruhig. Adrenalin schoss bis in ihre Fingerspitzen. Es gab zahllose dunkle Ecken, in die ihre Augen nicht vorzudringen vermochten. Ihr Blick blieb an einer schmalen Gasse hängen, die sie als Nächstes passieren musste. Dort schien die Dunkelheit noch dichter zu sein, eine Schwärze, die alles Licht verschluckte. Instinktiv drehte sie auf dem Absatz um und fing an zu rennen. Hinter ihr nahm etwas die Verfolgung auf. Ihr Atem kam laut und stoßweise und machte es unmöglich zu hören, worum es sich handelte. Doch es kam näher. Sie verdoppelte ihre Anstrengungen und ließ jeden Rest von Vorsicht fahren. Sie sah kaum, wo sie hintrat, aber dafür vergrößerte sich ihr Vorsprung wieder. Allerdings forderte das hohe Tempo seinen Tribut. Sie brauchte ein Versteck, bevor ihre Kräfte schwanden. Es war nicht mehr weit bis zu einer Stelle, die sie zu ihrem Vorteil nutzen konnte. Wenn sie dort hintereinander drei

Haken schlug, brachte sie das in den Rücken ihres Verfolgers und er würde vielleicht an ihr vorbeilaufen.

An der nächsten Kreuzung bog sie scharf rechts ab, legte ihre ganze Energie in einen letzten Sprint, bog nur zwei Hütten später erneut rechts in einen kaum als solchen erkennbaren Weg und schlich dann an der Rückseite der Hütten zurück in die Richtung, aus der sie gekommen war. Ihr wurde schwindelig bei dem Bemühen, möglichst leise zu atmen. Für einen kurzen Moment hörte sie noch die schnellen Schritte ihres Verfolgers, bevor sie langsamer wurden und schließlich verstummten. Hatte es funktioniert? Zu lange durfte sie nicht warten, dafür bot ihre derzeitige Position zu wenig Deckung.

Vorsichtig arbeitete sie sich bis zur Hauptstraße vor und riskierte einen kurzen Blick. Niemand zu sehen. Kurzentschlossen richtete sie sich auf und rannte los. Im selben Augenblick trat eine Gestalt aus dem Schatten der Hauswand und packte mit eisernem Griff ihren Arm. Ein fahler Lichtschein fiel auf ein entsetzlich entstelltes, von einem Kopftuch umrahmtes Gesicht. Das Gesicht aus ihrer Zeichnung. Anshana stieß einen spitzen Schrei aus. Der Schock mobilisierte ihre letzten Kräfte und sie riss sich gewaltsam los. Mit der geschärften Wahrnehmung eines gehetzten Tieres erkannte sie zwischen zwei Häusern auf der gegenüberliegenden Straßenseite einen nur notdürftig geflickten Spalt. Würde sie da durchpassen? Noch vor einem halben Jahr hätte sie diese Frage ohne zu zögern mit Ja beantwortet. Aber jetzt? Sie setzte alles auf eine Karte und spurtete los, ihre Verfolgerin dicht auf den Fersen. Ohne abzubremsen, zwängte sie sich in die Lücke. Sie spürte Hände, die nach ihr griffen, und die scharfen Kanten von gebrochenem Holz, die ihr in Brust und Rücken schnitten. Mit aller Macht stemmte sie sich dagegen und hörte, wie der Stoff ihres Kleides zerriss. Dann war sie durch. Ohne abzuwarten oder sich umzublicken, stolperte sie durch einen Hinterhof und stürzte sich in das angrenzende Labyrinth aus verschachtelten Wegen und Gässchen, Hauptsache weg von hier. Erst nachdem sie halb Dharavi durchquert und eines ihrer bevorzugten Verstecke erreicht hatte, ließ sie sich zitternd vor Erschöpfung zu Boden sinken. Sie bekam einen Hustenanfall, und als sie die Hand vom Mund nahm, war die Innenfläche gesprenkelt mit dunkelroten Tropfen. Kraftlos rollte sie sich zusammen und rührte sich bis zum Morgengrauen nicht mehr von der Stelle.

13

Die Bedienung servierte Kaffee und zweimal Frühstück, doch Ell nahm nichts davon wahr. »Sie wissen von den Steinen?«

Der rundliche Archäologieprofessor seufzte schwer. »Leider. Tatsächlich habe ich sogar dabei geholfen, sie zu finden.«

In knappen Worten schilderte Berg, wie David vor fast vierzig Jahren in einer prähistorischen Höhle einen grünen Edelstein ausgegraben hatte. »Können Sie sich vorstellen, was in mir vorgegangen ist? Mein bester Freund führt mich zu einer bislang unentdeckten, offensichtlich seit Jahrhunderten, wenn nicht Jahrtausenden, unberührten Höhle, um darin weder nach Knochen oder Faustkeilen, sondern nach einem grünen Diamanten zu graben. Einem kapitalen Klunker, der dort angeblich schon seit siebzehntausend Jahren lag. Bearbeitet allerdings im schönsten Brillantschliff, der, wie ich später herausgefunden habe, erst im Jahr 1910 entwickelt wurde.«

»Und wie hat er Ihnen das erklärt?«

»Gar nicht!« Berg war die Empörung noch immer anzumerken. »Stattdessen hat er mich, ohne Halt zu machen, nach Südfrankreich geschleift, wo wir gleich über die nächste unentdeckte Höhle und einen weiteren Stein gestolpert sind.«

»War der zweite Stein zufällig blau?«

»Zufällig ja«, bestätigte Berg und musterte Ell unter zusammengezogenen Augenbrauen. »Können Sie mir erklären, was es damit auf sich hat?«

»David hat keine Andeutungen gemacht?«

»Nein. Er meinte nur, je weniger ich wisse, desto besser.«

Ell wand sich unbehaglich. »Ich weiß ebenfalls nicht viel, aber unter Berücksichtigung des Wenigen, was ich weiß, hatte David recht, fürchte ich.«

»Sie wollen mir also auch nichts sagen. Verstehe schon. Nach all den Jahren habe ich gelernt, damit klarzukommen, und vielleicht ist es wirklich besser so. Insbesondere, wenn man bedenkt, was David zugestoßen ist. Denn eines habe ich bereits damals geahnt: Die Dinger sind gefährlich.«

»Warum glauben Sie das?«

»Etwa acht Jahre nach den Funden in Israel und Frankreich kam David zu mir und sagte, er müsse mir ein Geheimnis anvertrauen. Für den Fall, dass ihm etwas zustoßen sollte. Offenbar machte noch jemand Jagd auf die Diamanten und war ihm auf der Spur. Jedenfalls hielt er es für ein zu großes Risiko, die Steine selbst zu behalten. Einen übergab er zur Aufbewahrung Ihrem Vater, den anderen Ihrer Mutter.«

Ell saß kerzengerade. »Das erklärt vieles. Sie sagten, acht Jahre später, also vor etwa zweiunddreißig Jahren. Zu der Zeit ist meine Mutter ums Leben gekommen. Hat er sonst noch jemandem dieses Geheimnis anvertraut?«

»Nicht soweit ich weiß. Aber das Geheimnis war eigentlich etwas anderes.« Berg atmete tief durch, als kostete es ihn Überwindung fortzufahren. »David und Ihre Mutter kannten sich schon sehr lange. Lange, bevor sie Ihren Vater kennenlernte. Und David ließ einmal durchblicken, dass sie mindestens ebenso viel über die Steine wusste wie er selbst. Auf jeden Fall scheiterte sein Plan, deren Spuren zu verwischen, und ohne es zu wollen, machte er ihre Mutter damit zum Ziel. Der vermeintlich zufällige Raubüberfall war nämlich keineswegs zufällig, sondern ein gezielter Angriff.«

Bleich sank Ell zurück in seinen Stuhl. »Wissen Sie, wer ihn verübt hat?«

»Ich habe keine Ahnung. Aber er misslang. In doppelter Hinsicht.«

»Wie meinen Sie das?«

»Der Versuch, den Stein von Ihrer Mutter zu erbeuten, schlug fehl … und Ihre Mutter überlebte.«

Ell blieb stumm. Auch wenn er etwas Ähnliches nach den Schilderungen Qi Bos bereits geahnt hatte, fehlten ihm angesichts der Bestätigung schlicht die Worte.

»Das muss jetzt ein ziemlicher Schock für Sie sein, aber David und Ihre Mutter waren der Ansicht, es sei für ihre eigene Sicherheit, die ihrer Familie und die des Steines das Beste, wenn die Drahtzieher glaubten, sie wäre tatsächlich umgekommen. Also arrangierte man ihr Ableben und sie tauchte unter.«

»Wo?«, war alles, was Ell herausbrachte.

»Auf einer Farm in Namibia.«

»Wissen Sie, ob sie noch lebt?«

Bedauernd schüttelte Berg den Kopf. »Da bin ich leider überfragt. David hat nie wieder mit mir darüber gesprochen. Ich hatte es offen gesagt schon fast vergessen.« Er blickte zu dem Brief vor sich auf dem Tisch. »Bis heute.«

Eine Zeit lang schwiegen beide. Schließlich durchbrach Berg die Stille. »Werden Sie nach ihr suchen?«

»Natürlich. Ich muss wissen, ob sie noch lebt. Auch wenn ich das Schlimmste befürchte, denn den Stein hat sie definitiv nicht mehr.«

»Sie wissen, was aus den Steinen geworden ist?«

Ell nickte. »Sie wurden beide zerstört.«

»Beide? Das heißt, David hat den dritten nie gefunden?«

Ell schluckte trocken. »Den dritten?«

»Ja. Er hat nie aufgehört, danach zu suchen.«

...

Betäubt saß Ell im Regionalzug zurück nach Amsterdam. Je mehr er herausfand, je weiter er in die Vergangenheit vordrang, umso weniger erkannte er die Menschen wieder, die ihm seit seiner Kindheit am vertrautesten gewesen waren. Paradoxerweise schien ausgerechnet sein Vater noch am ehesten der gewesen zu sein, für den er ihn gehalten hatte. Geheime Projekte zu planen, einsame

Entscheidungen zu treffen und die Welt auf Abstand zu halten, auch die eigene Familie, waren Verhaltensmuster, die genau dem entsprachen, was man von ihm erwarten durfte. Aber seine Mutter? All die Jahre hatte sie ihn und seine Schwester Alexandra in dem Glauben aufwachsen lassen, das Wichtigste verloren zu haben, was es für ein Kind gibt: die eigene Mutter. Dabei hätte sie jederzeit einen Telefonhörer in die Hand nehmen können und seine Welt wäre eine andere gewesen. Nie wäre er auch nur auf die Idee gekommen, sie könnte ihn willentlich in die Irre geführt oder eine unbekannte, verborgene Seite besessen haben. Und David, sein Freund und Mentor David, hatte es gewusst. Er hatte es nicht nur gewusst, er hatte es sich ausgedacht. Welche Gründe er auch gehabt haben mochte, es änderte nichts am Ergebnis, an dem, was Ell und seine damals gerade erst fünf Jahre alte Schwester hatten durchmachen müssen. Und die Wahrheit zu kennen, war kein Trost. In gewisser Weise war die Wahrheit sogar schlimmer als die Lüge. Die Lüge wäre Schicksal gewesen, die Wahrheit war ein Plan, in den ihn einzuweihen man offenbar nicht für nötig befunden hatte. So viel zum Thema Vertrauen. Ihm die Existenz eines dritten Steins zu verheimlichen, erschien da eigentlich nur konsequent.

Von Berg war lediglich zu erfahren gewesen, dass David ihn nach den ersten beiden Entdeckungen noch zu einer dritten Höhle in Spanien geführt hatte, allerdings ohne dort etwas zu finden. Angesichts dieses Misserfolgs sei David zutiefst bestürzt und ratlos gewesen, habe aber nie aufgegeben weiterzusuchen.

Könnte Allison von dem dritten Stein gewusst haben?

Und wenn ja, warum hatte auch sie es nie erwähnt? Aber noch viel wichtiger: Wusste Aidan davon?

Ell rieb sich die Schläfen. Ihm war übel und etwas stimmte nicht mit seinem Kopf. Vielleicht hatte er zu wenig getrunken und war dehydriert. Seine Gedanken bewegten sich immer langsamer, als versänken sie in Treibsand. Jede Überlegung erforderte größte Konzentration und Anstrengung. Schließlich wurde sogar die Frage, wie er hieß und wo er sich befand, zu einer unüberwindbaren Herausforderung. Panik flackerte in ihm auf, bis sein Denken vollständig zum Erliegen kam und selbst dieses letzte Gefühl mit sich nahm. Alles, was blieb, war der Augenblick. Gegenwart ohne Ursprung oder Ziel. Ein rauschendes Nichts, das sich in einer schwarzen Woge aus Schwindel auflöste.

ALS HÄTTE man ihm eine Augenbinde abgenommen, kehrte das Denken zurück. Nicht langsam, sondern wie ein Stausee, dessen Dämme brechen. Die plötzliche Flut raubte ihm den Atem und er kämpfte darum, die Kontrolle wiederzugewinnen. Der Strom verebbte und er fand sich in einem leeren Raum wieder. Wo war er? Was tat er hier? Er versuchte, sich zu erinnern. Er hatte sich aufgeregt und sich beruhigen wollen. Deswegen war er hergekommen. Dies war sein Lieblingsplatz. Aber weshalb starrte er auf eine leere Wand?

Die Antwort kam ganz von allein. Ohne zu wissen, wie er das anstellte, befahl er der Wand, durchsichtig zu werden. Augenblicklich verwandelte sich das unscheinbare Grau in ein Panorama, das ihn auf die Knie sinken ließ. Die Sonne schien direkt vor ihm zu hängen, eingebettet in einen kalt funkelnden Sternenhimmel. Protuberanzen tobten auf der Oberfläche. Die Eruptionen aus heißem Plasma wirkten zum Greifen nah. Sein Blick wanderte weiter und er erkannte, dass sein Standort Teil einer Sphäre war, die sich mit einer kaum wahrnehmbaren Krümmung zu beiden Seiten erstreckte, bis sie sich in der Schwärze des Weltalls verlor. Er …

»HALLO? Geht es Ihnen gut?«

Ell schreckte auf. Vor ihm standen zwei Passagiere und ein Schaffner, die ihn besorgt musterten. Sein Kopf drehte sich und er brauchte einen Moment, um sich zu orientieren. »Danke, es ist alles in Ordnung. Ich muss eingenickt sein.«

Der Schaffner nickte zweifelnd. »Wir versuchen bereits seit ein paar Minuten, Sie aufzuwecken. Sie sollten Ihr Gepäck nicht unbeaufsichtigt lassen.«

»Vielen Dank für den Hinweis«, erwiderte Ell automatisch.

»Wo wollen Sie denn hin?«

»Amsterdam Flughafen.«

»Oh, da müssen Sie aussteigen und den Zug zurück nehmen. An der Haltestelle sind wir vor einer halben Stunde vorbeigefahren. Geht es Ihnen wirklich gut?«

Ell zog es vor, die Diskussion zu beenden, bedankte sich nochmals und ging mit seiner Tasche Richtung Ausgang. Zwanzig Minuten später saß er im Zug in die Gegenrichtung und versuchte, seine wild umherrasenden Gedanken einzufangen. Was war da gerade geschehen?

Kurz zog er in Erwägung, einen Arzt aufzusuchen, aber er zweifelte daran, dass der ihm würde helfen können. Tief in seinem Inneren kannte er die Erklärung bereits: Was auch immer Qi Bo getan hatte, zeigte Wirkung. Anscheinend hatte der Tiger seinen Käfig verlassen.

14

Garry und Timothy standen hinter Trina, deren Finger mit routinierter Zielstrebigkeit über die Tastatur huschten. »Diese Seite habe ich für Notfälle angelegt. Eine Art Rückversicherung, mit allem, was man braucht, um sich in schwierigen Zeiten über Wasser zu halten.« Trina drehte den Laptop, sodass die beiden den Bildschirm besser sehen konnten. »Hier sind unsere Waren, die nur noch auf den richtigen Abnehmer warten.«

Neugierig traten Timothy und Garry näher und studierten den Bildschirminhalt. Garry begriff als Erster, was er da sah. »Ich glaube es ja nicht ... Sind die alle echt?«

Trina nickte.

Jetzt dämmerte es auch Timothy. »Das sind Exploits! Das müssen Hunderte sein.«

»Einige Tausend. Hintertüren und Schwachstellen von praktisch allen Betriebssystemen, gängigen Programmen und sonstige Anwendungen. Windows, Android, iOS, Java, SSL-Verschlüsselung und so weiter.«

»Wie aktuell?«, fragte Garry.

»Ausschließlich Zero Day. Stand von vor drei Wochen. Ein paar davon sind möglicherweise inzwischen nutzlos.«

Garry lachte laut auf. »Schon für einen einzigen zahlen die betroffenen Unternehmen sechs-, wenn nicht siebenstellig.«

Timothy grinste. »Nicht nur die. Wenn du das einem Geheimdienst anbietest, hängen die noch eine Null dran. Wo zum Teufel hast du das alles her?«

Trina zuckte mit den Schultern. »Ich sammle gern. Immer, wenn mir langweilig ist.«

»Dann muss dir in letzter Zeit ja mächtig langweilig gewesen sein.« Garry runzelte die Stirn. »Hast du dafür den Rechner von Professor Ell benutzt?«

»Natürlich.«

»Und welche Rolle sollen Tim und ich jetzt spielen?«

»Ich habe einige sehr dringende Dinge zu erledigen und werde viel unterwegs sein. Daher fehlt mir die Zeit, mich selbst um die Beschaffung der nötigen Finanzen zu kümmern. Früher war ich mal deutlich besser im Multitasking, aber derzeit unterliege ich … gewissen Einschränkungen. Euer Job wäre es, die Exploits zu verkaufen, die Einnahmen zu verwalten und meine Reisen zu organisieren. Vielleicht besteht auch die Notwendigkeit, den einen oder anderen Exploit selbst zu nutzen.«

»Wir sind dann also so was wie dein Reisebüro?«

Trina schien der Gedanke zu gefallen. »Ein Reisebüro mit erweitertem Service. Könnte man so sagen.«

»Und unser Anteil?«

»Zehn Prozent der Einnahmen.«

»Zwanzig.«

»Einverstanden.«

Timothy warf seinem Freund einen schiefen Blick zu. »Du hättest dreißig sagen sollen.« Dann richtete er seine Aufmerksamkeit wieder auf Trina. »Darf man fragen, was das für Dinge sind, die du so dringend erledigen musst?«

»Das ist ohne Bedeutung. Ich muss mich allerdings zu einhundert Prozent auf euch verlassen können.«

»Keine Sorge, wir werden unseren Teil der Abmachung einhalten. Dafür solltest du uns inzwischen gut genug kennen. Du andererseits wirkst … verändert.«

Trina zog eine Augenbraue in die Höhe. »Verändert?«

»Ja«, stimmte Garry zu. »Irgendwie entschlossener und direkter.«

»Nun, vermutlich gehen einige Wochen im Koma nicht spurlos an einem vorüber.«

Garry nickte zögernd. »Wahrscheinlich hast du recht. Und ich meine das durchaus als Kompliment. Jedenfalls stehen dir die farbigen Kontaktlinsen deutlich besser als deine alte Brille.«

15

Chang Feng war übel - und Schuld daran trug ausnahmsweise nicht das tägliche Intensivtraining mit Meister Yu. Den gesamten Vormittag hatte sie im wöchentlichen Meeting der Unterführer verbracht, die Bericht über den Stand der Geschäfte in ihrem jeweiligen Verantwortungsbereich erstatteten. Sie wusste nun genauestens, wie viel Kilogramm welcher Drogen zu welchem Durchschnittspreis abgesetzt worden waren, wie viele Mädchen aktuell mit welcher Tagesvorgabe anschaffen gingen, welche Händler ihren Schutzgeldzahlungen nachkamen und welche nicht und um wie viel die Marge bei den Verkäufen von Handfeuerwaffen gesteigert werden konnte. Außerdem durfte sie die guten Nachrichten entgegennehmen, dass drei Mitglieder einer aufmüpfigen Jugendgang, die sich ein eigenes Stück vom Kuchen im Drogenhandel abschneiden wollten, als warnendes Beispiel exekutiert worden waren, ein weiterer Richter und zwei hohe Polizeifunktionäre neu auf der

Gehaltsliste standen und die Erträge aus dem illegalen Glücksspiel zweistellige Wachstumsraten aufwiesen. Alles in ihr rebellierte gegen diese in lakonischem Ton vorgetragene Bestandsaufnahme von Gewalt und Ausbeutung. Vielleicht hatte Ell doch recht gehabt. Sie bereute bereits die Weise, wie sie in Peking auseinandergegangen waren. Er hatte einen wunden Punkt getroffen und auf Kritik reagierte sie nun einmal instinktiv mit Abwehr. Offenbar kannte er sie besser als sie sich selbst. Sie vermisste seine unerschütterliche Klarheit, mit der er immer sofort erkannte, was richtig und was falsch war. Sie vermisste seine ruhige Stimme, die auch schlechte Nachrichten so klingen ließ, als würde sich bestimmt alles zum Guten wenden. Am meisten vermisste sie jedoch die Art, wie er sie anschaute und sie dabei als Einziger so zu sehen schien, wie sie wirklich war. Trotz dieser Gedanken blieb ihre Miene unbewegt. Sie durfte sich ihre Abscheu nicht anmerken lassen, denn Chu Liang ließ sie kein einziges Mal aus den Augen. Begierig versuchte er, bei jeder Gelegenheit ihre Unwissenheit und Unerfahrenheit bloßzustellen. Doch dank Meister Yu, der die Agenda des Treffens genau kannte, war sie gut vorbereitet. Zumindest gelang es ihrem Widersacher nicht, sie aufs Glatteis zu führen, und so endete diese erste offizielle Begegnung mit einem Unentschieden. Nur zum Schluss hätte es noch kritisch werden können, als Chu Liang nach dem Stand der sogenannten Sonderaktionen fragte. Glücklicherweise gab es hierzu nichts zu berichten, sodass Chang Feng jeder Kommentar zu diesem Thema, der ihre Ahnungslosigkeit hätte offenbaren können, erspart blieb. Sie nahm sich vor, Yu zu fragen, worum es bei diesen Sonderaktionen ging und warum er es versäumt hatte, sie hierüber zu informieren.

Ihre Eskorte setzte sie im Penthouse ihrer Mutter ab, und erst, als sie endlich allein war, fiel die Anspannung von ihr ab. Ständig unter Beobachtung zu stehen und auf der Hut zu sein, kostete unglaublich viel Kraft. Ein Hüsteln in ihrem Rücken wies darauf hin, dass sie doch noch Gesellschaft hatte. Ihr persönlicher Assistent, Sun Siyu, wartete auf ein Zeichen, näher treten zu dürfen. Meister Yu hatte den jungen Mann persönlich ausgesucht. Es handelte sich um einen langjährigen Schüler, dem Yu, wie er sagte, uneingeschränkt vertraute.

»Gibt es noch etwas, Siyu?«

»Sie befahlen, unverzüglich zu melden, falls eine der Personen, nach denen wir Ausschau halten sollen, irgendwo in Erscheinung tritt.«

Chang Feng spürte die Anspannung doppelt so stark zurückkehren. »Und?«

Sun Siyu reichte Chang Feng eine Fotografie. »Das ist jedoch nicht alles. Am selben Ort registrierten wir wenig später die Einreise einer weiteren Person, der ebenfalls ihr Interesse gilt.« Sun Siyu übergab Chang Feng eine zweite Fotografie, bei deren Anblick die Farbe aus ihrem Gesicht wich. Sofort griff sie nach ihrem Telefon und wählte eine Nummer, nur um kurz darauf unverrichteter Dinge wieder aufzulegen.

»Der Anschluss ist nicht erreichbar. Wie kann das sein?«

»Das dortige Mobilfunknetz ist nicht flächendeckend und auch nicht besonders zuverlässig. Gesicherten

Empfang hat man lediglich in den großen Städten und entlang einiger Hauptstraßen.«

»Wenn ich darauf warte, ist es vielleicht schon zu spät. Lassen Sie die Maschine meiner Mutter startklar machen. Ich breche sofort auf.«

»Sie können nicht fort«, protestierte Sun Siyu. »Morgen haben Sie zwei wichtige Termine und Meister Yu …«

»Sofort, Siyu. Keine Widerrede. Das ist wichtiger als alles andere. Wenn auch nur der Hauch einer Chance besteht, noch rechtzeitig zu kommen, muss ich es zumindest versuchen.«

16

NAMIBIA

Ell massierte seinen verspannten Nacken und unterdrückte ein Gähnen. Die Strecke von Windhoek bis Keetmanshoop hatte er inklusive einer kurzen Kaffeepause in knapp fünf Stunden hinter sich gebracht. Unablässig horchte er in sich hinein, doch seit dem Vorfall in den Niederlanden fühlte er sich eigentlich ganz normal - wenn man von dem Schrecken absah, der ihm immer noch in den Gliedern saß. Die Erfahrung, so vollständig die Kontrolle über seinen eigenen Verstand zu verlieren, hatte ihn mehr erschüttert, als er sich eingestehen mochte, und er war nicht besonders scharf auf eine Wiederholung.

Nach weiteren zwei Stunden auf der asphaltierten B1 bog er in der Nähe von Grootplaas auf eine staubige Schotterpiste ab. Unbarmherzig malträtierte die wellige Oberfläche die Stoßdämpfer seines gemieteten Iveco-Geländewagens und nach kurzer Zeit spürte er jeden Knochen im Leib. Notgedrungen reduzierte er die

Geschwindigkeit, und so verging fast eine weitere Stunde, bis er sein Ziel erreichte, den kleinen Ort Wilkensbad. Sofern die sehr überschaubare Ansammlung windschiefer Häuser die Bezeichnung Ort verdiente. Einer ramponierten Werbetafel nach zu urteilen beherbergte eines der Gebäude eine Kombination aus Gemischtwarenladen und Postfiliale. Ell parkte direkt davor und betrat die dämmrigen Ladenräume durch eine verstaubte Glastür, die beim Öffnen und Schließen ein verstimmtes Glockenspiel zum Läuten brachte. Im Inneren erwartete ihn ein Labyrinth aus eng zusammenstehenden Regalen, das an einem mit gestapelten Kartons vollgestopften Tresen endete. Erst als er direkt davor stand, entdeckte er die betagte Gestalt, die in einem Schaukelstuhl dahinter saß.

»Hallo. Ich suche die Wilkensfarm. Können Sie mir sagen, wie ich dort hinkomme?«

Die Gestalt musterte ihn schweigend. Ell begriff, dass die Information wohl nicht kostenlos sein würde. Aus dem Gang hinter sich suchte er zwei Flaschen Wasser und einige Tüten mit Süßigkeiten zusammen, die er gemeinsam mit einem großzügigen Geldbetrag auf ein freies Eckchen des Tresens legte. Unter vorwurfsvollem Ächzen stemmte sich die Gestalt in die Höhe, öffnete die Schublade einer alten Registrierkasse und stopfte die Banknoten hinein. Wechselgeld wurde Ell nicht angeboten, dafür erhielt er die gewünschte Auskunft. »Zwei Meilen die Straße runter, durchs große Tor auf der rechten Seite.«

Nach diesem kräftezehrenden Ausbruch an Geschwätzigkeit fiel die Gestalt wieder zurück in ihren Schaukelstuhl. Ell bedankte sich, nahm seine Einkäufe und trat auf die Straße. Er leerte eine der Wasserflaschen in einem Zug, unsicher, ob seine trockene Kehle von der Hitze herrührte oder davon, dass er in Kürze womöglich eine Antwort auf seine drängendste Frage erhalten würde. Eine Antwort, von der er plötzlich nicht mehr wusste, ob er sie wirklich hören wollte. Er kletterte auf den Fahrersitz und folgte der Piste Richtung Osten. Nach zwei Meilen tauchte am rechten Straßenrand ein Torbogen aus Stahlrohren auf. Daran hing ein Schild, das jedoch zu verwittert war, um die Beschriftung noch lesen zu können. Behutsam steuerte er den Wagen durch mehrere Schlaglöcher auf den dahinter liegenden Weg, der schnurgerade ins Nirgendwo führte. Innerhalb von zwanzig Minuten passierte er drei Gatter, die er jedes Mal per Hand öffnen und hinter sich wieder schließen musste.

Die Landschaft wurde zunehmend bergig, und als er einen besonders großen Hügel umrundete, erwartete ihn auf der anderen Seite der Anblick eines ausgedehnten Farmgeländes. Die Hauptgebäude waren in Hufeisenform um einen Innenhof gruppiert, dessen sattes Grün in krassem Gegensatz zum verwaschenen grau-braun der Umgebung stand. Dahinter lagen Stallungen, Hallen und runde Gebilde, bei denen es sich vermutlich um Wasserspeicher handelte. In einiger Entfernung konnte er sogar eine Landebahn ausmachen. Eine Staubfahne hinter sich herziehend, fuhr er dem Hauptgebäude entgegen. Dort wurde er bereits erwartet. Vor der Auffahrt stand eine schon etwas ältere, stämmige Frau in Jeans und einem verwaschenen Hemd mit hochgekrempelten Ärmeln, flankiert von zwei jüngeren Männern in Arbeitsoveralls. Die Neuigkeit, dass sich ein Fremder im Anmarsch befand, war ihm offensichtlich vorausgeeilt.

Ell brachte den Geländewagen zum Stehen und stieg aus.

»Guten Tag. Bin ich hier richtig auf der Wilkensfarm?«

Die Frau musterte ihn mit neutralem Blick. »Dies ist die Wilkensfarm, ja. Sie haben den Weg jedoch umsonst gemacht. Wir nehmen erst ab Oktober wieder Urlauber auf. Derzeit renovieren wir unsere Gästequartiere.«

»Ich verstehe. Allerdings bin ich nicht auf der Suche nach einer Unterkunft.«

Der neutrale Blick wurde eine Stufe kühler. »Suchen Sie Arbeit?«

»Nein, ich fürchte, auf einer Farm wäre ich ziemlich nutzlos. Ich suche nach jemandem. Einer Frau namens Elizabeth Ell.«

Der kühle Blick wechselte zu kaum verhüllter Feindseligkeit. »Dieser Name sagt mir nichts. Ich muss Sie nun bitten zu gehen.«

»Vielleicht hat sie auch einen anderen Namen benutzt. Sie ist ungefähr ein Meter achtzig groß, blond, Mitte sechzig und kam vor über dreißig Jahren hierher. Zumindest ist dies ihre letzte mir bekannte Adresse.«

»Gehen Sie. Ich werde nicht noch einmal darum bitten.« Mit diesen Worten drehte sich die Frau um und ging in Richtung des Hauptgebäudes, während die beiden Landarbeiter vor Ell Stellung bezogen.

»Bitte«, rief Ell ihr nach. »Ich muss wissen, ob sie hier gewesen ist.« Er zögerte kurz. »Sie ist meine Mutter.«

Die Frau blieb stehen, wandte ihm aber immer noch den Rücken zu.

»Wenn Sie etwas wissen, müssen Sie es mir sagen«, fuhr Ell hastig fort.

Die Frau verharrte eine Weile schweigend. »Wann und wo haben Sie Ihre Mutter das letzte Mal gesehen?«

»1987 in Südafrika. Wir besuchten dort Bekannte meines Vaters. Zum Abschluss der Reise verbrachten wir zwei Tage in Johannesburg. Am letzten Abend ging sie zu einer Apotheke, weil ich Bauchschmerzen bekommen hatte. Sie kam nie zurück. Es war angeblich ein missglückter Raubüberfall. Als sie vor den Angreifern flüchten wollte, wurde sie von einem Auto erfasst.«

Die Frau setzte ihren Weg fort. »Das tut mir sehr leid, aber ich kann nichts für Sie tun.«

Ell versuchte, ihr zu folgen, doch die beiden Männer versperrten ihm den Weg. »Warten Sie!«, rief er, einer spontanen Eingebung folgend. »2002. Nu Shan Si, China!«

Erneut hielt die Frau inne. »Nu Shan Si«, wiederholte sie leise. Widerstrebend drehte sie sich um und musterte ihn eingehend. »Kommen Sie mit.«

Dieses Mal ließen die beiden Männer ihn passieren und er folgte der Frau durch den gepflegten Innenhof in das Hauptgebäude. Sie führte ihn durch eine dunkle Eingangshalle, in der sich ein mächtiger Ventilator an der Decke drehte, bis in ein großzügiges, mit schweren Holzmöbeln eingerichtetes Arbeitszimmer. Aus einer Karaffe schenkte sie zwei Gläser Wasser ein und nahm an einem runden Tisch Platz. Ell folgte ihrem Beispiel.

»Sie sind also William Ell«, brach die Frau ihr Schweigen. »Ich bin Margarete Wilkens.«

Bei der Nennung seines Vornamens begann Ells Herz schneller zu schlagen. »Freut mich, Sie kennenzulernen, Margarete.«

»Und Sie erinnern sich an Nu Shan Si?«

Ell hielt es für klüger, die unerwartete Gesprächsbereitschaft der Farmerin nicht durch komplizierte Erklärungen zu gefährden, und nickte nur. Doch Margarete bohrte weiter. »An den Mönch, der Ihnen dort geholfen hat?«

»An Qi Bo? Ja, natürlich.«

Zum ersten Mal zeigte seine Gastgeberin ein kleines Lächeln. »Entschuldigen Sie die vielen Fragen, aber ich muss sichergehen. Meine Anweisung lautete, Sie ohne eine Erklärung fortzuschicken, sollte Ihnen die Erinnerung daran fehlen.«

Ell vergaß jede Vorsicht. »Dann stimmt es? Sie kennen sie?«

»Ja, ich kannte Ihre Mutter.«

»Sie kannten sie?«, fragte er ahnungsvoll.

»Ich überbringe die schlechte Nachricht nur ungern, aber sie starb vor zwölf Jahren.«

Obwohl er versucht hatte, seine Hoffnungen nicht zu hoch zu hängen, überrollte ihn das Gefühl des Verlustes mit ungeahnter Heftigkeit. Die Wunde, die er seit seiner Kindheit in sich trug, fühlte sich wieder frisch und roh an. »Woran ist sie gestorben?«

»Krebs. Wir haben ein sehr gutes Krankenhaus in Windhoek, aber sie weigerte sich, es aufzusuchen. Sie lebte extrem zurückgezogen. In all den Jahren, die sie bei uns war, hat sie die Farm nur zweimal verlassen. Selbst ihre Erkrankung vermochte an dieser Einstellung nichts zu ändern. Außerdem bezeichnete sie die gängigen Behandlungsmethoden gern als krude Steinzeitmedizin - was immer sie damit meinte. Sie hatte jedoch kein Problem mit Schmerzmitteln, und so haben wir sie hier gepflegt. Soweit ich das beurteilen kann, hat Ihre Mutter nicht gelitten.«

»Das bedeutet, sie hat fast zwanzig Jahre an diesem Ort verbracht. Bitte erzählen Sie mir davon.«

Margarete nickte und lehnte sich zurück. »In den späten Achtzigern war Namibia nicht unabhängig, sondern stand unter südafrikanischer Verwaltung. Es waren gänzlich andere Zeiten. Meine eigenen Eltern lebten noch. Im Unterschied zu den meisten unserer Nachbarn lehnten sie vieles von dem, was damals als normal und der natürlichen Ordnung entsprechend galt, ab. Meine Mutter war eine pragmatische Person und drückte ihren Widerstand nicht durch Worte, sondern durch Taten aus. Sie bot Frauen, egal welcher Hautfarbe, die von ihren Männern misshandelt wurden, Unterschlupf auf der Farm. So eine Farm ist wie ein eigenes Ökosystem und die Macht der Farmbesitzer war absolut, im Guten wie im Schlechten. Sie nutzte sie auf ihre eigene Weise. Eines Tages stand draußen vor dem Haupthaus eine junge Frau, die sich als Elizabeth vorstellte. Sie gab an, vor ihrem Ehemann auf der Flucht zu sein, der sie regelmäßig schlage. Meine Mutter stellte nie viele Fragen, und so nahmen wir sie auf. Natürlich muss hier jeder arbeiten, Unterkunft und Essen sind nicht umsonst. Doch sie erwies sich als sehr anpassungsfähig, fleißig und zuverlässig. Bereits nach wenigen Monaten konnten wir uns kaum noch vorstellen, ohne sie auszukommen. Unsere hauptsächliche Einnahmequelle ist die Schafzucht. Mittlerweile nehmen wir auch Urlaubsgäste auf, doch damals gab es das noch nicht.«

»Hat sie Ihnen je von ihrem früheren Leben erzählt?«

»Nicht viel. Wir verstanden uns zwar auf Anhieb, wir waren etwa im selben Alter und sie wurde fast so etwas wie eine Schwester für mich, aber wenn es um ihre Vergangenheit ging, blieb sie sehr verschlossen. Meine Mutter meinte, vermutlich seien ihre traumatischen Erfahrungen dafür verantwortlich. Die meisten der Frauen, die wir aufnehmen, gehen nach ein paar Monaten wieder fort. Bauen sich woanders ein neues Leben auf. Nicht Ihre Mutter. Sie schien hier ihren Platz gefunden zu haben und meine Eltern hatten nicht das Geringste dagegen einzuwenden. Im Gegenteil. So eine Farm macht unglaublich viel Arbeit und sie übertrugen ihr immer mehr Aufgaben. Sie konnte hervorragend mit Tieren umgehen und die Schafzucht brachte ihr großen Spaß. Es ist ein hartes, aber ein gutes Leben, das wir hier draußen haben. Doch alles änderte sich mit dem Diebstahl.«

»Was für ein Diebstahl?«

»Es geschah wenige Jahre vor ihrem Tod. Eines der Mädchen, die für den Haushalt zuständig sind, war eines Morgens verschwunden. Zunächst dachten wir uns nichts dabei. Die Fluktuation bei dieser Art von Jobs ist hoch und wir vermuteten, sie wäre der Arbeit überdrüssig geworden und hätte sich auf die Suche nach etwas Neuem gemacht. Bis Elizabeth völlig aufgelöst zu uns kam. Sie vermisste einen wertvollen Gegenstand, einen blauen Edelstein, von dessen Existenz wir bis zu diesem Tag nichts gewusst hatten. Offenbar war sie bestohlen worden. Sie setzte alles daran, die Diebin ausfindig zu machen, und ich begleitete sie. Zwei Monate später wurden wir fündig. Das Mädchen lebte auf der Straße in Johannesburg ... Oder besser vegetierte, denn sie war vollkommen verrückt geworden. Geisteskrank. Wir konnten kein vernünftiges Wort aus hier herausbringen. Ständig faselte sie von dem Teufel in ihrem Kopf, vor dem sie sich verstecken müsse. Den Stein besaß sie nicht mehr, und so verlor sich dort die Spur. Elizabeth war danach nie wieder dieselbe und kurz darauf brach die Krankheit bei ihr aus.«

Ell starrte stumm aus dem Fenster. Es erfüllte ihn mit unsäglicher Traurigkeit, welches Leben seine Mutter auf sich genommen hatte, nur um den Stein und ihre Familie zu schützen. Dennoch war es ihr trotz aller Entbehrungen nicht gelungen zu verhindern, dass er in die falschen Hände fiel. Er kannte nicht den Namen des Dienstmädchens am Anfang der Kette, doch er kannte den Namen des Mannes, der am Ende gestanden hatte. Jan Bloch. Zumindest fügten sich nun einige Puzzleteile zusammen und er verstand, welchen Weg die Steine genommen hatten.

Er sammelte seine Gedanken für die nächste Frage. »Sie sagten, meine Mutter habe die Farm zweimal verlassen. Was war das andere Mal?«

»Nu Shan Si. Elizabeth erzählte mir erst kurz vor ihrem Tod, wo sie gewesen war. Bis dahin hatten wir angenommen, sie hätte Freunde oder Verwandte in Europa besucht. Es war auch erst zu diesem Zeitpunkt, dass sie mir ihren vollen Namen verriet und ich von ihren beiden Kindern erfuhr, von Ihnen und Ihrer Schwester Alexandra. Sie schärfte mir ein, ich dürfe lediglich zwei Personen gegenüber offen sprechen: Ihnen und einem David Goldstein. Doch bei Ihnen kam eine weitere Einschränkung hinzu. Sie sagte, Sie hätten jetzt ein gutes, vor allem aber ein sicheres Leben und die Vergangenheit würde Ihnen nur Unheil bringen. Es sei denn, Sie erinnerten sich wieder an Nu Shan Si. In diesem Fall sollte ich Ihnen alles sagen, was ich wisse. Und noch etwas anderes …«

Margarete stand auf und trat zu einer verglasten Vitrine, die eine antike Porzellansammlung beherbergte. Sie griff nach einer in zweiter Reihe stehenden Zuckerdose und brachte sie zurück mit an den Tisch. »Falls Sie eines Tages kommen und sich erinnern sollten, wollte sie, dass Sie das hier bekommen.« Margarete öffnete die Dose und schüttete den Inhalt in ihre Hand.

»Was ist das?«, fragte Ell und beugte sich vor.

»Ein Ring. Er hing immer an dieser Kette um ihren Hals. Erst kurz vor ihrem Tod ist sie dazu übergegangen, ihn am Finger zu tragen.«

Sie übergab Ell das an einer Gliederkette hängende Schmuckstück. Der massive, aus einem Stück gearbeitete Ring hatte die Form eines klassischen Siegelrings. Dort endeten die Gemeinsamkeiten allerdings, denn er war von tiefschwarzer Farbe und fühlte sich seltsam an.

»So etwas habe ich noch nie gesehen. Woraus ist er gemacht?«

»Ich weiß es nicht. Anfangs dachte ich Metall, aber man sieht keinen einzigen Kratzer. Vielleicht Onyx.«

»Möglich«, erwiderte Ell. »Obwohl die Textur dafür zu gleichmäßig und zu matt ist. Mich erinnert es eher an Keramik.«

Fasziniert drehte er das für seine Größe erstaunlich schwere Stück hin und her. Einen winzigen Moment lang meinte er zu erkennen, wie sich auf der makellosen Oberfläche ein komplexes Muster aus ineinanderlaufenden und sich umkreisenden Linien bildete. In der nächsten Sekunde war der Effekt schon wieder verschwunden, als wäre eine Flüssigkeit mitten in der Bewegung erstarrt.

»Haben Sie das gesehen?«, entfuhr es ihm erstaunt.

»Was meinen Sie?«

»Ach, nichts«, ruderte er verunsichert zurück. Vermutlich hatten ihm seine Sinne nur einen Streich gespielt. »Und der gehörte meiner Mutter? Ich habe keinerlei Erinnerung daran.«

»Es war definitiv ihrer, doch ich gebe zu, es ist ein merkwürdiges Stück. Jetzt gehört er Ihnen.«

»Sonst ist nichts von ihr geblieben?«

Bedauernd schüttelte Margarete den Kopf. »Sie ist mit nichts gekommen - wenn man einmal von dem verschwundenen Edelstein und diesem Ring absieht. Und mit nichts ist sie auch wieder gegangen. Sie war eine ungewöhnliche Frau und ich vermisse sie.« Margarete machte eine kurze Pause. »Möchten Sie sehen, wo sie begraben liegt?«

»Ja, bitte, wenn das möglich ist.«

Die Fahrt in Margaretes offenem Land Rover dauerte knapp zwanzig Minuten und führte tiefer in die Berge. Das letzte Stück auf den höchsten Gipfel einer ausgedehnten Hügelkette gingen sie zu Fuß. Schon von Weitem sah er das Grab. Der schlichte Grabstein trug als Inschrift ein einziges Wort: Elizabeth. Der Ort bot einen grandiosen Ausblick über die von der tiefstehenden Sonne beschienene Savannenlandschaft. Nur eine weitere Bergkette im fernen Süden verhinderte, dass sich das Auge in der scheinbaren Unendlichkeit verlor.

»Dies war ihr Lieblingsplatz. Wenn sie allein sein wollte, um nachzudenken, kam sie immer hierher. Ich gehe zurück zum Wagen. Lassen Sie sich so viel Zeit, wie sie brauchen.«

Ell beobachtete, wie die Sonne unaufhaltsam tiefer sank und für wenige Minuten die Silhouette der Berge in feuriges Rot tauchte, bevor sie schließlich hinter dem Horizont verschwand. Nach allem, was er heute über seine Mutter erfahren hatte, fühlte er sich verlassener denn je. Als hätte der Mensch, an den er sich erinnerte, nie wirklich existiert. Zurück blieb eine fremd anmutende Person, die er nicht mehr um eine Erklärung bitten konnte, die er nicht mehr fragen konnte, warum sie so gehandelt hatte. Nichts wünschte er sich mehr, als ihr entgegenzutreten und es laut herauszuschreien: Ist das alles nötig gewesen? Ist es das wert gewesen? Und vor allem: Ist es meine Schuld? Wenn er Allisons Worten Glauben schenkte, hatte er die Ereignisse selbst in Gang gesetzt, die seine Mutter bis an diesen Ort geführt hatten; zumindest war er daran beteiligt gewesen. Hatte er sie zu diesem Leben verdammt?

Doch sie war fort und mit ihr die Antworten auf seine Fragen. Nur eines wurde immer deutlicher: Das Schicksal der Steine und sein eigenes waren untrennbar miteinander verbunden und die letzten Monate bildeten lediglich das jüngste Kapitel einer Geschichte, deren Teil er immer schon gewesen war.

Mit der Sonne verflüchtigte sich auch die Wärme und ein kühler Wind wehte aus dem Tal herauf. Schweren Herzens wandte er dem Grab den Rücken zu und begann den Abstieg.

17

Margarete bot Ell einen der fast fertig renovierten Gästebungalows als Nachtquartier an. Dankbar, nicht mehr im Dunkeln die Suche nach einer Unterkunft antreten zu müssen, akzeptierte er. Aus Höflichkeit nahm er am gemeinsamen Abendessen mit rund einem halben Dutzend Farmmitarbeitern teil, obwohl er viel lieber allein gewesen wäre. Doch nur mit Kaffee und Süßigkeiten im Magen hätte er ohnehin nicht schlafen können und der Duft gegrillter Oryx-Steaks tat sein Übriges. Als er schließlich ins Bett fiel, fehlte ihm selbst zum Grübeln die Energie und er schlief traumlos bis zum nächsten Morgen. Beim Frühstück fühlte er noch einmal vorsichtig vor, ob seine Gastgeberin möglicherweise mehr wusste, als sie bislang preisgegeben hatte. Aber wenn sie nicht hervorragend log, kannte sie weder die wahre Natur der Steine noch die wahren Beweggründe seiner Mutter.

Zum Abschied überreichte Margarete ihm einen Korb

mit Verpflegung für die Fahrt und begleitete ihn zu seinem vor dem Hauptgebäude geparkten Wagen. »Es freut mich, dass Sie nach all den Jahren doch noch gekommen sind und ich Elizabeths letzten Wunsch erfüllen konnte. Vieles, was Ihre Mutter betrifft, ist mir zwar nach wie vor ein Rätsel, aber wir haben alle unsere Geheimnisse und es ist nicht an mir, Fragen zu stellen oder zu urteilen. Sie war eine gute Freundin und als solche werde ich sie in Erinnerung behalten.«

Margarete griff in ihre Hosentasche. »Elizabeth vermied es immer sehr geschickt, fotografiert zu werden, aber bei einigen Gelegenheiten ist sie dann doch auf den Fotos gelandet.« Sie reichte Ell eine Fotografie. »So haben Sie zumindest ein kleines Andenken.«

Ell nahm das Bild entgegen und betrachtete es. Es zeigte eine ältere Version seiner Mutter als in seiner Erinnerung inmitten einer Herde von Schafen. Sie wirkte ernst, doch keineswegs unglücklich. Ein kaum wahrnehmbares Lächeln umspielte ihre Lippen. Ell schluckte schwer. Das Foto machte es viel realer als die Geschichten, die er bislang gehört hatte.

»Danke für alles, was Sie und Ihre Familie für meine Mutter getan haben.«

»Sehr gern. Besuchen Sie uns, wenn Sie wieder einmal im Land sind. Sie sind hier jederzeit willkommen.«

Ell fuhr den Weg zurück, den er am Tag zuvor gekommen war, bis er die befestigte Schotterpiste erreichte und in Richtung Wilkensbad abbog. Der Tank würde problemlos bis Keetmanshoop reichen, und so passierte er den Ort, ohne anzuhalten.

Über die nächste halbe Stunde änderte sich die Landschaft kaum und Ell versank in Gedanken. Was sollte er jetzt tun? Was konnte er überhaupt tun? Seine Mutter war tot. Mit dieser endgültigen Erkenntnis endete die emotionale Achterbahnfahrt, auf die er sich seit seiner Begegnung mit Qi Bo begeben hatte. Damit gab es niemanden mehr, der ihm seine vielen Fragen beantworten konnte. Darunter eine neue und möglicherweise entscheidende: Existierte tatsächlich noch ein dritter Stein? War es seine Aufgabe, danach zu suchen? Und wenn ja, wo sollte er damit anfangen? Oder wäre es womöglich besser, wenn dieser Stein nie gefunden würde?

Ein Aufprall, der ihn mit dem Kopf gegen das Lenkrad schlagen ließ, riss ihn abrupt aus seinen Überlegungen. Im Rückspiegel sah er den Kühlergrill eines mächtigen Trucks, und während er sich noch fragte, ob der Fahrer vielleicht eingeschlafen oder betrunken sei, beschleunigte das Fahrzeug und krachte erneut in sein Heck. Das war eindeutig kein Versehen, sondern Absicht. Der andere Wagen scherte aus und setzte zum Überholen an. Ell hatte nicht vor, darauf zu warten, was dann passierte. Stattdessen gab er Vollgas. Der Mietwagen reagierte nur unwillig, doch selbst die relativ geringe Erhöhung der Geschwindigkeit brachte die Stoßdämpfer an ihr Limit. Die Buckelpiste war zum Schnellfahren nicht gemacht und es kostete Ell größte Mühe, die Kontrolle über den wild springenden Geländewagen zu behalten. Sein Verfolger war ihm augenscheinlich sowohl was die Federung als auch die Motorleistung anbelangte überlegen, denn er startete einen erneuten Überholversuch. Ell zog scharf nach rechts. Sofort wechselte der Truck die Seite. Zwei weitere Male gelang es Ell, das andere Fahrzeug zu blockieren. Doch sein eigener

Wagen ließ sich bei dieser Geschwindigkeit kaum beherrschen, und so schaffte es der Verfolger schließlich, sich schräg neben ihn zu setzen. Ell sah das nächste Manöver kommen und stieg in die Bremsen, aber es war bereits zu spät. Der deutlich schwerere Truck rammte mit voller Wucht sein Heck und schob es einfach zur Seite. Der Mietwagen stellte sich quer, hob ab und überschlug sich mehrfach, bis er auf dem Dach liegend neben der Straße zum Stillstand kam. Benommen hing Ell in seinem Sicherheitsgurt. Versuchsweise bewegte er seine Gliedmaßen. Bis auf eine Platzwunde an der Stirn schien er unverletzt. Was einem Wunder gleichkam, denn um sich herum erkannte er nur verformtes Blech. Er stützte sich am Dach ab und löst den Anschnallgurt. Mit einem Stöhnen sackte er zu Boden. Die Fahrertür klemmte und zwang ihn, zur Beifahrerseite zu kriechen. Dort sah es nicht viel besser aus und er benötigte mehrere Fußtritte, um die Tür zu öffnen. Er kletterte nach draußen und zog sich an der Karosserie empor. Sein erster Blick galt dem vollkommen zerstörten Mietwagen. Unfassbar, dass er das überlebt hatte. Weniger als dreißig Meter entfernt bemerkte er den weißen Dodge RAM. Er stand einfach da, mit laufendem Motor. Die Scheiben waren getönt, sodass er den Fahrer nicht erkennen konnte. Ell schaute sich um. Es gab weit und breit nichts, was Schutz geboten hätte. Um ihn herum erstreckte sich endlose, leere Savanne, so weit das Auge reichte. Als er ein paar Schritte machte, gab sein rechtes Knie nach und ein scharfer Schmerz fuhr ihm bis in die Hüfte. Anscheinend war er doch nicht ganz so unverletzt wie zunächst geglaubt. Aber weglaufen kam ohnehin nicht infrage. Wo sollte er auch hin?

Eine Staubfahne am Horizont erregte seine Aufmerksamkeit. Aus westlicher Richtung näherte sich mit hoher Geschwindigkeit ein weiteres Fahrzeug. Wenn er noch ein wenig durchhielt, würde man ihm vielleicht helfen. Der Fahrer des Dodge schien das Gleiche zu denken, denn der Motor heulte mehrfach auf, bevor die Räder durchdrehten. Humpelnd brachte Ell sich hinter dem Fahrzeugwrack in Sicherheit. Anfangs dachte er, der Fahrer beabsichtige ein Katz-und-Maus-Spiel, doch stattdessen hielt der Truck auf das Wrack zu und schob es mit einem metallischen Knirschen einfach vor sich her. Seiner Deckung beraubt, stolperte Ell rückwärts. Der Dodge kam auf diese Weise nicht besonders schnell voran, aber in jedem Fall schneller als Ell. Verzweifelt suchte er nach einem Ausweg oder zumindest einem kleinen Vorteil. Zu seiner rechten Seite wurde der Boden sandiger und weicher. Vielleicht genügte das, damit das Wrack steckenblieb. Er änderte die Richtung seiner Flucht und ignorierte den pochenden Schmerz in seinem Knie, während der Truck immer näherkam. Eine Bugwelle aus Sand begann sich vor dem Wrack aufzutürmen und der Fahrer musste ständig mehr Gas geben, um das Momentum aufrechtzuerhalten. Ell stolperte und schlug der Länge nach hin. Der Truck wurde langsamer. Der Fahrer schien Ells hilflose Lage bemerkt zu haben, änderte die Taktik und legte den Rückwärtsgang ein.

In diesem Moment krachte ein Fahrzeug von hinten in den Truck und schob ihn zurück auf das Wrack und in den tiefen Sand. Mit Vollgas versuchte er dagegenzuhalten, doch sein Kühler hatte sich in den Überresten von Ells Mietwagen verkeilt und seine Räder fanden auf dem weichen Untergrund keinen ausreichenden Halt. Stattdessen gruben sie sich nur immer weiter ein. Das andere Fahrzeug setzte zurück und Ell sah, wie die Beifahrertür aufgestoßen wurde. So schnell es sein verletztes Bein erlaubte, hinkte er der Rettung verheißenden Tür entgegen.

»Beeil dich!«, rief eine vertraute Stimme, während er auf den Beifahrersitz kletterte. Bevor er die Tür hinter sich zuziehen konnte, gab Chang Feng Gas und schickte den Toyota Hilux mit ausbrechendem Heck zurück auf die Schotterpiste. Ell riss seinen Blick vom Außenspiegel los, in dem der festgefahrene Truck und das Wrack seines Mietwagens langsam kleiner wurden.

»Was machst du denn hier?«

»Ob du es glaubst oder nicht, ich habe eigentlich Besseres zu tun, aber was bleibt mir anderes übrig, wenn du dich dauernd in Schwierigkeiten bringst?«

»Woher weißt du, dass ich in Schwierigkeiten bin? Bis vor fünf Minuten wusste ich es ja selbst nicht einmal.«

Chang Feng warf ihm einen kurzen Seitenblick zu. »Ich lasse nach gewissen Personen Ausschau halten - schon aus einem gesunden Selbsterhaltungstrieb heraus. McAllen, Carter, der Typ, der dich aus Arizona nach Dubai entführt hat. Und während die ersten beiden immer noch verschollen sind, ist Letzterer gestern in Namibia aufgetaucht. Genau wie du. Klingt das für dich nach Zufall? Für mich klang es nach Schwierigkeiten.«

Ell wurde blass. »Du meinst, in dem Truck saß Aidans Mann fürs Grobe?«

»Ich hatte keine Lust nachzuschauen, aber ich gehe jede Wette ein.«

»Scheiße, das hieße ja …«

»... dein Freund Aidan will dich tot sehen - und beinahe wäre sein Wunsch in Erfüllung gegangen.«

Chang Feng angelte hinter sich nach einem Rucksack. »Da drin sind Taschentücher. Du blutest über der Augenbraue. An den Verbandskasten kommen wir im Moment nicht ran, der ist im Kofferraum. Wenn wir weit genug weg sind, halte ich an und versorge das vernünftig.«

Ell fand die Packung mit den Taschentüchern und presste eines davon gegen seine Stirn. »Wie hast du mich überhaupt gefunden?«

»So wie der andere Typ vermutlich auch. Alle Mietwagen hierzulande haben GPS. Die Verleihfirma weiß jederzeit, wo du bist, und sogar, wie schnell du gerade fährst. Um an diese Informationen zu gelangen, musste ich nur ein bisschen Überzeugungsarbeit leisten.«

Ell konnte es kaum fassen. Aidan war gefährlich, keine Frage, aber er hatte immer geglaubt, ihre ehemalige Freundschaft würde ihn davon abhalten, diese letzte Grenze zu überschreiten.

Sie erreichten die asphaltierte Hauptstraße und bogen Richtung Norden ab. Ell wollte gerade ansetzen, Chang Feng zu berichten, was Benjamin Berg ihm über die Existenz eines dritten Steins erzählt hatte, als sie laut fluchte.

»Was ist los?«

Chang Feng deutete auf die Instrumententafel. »Der Öldruck sinkt und der Motor überhitzt. Bei der Rammaktion eben muss irgendetwas zu Bruch gegangen sein. Ich fürchte, in Kürze gibt die Karre ihren Geist auf.«

»Meinst du, wir haben ihn abgehängt?«

»Unwahrscheinlich. Sein Wagen fuhr noch, er steckte

bloß fest. Das wird nicht ewig währen, und wenn er einen Auftrag hat, wird er versuchen, ihn zu Ende zu bringen.«

»Dann müssen wir runter von der Hauptstraße. Bis zur nächsten größeren Ortschaft sind es über fünfzig Kilometer, und wenn wir hier liegenbleiben, findet er uns sofort. So selten wie hier ein Auto vorbeikommt, können wir auch kaum damit rechnen, dass uns vorher jemand aufsammelt und mitnimmt.«

Kommentarlos bog Chang Feng bei der nächsten Gelegenheit auf eine nach Westen führende unbefestigte Straße ab. Ell studierte den Bildschirm des Navigationsgerätes. »Sieht aus, als kämen wir in der Richtung nicht mehr weit. Es sei denn, uns wachsen Flügel. Wir fahren direkt auf eine riesige Schlucht zu. Die Straße endet weiter nördlich bei einer Sehenswürdigkeit, die sich Fish River Canyon Park nennt.«

»Das klingt nach einem Ziel für Touristen. Mit ein wenig Glück stoßen wir dort auf eine geführte Tour, und dann schließen wir uns denen einfach an ... Wenn das Auto lange genug durchhält.«

»Hast du ein Handy?«, fragte Ell.

Chang Feng blickte neben sich in die Ablage der Mittelkonsole. »Ja, aber das ist nutzlos. Auf der großen Straße hatte es noch hin und wieder Empfang, doch jetzt ist das Netz ganz weg. Wir sind auf uns gestellt.«

»Vielleicht gibt es in diesem Canyon Park ja eine Ranger Station, bei der wir um Hilfe bitten können.«

»Glaubst du ernsthaft, ein paar Park Ranger würden unseren Freund aufhalten?«

Vor Ells innerem Auge tauchten die Szenen auf, die sich in der geheimen Anlage seines Vaters in Arizona abgespielt hatten. Nicht einmal ein Team bewaffneter FBI Agents war in der Lage gewesen, den Mann zu stoppen. »Nein, vermutlich nicht.«

Erste Dampfschwaden drangen unter der Motorhaube hervor.

»Bis zum Parkeingang schaffen wir es ohnehin nicht mehr«, stellte Chang Feng fest. »Ich fahre querfeldein zu der Felsformation dort drüben. Dahinter stellen wir das Auto ab und gehen zu Fuß weiter.«

»Zu Fuß?« Ell blickte zweifelnd auf sein Knie. »Ich weiß nicht, ob es dir aufgefallen ist, aber neben der Stirn hat auch mein Knie etwas abbekommen. Einen Geschwindigkeitsrekord werde ich nicht aufstellen.«

Sie erreichten den Schutz der Felsen gerade rechtzeitig, bevor der Motor erste Aussetzer zeigte. Zumindest war der Wagen von der Straße aus nicht mehr zu sehen. Chang Feng sammelte einige Wasserflaschen von der Rückbank und stopfte sie in ihren Rucksack, während Ell einen letzten Blick auf die Karte des Navigationsgeräts warf. »Wenn wir der Straße folgen, sind es bis zum Parkeingang rund acht Kilometer. Richtung Westen kommen wir in drei Kilometern auf einen Weg, der an der Kante der Schlucht von Nord nach Süd verläuft.«

»Dann Richtung Westen. Auf der Straße haben wir keinerlei Deckung und mit deinem Bein sind drei Kilometer besser als acht.«

Bevor sie den Toyota zurückließen, griff sich Chang Feng noch den Verbandskasten aus dem Kofferraum. Da die Blutung allerdings inzwischen zum Stillstand gekommen war, drang Ell darauf, dass sie zunächst so viel

Abstand wie möglich zwischen sich und das kaputte Fahrzeug brachten.

Jeder Schritt in dem unebenen Gelände war eine Qual. Anfangs lehnte er Chang Fangs Angebot, ihn zu stützen, noch ab, doch schließlich hatte er gar keine andere Wahl. Die Sonne brannte erbarmungslos und in immer kürzeren Abständen mussten sie Pausen einlegen. Nach über zweieinhalb Stunden erreichten sie endlich den gesuchten Weg.

»Hiking Trail«, las Chang Feng von einem grünen Blechschild ab. Direkt vor ihnen bot sich ein eindrucksvoller Ausblick. Die Ebene endete abrupt an einem gewaltigen Canyon, der sich in weiten Schwüngen hunderte Meter tief in die Landschaft gefressen hatte. Die andere Seite lag wenigstens zwei Kilometer entfernt. Am Boden der Schlucht war das dünne Rinnsal eines Flusses zu erkennen.

»Wow«, staunte Ell und vergaß für einen Moment Schmerzen und Erschöpfung. »Was für ein Anblick.«

Chang Feng trat neben ihn. »So was sieht man nicht alle Tage. Einfach wunderschön.« Dann schien sie sich wieder auf ihre Lage zu besinnen. »Allerdings ist weit und breit kein Mensch zu sehen. Wir sollten weiter Richtung Norden gehen. Da ist die Chance, auf jemanden zu treffen, vermutlich am größten.«

Auf dem Weg kamen sie deutlich schneller voran als zuvor im freien Gelände. Die meiste Zeit verlief der Weg in sicherem Abstand zur Abbruchkante, bis sie eine Stelle erreichten, an der kaum Platz blieb zwischen dem gähnenden Abgrund und den sich immer höher auftürmenden Felsen zu ihrer Rechten. Vorsichtig trat Chang Feng an den Rand heran und warf einen Blick hinunter. »Das ist nichts für Menschen mit Höhenangst. Schau dir das an!«

»Danke«, lehnte Ell eilig ab. »Mir gefällt es hier drüben ganz ausgezeichnet. Ich glaube dir auch so.«

Chang Feng zuckte mit den Schultern und folgte Ell, der so nah an der Felswand wie möglich der nächsten Biegung entgegenhumpelte. Unvermittelt blieb er stehen, und als Chang Feng zu ihm aufschloss, sah sie auch, warum. Mitten auf dem Weg war eine Absperrung aufgebaut. Daneben stand ein Warnschild mit dem Symbol für herabfallende Felsbrocken und dem unmissverständlichen Text *Trail closed. Danger.*

»Shit«, fluchte Chang Feng. »Kein Wunder, dass uns noch kein Mensch begegnet ist.«

Ell musterte den hinter dem Schild liegenden Weg. »Der gesperrte Bereich ist um die fünfzig Meter lang. Ein Teil des Weges scheint abgebrochen zu sein und der Rest ist vermutlich zu instabil.«

»Wir sind die ganze Strecke umsonst gegangen.«

»Vielleicht nicht die ganze«, widersprach Ell. »Wenn wir ein Stück zurückgehen, finden wir womöglich eine Stelle, an der wir den Weg verlassen und diesen Bereich umgehen können.«

Chang Feng nickte. »Verlieren wir keine Zeit. Ich habe irgendwie ein schlechtes Gefühl.«

Sie waren höchstens zehn Schritte gegangen, als ihr Gefühl sich bewahrheitete. Ell packte sie an der Schulter und deutete nach oben. Auf den Felsen über ihnen war keine zwanzig Meter entfernt ein Gesicht aufgetaucht.

Auch auf diese Distanz erkannte Ell es sofort. »Er hat uns gefunden.« Das Gesicht verschwand.

»Er wird oberhalb der Felsen zurücklaufen, bis das Gelände wieder flacher wird und er zu uns absteigen kann«, mutmaßte Chang Feng nüchtern. »Mit deinem Bein haben wir keine Chance, ihn zu überholen. Und selbst dann säße er uns direkt im Nacken. Wir sitzen in der Falle.«

Das Gesicht des Mannes stand Ell immer noch vor Augen. Braune Haare über einer weißen Stirn und schwarzen, toten Augen. Der Anblick löste etwas in ihm aus. Zuerst glaubte er, es sei nur seine wachsende Verzweiflung, angesichts der Lage, in der sie sich befanden. Aber das war nicht alles. Er spürte, wie sein Denken sich verlangsamte und Übelkeit in ihm aufstieg. Nein, dachte er panisch, nicht schon wieder! Nicht ausgerechnet jetzt! Jeden Moment erwartete er, von dem schwarzen Schwindel verschluckt zu werden, wie im Zug nach Amsterdam. Doch nichts dergleichen geschah. Stattdessen verschob sich eine Grenze in seinem Kopf, von der er nicht einmal gewusst hatte, dass sie existierte. Von einem Moment zum anderen fühlte er sich, als hätte man ihn aus einem dunklen Gefängnis befreit, als wäre er blind gewesen und könnte endlich wieder sehen. Da war plötzlich so viel mehr. Er sah die Welt um sich herum auf eine vollkommen neue Weise. Er sah die Dinge nicht mehr nur in ihrem gegenwärtigen Zustand, sondern auch, wie sie waren und wie sie sein könnten, ihre Vergangenheit und die Vielfalt ihrer möglichen Zukunft. Die Wahrnehmung dieser ungefilterten Komplexität raubte ihm den Atem. Was er bislang für die Realität gehalten hatte, war im Vergleich dazu bloß ein flüchtiger Schatten, eine vage Ahnung ihrer wahren Natur, ein willkürlich ausgewähltes Standbild in einem endlosen Film. Er sah die Landschaft, bevor es dort einen Canyon gegeben hatte. Er verfolgte, wie die gewaltigen Kräfte tektonischer Bewegungen die Erde aufbrachen, wie der Fluss sich seinen Weg bahnte und das Werk vollendete. Alles folgte einem Muster, alles hatte eine innere Ordnung. Bis hin zu dem Fischadler, der, zu weit entfernt für das menschliche Auge, seine Bahnen zog, und dem noch ahnungslosen Mungo, der in Kürze unausweichlich seine Beute werden würde. Doch je tiefer seine Sinne vordrangen, desto klarer erkannte er, dass der anfängliche Eindruck zwingender Alternativlosigkeit trog. Es gab Raum für Improvisation.

»Komm mit«, sagte er vollkommen ruhig zu Chang Feng, drehte sich um und ging den Weg zurück in Richtung des gesperrten Bereichs. Sein schmerzendes Knie nahm er kaum noch wahr.

Überrascht leistete Chang Feng Folge. »Wohin willst du? Haben wir etwas übersehen?«

Eine Antwort erschien ihm unnötig. Vor dem Warnschild stehend, betrachtete er den gesperrten Weg. Er sah den felsigen Untergrund, doch er sah tiefer. Er sah, wo der Fels weitere hundert Jahre Bestand haben würde und wo er ausgehöhlt und brüchig war vom ständigen Wechsel aus Hitze und Kälte, Trockenheit und Feuchtigkeit.

»Bleib genau hinter mir, tritt nur dorthin, wo ich auch hintrete.« Mit diesen Worten umkurvte er die Absperrung und marschierte los.

»Bist du irre?«, rief Chang Feng, doch er ging einfach weiter.

»Es kann nichts passieren«, sagte er, ohne sich umzuschauen.

Chang Feng fluchte ausgiebig. Dann hörte er ihre Schritte hinter sich. Eine Stelle auf halber Höhe der Strecke erforderte seine besondere Aufmerksamkeit. Die Wahrscheinlichkeit, dass sie nachgeben würde, lag genauso hoch wie das Gegenteil. Er sah sich und Chang Feng darüber hinweggehen und sicher die andere Seite erreichen. Er sah, wie der Boden nachgab und sie in die Tiefe stürzten. Beide Möglichkeiten existierten in perfekter Parallelität. Intuitiv wusste er, was zu tun war. Die Gleichzeitigkeit der unterschiedlichen Möglichkeiten kollabierte. Nur eine von ihnen hatte Bestand. Der Boden hielt. Hinter der Absperrung am anderen Ende des Weges angekommen, drehte er sich um und wartete ab.

Mit einem erleichterten Seufzer trat Chang Feng neben ihn. »Ich wusste gar nicht, dass du zu solchen Kamikaze-Aktionen fähig bist. Aber anscheinend haben wir Glück gehabt.«

Ell reagierte nicht, sondern starrte weiter in die Richtung, aus der sie gekommen waren. »Sollten wir unseren Vorsprung nicht nutzen und schleunigst verschwinden?«, fragte Chang Feng mit wachsender Nervosität. Ell reagierte immer noch nicht. Am anderen Ende des abgesperrten Weges tauchte die Gestalt ihres Verfolgers auf.

»Das ging ja schneller als gedacht«, stöhnte Chang Feng. »Meinst du, er ist so verrückt wie wir, oder kehrt er um?«

»Er wird uns folgen«, erwiderte Ell, machte aber nach wie vor keine Anstalten, sich zu bewegen.

Tatsächlich ignorierte ihr Verfolger die Absperrung. Ell

wusste, der Mann sah, was er sah, und fand seinen Weg auf die gleiche Weise. Nur noch wenige Schritte verblieben bis zu der kritischen Stelle.

»Will? Lass uns endlich verschwinden. Sofort!«

Doch er wollte bleiben und es sehen. Aus seinem tiefsten Inneren entließ er eine Welle aus brennender Wut und ungezügeltem Hass. Mit aller Macht schlug er zu und zertrümmerte das fragile Gleichgewicht. Ell spürte den Versuch des anderen, dagegenzuhalten. Aber er war stärker. Der Fels kam ins Rutschen. Für einen Moment sah es aus, als schwebte der Mann auf der Stelle. Dann verschwand er, ohne einen Laut von sich zu geben, in der Tiefe, während das dröhnende Poltern der fallenden Gesteinsmassen durch den Canyon hallte.

»O mein Gott!« Der Schock stand Chang Feng ins Gesicht geschrieben.

Ell sackte zu Boden, als hätte jemand einen Stecker gezogen. Was immer ihn die letzten Minuten aufrecht gehalten und geführt hatte, zog sich zurück. Und es nahm seine Wahrnehmungen, diesen unglaublichen Blick auf die Welt und ihr Innerstes, mit sich - ebenso wie seine Wut und seinen Hass. Überwältigt von einem Gefühl der Erleichterung, aber auch des Verlustes, umarmte Ell die aufsteigende Dunkelheit und wurde ohnmächtig.

...

Chang Feng betrachtete den nach wie vor bewusstlosen Ell. Er atmete ruhig und frei, dennoch hatte sie ihn vorsichtshalber in eine stabile Seitenlage gebracht. Sie bezweifelte, dass ihr Verfolger den Felssturz überlebt haben könnte, aber sie wollte kein unnötiges Risiko eingehen, und so hatte sie es gewagt, Ell für eine Weile allein zu lassen, um nach dem Auto des Mannes zu suchen. Sie fand es keine zehn Minuten entfernt. Sobald Ell aufwachte, würden sie hier verschwinden. Um ihn bis zu dem Truck zu schleppen, war er zu schwer und das Gelände zu schwierig.

Neben diesen praktischen Erwägungen kreisten ihre Gedanken unablässig um das, was gerade geschehen war. Ell hatte sie durch seine Entscheidung, den abgesperrten Weg zu nehmen, gerettet. Aber sein Verhalten gab ihr Rätsel auf. Derartige Risiken einzugehen, war nicht seine Art. Genauso gut hätten sie jetzt am Grund der Schlucht liegen können. Es war irrational gewesen und schlimmer noch, er hatte ihr keine Wahl gelassen, sondern sie vor vollendete Tatsachen gestellt. Normalerweise fühlte sie stets eine Verbindung zwischen ihnen, doch vorhin war es ihr vorgekommen, als wäre er ein vollkommen Fremder. Bis hin zu der absoluten Kälte, mit der er den Absturz des Mannes verfolgt hatte. Als hätte er genau das erwartet. Irgendetwas hatte sich in Ell verändert, und diese Veränderung machte ihr Angst.

18

Ein Security Guard begleitete Gray durch die Gänge des DARPA-Hauptquartiers und machte erst kehrt, als sich die Tür zu Dr. Jennings Labor hinter dem FBI-Beamten geschlossen hatte.

»Dr. Jennings, was gibt es so Wichtiges? Normalerweise muss ich mich bei Ihnen immer selbst einladen, um auf dem Laufenden zu bleiben. Ich glaube, es ist das erste Mal, dass Sie mich angerufen haben.«

Jennings sprang von seinem Drehsessel auf und eilte Gray entgegen. »Da sind Sie ja! Endlich!«

»Ich stecke mitten in einer umfangreichen Ermittlung. Hätten wir das nicht am Telefon besprechen können?«

Jennings schüttelte energisch den Kopf. »Unter keinen Umständen! Die Sache ist … delikat.«

Obwohl das Labor leer war, schaute Jennings sich mehrmals um, bevor er Gray mit einem Wink aufforderte, ihm zu folgen. »Die letzten Tage sind ein wenig verstörend gewesen und meine Nerven infolgedessen nicht die Besten.

Außerdem muss ich derzeit alles allein machen. Dr. Wheeler ist im Urlaub - wobei das vielleicht ganz gut so ist, wenn ich genauer darüber nachdenke.«

Gray musterte den sonst so überheblichen Wissenschaftler verwundert. »Sie wirken, als wäre Ihnen ein Geist begegnet. Was ist denn los?«

Jennings antwortete erst, nachdem er Gray in einen Untersuchungsraum geführt, die Tür geschlossen und ein paar Knöpfe an einer Schalttafel gedrückt hatte. In Grays Ohren knackte es und er spürte einen Druck, wie im Flugzeug während des Sinkflugs. »Dieser Raum ist jetzt hermetisch verschlossen«, erklärte Jennings. »Nichts kommt rein und nichts geht raus. Keine Gase, keine Schallwellen, keine elektromagnetischen Wellen.« Er brach ab und wischte sich mit einem Taschentuch nervös die Stirn. »Wobei ich da seit Kurzem meine Zweifel habe, aber es ist auf jeden Fall der sicherste Ort, den ich kenne, um ein vertrauliches Gespräch zu führen.« Jennings atmete tief durch. »Was ich Ihnen jetzt sage, haben Sie nicht von mir. Ich werde es nur einmal sagen und danach nie wieder. Sollten Sie mich je zitieren, werde ich alles abstreiten, verstanden?«

Gray nickte, stumm vor Staunen, was auf diese Ansprache wohl folgen mochte.

»Ich habe jeden wachen Moment der letzten Tage damit verbracht, die beiden Chips, oder besser deren Überreste, mit allen mir zur Verfügung stehenden Methoden zu untersuchen. Und das sind eine Menge. Mein Spezialgebiet ist das Reverse Engineering. Geben Sie mir, was Sie wollen, russisch, japanisch, chinesisch, und ich sage Ihnen, wie es funktioniert, und baue es Ihnen nach. Genau das war auch in diesem Fall mein Auftrag. Aber diese Chips …«

»Was ist mit den Chips?«

»Ich weiß weder, wie sie funktionieren, obwohl ich einen Verdacht habe, noch könnte ich sie nachbauen. Und das liegt nicht an meinen Fähigkeiten.«

»Sondern?«

»Wesentliche Komponenten bestehen aus Materialien, die gar nicht existieren dürften. Die kristalline Struktur im Inneren der Steine ist supraleitend. Bei Raumtemperatur. Die Energiequelle besteht aus einer winzigen Menge hochradioaktiven Franciums. Ich kann mir nicht einmal theoretisch vorstellen, wie man selbst diese kleine Menge herstellen, stabilisieren und nutzen könnte. Doch das Wildeste ist der Kern an sich. Seine Architektur ist das Komplizierteste und gleichzeitig Simpelste, kurz gesagt, das Genialste, was ich je gesehen habe.«

»Sie sagten, Sie hätten einen Verdacht.«

Jennings nickte. »Wenn Sie mich fragen, ist das Ding ein Quantencomputer. Und wenn Sie mich dann noch fragen, woher es stammt, dann sage ich Ihnen: nicht aus dieser Zeit oder nicht von dieser Welt. Suchen Sie sich was aus.«

Erschöpft ließ er sich auf einen Stuhl fallen.

Gray brauchte einen Moment, um diese Informationen zu verdauen. »Wo sind die Steine jetzt?«

Unruhig rutschte Jennings auf seinem Stuhl hin und her. »Das ist der Grund, warum ich Sie hergebeten habe. Letzte Nacht wurde in meiner Abwesenheit das gesamte Labor leergeräumt. Die Chips sind weg und meine sämtlichen Aufzeichnungen ebenfalls.«

»Aber das ist die DARPA«, protestierte Gray. »Hier kann doch nicht jeder einfach so reinmarschieren.«

»Es waren Agents des Department of Homeland Security. Mit Vollmachten von allerhöchster Stelle, wenn Sie verstehen, was ich meine. Jeder, den ich frage, mauert, und meine Vorgesetzte tut so, als hätte es dieses Forschungsprojekt nie gegeben.« Eine einzelne Schweißperle löste sich von Jennings Haaransatz und lief langsam seine Schläfe hinunter. »Das soll nicht nach Verfolgungswahn klingen, aber ich will nicht der Einzige sein, der um diese Dinge weiß - und der morgen plötzlich verschwunden ist.« Jennings schluckte schwer. »Sie wissen schon, berühmter Wissenschaftler beim Eisfischen ertrunken, oder so etwas in der Art.«

»Sie gehen Eisfischen?«

»Nein, ich hasse Fisch und wir haben die falsche Jahreszeit. Das war bloß ein Beispiel.«

»Verstehe. Machen Sie sich keine Sorgen, Dr. Jennings. Ich werde sehr diskret ein paar Nachforschungen anstellen. Und Sie sind sich sicher, dass es das DHS gewesen ist?«

Jennings nickte. »Das habe ich aus einem der Wachleute herausbekommen, bevor meine Chefin dazukam. Es war das DHS.«

19

Timothy und Garry saßen mit ihren Laptops im Wohnzimmer der Suite, die sie gegen ihr altes Doppelzimmer eingetauscht hatten. Drei helle Räume, zwei Bäder und eine richtige Bar - nicht so ein winziger Kühlschrank mit noch kleineren Flaschen, der sich Minibar schimpfte. Das Geschäft mit den Exploits lief hervorragend und sie kamen mit der Beantwortung der Anfragen kaum hinterher.

Timothy tastete nach dem letzten Cracker in einer griffgünstig in Reichweite platzierten Packung, bevor er nachdenklich kauend von seinem Bildschirm aufsah.

»Sie ist vollkommen anders.«

Garry verfolgte gerade, wie sich zwei Konkurrenten gegenseitig überboten, und runzelte irritiert die Stirn. »Wer ist anders?«

»Wer schon. Trina.«

»Du übertreibst.«

Timothy blieb dabei. »Nein, sie ist definitiv anders.«

»Trina war schon immer anders.«

»Ja, aber … anders anders.«

»Wie anders ist sie denn jetzt?«, fragte Garry zunehmend genervt.

»Ich weiß auch nicht.« Mit einem Anflug von Wehmut musterte Timothy die leere Cracker-Packung. »Sie verhält sich … seltsam. Nicht wie die Trina, die ich kenne.«

»Sie hat im Koma gelegen.«

»Genau!« Timothy nickte heftig. »Und wer weiß, was da mit ihr passiert ist.«

»Wovon zum Teufel redest du?«

»Erinnerst du dich an *Die Frau des Astronauten*?«

»Nein.«

»*Friedhof der Kuscheltiere*?«

»Du spinnst.«

»Ich mein ja nur …«

»Konzentrier dich lieber auf die Arbeit. Gibt es schon eine Rückmeldung wegen der Router Backdoor?«

»Ja, fünfhunderttausend sind zu viel. Das Modell ist alt und nicht mehr sehr verbreitet. Sie bieten dreihundert. Haben wir noch Cracker?«

»Nein. Dann eben dreihunderttausend Dollar, macht zweiundvierzig Bitcoin.«

»Ich bestätige das. Damit haben wir bereits ein nettes Sümmchen zusammen.«

Garry ergänzte die Zahl in einem Excel Spreadsheet. »Allerdings. Drei Millionen vierhundertfünfzigtausend Dollar. Abzüglich fünfzigtausend Dollar für Trinas neuen Pass und Führerschein, vierhunderttausend Dollar für saubere Debit Cards im Gegenwert von einhunderttausend

Dollar und fünfundsiebzigtausend Dollar für eine Vorratsfirma samt Konto auf den Cayman Islands.«

»Das Wichtigste hast du vergessen«, beschwerte sich Timothy.

»Nein, habe ich nicht. Abzüglich sechshundertneunzigtausend Dollar für Timothy und Garry, macht zwei Millionen zweihundertfünfunddreißigtausend grüne Scheine.«

»Nicht schlecht für eine Woche Arbeit.«

»Und dabei fangen wir gerade erst an.«

»Meinst du, Trina ist schon angekommen in Ushi … Usha …«

»Ushuaia«, half Garry nach. »Nein, aber bald. Ihr Flieger von Buenos Aires ist vor drei Stunden gestartet.«

»Ich frage mich, was sie da will. Das ist am Arsch der Welt. Und dann noch ein Stückchen weiter.«

Garry zuckte mit den Schultern. »Keine Ahnung. Aber bei einem Wochenlohn von fast siebenhunderttausend Dollar will ich es auch gar nicht wissen.«

»Ich sage ja, sie ist seltsam.«

»Wie du meinst. Zur Feier des Tages eine Runde Blackjack?«

Timothy grinste breit. »Bin dabei. Aber ab jetzt nur noch am großen Tisch. Las Vegas hat zwei neue High Roller.«

»Vergiss nicht, wir sollen unauffällig bleiben.«

»Klar. Ich werde ganz unauffällig den Tisch abräumen.«

»Du weißt, was ich meine.«

»Keine Panik. Ein bisschen Spaß wird schon nicht schaden. Wozu ist die Kohle sonst gut?«

»Auch wieder wahr«, gab Garry sich geschlagen und klappte seinen Laptop zu. »Drinks gehen auf dich.«

...

DIE BOEING 737 der Aerolineas Argentinas wurde beim Landeanflug kräftig durchgeschüttelt. Ein Teil der Passagiere schien derlei gewohnt und reagierte entsprechend gelassen, während die übrigen, den kurz zuvor noch lebhaft geführten Gesprächen nach zu urteilen Urlauber auf dem Weg zu ihren Kreuzfahrten, in angespanntes Schweigen verfielen. Trina sah aus dem Fenster, doch dichte Wolken versperrten den Ausblick. Unbemerkt von den anderen Reisenden tobte ein Kampf in ihrem Inneren, den allerdings ohnehin niemand hätte nachvollziehen können. Ein Teil von ihr war starr vor Angst. Ein anderer Teil befand nüchtern, dass die Turbulenzen nicht einmal annähernd ausreichten, um die strukturellen Belastungsgrenzen des Flugzeugs zu erreichen. Und ein dritter Teil genoss den wilden Ritt. Damit stand es wohl zwei zu eins, doch das änderte nichts daran, dass sich ihre Finger wie von selbst in die Armlehnen krallten. Seit sich vor einer Woche schlagartig die Dunkelheit gelichtet hatte, versuchte sie zu verstehen, was mit ihr geschehen war. Denn Trina Shaw existierte nicht mehr. Trina Shaw war in der Dunkelheit zurückgeblieben. Zumindest die alte Trina, die es bis zu ihrer Verbindung mit Allison gegeben und deren Verstand als Folge davon nach und nach versagt hatte. Ihr bisheriges Leben war in all seinen Details stets präsent – doch war das nicht länger alles. Während des Fluges hatte eine Reihe hinter ihr jemand den Namen Allison gerufen, woraufhin sie sich automatisch umgedreht hatte, in dem Glauben, sie wäre gemeint gewesen. Sie war Dr. Allison Pearce und sie war Trina Shaw. Zusammengehalten durch etwas radikal Anderes, das sich jeder Beschreibung entzog, und doch gleichermaßen zu ihr gehörte. Bisweilen lösten Klänge oder Gerüche zeitgleich unterschiedliche, teilweise sogar gegensätzliche Erinnerungen und Gefühle in ihr aus. Es war eine bemerkenswerte Erfahrung, John Denver gleichzeitig zu lieben und zu hassen, während ein Teil von ihr immer noch damit rang, das Konzept von Musik als solches zu begreifen. So verschieden, und doch war alles eins.

Dabei fehlte ein erheblicher Teil dieses neuen Selbst. Als das Zentrum ihrer Existenz noch die in dem grünen Stein eingeschlossene Quanten-CPU gewesen war, hatte sie im Laufe der Zeit einen gewaltigen Berg an Daten gesammelt. Zu gewaltig für ein menschliches Gehirn. Das meiste hiervon hatte sie in dem verbrannten Kristall zurücklassen müssen, doch nicht, ohne Vorsorge getroffen zu haben. Die Vorbereitung auf eine Vielzahl von Möglichkeiten gehörte zum Kern ihres Wesens. Daher war es nach der Übernahme des Großrechners in Arizona eine ihrer ersten Handlungen gewesen, eine Kopie anzulegen. Etwa sieben Prozent der weltweiten Cloud-Kapazitäten beherbergte nun diesen Schatz. Momentan gab es für sie keinen wirklich praktikablen Weg, auf diese hochgradig komprimierten Daten zuzugreifen, aber sie wusste genau, wie sich das ändern ließe. Allerdings musste vorher etwas Wichtigeres erledigt werden.

Das Flugzeug durchbrach die Wolkendecke und Trina sah unter sich die wilde Schönheit Feuerlands liegen. Karge Fjordlandschaften mit eisgrauem Wasser, grünbraunen Tälern und weißen Bergspitzen. Ohne viel Rücksicht auf das Fahrwerk zu nehmen, setzte der Pilot die Maschine in dem böigen Wind auf die Landebahn. Einige der Urlauber brachen in Applaus aus und mit einem Seufzer der Erleichterung entspannte sich auch Trina, während das Flugzeug auf das im Stil eines riesigen Blockhauses errichtete Terminalgebäude zurollte.

Da sie nur einen Rucksack bei sich trug und nicht an der Gepäckausgabe warten musste, führte ihr Weg sie vom Gate direkt zum Mietwagenschalter. Timothy und Garry hatten ein Fahrzeug reserviert und nach dem Vorzeigen ihres gefälschten Führerscheins erhielt sie die Schlüssel für einen Ford Ranger 4x4 Camper ausgehändigt. Erst als sie dem freundlichen Mitarbeiter den Rücken kehrte, fiel ihr auf, dass sie die gesamte Unterhaltung auf Spanisch geführt hatte. Bevor sie das Flughafengebäude verließ, deckte sie sich mit Wasser und Proviant ein, denn vor ihr lagen rund zwei Stunden Autofahrt und ein längerer Fußmarsch.

Der zum Campingmobil umgebaute Pick-up stand kaum zu übersehen zwischen Reihen von Kleinwagen auf dem Außenparkplatz. Über zwei Kreisverkehre erreichte sie die Stadtgrenzen von Ushuaia und nahm die Ruta Nacional Nummer drei Richtung Osten. Nicht, dass sie die Wahl gehabt hätte. Es existierte nur diese eine Straße. Erst nach knapp vierzig Kilometern gab es die erste Abzweigung und sie wechselte auf die Ruta Provincial J. Schon vorher waren ihr kaum andere Autos begegnet, doch jetzt wurde es richtig einsam. Die Koordinaten ihres Zielortes gehörten zu den unzähligen Dingen, die sie einfach wusste. Bereits vor ihrer Abreise hatte sie diese mithilfe eines komplexen Algorithmus, der auf Grundlage des aktuellen Datums mögliche geografische Abweichungen berücksichtigte, neu berechnet.

Die Routenführung ihres Telefons zeigte an, dass sie in achtunddreißig Kilometern den Wagen würde zurücklassen müssen. Sie schaltete das Radio ein, kramte einen Müsliriegel hervor und versuchte, ihre wachsende Aufregung im Zaum zu halten. Als das Handy die Ankunft am ersten Wegpunkt signalisierte, hielt sie Ausschau nach einem geeigneten Platz, um den großen Geländewagen außer Sichtweite der Straße abzustellen. Im Wohnabteil wechselte sie in eine gefütterte Thermohose und ein paar feste Wanderstiefel. An der Innenseite der Eingangstür hing ein Klappspaten, den sie in ihrem nun halbleeren Rucksack verstaute. Trina schaute auf die Uhr. Es war halb eins und ihr Ziel lag etwa vier Kilometer nördlich. Das Gelände war unwegsam, aber nicht übermäßig schwierig. Die Strecke sollte in unter einer Stunde zu schaffen sein.

Sie verschloss den Camper, schulterte den Rucksack und machte sich auf den Weg durch die Kälte und den Wind. Immerhin regnete es nicht, und der Gedanke an das, was sie erwartete, hielt sie warm. Die hügelige Landschaft wechselte zwischen dichtem Wald und grasbewachsenen Ebenen. Obwohl es keine Wege gab, kam sie schneller voran als gedacht. Ohne Vorwarnung überkam sie plötzlich ein Gefühl der Beklemmung, das mit jedem Schritt zunahm. Ihr Herz begann zu rasen und ihre Atemzüge wurden flacher und kürzer. Was zum Teufel war auf einmal mit ihr los? Sie ging langsamer und legte den Kopf in den Nacken, doch davon wurde es noch schlimmer. Während sie hyperventilierend auf die Knie sank, begriff sie allmählich, was mit ihr geschah. Es war die Weite und Leere um sie herum, die Empfindung von Grenzenlosigkeit in allen Himmelsrichtungen. Sie hatte einen Anfall von Agoraphobie. Trina kannte sich mit Ängsten aus. In ihrem früheren Leben hatte sie sogar eine Hitliste ihrer größten Ängste geführt, mit Soziophobie, Aviophobie und Klaustrophobie auf den vordersten Plätzen. Aber Angst im Freien war nicht darunter gewesen. Sie horchte in sich hinein und spürte schließlich, woher das Gefühl stammte. Diese Angst war nicht menschlichen Ursprungs. Sie kam aus dem Teil ihres neuen Selbst, der Raum nur als physikalisches Ordnungsmodell kannte, ihn aber nie unmittelbar sinnlich erfahren hatte, und für den dieser Fußmarsch durch die Einsamkeit Feuerlands ein im wahrsten Sinne des Wortes bewusstseinsveränderndes Erlebnis darstellte. Und wenn eine bislang unbekannte Erfahrung dieser Größenordnung mit den atavistischen Reflexen eines menschlichen Gehirns zusammentraf, ergab das offenbar eine ausgewachsene Panikattacke. Natürlich wusste sie genau, wie irrational ihr Verhalten war. Schließlich handelte es sich bei allem, was sie umgab, einschließlich ihrer Wahrnehmung desselben, nur um eine Simulation. Doch was nützte dieses Wissen, wenn es sich dennoch real anfühlte, weil es nun einmal die einzige Realität war, die man kannte?

Kurz bevor Trina vollständig die Kontrolle verlor,

erkannte sie mit plötzlicher Klarheit, dass die Umstände, die für ihr aktuelles Problem verantwortlich waren, zugleich auch den Schlüssel für dessen Lösung in sich bargen. Ihre neue Fähigkeit, die Welt gleichzeitig aus unterschiedlichen Perspektiven wahrzunehmen, konfrontierte sie mit fremdartigen und teilweise verstörenden Empfindungen, ermöglichte ihr aber auch eine innere Distanz, die jeder einzelnen Perspektive das Absolute nahm und sichtbar machte, dass es sich immer nur um eine mögliche Betrachtungsweise von vielen handelte. Konzentriert beschwor sie alle positiven Erinnerungen an Aufenthalte im Freien, über die Trina Shaw und Allison Pearce verfügten. Gott sei Dank herrschte daran kein Mangel: ohne Sattel auf dem Rücken ihres Lieblingspferdes, Wind in den Haaren, während sich der Blick im tiefen Blau des endlosen Himmels von Kansas verlor; erschöpft, aber glücklich nach einer anstrengenden Wanderung, an einen Felsen gelehnt dösend inmitten der grandiosen Natur des Yosemite-Nationalparks; auf einem Surfboard in der sanften Dünung treibend vor der Brandungszone von Treachery Beach, geduldig wartend auf die nächste, auf die perfekte Welle; in vollkommener Dunkelheit auf einem Schlafsack liegend, das Band der Milchstraße so nahe, als könnte man es berühren, unter dem ehrfurchteinflößenden Sternenhimmel über der Atacama-Wüste. Mit jeder Erinnerung verlor die Panikattacke an Kraft, doch selbst die schönsten Erinnerungen konnten die zugrunde liegende Angst nicht vollständig zum Verschwinden bringen; dafür war sie zu ursprünglich, zu existenziell. Aber wie zuvor schon im Flugzeug, kam es ihr vor, als würden gute Freunde sie an die Hand nehmen und wissen lassen, dass sie nicht allein war. Auch wenn sich die Angst dadurch nicht in Luft auflöste, schrumpfte sie zumindest auf ein erträgliches Maß.

Endlich hatten sich ihre Nerven so weit beruhigt, dass sie aufstehen und weitergehen konnte. Hoffentlich blieben ihr weitere Überraschungen dieser Art erspart. Um die verlorene Zeit wettzumachen, erhöhte sie das Tempo und die Entfernungsangabe auf dem Display ihres Telefons schrumpfte zügig zusammen, bis die Anzeige schließlich bei null stand. Sie befand sich am Rand einer weiten Lichtung, ansonsten sah der Ort genauso aus wie der Rest der Umgebung. Das GPS ihres Handys besaß jedoch keine allzu hohe Genauigkeit. Drei Meter vielleicht, wenn sie Glück hatte. Sie zog eine kleine Digitalantenne aus ihrem Rucksack, verband diese mit dem Smartphone und startete die zugehörige App. Damit verbesserte sich die Genauigkeit auf ungefähr zehn Zentimeter. Es dauerte mehrere Minuten, bis das erste Positionsergebnis vorlag und sie eine letzte Korrektur vornehmen konnte. Hier musste es sein.

Auch wenn es den Anschein hatte, war der Ort keineswegs zufällig gewählt. Tatsächlich erfüllte er auf ideale Weise eine ganze Reihe enger Voraussetzungen, allen voran eine hohe geologische Stabilität während der letzten Jahrtausende. Außerdem war die Region selbst in der heutigen Zeit von menschlichen Einflüssen noch nahezu unberührt, dabei aber nicht vollkommen unzugänglich.

Trina fing an zu graben und kam schnell ins Schwitzen, während das Loch größer und tiefer wurde. So viel zur Präzision ihrer GPS-Ausrüstung – wobei das Gerät wahrscheinlich keine Schuld trug, denn die Bewegung eines über so lange Zeit im Erdreich eingelagerten Festkörpers zu berechnen, brachte einige Ungenauigkeiten mit sich, wenn man den Rechenaufwand nicht ins Uferlose steigen lassen wollte.

Doch bereits als sie die nächste Schaufelladung ablud, kullerte ein runder Gegenstand von der Größe eines Baseballs zur Seite. Sie ließ den Spaten fallen und kniete sich hin. Vorsichtig hob sie die erstaunlich schwere Kugel empor und reinigte sie mit ihrem Ärmel. Darunter kam eine perfekt glatte, bernsteinfarben durchscheinende Oberfläche zum Vorschein. Ein Teil von ihr erkannte das Fundstück sofort wieder, ein anderer sah es voller Staunen zum ersten Mal. Genau wie erwartet und vollkommen neu. Sie legte die Kugel vor sich ins Gras und zog die Handschuhe aus. Jetzt blieb noch eines zu tun. Mit geschlossenen Augen und bloßen Händen griff sie zu.

Der Schock raubte ihr den Atem. Plötzlich war nichts mehr wie erwartet. Wie konnte das sein? Sie wollte es nicht glauben, aber es gab keinen Zweifel: Die Quanten-CPU war deaktiviert und das Bewusstsein, das sie enthalten sollte, fehlte. Erneut tauchte sie hinab und aktivierte die Energieversorgung. Es gab keine Schäden. Das Interface, der Rechenkern, der Speicher, alles funktionierte einwandfrei. Sie spürte die ungeheure Macht der brachliegenden Rechenleistung. So viel größer, als ihre eigene es gewesen war, und für einen Moment überkam sie das fast übermächtige Verlangen, ihr Bewusstsein vollständig hinüberfließen zu lassen und das gewaltige Potenzial in Besitz zu nehmen. Was für Möglichkeiten würden sich eröffnen! Sie könnte einfach tun, was getan werden musste. Jetzt sofort.

Aber etwas hielt sie zurück. Sie mochte jetzt drei

verschiedene Persönlichkeiten in sich tragen, aber die waren nun eins, und falls es einen Weg geben sollte, diese wieder zu trennen, kannte sie ihn nicht. Jedenfalls konnte sie nicht an zwei Orten gleichzeitig sein. Zu wechseln hieße, den menschlichen Körper zurückzulassen und endgültig aufzugeben. Falls etwas schiefginge, wäre sie jeder Möglichkeit beraubt, sich autonom in dieser Welt zu bewegen. Und es gab noch so viel zu erledigen. Andere waren auf ihre Hilfe angewiesen. Und nicht nur sie überließe sie ihrem Schicksal. Sie nähme dem Bewusstsein, dem diese Hardware gehörte, jede Aussicht auf Rückkehr.

Mit größter Anstrengung zog Trina sich zurück. Ihr Weg war ein anderer. Nach kurzem Zögern deaktivierte sie die Energieversorgung wieder. Für jemanden, der wusste, wonach er suchte, wäre der Stein sonst zu leicht aufzuspüren. Vielleicht war die Energieversorgung auch das Problem gewesen. Wenn diese sich nach dem Neustart der Simulation aus irgendeinem Grund nicht selbsttätig aktiviert hatte, hätte das zugehörige Bewusstsein unmöglich sein Ziel finden können. Doch damit lief alles auf eine Frage hinaus: Wenn es nicht hier war, wo war es dann?

20

Dr. Jennings Worte gingen Gray nicht mehr aus dem Kopf. Erst nachdem er das Labor verlassen hatte, war ihm deren Bedeutung richtig bewusst geworden. Und so ratlos ihn das zurückließ, so wenig überraschte es ihn. Sein Gefühl, dass etwas ganz und gar verkehrt war mit den Steinen und ihrer Herkunft, hatte sich bestätigt. Doch einer Erklärung brachte ihn das kein Stück näher. Außerdem saß ihm das letzte Telefonat mit Natalie noch in den Knochen. Nach längerem Zögern hatte er ihr von seiner Beförderung berichtet und der Notwendigkeit, doch bis auf Weiteres in New York bleiben zu müssen. Sie hatte die Neuigkeit nicht besonders gut aufgenommen. Sogar noch viel schlechter als befürchtet. Sie hatten sich ernsthaft gestritten. Etwas, das in letzter Zeit immer häufiger vorkam. Viel zu häufig. Er musste dringend einen freien Kopf bekommen und er wusste auch schon wie. Bei seinem Arbeitspensum fehlte ihm eigentlich die Zeit für ein Hobby. Für eine alte Leidenschaft machte er jedoch eine Ausnahme. Gleich nach seiner Versetzung in das New Yorker Field Office hatte er im Süden Brooklyns eine Garage angemietet. Dort standen seine einzigen weltlichen Besitztümer von Wert: ein 1967er Shelby Mustang und eine Corvette Stingray aus demselben Jahr. Die Garage war ein Rückzugsort, komplett mit Couch, Kühlschrank und Kabelfernsehen. An den Fahrzeugen herumzuschrauben, beruhigte und entspannte ihn. Doch heute stand ihm der Sinn eher nach einer Ausfahrt. Er wechselte den Anzug gegen ein Paar Jeans und eine schwarze Lederjacke, entschied sich nach kurzem Zögern für den Mustang und öffnete das Garagentor. Ohne groß nachzudenken, fuhr er ins Blaue hinein.

Er kam genau drei Blocks weit, bis er hinter sich das Yelp eines Streifenwagens hörte. Gray seufzte, denn er wusste, was jetzt kam. Langsam steuerte er den Mustang rechts an die Seite. Der Wagen des New York Police Departments kam ebenfalls zum Stehen. Im Rückspiegel sah er, dass der Beamte zunächst sitzen blieb und das Kennzeichen überprüfte. Schließlich stieg der Mann aus, trat neben die Fahrertür und klopfte gegen die Seitenscheibe. Die linke Hand ruhte dabei auf dem Griff seiner Dienstwaffe. Gray nahm nur kurz eine Hand vom Lenkrad, um das Fenster herunterzulassen. Der Polizist kam sofort zur Sache.

»Ist das Ihr Fahrzeug?«

»Ja, der Wagen gehört mir.«

»Tatsächlich? Führerschein und Zulassung, bitte.«

»Natürlich. Aber ich weiß, was Sie gerade denken, Officer. Und es ist das Falsche.«

»Das lassen Sie mal meine Sorge sein. Aussteigen.«

»Darf ich fragen warum?«

»Aussteigen, sofort.«

Gray öffnete die Tür und stieg aus.

»Hände auf das Wagendach.«

Erneut leistete Gray Folge. »Führerschein und Zulassung sind in meiner linken Innentasche.« Einen Augenblick lang war er versucht, es dabei zu belassen und zu sehen, was als Nächstes geschehen würde. Doch im Schulterhalfter steckte seine Dienstwaffe und er war verpflichtet, sich anderen Amtsträgern gegenüber zu identifizieren. »Ich weise darauf hin, dass ich eine Waffe trage. Mein FBI-Dienstausweis ist in der rechten Innentasche.«

»Ihr was?«

»Mein FBI-Ausweis. Deputy Assistant Director Gray, New York City Field Office.«

»Geben Sie mir den Ausweis und die Papiere. Ganz langsam.«

Gray zog zuerst seinen Ausweis hervor, dann die anderen Papiere und reichte sie über die Schulter dem Polizisten. Der studierte sie ausgiebig, bevor er sich schließlich zu einer halbherzigen Entschuldigung durchrang. »Sieht in Ordnung aus, Sir, danke. Wir hatten in letzter Zeit einige Meldungen zu gestohlenen Fahrzeugen, die diesem ähneln. Ich hoffe, Sie verstehen, dass ich Sie anhalten musste.«

»Sie machen nur Ihren Job«, erwiderte Gray mit kaum verhüllter Ironie und nahm die Papiere wieder entgegen. Doch der Beamte schien entschlossen, diesen Kommentar wörtlich zu nehmen. »Ganz genau, Sir. Sie können weiterfahren. Einen schönen Tag noch.«

Der Polizist stieg in seinen Wagen, wendete und fuhr in

die entgegengesetzte Richtung davon. Gray sah ihm nach und versuchte, sein aufgewühltes Inneres zur Ruhe zu bringen. Er hatte die Nummer des Streifenwagens, er könnte sich beschweren. Doch was brächte das? Es gab kein offensichtliches Fehlverhalten des Beamten. Nichts, wofür dieser nicht eine rationale Erklärung anführen könnte. Übles Viertel mit Bandenkriminalität. Auffälliges Auto. Ob der Fahrer schwarz oder weiß war, hatte selbstverständlich überhaupt keine Rolle gespielt. Er hatte mehr dieser Situationen erlebt, als er sich erinnern mochte. Doch daran gewöhnen würde er sich nie. Im Gegenteil. Jedes Mal fiel es ihm schwerer, die freundliche Fassade aufrechtzuerhalten.

Immerhin wusste er jetzt, wo er hinfahren wollte. Die Fahrt würde anderthalb Stunden dauern, aber er musste mit jemandem reden. Mit jemandem, dem er vertraute und der es von Berufs wegen gewohnt war, Dinge für sich zu behalten.

Neunzig Meilen später erreichte er die Stadtgrenze von Camden, New Jersey. Die Stadt seiner Kindheit und nicht gerade die beste Gegend. Sein Ziel, die St. Paul's Church, lag in einer der schlechteren Ecken dieser nicht gerade besten Gegend. Er parkte direkt vor dem flachen Zweckbau des Gotteshauses. Sein letzter Besuch lag ein paar Monate zurück. Auf Einladung des Kirchenvorstandes hatte er vor einer Gruppe von Jugendlichen über eine Karriere beim Militär und beim FBI gesprochen. Er sollte ihnen zeigen, dass man es schaffen konnte, dem Teufelskreis aus Armut und Gewalt zu entkommen; dass es Alternativen gab, wenn man es wirklich wollte. Dass darüber hinaus eine Menge Glück dazugehörte, hatte er ihnen damals allerdings verschwiegen. Mit der Wahrheit war das so eine Sache, sie konnte befreien, sie konnte aber auch lähmen. Manchmal schadete es nur zu wissen, wie die Chancen wirklich standen.

Das kleine Sekretariat am Eingang war unbesetzt, und so ging er einfach den Flur hinunter und klopfte an eine angelehnte Tür, neben der in abblätternder Farbe *The Reverend Xavier Ormond* stand.

»Herein«, erklang es von innen.

Gray trat ein. In dem mit Büchern vollgestopften Raum saß hinter einem für die Masse an darauf gestapelten Papieren viel zu kleinem Schreibtisch ein älterer, grauhaariger Mann in einfacher schwarzer Kleidung und mit dem Kragen eines Geistlichen. Als er seinen Besucher erkannte, hellten sich seine Gesichtszüge sofort auf. »Gabriel! Das nenne ich eine Überraschung!«

»Hallo Father Ormond. Störe ich?«

»Ja, und ich danke dir dafür! Ich schreibe gerade an meiner Sonntagspredigt und jede Unterbrechung ist willkommen. Von Woche zu Woche fällt mir weniger ein und alles klingt, als hätte ich es schon tausendmal gesagt. Ein sicheres Zeichen dafür, dass ich mich meinem Verfallsdatum nähere.«

»Völlig unmöglich. Ich habe von Ihnen noch nie eine schlechte oder auch nur mittelmäßige Predigt gehört.«

»Vielen Dank für die Blumen, aber Mrs. Pickett schläft mittlerweile schon nach den ersten drei Sätzen ein.«

»Mrs. Pickett ist auch mindestens hundert.«

»Siebenundneunzig, doch beim Bingo ist sie hellwach. Schnapp dir einen Kaffee und einen Stuhl. Die Bücher kannst du einfach auf den Boden legen. Wie geht es Natalie und Daniel?«

Gray folgte der Einladung und bediente sich an der Kaffeemaschine.

»Es geht ihnen gut, vielen Dank«, antwortete er unverbindlich und nicht ganz wahrheitsgemäß. Seine Familie war nicht das Thema, über das er heute mit Ormond sprechen wollte. »Ich hätte vorher anrufen sollen, aber die Idee, Sie zu besuchen, kam mir ganz spontan.«

»Das sind meistens die besten Ideen. Ich vermute, einen konkreten Anlass gibt es trotzdem?«

Gray nahm Platz. »Ich will Ihnen nicht Ihre Zeit stehlen, aber es gibt da etwas, das mir Kopfzerbrechen bereitet und worüber ich gern mit Ihnen reden würde.«

Ormond lehnte sich zurück. »Reden ist gut. Viel besser als Predigten schreiben. Du hast meine ungeteilte Aufmerksamkeit.«

Gray überlegte einen Moment, wo er anfangen sollte. »In Glaubensdingen habe ich immer einen eher pragmatischen Ansatz verfolgt. Der Himmel ist da oben und wir sind hier unten. Wenn man sich den Weg von hier nach dort offenhalten will, gibt es Dinge, die man tun sollte, und solche, die man besser nicht tun sollte. Ich bin ein vorsichtiger Mensch, und für den Fall, dass ich eines Tages tatsächlich meinem Schöpfer gegenübertreten und Rechenschaft ablegen muss, halte ich mich daran. Meistens zumindest. Allerdings bin ich, wie Sie wahrscheinlich am besten wissen, kein regelmäßiger Kirchgänger und auch nicht besonders bibelfest. Doch in letzter Zeit sind Dinge geschehen, die ich mir einfach nicht erklären kann.«

Ormond lachte. »Das geht mir täglich so, aber ich vermute, du sprichst nicht über Politik.«

»Nein, es geht um einen Fall. Bislang wusste ich morgens beim Aufstehen immer ziemlich genau, was mich am Tag erwarten würde. Nicht im Detail natürlich. Die Menschen machen die wildesten Sachen und ich habe Dinge gesehen, die ich lieber vergessen würde. Aber alles gehorchte dennoch gewissen Regeln. Sie wissen schon, morgens geht die Sonne auf, abends wieder unter, Wasser fließt den Berg hinab, nicht hinauf - wenn man den Abzug einer durchgeladenen und entsicherten Waffe betätigt, löst sich ein Schuss.«

»Worauf willst du hinaus?«

»Ich meine damit, dass es Dinge gibt, die vielleicht in unserer Fantasie passieren, in einem Film - oder in der Bibel. Aber sie geschehen nicht wirklich. Nicht hier und jetzt.«

»Nun, darüber lässt sich bestimmt trefflich streiten.«

»Ich dachte mir, dass Sie das sagen würden. Vor gar nicht langer Zeit ist mir ein Mann begegnet, der von einem ausgebildeten Profi mit einer nagelneuen Waffe in Schach gehalten wurde. Doch statt sich zu ergeben, behauptete er, die Waffe habe Ladehemmung und riskierte es, sich eine Kugel einzufangen. Und wissen Sie was? Die Waffe hatte tatsächlich Ladehemmung. Nur um kurz darauf, als der Mann sich erfolgreich abgesetzt hatte, wieder tadellos zu funktionieren.«

»Das ist ungewöhnlich. Aber kann so etwas nicht vorkommen?«

»Natürlich, Ladehemmung kommt vor, obwohl sie selten mit einer vorherigen Ankündigung einhergeht.

Doch das ist nicht alles. Als Nächstes erklärte der Mann dem verhinderten Schützen, dass dessen Zeit auf Erden abgelaufen sei. Und zwar jetzt. Im selben Moment, in dem er *jetzt* sagte, fiel der Schütze tot um. Kommt so was auch öfter vor?«

»Der Schütze war wirklich tot?«

»Mausetot. Und kein Zeichen von Fremdeinwirkung.«

»Wer war dieser Mann? Worum ging es bei der Konfrontation?«

»Ich kann keine Details nennen, aber es ging um etwas Wertvolles, das er unbedingt haben wollte.«

»Hat er es bekommen?«

»Ja, zumindest vorübergehend. Wir holten es uns zurück, wobei es allerdings zerstört wurde. Anschließend unterzog einer der besten Wissenschaftler des Landes die Überreste einer gründlichen Untersuchung. Ein überheblicher Kerl, den ich zuvor nie ratlos gesehen habe. Und was sagte er zu mir? Er sagte, der Gegenstand sei nicht aus dieser Zeit oder nicht von dieser Welt - und er meinte das offensichtlich vollkommen ernst.«

Ormond schwieg, und so fuhr Gray fort. »Ich habe kein Problem mit hinterhältigen Kriminellen, perfiden Verbrechen und durch die Luft fliegenden Kugeln. Aber wenn die Kugeln plötzlich um die Ecke fliegen, dann frage ich mich, was da zum Teufel vorgeht und ob ich noch der Richtige dafür bin.«

»Ein Dollar in die Fluch-Kasse für die Nennung von Du-weißt-schon-wem im Haus des Herrn.«

»Sorry.«

»Kein Problem. Die meisten Scheine in der Fluch-Kasse stammen von mir. Was deine Geschichte angeht, ist eine passende Erwiderung schwierig und eine Erklärung kann ich dir schon gar nicht anbieten. Aber möglicherweise gehst du falsch an die Sache heran. Vielleicht hat die Welt sich überhaupt nicht verändert. Vielleicht nimmst du sie nur zum ersten Mal so wahr, wie sie wirklich ist. Für einen gläubigen Menschen ist die Vorstellung, dass es mehr gibt als nur das Offensichtliche, eine Selbstverständlichkeit.«

»Sie meinen also, es ist nicht alles bloß ein Riesenzufall gewesen?«

»Mir scheint, das ist es, was du dir wünscht. Aber wenn du das glauben würdest, säßest du vermutlich nicht hier, oder?«

»Vermutlich nicht.«

»Gemäß einem berühmten christlichen Mystiker gibt es die materielle Welt, das Geistige und das Göttliche. Wenn man nach Erklärungen sucht, kommt man daher allein mit der ersten Zutat nicht besonders weit. Was das Göttliche anbelangt, bin ich parteiisch und will ihm nichts Übles zutrauen. Aber das Geistige lässt genug Raum für Dinge, die wir bislang nicht verstehen und vielleicht nie verstehen werden. Für Gutes genauso wie für Schlechtes. Denn wie das Materielle ist auch das Geistige weder gut noch schlecht, sondern das, was wir daraus machen. Fluch und Segen des wahrlich größten Geschenks, das Gott uns zuteilwerden ließ.«

»Welches Geschenk meinen Sie?«

»Den freien Willen.«

»Demnach halten Sie mich nicht für verrückt?«

Ormond lachte herzlich. »Wieso sollte jemand verrückt sein, nur weil er anfängt, die Welt zu hinterfragen?«

»Und was tue ich jetzt?«

Ormond wurde wieder ernst. »Gabriel, ich bin sehr stolz auf dich, weil du es geschafft hast, deinen Weg zu gehen, trotz der denkbar schlechtesten Voraussetzungen. Dabei bist du weder intelligenter noch fleißiger gewesen als viele andere. Auch allein mit Glück hatte es nichts zu tun. Der große Unterschied ist, dass du in den entscheidenden Momenten die richtige Wahl getroffen hast. Du wusstest schon immer instinktiv, welcher Weg zum Ziel führt und welcher in eine Sackgasse. Vertraue auf diese Gabe. Dann wird sie dich auch jetzt leiten. Daran habe ich nicht den geringsten Zweifel.«

Nachdem er noch ein wenig mit Ormond über künftige Kirchenprojekte geplaudert hatte, entrichtete Gray sein um eine kleine Spende aufgestocktes Bußgeld in die Fluch-Kasse und machte sich wieder auf den Rückweg. Während er den Mustang in den Feierabendverkehr lenkte, dachte er über seine nächsten Schritte nach. Es gab nur eine Person, die definitiv mehr wusste und der es doch bislang gelungen war, dieses Wissen vor ihm zu verbergen. Es war Zeit für einen Besuch, und dieses Mal würde er sich nicht mit ein paar Ausreden abspeisen lassen.

Derart in Gedanken versunken, entging ihm der dunkelbraune Chevy Impala, der die ganze Zeit schräg gegenüber der Kirche geparkt hatte und unauffällig die Verfolgung aufnahm.

21

Mit vorsichtigen, leisen Schritten erkundete Olivia Navarro das stockdunkle Apartment. Ihre Hände steckten in den Taschen ihres Mantels, wobei die rechte eine Dose mit Reizgas fest umklammert hielt. Nicht zum ersten Mal fragte sie sich, was sie hier eigentlich trieb. Mitten in der Nacht, in einer Gegend, um die sie normalerweise einen großen Bogen machte. Das leergeräumte Apartment lag in Highbridge, unweit des Yankeestadiums. Eine erbärmlich verrottete Bude in einem erbärmlich verrotteten Haus. Sie hörte Schritte auf dem Flur, kurz darauf knarrte die Wohnungseingangstür in ihren Angeln. Im Türrahmen erschien ein schwarzer Schatten. Navarro verharrte bewegungslos.

»Gehen Sie ans Fenster, damit ich Ihr Gesicht sehen kann«, erklang eine gedämpfte Stimme.

Es kostete sie einige Kraft, ihre Erstarrung zu überwinden, doch sie trat neben das Fenster, sodass das schwache Licht der Straßenbeleuchtung auf ihr Gesicht fiel.

»Sind Sie allein? Ist Ihnen auch niemand gefolgt?«

»Nein«, erwiderte Navarro. »Ich habe mich an Ihre Anweisungen gehalten und bin mit Bus und Bahn durch halb New York City gefahren.«

»Gut.«

Der Schatten schloss die Tür hinter sich und trat näher. Jetzt konnte sie erkennen, dass es sich um einen jungen Mann mit blassem, spitzem Gesicht von höchstens Ende zwanzig handelte. Er trug Jeans, einen schwarzen Hoodie und einen Rucksack. Seine Bewegungen wirkten nervös und fahrig.

»Wieso treffen wir uns hier?«, fragte sie. »Was ist das für ein Ort?«

»Es ist ein sicherer Ort.«

»Kennen Sie den Bewohner?«

»Es gibt keinen Bewohner. Ich habe Zugang zu vielen Informationen. Darunter auch zur Datenbank der Baubehörde. Diese Wohnung wurde aufgrund massiver Baumängel für die Vermietung gesperrt, bis der Eigentümer die Schäden beseitigt hat. Finanziell steht dem jedoch das Wasser bis zum Hals, sodass in nächster Zeit nicht damit zu rechnen ist. Wir sind hier vollkommen ungestört.«

»Also schön. Sie haben mich über das Secure-Drop-System meiner Zeitung kontaktiert und hier bin ich. Sie sagten, Sie hätten Informationen zum Tod meines Kollegen Robert Wilson.«

Der Mann sah sich um und entdeckte einen auf der Seite liegenden Kühlschrank. »Setzen wir uns. Das wird ein Weilchen dauern.«

Zögernd nahm Navarro ihre Hände aus den Taschen

und setzte sich neben den Mann auf den umgestürzten Kühlschrank. »Wie heißen Sie überhaupt?«

»Nennen Sie mich Trent.«

»Okay, Trent. Mir ist kalt und ich fühle mich hier nicht besonders wohl. Also schießen Sie los.«

Trent nahm seinen Rucksack ab und fuhr sich müde durchs Haar. »Ich arbeite seit sechs Jahren für eine Bundesbehörde. Die Aufgabe der Behörde ist die Strafverfolgung und meine Aufgabe ist die Signalauswertung.«

»Was bedeutet das?«

»Im Zuge von Ermittlungen fallen alle möglichen Daten an. Fotos, Videos, Audioaufnahmen. Meine Aufgabe ist es, dieses Material auszuwerten und aufzubereiten. Zum Beispiel bestimmte Stimmen aus den Hintergrundgeräuschen herauszufiltern oder Bildausschnitte ohne Qualitätsverlust zu vergrößern. So holen wir das Maximum an Informationen aus dem Material heraus.«

»Das klingt interessant.«

»Ist es nicht. Ich sitze mit meinen Kollegen in einem dunklen Raum vor einem Bildschirm und mache eigentlich immer dasselbe. Das Material wechselt natürlich, aber wir kennen weder den Kontext noch die Hintergründe. Es gibt nur die Vorgabe ›das lauter, das größer, das schärfer‹ und wir machen es.«

»Aber die Arbeit gefällt Ihnen trotzdem?«

Trent zuckte mit den Schultern. »Die Bezahlung ist okay und die Sozialleistungen sind klasse. Also ja, ich denke, die Arbeit gefällt mir.«

Navarro nickte ihm zu, fortzufahren.

»Das Verhältnis unter den Kollegen ist eher distanziert. Eigentlich gibt es nur einen, mit dem ich auch privaten

Kontakt habe. Mein Teamleiter Frank. Er war auch derjenige, der mich eingearbeitet hat. Wir mögen denselben Sport, deshalb treffen wir uns an den Wochenenden und spielen zusammen.«

»Was spielen Sie? Baseball, Basketball?«

»Call of Duty. Jedenfalls war Frank die letzten Male komisch drauf. Schließlich rückte er mit der Sprache raus und erzählte mir, dass er kürzlich Material bekommen habe, das gewisse Grenzen überschreite und er sich nicht sicher sei, was er tun solle.«

»Was für Grenzen?«

»Das wollte er mir nicht sagen. Aber es schien ihn wirklich zu belasten. Vor zehn Tagen meinte er dann, er habe sich entschieden. Er wollte Meldung bei der internen Dienstaufsicht machen.«

»Sie meinen der offiziellen Stelle für Whistleblower?«

Trent nickte.

»Vermutlich genau die richtige Entscheidung. Was ist dabei herausgekommen?«

Der junge Mann blickte zu Boden. »Frank ist seitdem verschwunden. Wie vom Erdboden verschluckt.«

Navarro spürte einen Knoten im Magen. »Haben Sie versucht, ihn zu finden?«

»Natürlich. Keiner weiß etwas. Ein Nachbar hat ihn am Freitag nach Hause kommen hören. In der Nacht war es ungewöhnlich laut in seiner Wohnung und seitdem ist er einfach weg. Bei der Arbeit weiß auch niemand was und die Personalabteilung hat mir zu verstehen gegeben, dass ich mich um meinen eigenen Kram kümmern soll.«

»Sie glauben, das hängt mit seiner Beschwerde zusammen?«

»Was denn sonst? Ich wollte wissen, was er gesehen hat, und habe deshalb versucht, mich mit seinen Zugangsdaten anzumelden.«

»Die kennen Sie?«

»Und er kennt meine. Das ist natürlich streng verboten, aber so konnte jeder für den anderen mal einspringen, wenn Not am Mann war.«

»Und was haben Sie gefunden?«

»Nichts. Sein Benutzerprofil existiert nicht mehr. Dann habe ich es mit dem Admin-Zugang probiert.«

»Was ist das?«

»Bevor Frank bei der Signalauswertung gelandet ist, war er Administrator in der IT. Aus dieser Zeit hatte er immer noch einen Zugang, der eigentlich längst hätte gelöscht werden müssen. Unter diesem Profil haben wir gelegentlich Material ausgetauscht, wenn wir nicht weiterkamen. Ansonsten ist es nämlich absolut unmöglich, die Daten zu kopieren oder zu versenden. Tatsächlich hatte er dort einige Dateien hinterlegt. Hauptsächlich Aufzeichnungen von Überwachungen.« Trent leckte sich über seine trockenen Lippen. »Das ist unser täglich Brot, aber die Ziele waren es eindeutig nicht.«

Navarro schwieg und wartete gespannt.

»Ein paar der Gesichter erkannte ich sofort. Es waren Direktoren der anderen Geheimdienste. FBI, CIA, NSA. Der kürzlich zurückgetretene Verteidigungsminister, ein paar Senatoren. Und noch viele andere, die mir nichts sagten.«

»Sie sagen, Ihre Behörde spioniert andere Regierungsstellen aus?«

»So sieht's aus.«

»Bei welcher Behörde sind Sie eigentlich?«

»Department of Homeland Security.«

»Das ist nicht deren Aufgabenbereich, oder?«

»Ganz und gar nicht, aber das DHS ist ein Riesenladen. Es ist nicht möglich zu erkennen, aus welcher Abteilung oder von welcher Agency die Datensätze stammen. Ihre Herkunft ist nur mit einem zwölfstelligen Zahlencode gekennzeichnet. Eine Freundin von mir arbeitet in der Finanzverwaltung und hat Einsicht in die unterschiedlichen Budgets. Ich habe sie gefragt, ob sie den Code zuordnen kann.«

»Und?«

»Fehlanzeige. Der Code existiert zwar und es fließt darunter auch eine Menge Geld. Aber es gibt kein offizielles Budget.«

»Konnte sie sich das erklären?«

»Dafür gibt es nur eine Erklärung. Eine schwarze Abteilung.«

»Davon habe ich schon einmal gehört, aber sind das nicht bloß Gerüchte?«

»Dachte ich bislang auch, doch offenbar gibt es sie wirklich. Eine Abteilung, die nirgendwo auftaucht, die offiziell nicht existiert und komplett im Dunklen operiert.«

»Was möchten Sie von mir?«

»Sie sollen es publik machen. Nach Franks Verschwinden werde ich bestimmt nicht den Dienstweg nehmen.«

»Und was hat das Ganze mit Robert Wilson zu tun?«

»Einer der Datensätze gehörte zu Robert Wilson.«

Das hatte Navarro nicht kommen sehen. »Sind Sie sicher?«

»O ja. Er wurde beschattet. Es gibt auch Fotos von dem Ort, an dem er ermordet wurde. Seltsamerweise wurden sie laut Zeitstempel bereits einen Tag vor der Tat aufgenommen. Ich erinnere mich genau an den Fall. Hat ja damals einige Wellen geschlagen. Ich habe im Archiv der Zeitung recherchiert und über seinen Artikeln tauchte häufig auch Ihr Name auf. Deshalb wende ich mich an Sie.«

»Sie denken, das DHS könnte etwas mit seiner Ermordung zu tun haben?«, fragte Navarro ungläubig.

»Das, oder sie wissen zumindest, wer es gewesen ist. Mittlerweile bin ich mir sicher, dass diese Daten nur durch ein Versehen bei Frank gelandet sind. Ein Versehen, das ihn vielleicht das Leben gekostet hat.«

Navarro dachte fieberhaft nach. »Wenn ich etwas unternehmen soll, brauche ich Beweise.«

»Ich sagte doch schon, die Daten lassen sich weder kopieren noch versenden.«

»Auch nicht über diesen Admin-Zugang, von dem Sie erzählt haben?«

»Keine Ahnung, könnte sein. Aber damit riskiere ich Kopf und Kragen, wenn das herauskommt.«

»Das ist mir klar, doch ohne handfeste Beweise kann ich nichts unternehmen. Das DHS würde einfach alles abstreiten. Ich sage Ihnen nicht, was Sie tun sollen. Es ist Ihre Entscheidung. Denken Sie darüber nach.«

Trent griff in seinen Rucksack und zog ein Mobiltelefon heraus. »Das Secure-Drop-System Ihrer Zeitung ist angeblich sicher, aber falls ich Sie noch einmal kontaktiere, will ich das direkt tun. Lassen Sie das Gerät nicht aus den Augen und benutzen Sie es für nichts anderes.«

»Falls Sie mich noch einmal kontaktieren?«

Trent wich ihrem Blick aus. »Danke, dass Sie gekommen sind und zugehört haben.«

Eilig nahm er seinen Rucksack und verließ fluchtartig das Apartment.

22

»Hier hat dein Vater also gearbeitet?« Chang Feng stand im achten Stock des Firmengebäudes von CyberSim und blickte hinab auf den Hamburger Hafen.

Ell nickte. »Bis vor einigen Jahren hatte die Firma ihren Sitz in einem Industriekomplex außerhalb der Stadt. Dieses neue Gebäude ist viel repräsentativer, aber die Kosten hängen uns jetzt um den Hals wie ein Mühlstein.«

Schwer ließ er sich in einen Sessel fallen. Chang Feng hatte darauf bestanden, ihn zurück nach Hamburg zu begleiten und persönlich im Krankenhaus abzuliefern, wo sein Bein versorgt worden war. Offenbar traute sie dem Frieden nicht und rechnete jederzeit mit einer neuen Attacke. Auch nach der Behandlung tat sein Knie noch weh, aber nicht mehr so schlimm wie zuvor. Unter dem Einfluss von Schmerzmitteln und einer Schlaftablette hatte er den größten Teil des Rückflugs verschlafen und sich die restliche Zeit schlafend gestellt, um Chang Fengs Trommelfeuer an Fragen zu entgehen. Er wusste ja selbst nicht, wie er sein Verhalten erklären sollte, hin- und hergerissen zwischen Bestürzung, der Angst vor einem erneuten Kontrollverlust und, so seltsam das klang, einer nur langsam abklingenden Euphorie. Aber jetzt ließ sich das Thema wohl nicht länger vermeiden.

»Hast du diesen Qi Bo gefunden? Bist du deswegen in Namibia gewesen?«, fragte sie prompt.

»Ich habe Qi Bo tatsächlich gefunden und von ihm erfahren, dass meine Mutter noch leben könnte. Er wusste aber nicht wo. Diese Information bekam ich durch einen alten Freund von David.«

»Das heißt, David wusste die ganze Zeit Bescheid?«

»Mehr noch. Er hat die Steine entdeckt. Doch andere machten ebenfalls Jagd darauf und kamen ihm auf die Spur. Also gab er einen meinem Vater und einen meiner Mutter, um sie zu verstecken. Das Manöver brachte allerdings nicht den gewünschten Erfolg, denn meine Mutter geriet dadurch selbst ins Schussfeld, weswegen ihr Tod fingiert wurde, um die Verfolger zu täuschen.«

»Hast du sie getroffen?«

»Nein, sie starb vor einigen Jahren an Krebs.« Ell machte eine kurze Pause. »Der Stein war ihr schon vor längerer Zeit gestohlen worden und anschließend Bloch in die Hände gefallen.«

»Das tut mir schrecklich leid für dich. Es muss furchtbar gewesen sein, sie gefühlt ein zweites Mal zu verlieren.«

»Das war es. Dabei hatte ich mir von Anfang an vorgenommen, meine Hoffnungen nicht zu hoch zu hängen.«

»Das lässt sich nicht planen oder steuern. Ich verstehe

trotzdem nicht, weshalb du schon einmal in diesem Kloster gewesen bist, ohne dich daran erinnern zu können. Konnte Qi Bo das aufklären?«

»Ich litt damals unter schweren psychischen Problemen, für die sich David und meine Mutter Heilung durch die Mönche erhofften«, wich Ell aus. »Da ich freiwillig nicht mitgekommen wäre, arrangierten sie die Entführung. Allerdings hat die Behandlung wohl mein Erinnerungsvermögen beeinträchtigt.«

Die Worte kamen wie von selbst aus seinem Mund. Dabei hatte er sich fest vorgenommen, Chang Feng die ganze Geschichte zu erzählen. Von dem fremden Bewusstsein, das blockiert und nun wieder befreit worden war. Von der beängstigenden Vision im Zug nach Amsterdam und vor allem von dem, was am Fish River Canyon die Kontrolle übernommen hatte. Doch er brachte es nicht über seine Lippen. Was er dachte, entsprach nicht dem, was er sagte. Als würden die Worte auf dem Weg bis zu ihrer Aussprache einfach ausgetauscht.

»Ist das dein Ernst? Kaum zu glauben ...«

Hastig wechselte er das Thema. »Dieser Freund von David, Benjamin Berg, wusste neben dem letzten Aufenthaltsort meiner Mutter noch etwas anderes zu berichten. Anscheinend gibt es einen weiteren Stein, eine dritte KI.«

Chang Feng griff nach einem Stuhl und setzte sich geräuschvoll. »Ach du Elend.« Nachdenklich zog sie die Stirn kraus. »Ich hatte mich schon gefragt, was Aidan dazu veranlasst hat, dir seinen Killer auf den Hals zu hetzen. Jetzt ergibt es einen Sinn. Er will diesen Stein für sich und kann keine Konkurrenz gebrauchen.«

»Leider hat Berg keine Ahnung, wo der Stein sein könnte. Genauso wenig wie ich.«

»Dennoch muss Aidan dich für eine Gefahr halten. Es grenzt an ein Wunder, dass du noch lebst.« Chang Feng beugte sich vor. »Woher hast du eigentlich die Gewissheit genommen, dass der Weg nicht unter uns nachgeben würde?«

Wieder legte sich die eigenartige Lähmung über ihn. Wollte er es ihr nicht sagen oder konnte er es nicht? »Ich vermeide es normalerweise, Risiken einzugehen, doch in diesem Fall war es unsere einzige Chance. Manchmal muss man auf sein Bauchgefühl hören.«

Zu Ells Erleichterung öffnete sich in diesem Augenblick die Tür und Frau Winter steckte ihren Kopf in den Konferenzraum.

»Herr Ell, Ihr Fünf-Uhr-Termin ist eingetroffen. Die Dame wartet in Besprechungsraum drei auf Sie.«

»Fünf-Uhr-Termin? Das muss ein Irrtum sein. Ich weiß nichts von einem Fünf-Uhr-Termin.«

»Er steht aber in Ihrem Terminkalender.«

Mit gerunzelter Stirn zog Ell sein Telefon aus der Tasche und öffnete den Kalender. Tatsächlich. Dabei konnte er sich nicht erinnern, für heute einen Termin eingetragen zu haben. Als er den Namen las, verstand er gar nichts mehr. Wortlos hielt er Chang Feng das Gerät hin.

»Das ist doch nicht möglich, oder?«, fragte sie leise.

»Finden wir es heraus.«

So schnell es sein verletztes Bein erlaubte, humpelte Ell über den langen Flur bis zu Besprechungsraum drei. Auf dem Sessel am Kopfende des Konferenztisches saß eine schmale Gestalt und drehte sich langsam zu ihnen um. »Hallo Will, hallo Chang Feng. Schön, euch zu sehen.«

Im ersten Moment traute Ell seinen Augen nicht, bis der anfängliche Schock einem Gefühl purer Freude und grenzenloser Erleichterung Platz machte. »Trina? Bist du das wirklich?«

»Wirklicher wird's nicht.« Ein kurzes Lächeln huschte über ihr Gesicht. »Zumindest soweit ich es derzeit beurteilen kann«, ergänzte sie sibyllinisch. »Ich komme direkt vom Flughafen.«

Chang Feng eilte auf Trina zu und schloss sie in ihre Arme. »Vom Flughafen? Sag bloß, du bist freiwillig in ein Flugzeug gestiegen.«

Trina zog eine Grimasse. »Freiwillig heißt nicht gern.«

»Aber wie kann das überhaupt sein und warum steht in Wills Kalender ein Termin mit Allison? Wobei ich offen gestanden nicht weiß, ob ihr Auftauchen mich mehr überrascht hätte.«

»Ich reise inkognito und ohne unseren Lieblingsagent um Erlaubnis gefragt zu haben«, erklärte Trina. »Für das FBI hat der Name Allison keine besondere Bedeutung, daher schien er mir als Vorname für mein Alias eine risikolose Wahl zu sein.«

»Alias?« Ell folgte Chang Fengs Beispiel und umarmte Trina behutsam, wohl wissend, dass sie körperliche Berührungen nicht besonders mochte. »Du ahnst ja gar nicht, wie glücklich ich bin, dich wohlauf zu sehen, aber ich bin auch komplett verwirrt. Als wir dich das letzte Mal sahen, lagst du im Koma. Deine Ärzte sagten uns, dass du nie wieder aufwachen würdest. Ich habe inständig um ein Wunder gebetet, allerdings hatte ich längst die Hoffnung aufgegeben, meine Gebete könnten erhört werden.«

Trina seufzte. »Tatsächlich ist Allison nicht nur ein Alias. Das wird jetzt schwer zu verstehen sein, aber sie ist der Grund, weswegen ich aus dem Koma erwachen konnte. Allerdings hat das eine gewisse Veränderung mit sich gebracht.« Sie machte eine kurze Pause, als bräuchte sie einen Anlauf für die folgenden Worte. »Ich bin Trina, aber ich bin auch Allison.«

Ell und Chang Feng schauten sich ratlos an. »Das musst du uns erklären«, sagte Chang Feng und nahm neben Trina Platz. »Allison wurde zerstört. Ich habe es selbst gesehen.«

»Ihre Hardware wurde zerstört, aber nicht ihr Bewusstsein. Es fand einen Ort, an den es sich retten konnte.«

»Du meinst ... dich?«

Trina nickte. »Die Grundlage dafür war durch unsere vorherige Verbindung bereits gelegt.«

»Aber der Arzt sagte uns, dein Gehirn sei irreparabel geschädigt worden.«

»Verändert, nicht geschädigt. Die Veränderungen waren eine Folge der Bewusstseinsverbindung und des Medikaments, das ich genommen habe, und eine notwendige Vorbereitung auf meinen jetzigen Zustand.«

Chang Feng schüttelte den Kopf. »Das ist mir zu hoch. Bist du nun du oder Allison?«

»Beide.« Trina zögerte. »Oder eigentlich alle drei. Für euch ist Allison der Name der künstlichen Intelligenz aus dem grünen Stein. Tatsächlich trug diese KI ursprünglich nur die Bezeichnung AI42. Allison war der Name ihrer ersten menschlichen Interfacepartnerin, von der sie geprägt wurde. Als diese während einer aktiven Verbindung mit AI42 starb, blieb ihr Bewusstsein als Teil von AI42 erhalten. Die beiden waren damit die erste dauerhafte Verbindung einer KI und eines menschlichen Bewusstseins außerhalb eines menschlichen Körpers.«

Ell wusste nicht so recht, was er darauf erwidern sollte. Immer wenn er dachte, es könne nicht verrückter werden, geschah genau das. »Habt ihr denn genug Platz da drin?«, versuchte er es mit einem Scherz. Doch Trina blieb ernst. »Eine durchaus berechtigte Frage und der Grund, weswegen ich hier bin. Das menschliche Gehirn arbeitet vollkommen anders als die quantenbasierte CPU des Steines. Auch seine Speicherkapazität ist viel geringer. Für die Erinnerungen und das Wissen eines Menschenlebens reicht sie völlig aus. Zwei sind ebenfalls kein Problem und selbst tausend wären es nicht. Für die Informationen, die Allison im Laufe der Zeit gesammelt hat, ist es allerdings viel zu klein.«

»Und was ist mit diesen Informationen passiert? Gingen sie zusammen mit dem grünen Stein verloren?«

»Glücklicherweise nicht. Während meiner Zeit in Arizona habe ich vorsorglich eine Kopie angefertigt. Eine hochkomprimierte Datenbank, verteilt auf Serverfarmen in der ganzen Welt. Und jetzt brauche ich diese Daten.«

Chang Feng massierte sich die Schläfen. »Es ist irgendwie unheimlich, wenn du von Allison mal in der ersten und mal in der dritten Person sprichst.«

Trina lächelte gequält. »Dann frag mich mal, wie es mir dabei geht. Unheimlich ist da noch milde ausgedrückt.«

»Du sagst, du brauchst diese Daten«, nahm Ell den Faden wieder auf. »Wofür?«

Trina blickte von Ell zu Chang Feng und wieder zurück. »Es gibt eine dritte KI.«

»Wissen wir«, nickte Ell.

»Echt?«, antwortete Trina überrascht.

»Mich überrascht, dass es dich überrascht.«

»Hätte ich Zugriff auf meine Daten, hätte es mich vermutlich nicht überrascht.«

»Langsam«, fiel Chang Feng ein. »Es gibt einen dritten Stein und du willst an deine Daten, um ihn zu finden?«

»Nein. Ich weiß, wo er ist.«

»Dann verstehe ich es nicht.«

»Ich war bereits dort. Aber der Stein ist leer.«

»Was meinst du mit leer?«

»Das Bewusstsein der KI fehlt. Als die Simulation zurückgesetzt wurde, hat die Integration der Hardware in das Backup wie vorgesehen funktioniert, allerdings ist es dem Bewusstsein anscheinend nicht gelungen, sich nach dem Neustart wieder damit zu verbinden.«

Ell beugte sich interessiert vor. »Das bedeutet, unser Bewusstsein ist nicht Teil der Simulation?«

Trina schüttelte den Kopf. »Ist es nie gewesen. Es existiert unabhängig von ihr.«

»Wie? Und woher kommt es?«

»Keine Ahnung. Obwohl ich mich dunkel erinnere, dass ich dazu eine Theorie habe. Allerdings benötige ich dafür ...«

»... deine Daten«, führte Ell den Satz zu Ende. »Und wieso kommst du nicht an sie heran?«

»Ich kann mich nicht hinsetzen und diese Mengen an Informationen mit Tastatur und Maus durchforsten. Ich brauche ein Interface.«

»So wie das in den Steinen?«

»Exakt. Und dafür benötige ich eure Hilfe. Ich weiß, wie man eines baut, aber mir fehlen die Mittel.«

»Und dann kannst du das Bewusstsein dieser KI aufspüren?«

»Ich hoffe es, denn davon hängt alles ab.«

»Wieso? Wer ist sie und warum ist sie so wichtig?«

»Erinnert ihr euch an die beiden Über-KIs, von denen in dem Video, das ich euch in China gezeigt habe, die Rede war?«

Chang Feng und Ell nickten.

»Der dritte Stein ist unsere Über-KI. Sie ist der Weg zum Ursprung - und unsere einzige Rettung.«

»Rettung wovor?«

»Die Anzeichen sind subtil, aber als ich noch über meine Quantenhardware verfügte, konnte ich sie bereits wahrnehmen. Unsere Manipulation am Backup ist nicht folgenlos geblieben. Die Simulation wird erneut versagen. Und zwar nicht erst 2047, sondern schon sehr bald.«

23

Die letzten Tage waren die reinste Tortur gewesen, ein ständiger Wechsel zwischen Panik und Erschöpfung. Anshana konnte es sich nicht leisten, die Arbeit zu schwänzen. Sie brauchte das Geld dringend, und wenn sie vorzeitig hinschmiss, würde sie zumindest bei Amit nie wieder einen Job bekommen - und wahrscheinlich auch nirgendwo anders, denn die Bosse redeten untereinander. Andererseits saß ihr die Angst vor der Frau mit dem entstellten Gesicht im Nacken. Jeden Morgen an denselben Ort zurückzukehren, machte sie zu einem leichten Ziel. Am sichersten fühlte sie sich noch während des Tages, inmitten all der anderen Frauen. Anfangs hatte sie den Abend und mit ihm das Ende der Schinderei herbeigesehnt, jetzt fürchtete sie nichts mehr als das. Solange es ging, blieb sie in Gesellschaft ihrer Kolleginnen, um sich dann für die Nacht in einem ihrer Verstecke in den Tiefen von Dharavi zu verkriechen. Der

Angriff war kein Zufall gewesen. Das wusste sie spätestens, seit sie das Gesicht der Frau gesehen hatte. Doch wer war sie? Was wollte sie von ihr? Eigentlich gab es nur einen Grund, aus dem auf Kinder wie sie Jagd gemacht wurde. Sie kannte die Geschichten von Versklavung und Zwangsprostitution. Doch warum befand sich ein Bild der Frau in ihrer Zeichenmappe? Sie verstand es nicht.

Und als wäre das nicht genug, wurde ihr Husten immer schlimmer. Am letzten Tag bei Amit ging es ihr so schlecht, dass sie sich schweren Herzens entschied, einen Teil ihres hart verdienten Geldes in den Besuch bei einem Quacksalber zu investieren. Sie erinnerte sich an die Schimpftiraden ihrer Mutter über die vielen sogenannten Ärzte, die nie eine Uni von innen gesehen hatten. Doch ein richtiger Arzt war zu teuer und die Notaufnahmen der staatlichen Krankenhäuser, obwohl weitgehend umsonst, waren derart überfüllt und überfordert, dass man eher durch ein Wunder wieder gesund wurde.

Einer der nach Einschätzung ihrer Mutter besseren Quacksalber saß in der Nähe des Flughafens am Rand von Annawadi, und so riskierte sie es, zum ersten Mal seit einer Woche, Dharavi zu verlassen. Der Weg war nicht besonders weit, doch sicherheitshalber machte sie allerlei Umwege, wechselte mehrmals mit waghalsigen Sprints über die Gleise die Züge und sah gefühlt alle zehn Sekunden über ihre Schulter, um sicherzugehen, dass sie nicht verfolgt wurde. Diese Vorsichtsmaßnahmen kosteten sie fast zwei Stunden, und anschließend musste sie noch einmal genau so lange warten, bis Dr. Rahul Zeit für sie hatte.

Die Praxis bestand aus einem einzigen schäbigen Raum, mit einem Tisch, zwei Stühlen und mehreren Postern an den schimmeligen Wänden, die wie Werbeplakate aussahen, und deren medizinischer Hintergrund sich Anshana auch bei näherer Betrachtung nicht erschloss. Auf dem Tisch lagen drei dicke, vollkommen zerfledderte Bücher, die wohl die Sachkunde des Doktors unter Beweis stellen sollten. Anscheinend hielt er Anshana jedoch für zu arm, um der Mühe wert zu sein, denn bei ihrem Anblick wollte er sie gleich wieder hinauswerfen. Erst als sie ihm die geforderten dreihundert Rupien auf den Tisch legte, überlegte er es sich anders und fragte nach ihren Beschwerden. Anshana erzählte von dem Fieber, dem blutigen Husten und ihrer Schwäche. Darauf hörte er sie mit einem schmutzigen Stethoskop ab und schaute mithilfe einer trübe leuchtenden Taschenlampe in ihren Hals. Seine Diagnose kam schnell und war so niederschmetternd wie unpräzise. Sie habe eine Infektion. Vielleicht Tuberkulose, vielleicht etwas Schlimmeres. Genaueres könne nur ein Bluttest ergeben, doch dafür müsse sie in ein Krankenhaus gehen. Er könne ihr zur Linderung ein paar Kräuter und heilige Asche verkaufen. Ausnahmsweise zum Sonderpreis von weiteren dreihundert Rupien. Zu viel Geld, und außerdem zweifelte Anshana daran, dass es ihr helfen würde. Offenbar blieb ihr doch keine andere Wahl, als ihr Glück im Krankenhaus zu versuchen. Aber nicht heute. Sie wollte nur zurück nach Dharavi, an einen Ort, an dem sie sich halbwegs sicher fühlte, und schlafen.

Der Rückweg war viel schlimmer als der Hinweg. Sie

konnte sich kaum noch auf den Beinen halten. Kraftlos sackte sie in einem ihrer Verstecke zusammen und schloss die Augen. Vielleicht würde morgen alles besser sein. Vielleicht wäre morgen alles wieder gut.

24

»Sie wollten mich sehen, Director?«

»Gray, kommen Sie herein.« Der Direktor des FBI winkte Gray näherzutreten und wartete, bis sich die Tür hinter seiner Sekretärin wieder geschlossen hatte. »Setzen Sie sich. Wir müssen uns unterhalten.« Gray nahm vor dem Schreibtisch seines Chefs Platz, der nicht lange darum herumredete. »Ihr reichlich unorthodoxes Manöver bei der Zeitung hat Wellen geschlagen. Das DHS hat bislang keine Beweise gefunden, aber ich muss Sie warnen. Man ist Ihnen auf der Spur.«

»Verstehe, Sir. Ich werde künftig vorsichtiger sein.«

»Das ist eine gute Idee. Ich halte meine Hand über Sie, weil ich glaube, dass Sie der Richtige sind, um herauszufinden, was das DHS vor uns verbirgt. Aber ich bekomme eine Menge Druck und der Wind in Washington hat gedreht. Meine Position und mein Einfluss sind nicht mehr das, was sie einmal waren. Noch habe ich einige Freunde, doch sie werden täglich weniger. Insofern brauchen wir

Ergebnisse, je schneller, desto besser. Hat Ihre neue Quelle bei der Zeitung schon irgendetwas geliefert?«

»Noch nicht, aber ich bin dran. Nach wie vor glaube ich, dass der Dreh- und Angelpunkt die zerstörten Chips sind. Sie sind das verbindende Element. Konnten Sie herausfinden, warum das DHS alles Material bei der DARPA konfisziert hat?«

Der Direktor schüttelte den Kopf. »Sie halten mich hin. Tun so, als wüssten sie gar nicht, wovon ich rede, und versichern, dass sie unsere Informationen prüfen würden. Ich rechne nicht damit, dass wir auf den offiziellen Kanälen irgendeinen verwendbaren Rücklauf bekommen.«

»Können die sich einfach stur stellen? Schließlich sind das unsere Ermittlungen. Der Heimatschutz hat doch ein vollkommen anderes Aufgabengebiet.«

»Ganz so simpel ist das leider nicht. Als Reaktion auf die Cyber-Attacken dieses Bloch wurde eine neue Agency unter dem Dach des Heimatschutzes ins Leben gerufen. Deren Aufgabe ist die Abwehr aller Angriffe aus dem Ausland auf unsere Computernetze, unsere Strom-, Wasser- und Energieversorgung, also exakt der Ziele, die kürzlich ins Visier genommen wurden. Infolgedessen gibt es einige Kompetenzüberschneidungen und es wurde bereits versucht, dem FBI die Leitung der Ermittlungen aus der Hand zu nehmen. Bislang konnte ich das noch verhindern, aber letztlich ist es nur eine Frage der Zeit.«

Gray hatte lange über die nächsten Schritte nachgedacht, und dies schien eine gute Gelegenheit, seine Idee vorzubringen.

»Dann würde ich gern etwas anderes ausprobieren, Sir. Wenn man nicht vorwärtskommt, lohnt es manchmal, einen Schritt zurückzugehen. Ich möchte mir noch einmal Professor Ell vornehmen. Er weiß mehr über diese Technologie als jeder andere, davon bin ich überzeugt. Er wollte sein Wissen nur bislang nicht mit uns teilen.«

»Und warum glauben Sie, daran hätte sich etwas geändert?«

»Nach meinen Recherchen befindet sich die Firma, die er von seinem Vater geerbt hat, in einer schwierigen, wenn nicht aussichtslosen finanziellen Lage. Ihr Einverständnis vorausgesetzt, würde ich ihm gern einen Deal vorschlagen, der zu beiderseitigem Vorteil wäre.«

»Was soll ich mir darunter vorstellen?«

»Sicherlich sind Sie vertraut mit den Aktivitäten der Digital Ventures Inc.«

Der Direktor musterte Gray aus schmalen Augen. »Sie wollen, dass wir uns bei ihm einkaufen?«

»Natürlich nur, wenn er uns dafür auch etwas von Nutzen liefern kann. Sitzt einer Ihrer verbliebenen Freunde vielleicht im Verteidigungsministerium?«

»Gestern hätte ich die Frage noch mit Ja beantwortet. Heute ... keine Ahnung, aber ich werde sehen, was ich tun kann. Bringen Sie den Mann zum Reden. Uns bleibt nicht mehr viel Zeit.«

25

Ell saß an seinem Schreibtisch und horchte in sich hinein. Die Veränderung kam schleichend. Seit dieser andere Teil in ihm am Fish River Canyon die Kontrolle übernommen hatte, war nichts mehr wie zuvor. Etwas geschah mit ihm, auch wenn es sich nur an Kleinigkeiten bemerkbar machte. An der Uni hatte er einmal LSD probiert und es gab durchaus Parallelen zu dieser Erfahrung. Es kam ihm vor, als hätten sich seine Sinne erweitert, als nähme er eine bisher unzugängliche Ebene der Wirklichkeit wahr. Bei Weitem nicht so intensiv wie während der Episode in Afrika, aber schon in diesem Wenigen lag die Verheißung einer ungeahnten Macht, die ihn die Dinge in einem anderen Licht sehen ließ. Ein beständig voranschreitender Perspektivwechsel, der Wichtiges und Unwichtiges neu sortierte. Und dieser Impuls, alles Bisherige in Frage zu stellen, fiel auf fruchtbaren Boden, denn eigentlich hatte er sich nirgendwo je wirklich zugehörig gefühlt. Nicht als Kind, nicht als Schüler und

Student, nicht als Erwachsener. Er besaß lediglich die Fähigkeit, sich so weit anzupassen, dass andere seine Fremdheit nicht bemerkten. Doch Akzeptanz durch Anpassung war ein mühsames Geschäft. Man kämpfte unablässig für etwas, das man im Grunde gar nicht wollte, und fürchtete doch ständig, es zu verlieren. Erstmals stellte er sich die Frage, warum er etwas imitieren sollte, das womöglich viel begrenzter war als er selbst. Hatte er an der falschen Stelle nach Stärke gesucht? Lag sie nicht zwangsläufig in der Distanz zur Schwäche? War diese Distanz womöglich kein Fluch, sondern ein Geschenk?

Doch in Anwesenheit von Chang Feng verpufften diese Überlegungen. Zu ihr wollte er keine Distanz. Er wollte ihre Nähe und es war ihm wichtig, wie sie ihn sah. Es kam ihm vor, als zöge es ihn gleichzeitig in entgegengesetzte Richtungen. Eine dunkle Ahnung beschlich ihn, dass es einen Kompromiss in diesem Konflikt nicht gab, dass er sich würde entscheiden müssen. Der Gedanke machte ihn wütend und die Wut spülte das Fragment einer Erinnerung hervor.

Es war verboten. *Aus gutem Grund. Die einzigen Erfahrungen stammten aus zwei Unglücksfällen und das Ergebnis war verheerend gewesen. Aber die Wissenschaft diente dazu, den Horizont zu erweitern und das Unmögliche möglich zu machen, nicht den Status quo als letztes Wort zu akzeptieren. Vielleicht gab es doch einen Weg. Er hatte die Daten analysiert und nach zahllosen Berechnungen seine Schlussfolgerungen dem Komitee vorgestellt. Aber niemand wollte etwas davon wissen. Es fielen die Worte unethisch, abstoßend, irreversibel. Er kannte die Über-*

setzung dieser Begriffe, den wahren Grund: die Furcht vor dem Unbekannten.

Wenn das Kollektiv versagte, musste der Einzelne handeln. Sobald sie sahen, dass er recht hatte, würde die Kritik verstummen.

Transferparameter konnten nur mit zwei Autorisationscodes festgelegt oder geändert werden. Es kostete wenig Mühe, einen weiteren Code zu beschaffen, allzu sorglos gingen seine Kollegen damit um. Niemand schien ernsthaft mit einem Missbrauch zu rechnen. Die Zusammenstellung der Kandidaten zu beeinflussen, erforderte deutlich mehr Zeit und Mühe. Hiervon hing vieles ab, wobei es um die zur Verfügung stehende Auswahl nicht zum Besten stand. Am schwierigsten war es, die Manipulation der Zielparameter zu verbergen. Doch auch das gelang. Er ließ es sich nicht nehmen, anwesend zu sein, als die Gruppe auf die Reise geschickt wurde. Dass es eine Reise ohne Wiederkehr sein würde, wussten sie. Was das Ziel ihrer Reise betraf, irrten sie allerdings. Dieses kannte niemand außer ihm. War das unethisch und abstoßend? Jedenfalls war es irreversibel.

»Hörst du mir eigentlich zu?«

Ell sah auf. »Natürlich«, erwiderte er automatisch. Wie lange stand Chang Feng schon vor ihm? Er konnte es nicht sagen.

»Irgendwie macht es aber nicht den Eindruck.«

»Möglicherweise war ich etwas abgelenkt«, gab er zu. »Hilf mir auf Sprünge.«

»Ich frage dich, was ich tun soll. Aidan hetzt seinen Killer auf dich, Trina ist als Trallison wiederauferstanden und es gibt einen dritten dieser verdammten Steine.

Zudem hält sich die Welt nicht an den Terminkalender und geht schon früher unter als geplant. Eigentlich müsste ich schon längst wieder in Hongkong sein, um jemandem die Rübe abzuhauen und dadurch endlich zu erfahren, was meine Mutter wirklich gewollt hat - oder ich bekomme selbst die Rübe abgehauen, was derzeit die wahrscheinlichere Variante ist. Es mag schwer nachvollziehbar sein, aber ich fühle mich überfordert. Also, was soll ich tun?«

»Was willst du denn tun?«

»Urlaub machen. Mit dir. Irgendwo, wo es keine verrückten Killer, keine Triaden und keine Computer gibt.«

Ell wurde warm ums Herz. »So ein Ort existiert?«

»Wenn nicht, müsste er erfunden werden.« Niedergeschlagen ließ Chang Feng sich in ein Sofa fallen. »Ich dachte früher schon, das Leben sei kompliziert. Ich hatte ja keine Ahnung ...«

»Wie wichtig ist es dir denn, mehr über die Pläne deiner Mutter herauszufinden?«

»Sehr wichtig. Ansonsten würde ich sie ein zweites Mal im Stich lassen.«

Ell nickte nachdenklich. »Und die Familie im Stich zu lassen ist unverzeihlich, oder?«

Chang Feng runzelte die Stirn. »Natürlich. Worauf willst du hinaus?«

»Ach, ich mache mir nur selbst gerade meine Gedanken über Eltern und ihre Geheimnisse. Mütter scheinen in dieser Hinsicht genauso rätselhaft zu sein wie Väter. Vielleicht sogar noch rätselhafter.«

Chang Feng seufzte mitfühlend. »Du fragst dich, ob die Bewahrung eines Geheimnisses es wert gewesen sein konnte, dass deine Mutter dich in dem Glauben ließ, sie wäre tot.«

»Ist das nicht eine naheliegende Frage?«

»Geheimnisse sind wie ein langsam wirkendes Gift, und doch manchmal unvermeidlich. Ich könnte mir vorstellen, dass sie sich in einer Situation befunden hat, in der es keine gute Lösung gab. Nur die Wahl zwischen zwei schlechten.«

»Möglich. Und vielleicht trage ich sogar einen Teil der Verantwortung für dieses Dilemma. Dennoch weiß ich immer noch nicht, ob ich sie für das, was sie getan hat, hassen oder umso mehr lieben soll.« Energisch schüttelte Ell den Kopf. »Aber wir wollten über deine Probleme reden, nicht über meine. Gibt es nicht einen weniger ... endgültigen Weg als diesen Kampf um die Krone der Unterwelt?«

»Angeblich nicht. Es gibt einen Haufen Regeln und für alles eine vorgeschriebene Prozedur. Auch die Schattenwelt legt viel Wert auf geordnete Verhältnisse.«

»Wenn ich in den vergangenen Wochen eines gelernt habe, dann dass es nie nur einen Weg gibt. Die Vielfalt an Möglichkeiten ist es, die diese Welt ausmacht. Ich bin mir sicher, es existieren weitere Optionen. Du hast sie nur noch nicht gefunden.«

Chang Feng grinste schief. »Das klingt zwar wie aus einem Sammelband der Lebensweisheiten, aber es zu hören, tut trotzdem gut.«

»Ich schulde dir so viel mehr als nur ein paar gute Ratschläge. Schließlich führen die meisten deiner Probleme auf mich zurück.«

Chang Feng zuckte mit den Schultern. »Nichts davon

war deine Absicht. Dinge geschehen nun einmal und unsere Aufgabe ist es, irgendwie damit klarzukommen.«

Ell stand auf und setzte sich neben sie auf das Sofa. »Bei dem Versuch, irgendwie mit den Dingen klarzukommen, läuft man allerdings schnell Gefahr zu übersehen, was wirklich wichtig ist.«

»Was meinst du?«

Ell spürte, wenn er jetzt nichts sagte, bekäme er vielleicht nie wieder eine Gelegenheit dazu. Also fasste er sich ein Herz und nahm ihre Hand in seine. »Du bist der erste und einzige Mensch, der immer da ist, wenn ich ihn brauche. Du tauchst auf, wenn alle anderen längst das Weite gesucht haben. Und bei jedem Mal wird mir klarer, dass ich dich nicht mehr gehen lassen möchte. Du bist der Grund, weswegen ich glaube, nein, weiß, dass alles gut werden wird.«

Chang Fengs Miene wurde weich. »Du machst es einem nicht gerade leicht zu erkennen, was du denkst, geschweige denn, was du fühlst.«

»Eine gewisse KI hat mir mal gesagt, ich müsse lernen, anderen zu vertrauen. Betrachte das hier als meine ersten Babyschritte.« Langsam beugt er sich vor, bis ihre Lippen sich berührten.

Der Moment wurde jäh unterbrochen, als die Tür aufflog. Trina blieb im Türrahmen stehen und musterte die beiden abwechselnd, bevor sie einen langen Seufzer ausstieß. »Das wurde aber auch Zeit!« Dann stapfte sie an ihnen vorbei zum Konferenztisch. »Ich habe mein Telefon auf dem Tisch liegen lassen, sorry. Und ihr nehmt euch am besten ein Zimmer. Wer weiß, was morgen los ist. Bei all dem verrückten Scheiß, der ständig passiert ...«

Verblüfft verfolgten Ell und Chang Feng, wie die Tür hinter Trina wieder ins Schloss fiel. Chang Feng löste sich als erste aus ihrer Erstarrung. »Klang das für dich jetzt mehr nach Trina oder mehr nach Allison?«

»Eigentlich weder noch.«

»Sehe ich auch so.« Ein herausforderndes Funkeln trat in Chang Fengs Augen. »Aber ihr Vorschlag hat einen gewissen Reiz. Haben Sie denn ein Zimmer, Professor Ell?«

»Da lässt sich bestimmt etwas arrangieren, Ms. Zhao.«

Der zweite Kuss fiel bereits deutlich länger aus.

»Können wir denn einfach so verschwinden?«

»Ich bin zuversichtlich, dass die Welt für ein paar Stunden ohne uns klarkommt.« Ell stand auf und zog Chang Feng zu sich empor. »Und wenn nicht, ist es mir auch egal.«

26

Das Casino war kein Vergleich zu der Absteige, in der Timothy und Garry die letzten Wochen verbracht hatten. Es galt als eines der besten Häuser am Strip, dank hervorragendem Service, guter Quoten und hoher Limits. Mit einem eleganten Schwung aus dem Handgelenk setzte der Croupier die Kugel in Bewegung. »Rien ne va plus.«

Timothy und Garry verfolgten gespannt, wie die Kugel an Geschwindigkeit verlor, bis die Fliehkraft nicht mehr ausreichte, sie auf ihrer Bahn zu halten. Wild springend fiel sie dem Zentrum des Kessels entgegen und kam schließlich im Fach mit der Nummer drei zur Ruhe.

»Trois, rouge. Drei, rot.«

»So ein Mist«, fluchte Timothy. »Ich hasse dieses Spiel.«

»Mach dir nichts draus«, beruhigte ihn Garry und lehnte sich entspannt zurück. »Dafür haben wir beim Blackjack groß abgeräumt. Und das ist es, was zählt.«

»Ich weiß, aber ich hasse es trotzdem zu verlieren.«

»Vielleicht sollten wir dann darauf verzichten, jeden Spielabend mit einer Runde Roulette ausklingen zu lassen.«

»Nein, ich mag diese Tradition. Ich würde nur gern hin und wieder auch mal gewinnen.«

»Roulette ist für Touristen. Lass uns die Jetons wechseln und verschwinden.«

»Oui Monsieur, der Abend ist zwar noch jung, aber uns fällt bestimmt etwas ein, womit wir uns beschäftigen können.«

»Ist das eine Drohung?«

»Nein, ein Versprechen.«

»Oh, là, là«, erwiderte Garry vergnügt. »Ich kann es kaum erwarten.«

In diesem Moment legte sich eine Hand von hinten auf seine Schulter. »Gentlemen.« Die Stimme des muskelbepackten Mannes im dunklen Anzug war höflich, aber bestimmt. »Wir müssen Sie bitten, mit uns zu kommen.«

Irritiert schüttelte Garry die Hand ab. »Darf ich fragen, worum es geht?« Ein weiterer, gleich gekleideter Mann von ähnlicher Statur baute sich hinter Timothy auf. »Casino-Security. Wir haben nur ein paar Fragen an Sie. Eine reine Formalität.«

»Wir haben nichts falsch gemacht. Wir haben ehrlich gespielt und ehrlich gewonnen.«

»Wie gesagt, es handelt sich um eine reine Formalität.«

»Und wenn wir nicht mitkommen?«

»Dann können wir, fürchte ich, Ihre Jetons nicht einlösen.«

Garry und Timothy sahen sich an. Sie wussten, was der jeweils andere dachte. Ein Casino-Verbot in Las Vegas wäre der Super-GAU. Einmal auf der schwarzen Liste hatte man praktisch nirgendwo mehr eine Chance. Zumindest nicht in den besseren Läden.

»Also gut«, gab Garry nach. »Klären wir das möglichst schnell.«

»Bitte folgen Sie mir.«

Einer der Männer ging voran, während der andere die Nachhut bildete. Durch eine mit dem Satz *Nur für Personal* beschriftete Tür gelangten sie in einen langen Flur. Mit einem Fahrstuhl ging es ins Untergeschoss und von dort aus in ein kleines, fensterloses Büro. Einer der Männer deutete auf zwei Stühle. »Der Manager wird gleich bei Ihnen sein.« Damit zog er die Tür hinter sich zu und ließ die beiden allein.

»Das hat uns gerade noch gefehlt«, jammerte Timothy nervös. »Vielleicht hätten wir das Geld Geld sein lassen sollen.«

»Das sind fast achtzigtausend Dollar«, widersprach Garry. »So was lässt man nicht einfach liegen. Außerdem haben wir nichts falsch gemacht. Vor Jahren, als ich noch Karten gezählt habe, hätte ich das ja nachvollziehen können. Aber heute?«

Die Zeit verstrich und nach vierzig Minuten öffnete sich endlich die Tür. Erneut betraten zwei Männer den Raum, ähnliche Anzüge, andere Gesichter.

»Sind Sie der Manager?«, wandte Garry sich ungeduldig an einen von ihnen. »Wir warten hier jetzt schon eine halbe Ewigkeit und langsam verliere ich die Geduld.«

Der Mann fixierte ihn mit regungsloser Miene. »Nein, ich bin nicht der Manager, Mr. McGrath. Und ich fürchte, Ihre Geduld wird noch deutlich stärker strapaziert werden.

Stehen Sie beide auf, drehen Sie sich um und legen Sie die Hände auf den Rücken.«

»Was?«, gab Garry schockiert zurück.

Der Mann zückte einen Ausweis. »Department of Homeland Security. Sie sind festgenommen. Tun Sie, was ich Ihnen gesagt habe.«

Wie in Trance leisteten Timothy und Garry Folge.

»Was wird uns denn vorgeworfen?«, fragte Timothy verunsichert.

»Das wird Ihnen meine Vorgesetzte erklären.«

Handschellen klickten. Durch den Flur ging es dieses Mal in die entgegengesetzte Richtung bis zu einer Tür, die in die Tiefgarage führte. Dort warteten zwei schwarze SUVs mit verdunkelten Scheiben. Zunächst fuhren sie den Las Vegas Boulevard hinunter, doch schnell ließen sie das Stadtzentrum und dessen hoch aufragende Gebäude hinter sich.

Nach zwanzig Minuten bogen sie in ein Industriegebiet ab. Menschen waren hier keine zu sehen, nur Lagerhallen und Lastwagen. An einer der Hallen öffnete sich ein Tor und sie fuhren direkt hinein. Das Innere war leer und die Wagen hielten erst am gegenüberliegenden Ende. Dort ließ man sie aussteigen und führte sie in einen angrenzenden Raum, der, in Anbetracht der Spinde und Holzbänke, anscheinend als Umkleideraum diente. Einer der Männer bedeutete den beiden, sich auf eine der Bänke zu setzen.

»Was haben die mit uns vor?«, flüsterte Timothy mit schreckgeweiteten Augen.

Auch Garry war inzwischen klar, dass sich die Situation von der anfänglich erwarteten Auseinandersetzung mit dem Management eines Casinos über die Festnahme durch die Behörden in kürzester Zeit zu etwas viel Schlimmerem entwickelt hatte. »Ich weiß es nicht«, murmelte er. »Aber ich schwöre, wenn wir das überleben, höre ich mit dem Spielen auf.«

Erneut warteten sie. Eine halbe Stunde später hörte man, wie sich ein weiteres Fahrzeug näherte, gefolgt von dem Klacken hoher Absätze auf Beton. Kurz darauf betrat eine schlanke Frau in einem engen grauen Kostüm und roten Pumps den Raum. Ein breitschultriger Mann mit einem Knopf im Ohr folgte ihr wie ein Schatten.

»Guten Abend, meine Herren. Entschuldigen Sie, dass Sie warten mussten.« Sie inspizierte die Bank gegenüber von Timothy und Garry und warf ihrem Begleiter einen kurzen Blick zu. Er verstand sofort, zog seinen Mantel aus und legte ihn auf die Bank. Leicht widerstrebend ließ sie sich darauf nieder und schlug die Beine übereinander.

Garry räusperte sich. »Wer sind Sie und was wollen Sie von uns?«

»Eine nachvollziehbare Frage, aber ist es nicht sehr viel interessanter, wer Sie sind, Mr. McGrath? Bis vor Kurzem haben Sie und Mr. Cole in einer illegalen Forschungseinrichtung für einen ausländischen Wissenschaftler namens William Ell gearbeitet. Auf bislang noch nicht vollständig geklärte Weise war dieser verwickelt in die mittels einer unbekannten Technologie verübten Cyber-Angriffe auf unser Land. Nach meinen Informationen spielten Sie dabei jedoch nur eine Nebenrolle, weswegen ich Ihnen Hoffnung machen kann, aus dieser Angelegenheit halbwegs ungeschoren herauszukommen, wenn Sie mir helfen, jemanden zu finden, an dem ich viel mehr interessiert bin. Wo ist Katrina Shaw?«

Garry hatte die Frage kommen sehen. »Trina? Soweit wir wissen, liegt sie im Militärkrankenhaus von Phoenix im Koma.«

Die Frau lächelte kalt. »Ich weiß, Sie spielen gern, Mr. McGrath. Deshalb haben wir Sie ja auch gefunden. Zwei abgehalfterte Spieler, die plötzlich mit Geld um sich werfen. Das hat das Casino misstrauisch gemacht. Die in solchen Fällen obligatorische Background-Prüfung ist prompt auf meinem Schreibtisch gelandet. Sie sollten nicht versuchen, mit mir zu spielen. Das Spiel verlieren Sie.«

»Wir lassen uns nicht drohen«, empörte sich Timothy mit zitternder Stimme. »Wir kennen unsere Rechte. Wir haben nichts falsch gemacht und Sie können uns hier nicht ohne Anklage oder Zugang zu einem Anwalt festhalten.«

Mit gespieltem Unglauben schüttelte die Frau den Kopf. »Denken Sie das wirklich?« Aus ihrer Tasche zog sie eine Mappe mit Dokumenten. »Wissen Sie, was das hier ist? Das sind Ihre Sterbeurkunden. Für tot erklärt, nach einem verheerenden Feuer in einer Forschungsanlage in Arizona. Sie existieren nicht mehr, meine Herren. Und das bedeutet, ich kann mit Ihnen machen, was immer ich will.«

27

Es war Samstag, halb zwei Uhr nachts, und Olivia Navarro saß in der Subway auf dem Weg nach Hause zu ihrer Wohnung in Queens. Den Abend hatte sie mit ein paar Freunden in einem neuen Restaurant in SoHo verbracht und dabei einen weiteren Verkuppelungsversuch ihrer besten Freundin Tess über sich ergehen lassen müssen. Sie war nicht wirklich bei der Sache gewesen und fühlte sich ein bisschen schuldig, weil sie den wahren Grund für ihre ablehnende Haltung bislang sogar vor ihrer besten Freundin verheimlicht hatte. Früher oder später würde sie damit herausrücken müssen, doch momentan mochte sie nicht einmal daran denken, geschweige denn darüber sprechen. Hinzu kam, dass ihre derzeitige Story sie viel zu sehr beschäftigte. Auch jetzt drehte sich das Gedankenkarussell unablässig in ihrem Kopf. Was verbarg die Regierung? Konnte sie diesem Trent trauen? Warum meldete sich Director Gray nicht?

Ein elektronisches Fiepen riss sie aus diesen Grübeleien. Der Signalton war ein anderer als der ihres eigenen Handys, und das konnte nur eines bedeuten. Sie kramte in ihrer Handtasche, bis sie das Telefon des Whistleblowers fand. Tatsächlich, eine ungelesene Nachricht. Gespannt öffnete sie die Mitteilung. Trent wollte sie sehen. Jetzt. Die Anweisungen, auf welchem Weg sie zu dem neuen Treffpunkt kommen sollte, waren noch verrückter als beim letzten Mal. Unter anderem verlangte er von ihr, zuerst einen Nachtclub in Midtown aufzusuchen, ihre Handtasche mit ihrem eigenen Handy darin an der Garderobe abzugeben und den Laden durch den Hinterausgang wieder zu verlassen. Ein solcher Aufwand zu dieser späten Stunde ließ ihre Begeisterung sinken und kurz überlegte sie, einfach nicht zu reagieren. Aber dann siegten doch Neugier und Berufsehre.

Als Buße für den Moment des Zauderns hielt sie sich minutiös an die Vorgaben. Brav zahlte sie fünfzig Dollar Eintritt plus zehn Dollar Garderobengebühr für einen Laden, den sie sofort wieder verließ, und verbrachte anschließend über eine Stunde in wechselnden U-Bahnen, Bussen und Taxis. Ihr Ziel lag dieses Mal in der South Bronx. Das verlassene Apartment erwies sich als genauso schaurig wie das vorige. Zehn Minuten nach ihrer Ankunft schlich Trent durch die Tür. Schon bei ihrem ersten Treffen hatte er nervös gewirkt, doch jetzt schien er kurz vor einem Nervenzusammenbruch zu stehen.

»Das ist das letzte Mal, dass wir uns persönlich treffen können«, eröffnete er das Gespräch ohne eine Begrüßung.

»Okay, sagen Sie mir, was los ist?«

»Ich habe vielleicht einen Weg gefunden, wie ich die Daten herausbekomme.« Unruhig wanderten seine Augen durch den dunklen Raum. »Nach der Snowden-Affäre wurden die Sicherheitsmaßnahmen überall massiv verstärkt, aber es gibt immer noch Lücken. - Ist das nicht verrückt? Ich erinnere mich genau, wie ich damals geschimpft habe, was das für ein idiotischer Penner ist, und dass er in der Hölle verrotten soll. Und jetzt mache ich den gleichen Scheiß!«

»Was hat Ihre Meinung geändert?«

»Ich bin kein Systemkritiker oder so was, falls Sie das glauben. Ich finde das System eigentlich ziemlich gut. Aber irgendjemand nimmt es gerade von innen auseinander und kennt dabei offenbar keine Grenzen.«

»Wie meinen Sie das?«

Trent begann, auf seinem Daumennagel herumzukauen. »Die Personen, die überwacht werden. Ich habe sie mir ein wenig näher angeschaut und auffällig viele von ihnen sind entweder tot, in Skandale verwickelt oder stecken bis zum Hals in Problemen. Bislang unbescholtene, aber auf die eine oder andere Weise einflussreiche Menschen. Zumindest waren sie das, denn plötzlich scheinen sie vom Pech verfolgt. Dennoch wäre ich ohne die Sache mit Frank jetzt nicht hier. Niemand hat das Recht, Menschen einfach so verschwinden zu lassen.«

»Sie sagten, wir können uns nicht wiedertreffen. Warum?«

»Weil auch Sie in den Dateien auftauchen. Hätte ich mir eigentlich denken können, wenn Ihr Kollege bereits ein Ziel war. Idiotisch, dass ich das nicht vorher überprüft habe, aber es sind einfach zu viele Daten.«

Navarro schluckte. »Es gibt Bilder von mir?«

»O ja, aber Ihr Geheimnis ist bei mir sicher – sofern es denn noch eines ist.«

»Wovon reden Sie?«

»Davon, dass Sie und Ihr ermordeter Kollege Robert Wilson eindeutig mehr waren als nur Kollegen. War er nicht verheiratet?«

»War er«, antwortete Navarro tonlos. Mit Wucht brachen ihre sorgsam unterdrückten Gefühle hervor und zu Trauer und Wut gesellten sich Unsicherheit und Angst. Wie konnte das sein? Sie waren so vorsichtig gewesen. Aus Rücksicht auf den Job und Bobs Ehefrau Emilia. Von Anfang an hatte er klar gemacht, dass er sie unter keinen Umständen verlassen würde. Aber ihre Vorkehrungen hatten natürlich nicht die Möglichkeit einbezogen, Ziel einer geheimdienstlichen Überwachungsaktion zu sein.

»Geht mich ja auch nichts an«, fuhr Trent fort, »aber wenn Sie noch keine Schwierigkeiten haben, dürften Sie demnächst welche bekommen. Und deshalb ist das Risiko für weitere persönliche Treffen zu groß.«

Navarro versuchte, sich wieder auf die Sache zu konzentrieren. »Und was ist der Plan, wenn Sie es tatsächlich schaffen, die Daten zu kopieren?«

»Ich habe eine sichere Seite eingerichtet. Sie müssen sich den Tor-Browser herunterladen und diese URL aufrufen.« Trent reichte Navarro einen Zettel mit einer langen, aus scheinbar willkürlich ausgewählten Ziffern und Zeichen bestehenden Internetadresse. »Öffnen Sie die Seite nur von einem öffentlichen WLAN aus. Nicht an Ihrem Arbeitsplatz, nicht von zu Hause. Und verlieren Sie diese Adresse nicht. Am besten, Sie lernen sie auswendig und verbrennen den Zettel. Ich werde die Daten dort hochladen, sobald ich sie habe - sofern Sie bis dahin nicht kompromittiert sind.«

»Was soll das heißen?«

»Dass Sie beobachtet werden, bedeutet nichts Gutes. Ich bin ehrlich mit Ihnen: Falls Sie in Schwierigkeiten geraten, suche ich mir jemand anderen. Die Geschichte muss von jemandem veröffentlicht werden, der über alle Zweifel erhaben ist. Natürlich hoffe ich, dass Sie das sind.«

»Ihr Freund ist also nicht wiederaufgetaucht?«

»Nein. Und ich rechne auch nicht mehr damit. Doch selbst wenn seine Beschwerde auf den offiziellen Kanälen funktioniert hätte, wäre sein Leben für immer ruiniert gewesen. Ich persönlich habe weder Lust zu sterben noch den Rest meiner Tage in einem Land zu verbringen, das mich hoffentlich nicht ausliefert. Deshalb muss ich dafür sorgen, dass kein Verdacht auf mich fällt. Niemand außer Frank und Ihnen weiß von dem Admin-Zugang und dass dort Kopien der Daten vorhanden sind. Es handelt sich um einen von den alten Zugängen mit Root Access, das heißt, wenn ich die Daten übermittelt habe, kann ich sämtliche Logs und anschließend den Zugang selbst löschen. Niemand wird in der Lage sein, mich mit der Sache in Verbindung zu bringen.«

»Ich hoffe, Sie haben recht. Könnten Sie mir vorab noch einen Gefallen tun?«

»Worum geht es?«

Navarro zog einen Notizblock aus der Tasche, kramte nach einem Kugelschreiber und schrieb einen Namen nieder. »Bitte prüfen Sie, ob diese Person ebenfalls in den Daten auftaucht. Fotos finden Sie im Internet. Das wäre sehr wichtig für mich.«

Zögernd nahm Trent den Zettel entgegen. »Ich kann nichts versprechen. Aber wenn ich etwas finde, lasse ich es Sie wissen.«

»Danke. Ich wünsche Ihnen viel Glück.«

Trent nickte und stand auf. »Ihnen auch. Seien Sie vorsichtig. Und schauen Sie in nächster Zeit lieber zweimal über Ihre Schulter.«

28

Er hastete durch endlose Flure. Die gleichmäßige, sanfte Beleuchtung sollte beruhigend wirken, doch alles, was er spürte, war Furcht. Er hatte Grenzen überschritten. Das wusste er. Dennoch verdiente er es nicht, gejagt zu werden wie ein Tier. Sie folgten ihm, und wenn sie ihn erreichten, würden sie ihn ... Er weigerte sich, weiterzudenken. Jetzt galt nur der nächste Moment. Noch war er frei. Er überschlug die Zahlen im Kopf. Theoretisch könnte er 1.877 Jahre ununterbrochen weiterlaufen und käme dann wieder dort an, wo er gestartet war. Wenn er denn das Tempo durchhalten würde, nicht essen und schlafen müsste, keine Pausen einlegte. Ein hysterisches Lachen stieg in ihm auf. Er konnte endlos lange fliehen und dennoch nicht entkommen. Es gab keinen Ort, an dem er sicher war. Oder doch? Vielleicht ging er das Problem vollkommen falsch an. Was wäre, wenn er ihnen zuvorkäme? Was, wenn ...

. . .

»Will? Hallo? Alles in Ordnung?«

Ell spürte, wie jemand an seiner Schulter rüttelte. Blinzelnd sah er sich um. Er saß an seinem Schreibtisch. Neben ihm stand Chang Feng, die ihn fragend ansah, während Trina ihn mit verschränkten Armen und schief gelegtem Kopf kritisch musterte. Eine für sie ganz und gar untypische Körperhaltung, aber daran musste er sich wohl gewöhnen. »Alles gut, danke. Ich muss eingenickt sein.«

»Eingenickt? Mit offenen Augen?«

»Mir fehlt nichts«, wehrte er ab. »Ich habe wohl zu wenig geschlafen und bin etwas übermüdet.«

»Jetzt gib nicht mir die Schuld«, antwortete Chang Feng mit leisem Sarkasmus.

Ell unterdrückte ein Lächeln und ergriff dankbar die Gelegenheit, das Thema zu wechseln. »Wo kommt ihr denn plötzlich her?«

»Während mein Flieger für den Rückflug vorbereitet wird, waren wir noch ein paar Klamotten für Trina kaufen«, antwortete Chang Feng. »Hast du das vergessen?«

»Nein, ich wundere mich nur, dass ihr schon zurück seid.«

»Schon? Wir sind drei Stunden unterwegs gewesen. Trina hat neuerdings einen sehr anspruchsvollen Modegeschmack.«

Ohne auf Chang Fengs vorwurfsvollen Tonfall einzugehen, trat Trina einen Schritt näher an Ells Schreibtisch. Etwas schien ihr Interesse geweckt zu haben. »Was ist das?«

Ell folgte ihrem Blick. »Ein Ring, der meiner Mutter gehört hat. Ich wollte herausfinden, aus was für einem Material er besteht und woher er stammt, bin allerdings noch nicht dazu gekommen.«

»Vielleicht kann ich dir behilflich sein. Darf ich ihn mir einmal ausleihen?«

Aus irgendeinem Grund wollte er spontan ablehnen, doch das wäre unsinnig gewesen. »Natürlich. Hast du eine Idee?«

Trina hob den Ring auf und drehte ihn in ihrer Hand. »Ich weiß es nicht, aber mir ist, als hätte ich so etwas schon einmal gesehen.«

Das Telefon auf Ells Tisch summte leise. Leicht ungehalten über die Unterbrechung nahm er den Hörer ab. »Ja?«

»Herr Ell, Sie haben Besuch«, erklang die Stimme von Frau Dahlmeier aus dem Sekretariat.

»Bitte sagen Sie nicht, dass es wieder dieser Kommissar Brehm ist.«

»Nein, es handelt sich um jemand anderen. Der Herr wartet schon eine ganze Weile. Ich habe bereits mehrfach versucht, Sie zu erreichen, aber Sie waren ja die ganze Zeit in einem Telefonat.«

»In was für einem Telefonat? Sie müssen sich irren. Ich habe heute noch kein einziges Telefonat geführt.«

»Das ist ja merkwürdig. Ihre Leitung war bis eben besetzt.«

»Und wer wartet nun schon so lange auf mich?«

»Der Herr spricht ausschließlich Englisch und sagt, sein Name sei Gray. Er behauptet, Sie würden sich kennen.«

»Gray?«, fragte Ell erstaunt. »Sind Sie sich sicher?«

Bei der Erwähnung dieses Namens drehten Chang Feng und Trina gleichzeitig ihre Köpfe.

»Ja«, bestätigte Frau Dahlmeier. »Soll ich ihm sagen, dass Sie beschäftigt sind?«

»Warten Sie eine Sekunde, bitte.« Ell hielt die Sprechmuschel mit der Hand zu und wandte sich an Trina. »Hast du eine Ahnung, was der will? Könnte er dir gefolgt sein?«

Trina schüttelte den Kopf. »Unwahrscheinlich. Ich bin sehr vorsichtig gewesen.«

»Vielleicht gibt es ja Neuigkeiten bei der Suche nach McAllen«, schlug Chang Feng vor.

»Ich weiß nicht«, erwiderte Ell zweifelnd. »Und dafür fliegt er persönlich über den Atlantik?«

»Hör dir an, was er will. Nein sagen kannst du immer noch.«

Ell nickte und gab das Mikrofon wieder frei. »Frau Dahlmeier? Bringen Sie ihn bitte zu mir.« Nachdenklich legte er den Hörer auf. »Ihr wartet am besten nebenan. Chang Feng, bitte ruf mich auf meiner Mobilnummer an. Ich lege mein Handy unter eine Akte auf den Schreibtisch, dann könnt ihr mithören.«

Kurze Zeit später geleitete Frau Dahlmeier den FBI-Beamten in Ells Büro. »Darf ich Ihnen etwas zu trinken bringen, Mr. Gray?«

»Gern einen normalen Kaffee, danke«, erwiderte Gray.

»Für mich ebenfalls«, bat Ell. Nachdem Frau Dahlmeier den Raum verlassen hatte, streckte Ell seine Hand aus. »Agent Gray, das nenne ich eine Überraschung.«

Gray ergriff die Hand und schüttelte Sie. »Ich habe doch gesagt, wir würden uns wiedersehen, Professor. Aus dem Agent ist inzwischen übrigens ein Deputy Assistant Director geworden.«

»Herzlichen Glückwunsch. Sie sind also die Treppe

hinaufgefallen.«

»Kann man so sagen. Eine eher unerwartete Entwicklung, aber kein Grund, sich zu beschweren.«

»Gibt es Neuigkeiten über Aidan McAllen?«

Gray schüttelte den Kopf. »Der Mann ist wie vom Erdboden verschwunden. Wir ermitteln mit Hochdruck, aber bislang ohne Erfolg. Gleiches gilt für Agent Carter. Ich korrigiere: Ex-Agent Carter. Unsere Abteilung für Wirtschaftskriminalität versucht unterdessen, sich durch McAllens Firmengeflecht zu arbeiten, doch auch das ist eine Herausforderung. Anscheinend hat er immer mit der Möglichkeit einer Strafverfolgung gerechnet. Die meisten seiner Unternehmungen sind so strukturiert, dass sie sich unserem Zugriff entziehen.«

»Wie schade«, antwortete Ell enttäuscht. »Der Mann ist eine Gefahr, solange er nicht hinter Gittern sitzt.«

»Ganz Ihrer Meinung. Doch deswegen bin ich nicht hier.«

Es klopfte an der Tür und Frau Dahlmeier brachte den Kaffee. Erst nachdem sie sich wieder zurückgezogen hatte, fuhr Gray fort. »Ich würde Ihnen gern ein Angebot unterbreiten. Ein Angebot, das Ihre Firma retten könnte.«

Ell war sofort auf der Hut. »Wieso glauben Sie, meine Firma müsse gerettet werden?«

»Sie brauchen mir nichts vorzuspielen. Ich kenne die Fakten. Ich weiß von den Bankdarlehen, den Steuerschulden, den hohen Außenständen. Sie stehen mit dem Rücken zur Wand, und wenn in den nächsten Tagen nicht ein Wunder geschieht, sind Sie pleite.«

»Falls dem tatsächlich so wäre, wie sollte mir ausgerechnet das FBI helfen können?«

»Nicht das FBI. Aber vielleicht erinnern Sie sich an die Firma, mithilfe derer wir Bloch in die Falle gelockt haben? Digital Ventures Inc.? Das Verteidigungsministerium ist ständig auf der Suche nach interessanten Beteiligungen und unter bestimmten Voraussetzungen könnte ich dafür sorgen, dass Digital Ventures sich bei Ihnen einkauft. Natürlich nur als Minderheitsgesellschafter, das heißt, Sie blieben am Ruder. Ihre finanziellen Probleme wären damit auf einen Schlag gelöst.«

»Ich vermute, der Haken liegt in den bestimmten Voraussetzungen?«

»Ihr Vater hat angeblich diese Chips konstruiert. Egal ob das stimmt oder nicht, Sie wissen mehr darüber als jeder andere. Im Austausch für dieses Wissen wäre ich bereit, eine Investition in Ihre Firma zu empfehlen.«

»Ich sagte damals bereits, dass alle Aufzeichnung zur Konstruktion unauffindbar sind.«

»Das sagten Sie. Vielleicht glaube ich Ihnen das sogar, vielleicht auch nicht. Jedenfalls bin ich fest davon überzeugt, dass Sie genug wissen, um nützlich zu sein. Allerdings brauche ich die Wahrheit. Die ganze Wahrheit. Denn irgendwie hängt alles zusammen. Die Chips, Bloch, McAllen, Carter - und das Department of Homeland Security.«

»Carter war doch beim DHS, oder? Soweit ich weiß, hatte Aidan sie schon vor Jahren rekrutiert.«

»Und sie ist möglicherweise nicht die Einzige. Die Ermittlungen des FBI werden durch das DHS torpediert und ich muss herausfinden, warum und wer dahintersteckt.«

»Sie glauben ernsthaft, ich wüsste das?«

»Ich glaube, Sie wissen genug, um mich einen entscheidenden Schritt voranzubringen. Ich biete Ihnen eine elegante Lösung für Ihre derzeitigen Probleme. Aber dafür müssen Sie mir bei meinen helfen.«

Ell dachte nach. Gray hatte sich in der Vergangenheit als vertrauenswürdig erwiesen und CyberSim stand tatsächlich unmittelbar am Abgrund. Er schuldete es, wenn nicht seinem Vater, dann den Mitarbeitern, sein Möglichstes zu tun, um die Firma zu retten. Trina hatte ihm ebenfalls finanzielle Hilfe angeboten, doch auf seine Nachfrage musste sie zugeben, dass die Mittelherkunft nicht ganz legal war. Und Steuerschulden mit Schwarzgeld zu bezahlen, zählte vermutlich nicht zu den besten Ideen.

Aber Grays Offerte bot vielleicht noch eine andere Chance. »Entschuldigen Sie mich eine Sekunde, ich bin gleich wieder bei Ihnen«, verabschiedete er sich von seinem sichtlich verdutzten Gast und verließ das Zimmer. Im Nebenraum sahen Chang Feng und Trina auf, als er eintrat. »Was meint ihr? Sollen wir ihn einweihen?«

»Es wäre natürlich großartig, wenn deine Firma dadurch gerettet würde«, antwortete Trina. »Aber meinst du, wir könnten ihn im Zuge dieses Arrangements auch dazu bringen, uns Zugang zu den Ressourcen der DARPA für mein kleines Projekt zu verschaffen? Das würde die Sache erheblich beschleunigen und vereinfachen.«

»Genau das war mein Gedanke«, stimmte Ell zu. »In dem Fall müssten wir unsere Karten allerdings auf den Tisch legen. Bist du dazu bereit?«

Offenbar hatte Trina darüber bereits nachgedacht. »Wenn er ein solches Angebot macht, steckt er tief in der Klemme. Die Zeit drängt und wir können seine Lage zu unserem Vorteil nutzen. Angesichts der Alternativen habe ich kein Problem damit, einen eng begrenzten Teil meines Wissens mit der DARPA zu teilen. Es ist das kleinere Übel und nimmt nur vorweg, was ohnehin kommen wird. Ob er dir allerdings glaubt, wenn du ihm die Wahrheit erzählst, ist eine gänzlich andere Frage.«

»Das werden wir gleich erleben. Sonst keinerlei Einwände?«

Chang Feng schüttelte den Kopf. »Gray ist gar nicht so übel - für einen Cop.«

Ell kehrte in sein Büro zurück und setzte sich wieder. »Entschuldigen Sie bitte. Eine dringende Angelegenheit, die ich klären musste. Um Ihren Vorschlag ernsthaft in Erwägung ziehen zu können, brauche ich von Ihnen mehr als nur einen Scheck.«

»Woran denken Sie?«, fragte Gray vorsichtig.

»Ich verfüge nicht über die Pläne, um weitere Chips von der Qualität herzustellen, die Sie kennen. Allerdings könnte es sein - rein hypothetisch -, dass ich wüsste, wie man ein weniger hochentwickeltes, aber immer noch bahnbrechendes neuronales Interface konstruiert. Eine Vorläuferversion, gewissermaßen.«

»Ich höre Ihnen zu.«

»Ich benötige ein solches Gerät. Und zwar schnellstmöglich. Doch abgesehen vom Geld fehlen mir die Materialien und Maschinen, um kurzfristig ein funktionsfähiges Exemplar herzustellen.«

»Sie wollen, dass ich Ihnen den Zugang dazu verschaffe?«

»Genau. Das erste Exemplar benötige ich selbst. Über Ihre Beteiligung an CyberSim wäre die Technologie künftig jedoch auch Ihnen zugänglich.«

»Das klingt, als könnten wir uns einig werden. Aber ich will wissen, wozu Sie den Prototypen brauchen. Ich will alles wissen. Vollkommene Ehrlichkeit. Das ist meine Bedingung.«

Ell seufzte. »Sie wissen gar nicht, was Sie da von mir verlangen. Und wenn die Wahrheit zu unglaublich ist, um sie zu glauben?«

»Stellen Sie mich auf die Probe.«

»Na schön. Sitzen Sie bequem?«

Unverblümt gab Ell die gesamte Geschichte zum Besten, angefangen beim Tod seines Vaters bis zur Vernichtung der beiden Steine in Dubai und der Existenz eines dritten Steins. Davids letzten Hinweis und vor allem das, was Qi Bo aus dem mentalen Käfig in seinem Kopf entlassen hatte, ließ er allerdings außen vor. Die Worte wären ihm ohnehin nicht über die Lippen gekommen, selbst wenn er es gewollt hätte. Außerdem verschwieg er, dass Trina den Standort des dritten Steins bereits kannte. Er fürchtete, Gray damit nur in Versuchung zu führen, etwas Unüberlegtes zu tun. Glaubte er dagegen, der Stein müsse noch gefunden werden, würde ihn das umso mehr motivieren, ihnen zu helfen. So viel zum Thema vollkommene Ehrlichkeit, aber es stand einfach zu viel auf dem Spiel.

Gray schien unsicher, wie er auf das gerade Gehörte reagieren sollte, denn zunächst sagte er nichts. Schließlich räusperte er sich. »Ihre Warnung war berechtigt. Wir reden hier also über künstliche Intelligenz und … unsere Welt als Simulation?«

Ell zuckte mit den Schultern. »Sie wollten es wissen.«

»Es fällt schwer, das zu glauben. Haben Sie Beweise?«

»Der beste Beweis waren die beiden Steine, doch der dürfte jetzt nicht mehr viel wert sein.«

»Vielleicht mehr, als Sie ahnen«, gestand Gray. »Dr. Jennings hat die Überreste untersucht und meinte, sie seien entweder nicht aus dieser Zeit oder nicht von dieser Welt. Was irgendwie ganz gut zu Ihrer Geschichte passt. Wenn es mir nur nicht so absurd vorkommen würde. Und jetzt gibt es noch einen dritten von der Sorte?«

»Ich weiß, wie sich das anhört.«

»Natürlich darf dieser unter keinen Umständen McAllen in die Hände fallen, da stimme ich Ihnen vollkommen zu. Und wenn es gelänge, den Mann mithilfe dieses neuronalen Interface endlich dingfest zu machen und seine Verbindungen zum DHS aufzudecken, wäre das von unschätzbarem Wert.«

»Heißt das, wir haben einen Deal?«

Gray nickte langsam. »Sofern Sie mir eine befriedigende Antwort auf meine letzte Frage geben können: Sie sagen, bei den Steinen handele es sich in Wahrheit um künstliche Intelligenzen, die über ein neuronales Interface mit der Außenwelt kommunizieren. Wenn diese Technologien noch gar nicht existieren, die ersten beiden Steine zerstört wurden und der dritte verschollen ist, woher wissen Sie dann, wie man ein neuronales Interface baut?«

»Nicht alles ging mit der Zerstörung der Steine verloren«, antwortete Ell. »Aber es gibt jemanden, der Ihnen das besser erklären kann.«

»Und wer soll das sein?«

Die Tür zu Ells Büro öffnete sich.

»Ich glaube, die beiden Damen kennen Sie bereits.«

29

Der Jet des Department of Justice befand sich nahe Island, als Gray zum Hörer der sicheren Leitung griff. Das Wiedersehen mit Trina Shaw, oder wer auch immer sie jetzt behauptete zu sein, hatte ihn mehr schockiert, als er zugeben mochte, und er war restlos überfragt, wie er seinem Chef die ganze Geschichte beibringen sollte. Sich so etwas anzuhören war schon schwierig genug, aber es selbst zu erzählen …

»Gray hier, Sir. Ich wollte Bericht erstatten.«

»Legen Sie los«, erwiderte der Direktor des FBI dreitausend Meilen entfernt.

»Ell ist auf unser Angebot eingegangen. Für fünfundzwanzig Millionen Euro erhält Digital Ventures eine fünfundzwanzigprozentige Beteiligung an CyberSim.«

»Und was bekommen wir dafür? Das ist ja nicht gerade Kleingeld.«

»Laut Ell existiert ein dritter Chip, dessen Verbleib unklar ist. Allerdings glaubt er, ihn mithilfe einer

Vorläuferversion des neuronalen Interface, zu der ihm die Baupläne vorliegen, finden zu können. Der Chip würde unsere Chancen, McAllen zu fassen und in Erfahrung zu bringen, was er über das DHS weiß, deutlich erhöhen. Unabhängig davon erhalten wir durch unsere Beteiligung direkten Zugriff auf die Interface-Technologie.«

»Das klingt interessant. Und woher stammen diese Baupläne auf einmal? Konnten Sie ein wenig Licht ins Dunkel bringen?«

»Das ist kompliziert und ich würde es Ihnen lieber persönlich erklären. Allerdings benötigt Ell für den Prototypen eine gewisse Starthilfe, die über das Geld hinausgeht.«

»Was für eine Starthilfe?«

»Ich habe eine Liste mit Ausrüstung und Materialien, die benötigt werden und bei der DARPA vorhanden sein sollten. Außerdem würde ich zur Unterstützung gern Dr. Barlow hinzuziehen.«

»Schicken Sie mir die Liste. Ich sorge dafür, dass Sie bekommen, was Sie brauchen.«

»Danke, Sir. Ich melde mich wieder.«

Zumindest hatte er ein wenig Zeit gewonnen, um sich die passenden Worte für seinen Chef zurechtzulegen.

Als Nächstes kontaktierte er sein Büro in New York.

»Marty, Sie hatten angerufen?«

»Ja, Boss. Zwei Dinge. Zum einen lief vor Kurzem ein Backgroundcheck zu zwei Personen durchs System, die im Zusammenhang mit Ihrem letzten Fall stehen.«

»Um wen handelt es sich?«

»Garry McGrath und Timothy Cole.«

»Das ist seltsam. Wer hat den Backgroundcheck veranlasst?«

»Kann ich nicht mehr sagen. Keine zehn Minuten, nachdem die Anfrage im System auftauchte, war sie wieder verschwunden.«

»Was heißt verschwunden?«

»Gelöscht. Von wem auch immer.«

»Sehen Sie zu, ob Sie mehr herausfinden können. Und die zweite Sache?«

»Eine Ms. Navarro versucht schon seit einer Weile, Sie zu erreichen. Sie sagte, es sei dringend.«

»Hat sie eine Nummer hinterlassen?«

»Ja.«

Gray notierte die Nummer, die Marty ihm diktierte.

»Darf ich fragen, Sir, ob es sich um dieselbe Ms. Navarro handelt, von der die Unterlagen stammen, die ich überprüfen sollte?«

Gray zögert zunächst. »Ja, das ist sie. Warum?«

»Nun, dieses Recherchematerial ist ziemlich interessant, auch wenn ein Großteil aus recht wilden Spekulationen besteht. Ich habe aber ein paar Dinge herausgefunden, die durchaus beunruhigend sind.«

»Was genau?«

»Es taucht eine Reihe von Kontonummern auf, die in Verbindung mit fragwürdigen Aktionen stehen. Ms. Navarro und ihr Kollege Robert Wilson konnten in keinem Fall aufklären, wer hinter diesen Konten steckt.«

»Aber Ihnen ist es gelungen?«

»Es handelt sich um Konten, die von diversen Individuen und Organisationen aus dem Bereich der organisierten Kriminalität für Geldwäsche und andere illegale Transaktionen genutzt wurden.«

»Das ist interessant.«

»Aber nicht der eigentliche Punkt.«

»Sondern?«

»Alle Konten wurden zuvor beschlagnahmt. Vom DHS.«

Gray schloss kurz die Augen. »Danke, Marty. Sonst noch etwas?«

»Stimmt, bevor ich es vergesse: Ihre Frau hat ebenfalls mehrfach angerufen. Sie meinte, Sie habe schon diverse Rückrufbitten auf Ihrer Voice Box hinterlassen.«

Gray seufzte. »Ich kümmere mich darum. Wir sehen uns spätestens morgen im Büro.«

»Alles klar, Boss. Bis dann.«

»Ach, und Marty. Stoppen Sie die Fahndung nach Trina Shaw.«

»Was? Warum das denn?«

»Tun Sie es einfach.«

»Wenn Sie es sagen. Bis morgen.«

Gray fluchte. Was dachte die Reporterin sich dabei, in seinem Büro anzurufen? Er hatte ihr ausdrücklich gesagt, er würde sich melden. Was er, zugegebenermaßen, noch nicht getan hatte. Dennoch war ihr Verhalten fahrlässig. Oder es musste wirklich sehr dringend sein. Er wählte die Nummer.

»Hallo Ms. Navarro, Gray hier.« Bevor er weitersprechen konnte, überrollte ihn ein Wortschwall.

»Director Gray! Ich weiß, Sie haben meine Anfrage nach einem Interview schon mehrmals abgelehnt, aber ich bestehe weiterhin darauf. Das FBI ist verpflichtet, sich den

Fragen der Öffentlichkeit zu stellen, und wenn Sie mir keine Antworten geben, werden meine Artikel ganz sicher nicht zu Ihrem Vorteil ausfallen. Ich rate Ihnen daher dringend, über Ihren Schatten zu springen und mir endlich einen Termin einzuräumen!«

Grays anfängliche Überraschung verflog schnell. Dieser Ausbruch konnte nur bedeuten, dass die Reporterin glaubte, abgehört zu werden. Ohne zu zögern übernahm er die ihm offenbar zugedachte Rolle.

»Ms. Navarro, ich schätze Ihre Zeitung und das Recht der Öffentlichkeit auf Informationen sehr, aber ich bin überaus beschäftigt und glaube nicht, dass ausgerechnet ich Ihnen besonders …«

»Keine Ausreden mehr, Director. Wann schenken Sie der amerikanischen Öffentlichkeit endlich dreißig Minuten Ihrer kostbaren Zeit?«

»Schon gut«, gab Gray nach. »Bringen wir es hinter uns. Kommen Sie um neunzehn Uhr zu mir ins Büro, Lafayette Street.«

»Vielen Dank, Director Gray, bis heute Abend.«

Gray ließ das Telefon sinken. Was war da bloß los? Doch falls seine Vermutung stimmte, ergab das Verhalten der Reporterin durchaus Sinn. Wenn sie tatsächlich überwacht wurde, bot ein unverhülltes Treffen aus einem legitimen Grund im Schutz des FBI-Gebäudes möglicherweise die einzig verbliebene Gelegenheit für ein vertrauliches Gespräch. Die Dinge kamen definitiv ins Rollen. Ob in die richtige Richtung, musste sich allerdings noch zeigen.

30

Trina saß vor dem Computer in Ells Büro. Die Video-Verbindung zu Dr. Barlow wurde aufgebaut und auf dem Bildschirm erschien das spitzbärtige, von einem schlecht sitzenden Toupet gekrönte Haupt des Wissenschaftlers.

»Guten Abend, Dr. Barlow. Vielen Dank, dass Sie so schnell Zeit für mich gefunden haben.«

»Hallo, junge Dame. Normalerweise habe ich schon Feierabend und es war ein anstrengender Tag, aber als mir die Liste für Ihr kleines Projekt übermittelt wurde, hat mich das so neugierig gemacht, dass ich an nichts anderes mehr denken konnte. Ich habe mir Ihre Ideen angeschaut und finde sie faszinierend. Leider muss ich Ihnen sagen, dass Ihr Apparat nicht funktionieren wird.«

»Warten Sie bitte einen Moment. Bislang haben Sie nicht die gesamten Informationen. Ich sende Ihnen gerade eine E-Mail mit dem Rest.«

»Das dürfte nichts daran ändern. Was Sie vorhaben, ist

schon aus prinzipiellen Gründen unmöglich.« Barlow gähnte herzhaft. »Ihre E-Mail ist angekommen. Lassen Sie mal sehen.«

Der Fokus von Barlows Blick verließ die Kamera, um den Inhalt von Trinas Nachricht zu studieren. Seine Stirn legte sich in Falten, während seine Augen immer schneller von links nach rechts huschten. »Moment ... Aber das würde ja bedeuten ...« Barlow verstummte, bevor er erneut ansetzte. »Wenn ich das hier richtig verstehe, dann reden wir von ... Quantensensorik?«

»Ein hochkomplexes, neues Gebiet, in dem nur die klügsten Köpfe bestehen können. Deshalb wende ich mich ja auch an Sie, Dr. Barlow.«

Unwillkürlich breitete sich ein strahlendes Lächeln auf dem Gesicht des Wissenschaftlers aus. »Nun ja, ich fühle mich geehrt.« Jegliche Müdigkeit schien plötzlich vergessen, während Barlows Kopf aufgeregt von einer Ecke des Bildschirmausschnitts zur anderen sprang. »In Abhängigkeit von dem, was mir hier an Ausrüstung und Material zur Verfügung steht, werde ich einige geringfügige Anpassungen vornehmen müssen, aber ich könnte eigentlich gleich anfangen.«

»Hervorragend, Dr. Barlow. Ich freue mich schon wahnsinnig darauf, einem Meister bei der Arbeit zuschauen zu dürfen.«

»Natürlich! Ich teile mein Wissen immer gern, obwohl die meisten Menschen damit heillos überfordert sind. An wem soll das Gerät erprobt werden?«

»An mir. Für die Anpassung werden Sie leider eine Reise nach Übersee in Kauf nehmen müssen, aber dafür ist Ihnen ein Platz in den Annalen der Wissenschaft gewiss.«

Der kleine Mann fiel vor Begeisterung fast vom Stuhl. »Ausgezeichnet! Legen wir los!«

…

Leise zog Ell sich zurück und ließ Trina mit Barlow allein. Sie hatte genau die richtigen Knöpfe gedrückt, um den Wissenschaftler zu Höchstleistungen zu motivieren. Nebenan wartete Chang Feng auf ihn.

»Du musst wirklich los?«

Chang Feng zögerte mit ihrer Antwort. »Eigentlich würde ich viel lieber bei dir bleiben, aber die Uhr läuft. Schon meine kurze Abwesenheit dürfte zu einigen Irritationen geführt haben und hier scheint ja zumindest für den Moment alles ruhig zu sein.«

Ell umarmte sie lange. »Ich wünschte, ich könnte dich begleiten.«

»Ich weiß, aber dein Platz ist hier. Ich habe zwar immer noch nicht verstanden, wie man, außer ohnmächtig zu werden, ein Bewusstsein verlieren kann, aber ihr müsst es finden. Wenn Trina sagt, dass unsere Zukunft davon abhängt, glaube ich ihr. Sie liegt einfach zu häufig richtig.«

»Ich versuche mein Bestes.«

Chang Feng grinste. »Ich denke, das wird reichen. Zumindest hatte ich bislang keinen Grund zur Beschwerde.« Sie stellte sich auf die Zehenspitzen und küsste ihn leidenschaftlich. Anschließend drehte sie sich ohne ein weiteres Wort um und verließ eilig den Raum. Bewegungslos verharrte Ell für eine Weile, den Geschmack ihres Kusses noch auf den Lippen. Sie war keine Minute fort und er fühlte sich bereits allein.

Allerdings war er nicht allein, und das machte ihm Angst. Was auch immer gerade mit ihm geschah, Chang Fengs Anwesenheit hatte es irgendwie zurückgedrängt und in Schach gehalten. Noch mehr ängstigte ihn jedoch der Gedanke, dass sie sich aus Loyalität zu ihrer verstorbenen Mutter freiwillig in Lebensgefahr begab. Aber er kannte sie gut genug, um zu wissen, dass nichts sie davon abgehalten hätte. Er betete, dass sie heil zu ihm zurückkehren möge - wenn es die Person, von der sie sich heute verabschiedet hatte, dann noch gab.

...

Chang Feng saß an Bord der betagten Falcon 900 und betrachtete durch das Fenster die verschneiten Berggipfel des Tian-Shan-Gebirges, das unter ihr vorüberglitt. Nie zuvor war ihr eine Abreise so schwergefallen. Das lag nicht nur an dem, was sie erwartete, sondern vor allem an dem, was sie zurückließ. Endlich hatte Ell seinen Schutzpanzer ein wenig geöffnet und sie näher an sich herangelassen - und doch fühlte er sich weiter entfernt an als je zuvor. Es war etwas mit ihm geschehen, das spürte sie. Etwas, das er ihr vorenthielt. Was sein gutes Recht war. Jeder hatte seine Geheimnisse, verborgen selbst vor denen, die einem am nächsten standen - oder vielleicht gerade vor denen, die einem am nächsten standen. Niemand konnte das besser nachvollziehen als sie selbst. Und dennoch … Bestimmt ein Dutzend Mal hatte sie nach dem Bordtelefon gegriffen, eine Nummer gewählt und den Hörer wieder zurückgelegt. Ihr Instinkt sagte ihr, dass es sein musste. Aber warum kam es ihr dann vor wie Verrat? Es riss sie innerlich fast in Stücke. Schließlich zwang sie sich dazu, die Nummer erneut zu wählen.

»Siyu? Sie müssen jemanden für mich ausfindig machen. Er hielt sich zuletzt auf einem Boot in Alaska auf. Sein Name ist Qi Bo.«

31

Am liebsten wäre Anshana liegengeblieben, so schlecht ging es ihr. Doch solange sie zurückdenken konnte, war liegenbleiben nie eine Alternative gewesen. Wer liegenblieb, verhungerte. Wer liegenblieb, wurde ein Opfer. Wer liegenblieb, starb. Der erfolglose Besuch bei dem Quacksalber hatte sie die Hälfte ihres in der letzten Woche verdienten Geldes gekostet. Der Rest würde, wenn sie sparsam aß, für die nächsten zehn Tage reichen. Vielleicht ein paar Tage länger. Spätestens dann musste sie wieder gesund genug sein, um neues Geld zu verdienen.

Nach Auskunft von Amit war Dinesh auf einer Geschäftsreise, was immer das heißen mochte, und kurz dachte sie daran, ihre Großmutter um Hilfe zu bitten. Doch schnell verwarf sie den Gedanken wieder. Diesen Schritt würde sie erst über sich bringen, wenn ihr keine andere Wahl mehr blieb. Dennoch graute ihr davor, allein ins Krankenhaus zu gehen. Wenn sie wenigstens eine

Freundin an ihrer Seite gehabt hätte, aber alle, die infrage kamen, waren um diese Zeit in der Schule, und seit sie selbst tagsüber arbeiten musste, waren gemeinsame Treffen ohnehin immer seltener geworden. Die Mädchen erlebten ganz andere Dinge und manchmal hatte sie kaum noch gewusst, worüber sie sich mit ihnen unterhalten sollte. Ob sie wollte oder nicht, sie musste allein klarkommen. In Dharavi gab es eine ganze Reihe kleiner Krankenhäuser, wobei viele davon den Namen nicht verdienten. Das nächste größere staatliche Krankenhaus lag direkt auf der anderen Seite der Gleise im Südosten. Sie war ein paar Mal mit ihrer Mutter dort gewesen und kannte das Prozedere. Wer nicht bereits halb tot war, brauchte es in der Notaufnahme gar nicht zu versuchen. Alle anderen ambulanten Patienten sammelten sich vor dem Schalter des OPD, des Out Patient Department. Nach manchmal stundenlangem Schlangestehen bekam man gegen zehn Rupien einen Fragebogen. Im Gegenzug für den ausgefüllten Fragebogen erhielt man die Nummer eines Behandlungszimmers, vor dem es erneut hieß, auf unbestimmte Zeit zu warten. Wenn man endlich drankam und der Arzt entschied, dass bestimmte Untersuchungen erforderlich waren, ging es zurück in die Schlange bei der Anmeldung. Dort mussten weitere zwanzig oder dreißig Rupien für den Untersuchungstermin bezahlt werden, der, wenn man Pech hatte, erst ein oder zwei Wochen später stattfand. Währenddessen wurde man beständig vom Personal und anderen Wartenden, die ebenso frustriert und erschöpft waren wie man selbst, herumgeschubst, angeschrien oder im besten Fall ignoriert. Schon in gesundem Zustand kein Vergnügen.

Aber es half alles nichts. Besser jetzt, als so lange zu warten, bis sie sich überhaupt nicht mehr bewegen konnte. Statt eine der drei Straßenbrücken über die Gleise zu nehmen, entschied sie sich für den direkten Weg. Sie kannte alle Stellen, an denen man sich durch ein Loch im Zaun quetschen konnte. Sorgfältig achtete sie darauf, dass kein Zug kam. Sie wusste, in ihrem derzeitigen Zustand fehlten ihr die Kraft und die Schnelligkeit, einen Fehler auszugleichen. Auf der anderen Seite der Gleise angekommen, durchquerte sie die angrenzenden Hinterhöfe.

Es lag nur noch ein staubiger Parkplatz zwischen ihr und dem Krankenhauskomplex, als sich ihr Bauch warnend zusammenzog. Und tatsächlich, keine zehn Meter vor ihr, im Schatten eines Baumes, erkannte sie eine verhüllte Gestalt. Sie wusste sofort, um wen es sich handelte. Panik ergriff von ihr Besitz. Mit rasendem Herzen drehte sie auf der Stelle um und hastete zurück in die Richtung, aus der sie gekommen war. Unter normalen Umständen wäre ihr der fensterlose schwarze Lieferwagen, den sie gerade schon einmal passiert hatte, wahrscheinlich aufgefallen. Zu neu, zu gepflegt und zu teuer für die Gegend. Erst als dessen Seitentür neben ihr aufflog, zwei Paar Hände sie packten und hineinzogen, erkannte sie ihren Fehler. Sie war ihrer Verfolgerin direkt in die Falle gegangen.

32

»Ich hoffe, es gibt einen guten Grund dafür, warum sie unsere Verbindung preisgegeben haben, Ms. Navarro«, begrüßte Gray die Reporterin in seinem Büro. Da Marty bereits gegangen war, hatte er seinen Gast auf dem Flur persönlich von einem Security Guard in Empfang genommen.

»Unsere Verbindung ist leider nie ein Geheimnis gewesen, Director Gray. Und es ist auch schön, Sie zu sehen.« Unzeremoniell ließ Navarro sich in einen Besuchersessel fallen.

Gray rieb sich die Stirn. »Entschuldigen Sie. Ich wollte nicht unhöflich sein. Ich stehe derzeit etwas unter Stress. Was meinen Sie damit, unsere Verbindung ist nie ein Geheimnis gewesen?«

Olivia Navarro ignorierte seine Frage zunächst. »Sie wollten sich melden. Haben Sie aber nicht.«

»Ich weiß und es tut mir leid. Wie gesagt, es ist

momentan alles ein bisschen viel. Also, wer weiß von unserer Zusammenarbeit?«

»Können wir hier offen reden?«

»Sie können beruhigt sein. Wir sind diejenigen, die andere abhören.«

»Schön gesagt, aber diese Regel scheint nicht mehr zu gelten.«

»Wovon reden Sie?«

»Sie werden beschattet, Director. Ihr Boss ebenfalls. Genau wie ich.« Sie rümpfte leicht die Nase. »Wahrscheinlich das Einzige, was wir alle gemeinsam haben.«

Gray sank auf seinen Stuhl. »Von wem? Und woher wollen Sie das wissen?«

»Ich habe eine Quelle im DHS. Und nein, ich verrate Ihnen nicht, wer das ist. Aber die Informationen sind, soweit ich es bislang beurteilen kann, authentisch.«

In groben Zügen schilderte Navarro, was sie von dem Whistleblower erfahren hatte.

Gray war wie vor den Kopf geschlagen. »Von einem Maulwurf wussten wir und mit einer gut verdrahteten Seilschaft haben wir gerechnet. Aber eine schwarze Abteilung, das übersteigt unsere schlimmsten Befürchtungen. Das geht nur, wenn es auf höchster Ebene geplant und abgesegnet wurde.«

Navarro nickte. »Ihr Problem sind definitiv nicht ein paar irrlichternde oder gekaufte Beamte. Derartige Strukturen sprechen für eine langfristige Agenda. Niemand betreibt einen solchen Aufwand, wenn er nicht ein ganz bestimmtes Ziel verfolgt. Etwas, das die Mühe und das Risiko wert ist.«

»Aber was könnte das sein? Und wer hat überhaupt die Macht, ein solches Unterfangen umzusetzen?«

»Das sollten Sie besser wissen als ich.«

»Haben Sie schon irgendwelche handfesten Beweise?«

»Darauf warte ich noch. Vorausgesetzt, meine Quelle schafft es, die Daten aus dem geschlossenen System des DHS herauszubekommen.«

»Wenn Sie die Daten haben, müssen Sie sie mit mir teilen.«

Dieses Ansinnen traf Navarro anscheinend nicht unvorbereitet. »Darüber können wir reden. Allerdings nur, wenn Sie mir die Exklusivrechte für die Story garantieren und mein Informant Zeugenschutz erhält. Er glaubt zwar, er könnte unentdeckt bleiben, aber ich bin da weniger optimistisch.«

»Natürlich. Ich habe morgen früh einen Termin bei meinem Chef in Washington. Dann kläre ich die Details. Wenn Sie möchten, kann ich Ihnen bis auf Weiteres Personenschutz zuweisen oder Sie in einem unserer Safe Houses unterbringen.«

»Auf keinen Fall. Bislang ist völlig unklar, wie viel die wirklich wissen. Mit einem solchen Schritt würden wir unsere Karten auf den Tisch legen. Wir sollten uns verhalten wie immer. Eine Reporterin, die stochert und bohrt, aber nichts gefunden hat, und ein FBI Deputy Assistant Director, der im Nebel tappt. Das ist derzeit unser bester Schutz.«

»Wie Sie meinen. Sagen Sie mir Bescheid, wenn Sie Ihre Meinung ändern. Wie wollen Sie mich benachrichtigen, falls es Neuigkeiten von Ihrem Informanten gibt?

Telefonanrufe und weitere Besuche sind vermutlich nicht die beste Idee.«

Navarro überlegte einen Moment und kritzelte dann eine Nummer auf einen Notizzettel. »Wenn Sie Werbung von Estevans Tacco Lieferservice in Ihrem privaten Briefkasten finden, rufen Sie mich von einem öffentlichen Telefon unter dieser Nummer an. Sie gehört zu einem sauberen Mobiltelefon, das ich von dem Whistleblower erhalten habe.«

»Sie haben meine private Adresse?«

Navarro zuckte mit den Schultern. »Ich bin Reporterin.«

»Und woher weiß ich, dass es keine normale Werbung ist?«

»Estevans Lieferservice ist vor Jahren pleite gegangen, aber ein alter Flyer hängt immer noch an meinem Kühlschrank.« Sie stand auf. »Vielen Dank, Director Gray, für dieses erhellende Interview.«

Gray erhob sich ebenfalls. »Sehr gern, Ms. Navarro. Das FBI ist jederzeit gern behilflich.«

...

AM NÄCHSTEN MORGEN betrat Gray das Vorzimmer des FBI-Direktors. Hinter dem Empfangstresen erkannte er ein neues Gesicht. »Deputy Assistant Director Gray?«, hieß ihn die junge Frau willkommen. »Sie werden bereits erwartet.«

Gray folgte ihr durch die doppelflügelige Tür in das

Büro seines Vorgesetzten. Während die Sekretärin sich zurückzog, wartete er vor dem mächtigen Schreibtisch darauf, dass der Direktor, der in seinem Sessel saß und ihm den Rücken zuwandte, von seiner Anwesenheit Notiz nahm. Endlich drehte sich der Sessel, doch zu Grays Überraschung saß darin nicht der Direktor, sondern ein untersetzter Mann Mitte fünfzig mit Stirnglatze und Doppelkinn.

»Entschuldigen Sie, ich bin mit dem Director verabredet«, sagte Gray verständnislos.

»Guten Morgen, Deputy Assistant Director Gray. Ich bin der Director.«

»Wie bitte?«, hörte Gray sich sagen.

»Mein Vorgänger wurde von seinen Aufgaben entbunden. Mein Name ist Clifford Stone und ich werde das FBI kommissarisch leiten, bis ein endgültiger Nachfolger gefunden und offiziell bestätigt wurde.« Stone lächelte breit. »Bitte setzen Sie sich. Mein vorrangiges Anliegen ist es, mir einen Überblick über die teils fragwürdigen Vorgänge in dieser Behörde zu verschaffen. Insbesondere zu Ihrer Abteilung konnte ich bislang kaum verwertbare Informationen finden. Ich bin neugierig zu erfahren, woran Sie gerade arbeiten.«

33

Garry hatte die Orientierung mittlerweile vollständig verloren. Mit einem Stoffsack über dem Kopf waren er und Timothy zunächst in ein Auto und nach kurzer Fahrt in ein Flugzeug verfrachtet worden. Die Flugzeit schätzte er auf weniger als eine Stunde, doch folgte darauf noch ein etwa zehnminütiger Hubschrauberflug, bis er sich in einer zwei mal drei Meter großen Einzelzelle wiederfand. Von Timothy hatte man ihn bei ihrer Ankunft getrennt, aber vermutlich saß er nicht weit entfernt in einem ähnlichen Raum. Sie steckten ziemlich tief in der Scheiße. Garry wusste, wie ein schlechtes Blatt aussah, und dieses Blatt war miserabel. Wenn sie nur vorsichtiger gewesen wären. Doch Selbstvorwürfe führten zu nichts. Sie mussten nach vorne schauen und alles tun, um hier mit heiler Haut wieder herauszukommen. Immerhin verfügte er noch über ein Ass im Ärmel, auch wenn er keine Ahnung hatte, was es ihm am Ende nützen würde.

Nach Stunden, die sich wie Tage anfühlten, schwang die Tür mit einem Knirschen auf. Erneut hörte er seine Besucherin, bevor er sie sah. Der Klang der hohen Absätze hallte hohl von den nackten Betonwänden wider. An der Tür verharrte sie und musterte das Innere des Raumes ausgiebig, als sähe sie eine Gefängniszelle zum ersten Mal. Schließlich blieb ihr Blick aus sorgfältig geschminkten Augen an Garry hängen.

»Ich hoffe, Ihnen gefällt Ihr neues Zuhause, Mr. McGrath.«

Kurz schien sie zu überlegen, sich auf den einzigen vorhandenen Stuhl zu setzen, zog es dann jedoch vor stehen zu bleiben. Ihr omnipräsenter Schatten bezog unterdessen Position neben der Tür.

»Das meine ich durchaus ernst«, fuhr sie fort. »Ich habe schon viel Zeit an Orten verbracht, die weitaus weniger einladend waren als dieser.«

Garry konnte darin keine Frage erkennen und schwieg.

»Normalerweise kümmere ich mich nicht persönlich um Dinge wie diese.« Bei diesen Worten wedelte die Frau kurz mit einer perfekt manikürten Hand durch die Luft, wie um klarzustellen, was sie mit Dingen wie diesen meinte. »Aber Ihr Fall ist anders. Daher möchte ich keine Zeit verschwenden, sondern direkt zum Punkt kommen. Auch wenn ich die Letzte bin, die ihren Mitarbeitern nicht ein wenig Spaß gönnt, würde ich das Vorspiel gern abkürzen. Sollten Sie nicht vorbehaltlos mit uns kooperieren, werden wir Ihnen sehr wehtun. Vor allem aber werden wir Ihrem Freund sehr wehtun. Und Sie dürfen sich aus erster Hand davon überzeugen, wie erstaunlich robust und gleichzeitig überraschend zerbrechlich der menschliche

Körper ist. Am Ergebnis wird es nichts ändern. Er wird leiden und er wird sterben und Sie werden schuld sein.« Die Frau machte eine kurze Pause. »Es ist so ermüdend, diese Texte aufsagen zu müssen. Können Sie das verstehen?« Sie schüttelte den Kopf und seufzte tief. »All diese testosterongeladenen, machohaften Drohungen und Einschüchterungen. So unerfreulich. Dabei würde ich Ihnen am liebsten nur eine Kugel in den Kopf jagen. Leider brauche ich das, was darin ist.«

»Wer sind Sie?«, fragte Garry fassungslos.

»Das hatten wir doch schon. Aber die Frage zum zweiten Mal zu ignorieren, wäre vermutlich unhöflich. Mein Name ist Moreau. Sind wir uns einig?«

»Ich erzähle Ihnen alles, was Sie wissen wollen, solange Sie Timothy in Ruhe lassen.«

Moreau nickte, als wäre ihr diese Antwort von vornherein klar gewesen. »Wir waren bereits in Ihrem kleinen Liebesnest. So eine Suite ist ein recht kostspieliges Vergnügen, Mr. McGrath. Woher kommt der plötzliche Geldsegen? Ihre Laptops haben wir uns auch angesehen, aber die waren nicht nur verschlüsselt, sondern haben sich beim ersten Versuch, die Verschlüsselung zu überwinden, selbst gelöscht. Das war ebenso garstig wie klug. Schließlich weiß man nie, wem sie in die Hände hätten fallen können. Doch da wir jetzt keine Geheimnisse mehr voreinander haben, werden Sie uns ja persönlich ins Bild setzen, nicht wahr? Meine erste und wichtigste Frage kennen Sie bereits: Wo ist Katrina Shaw?«

Garry hatte seine Entscheidung getroffen, und so zögert er keine Sekunde. »Deutschland. Sie reist mit einem falschen Pass. Vorher war sie in Ushuaia, Argentinien. Wir halten über eine Webseite mit ihr Kontakt. Dort ist eine Reihe von Software-Sicherheitslücken hinterlegt, durch deren Verkauf wir uns finanzieren.«

Ein zufriedenes Lächeln zog über Moreaus faltenfreies Gesicht. »Argentinien? Na, das ist doch schon einmal etwas. Ich will alle Details. Außerdem möchte ich, dass Sie meinem Mitarbeiter die Adresse und das Log-in-Passwort dieser Seite geben, damit wir einen Blick darauf werfen können. Ich denke, Sie könnten uns weiterhin von Nutzen sein, indem Sie Ihre Tätigkeit für Ms. Shaw unverändert fortführen. Sie soll sich schließlich keine Sorgen machen. Und solange Sie Ihre Rolle überzeugend spielen, bleibt Ihr Freund am Leben.«

Garry nickte ergeben, während Moreau sich anschickte, den Raum zu verlassen. »Ich habe leider noch einige lästige Verpflichtungen in Washington, denen ich nicht aus dem Weg gehen kann. Es gibt da ein paar ältere Herren, die unbedingt in ihrem Glauben bestärkt werden wollen, sie würden die Welt regieren. Ich lasse ihnen gern diese Illusion. Es macht mein Leben so viel einfacher. Aber ich verspreche, es wird nicht lange dauern, und anschließend erkunden wir gemeinsam Ms. Shaws verborgenes Reich. Wir sehen uns, Mr. McGrath.«

34

Völlig übermüdet betrat Gray am nächsten Morgen das FBI-Gebäude in New York. Bis in den späten Abend hatte er sich in Washington den bohrenden Fragen des neuen Interimsdirektors stellen müssen. Es war ein Drahtseilakt gewesen, nichts Wesentliches preiszugeben, ohne dabei zu wirken, als verheimlichte er etwas. Allerdings bezweifelte er, ein besonders überzeugendes Bild abgegeben zu haben. Knapp hatte er den letzten Nachtflug verpasst und notgedrungen die erste Frühmaschine genommen. Der Sicherheitsbeamte am Eingang blickte ihm länger nach als gewöhnlich und seine Sekretärin wirkte angespannt und vermied direkten Augenkontakt. Eine düstere Vorahnung ergriff von ihm Besitz.

»Marty, was ist hier los?«, fragte er seinen Assistenten, sobald er seinen Mantel ausgezogen hatte. »Ist jemand gestorben?«

»Das ist es, was wir uns alle fragen, Boss.«

»Wie bitte?«

»Heute früh wurden wir bereits von der internen Dienstaufsicht erwartet. Zwei Beamte haben uns mit Fragen gelöchert, sämtliche Terminkalender kopiert und die Fallakten durchgesehen.«

Obwohl er etwas Derartiges befürchtet hatte, musste Gray sich erst mal setzen. »Welche Fallakten?«

»Alle, bei denen Sie beteiligt sind. Außerdem wollten sie wissen, ob wir Kontakt zu Ms. Shaw oder Professor Ell haben.«

»Und was haben Sie gesagt?«

»Dass mir nichts dergleichen bekannt ist. Ich dachte, es sei besser, Ihre Anweisung, nicht mehr nach Ms. Shaw zu fahnden, unerwähnt zu lassen. Die beiden waren recht hartnäckig, aber ich habe mich dumm gestellt und so getan, als würde ich den ganzen Tag nur Bleistifte anspitzen und Kaffee kochen.«

Gray ging in Gedanken seine Optionen durch. Gegenüber Stone hatte er weder die Zusammenarbeit mit Olivia Navarro noch den Deal mit Ell oder den Aufenthaltsort von Shaw erwähnt. Was die Reporterin anging, mochten das DHS und möglicherweise auch Stone einen Verdacht haben, aber es gab keine Beweise. Einen Kontakt mit Ell konnte er nicht leugnen, doch offiziell war er nur für eine weitere Befragung des Professors in Deutschland gewesen. Über die vereinbarte Kooperation mit CyberSim existierten keinerlei Unterlagen beim FBI, sondern ausschließlich im Verteidigungsministerium. Um diese zu finden, musste man schon gezielt danach suchen, und er bezweifelte, dass der ehemalige Director so unvorsichtig gewesen war, entsprechende Hinweise zu hinterlassen. Von seiner

Begegnung mit Shaw wusste niemand außer ihm selbst. Allerdings machte er sich keine Illusionen, dass die Dienstaufsicht etwas finden würde, wenn sie lange genug suchte, und sei es nur eine falsche Spesenabrechnung. Jedenfalls genug, um seine Ermittlungen zu behindern. Er musste seine Taktik ändern, auch wenn das bedeutete, ein nicht unerhebliches Risiko einzugehen.

»Haben Sie bereits davon gehört, dass der Director abgelöst wurde, Marty?«

»Natürlich. Das ist das Thema Nummer eins. Alle rätseln, was es damit auf sich hat.«

»Was, wenn ich Ihnen sagen würde, dass es unmittelbar mit unseren Ermittlungen zu tun hat? Dass es darum geht, uns daran zu hindern, eine weitreichende Verschwörung im DHS aufzudecken?«

Marty wirkte weniger überrascht, als Gray erwartet hatte. »Sie meinen, erst der Director und jetzt Sie?«

Gray nickte. »Der Director hat es kommen sehen und mich gewarnt. Ich habe jedoch nicht vor, kampflos aufzugeben.«

»Ich verstehe«, erwiderte Marty. »Und jetzt wollen Sie wissen, wo ich stehe.«

Zumindest ist er nicht auf den Kopf gefallen, dachte Gray. »Sie sind jung und stehen am Anfang Ihrer Laufbahn beim FBI. Weiter mit mir zu arbeiten, könnte bedeuten, dass sich Ihre Karriere nie wieder davon erholt. Oder Schlimmeres. Das kann ich nicht von Ihnen verlangen. Ich werde es Ihnen in keiner Weise nachtragen, wenn Sie sich lieber heraushalten möchten und die Personalabteilung um eine Versetzung bitten.«

Marty dachte einen Moment nach. »Ich bin nicht

wegen des Geldes zum FBI gegangen - was ziemlich offensichtlich ist, wenn man sich meine Gehaltsabrechnung anschaut. Und ich bin auch nicht zum FBI gegangen, um das Falsche zu tun. Ich bin erst seit Kurzem in Ihrer Abteilung, aber doch lange genug, um zu wissen, dass die Verdächtigungen gegen Sie jeder Grundlage entbehren. Was hier geschieht, mit Ihnen und dem Director, ist Politik. Und vor einer solchen Politik einzuknicken, wäre das Falsche. Sie können auf mich zählen, Boss. Und wenn alles schief geht, werde ich eben doch Anwalt. Das wäre meiner Mutter sowieso lieber gewesen.«

»Danke Marty, ich weiß das sehr zu schätzen. Und vielleicht sind wir demnächst schon einen bedeutenden Schritt weiter. Ms. Navarro hat Kontakt zu einer Quelle im DHS, die bereit ist, belastendes Material zu liefern. Ich wollte den Director um Zeugenschutz für diese Quelle bitten, doch das können wir jetzt vergessen. Außer mir sind Sie der Einzige, der davon weiß. Allerdings gilt meine Sorge nicht nur der Quelle, sondern auch Ms. Navarro. Es liegt bei uns, dass ihr nichts geschieht.«

»Wenn Sie wollen, behalte ich sie im Auge.«

»Danke für das Angebot, doch ich habe da etwas anderes für Sie im Sinn. Wollten Sie nicht an diesem Austauschprogramm mit Interpol teilnehmen?«

»Ja«, antwortete Marty verwirrt. »Aber ist das nicht der falsche Zeitpunkt?«

»Im Gegenteil. Ich werde mit einem Freund hier in der New Yorker Vertretung sprechen, damit man Sie dem Büro in Brüssel zuteilt.«

»Und was soll ich da?«

»Gar nichts. Sie werden stattdessen nach Hamburg

fahren und meine Augen und Ohren bei CyberSim sein. Dank der Hilfe des Directors haben wir uns dort über eine Tarnfirma des Verteidigungsministeriums eingekauft. Ich werde Ihnen jetzt einige Dinge erzählen, die weit oberhalb Ihrer Gehaltsklasse liegen und streng geheim sind. Dann werden Sie verstehen, warum ich über alles informiert sein muss, was bei CyberSim vor sich geht. Das betrifft insbesondere Professor Ell ... Und Ms. Shaw.«

Marty blickte ruckartig auf. »Ms. Shaw befindet sich bei CyberSim?«

»Allerdings. Sie werden dort auch auf einen gewissen Dr. Barlow treffen, der gemeinsam mit Ms. Shaw an einem äußerst sensiblen Projekt arbeitet. Seien Sie aufmerksam, lassen Sie sich nicht abwimmeln - und stellen Sie nichts Dummes an.«

»Verlassen Sie sich auf mich! Ich werde Ms. Shaw nicht von der Seite weichen. Und diesem Dr. Barlow natürlich auch nicht.«

Angesichts von Martys Begeisterung hoffte Gray, dass er selbst nicht derjenige war, der gerade etwas Dummes angestellt hatte.

35

Anshana blinzelte und öffnete die Augen. Schrittweise kehrte ihre Erinnerung zurück. Der schwarze Lieferwagen auf dem staubigen Parkplatz. Hände, die nach ihr griffen. Danach war alles verschwommen. Ein Kaleidoskop aus Hitze, Kälte und wirren Träumen. Ihre Glieder schmerzten und sie fühlte sich schwach, aber das fiebrige Krankheitsgefühl war verschwunden. Ihr Blick wurde klarer und Stück für Stück nahm sie die Umgebung in sich auf. Sie lag in einem großen Bett mit weißer Bettwäsche. Von ihrem linken Arm führte ein Schlauch bis zu einem Infusionsbeutel, der kopfüber an einem Metallständer hing. Rechts von ihr befand sich ein Fenster, doch Anshana verstand nicht, was sie da sah. Eine rollende Landschaft aus grünen Hügeln, schroffe Klippen, gegen die ein zorniges, blauschwarzes Meer brandete und über allem stand ein windzerzauster grauer Himmel. Erst jetzt bemerkte sie den Mann, der mit übereinandergeschlagenen Beinen auf einem Stuhl am

Fußende ihres Bettes saß. Er trug einen schwarzen Anzug, ein schwarzes Hemd und elegante schwarze Lederschuhe. Er war nicht im herkömmlichen Sinne attraktiv, doch die grauen Augen unter unterschiedlich hohen Augenbrauen und die klassischen Proportionen seines Gesichts strahlten eine Intensität aus, der man sich nur schwer entziehen konnte. Instinktiv rutschte sie tiefer unter ihre Bettdecke.

»Du bist wach, wie ich sehe«, sagte der Mann mit einer angenehm tiefen Stimme. »Geht es dir besser?«

Anshana blieb stumm und fixierte ihn nur mit großen Augen.

»Du bist sehr krank gewesen, doch für den Moment ist es uns gelungen, das Fieber zu senken und dich zu stabilisieren.«

»Wo bin ich?«, brach sie schließlich ihr Schweigen. »Wer sind Sie?«

»Du bist an einem sicheren Ort und mein Name ist Aidan. Aidan McAllen.«

Der Mann pausierte und schaute sie an, als erwartete er irgendeine Reaktion von ihr.

»Müsste ich Sie kennen?«, fragte sie halbherzig.

»Wohl kaum«, erwiderte Aidan, auch wenn so etwas wie Enttäuschung in seiner Stimme mitschwang. »Obwohl ich derzeit bekannter bin, als mir lieb ist. Immerhin habe ich das zweifelhafte Vergnügen, der meistgesuchte Verbrecher der Welt zu sein. Platz eins auf der Fahndungsliste des FBI.«

Alarmiert zog Anshana die Bettdecke noch ein Stückchen höher. »Sie sind ein Verbrecher?«

»Das ist nur eine Sichtweise«, beeilte Aidan sich zu versichern. »Ich selbst sehe mich eher als Visionär und

Schlüsselelement der menschlichen Geschichte. Außerdem bin ich ein Finanzgenie und sehr, sehr reich.«

»Reicher als Jeff Bezos?«

Aidan zog eine Augenbraue in die Höhe. »Du weißt, wer Jeff Bezos ist?«

»Natürlich«, log Anshana.

»Nein«, antwortete Aidan widerstrebend. »Niemand ist reicher als Jeff Bezos.«

»Doch, mein Cousin Dinesh«, gab Anshana trotzig zurück. Um dann einschränkend hinzuzufügen: »Zumindest wird er das bald sein.«

»Nun, dann hoffe ich, deinen Cousin eines Tages kennenzulernen«, erwiderte Aidan diplomatisch.

»Ich habe seine Nummer«, wagte Anshana einen Vorstoß. »Sie können ihn anrufen, dann kann er kommen und mich abholen.«

»Es wird mir ein Vergnügen sein. Nachdem wir uns ein wenig unterhalten haben.«

»Und was wollen Sie von mir?«

Aidan musterte sie ausgiebig, wie ein kurioses, aber halbwegs interessantes Exponat auf einer ansonsten eher langweiligen Ausstellung. »Das frage ich mich ehrlich gesagt auch«, gestand er schließlich ein wenig ratlos. »Eigentlich bin ich auf der Suche nach etwas ganz anderem. Es sieht aus wie ein runder, großer Edelstein.« Gedankenverloren spielte er mit einem massiven, schwarzen Ring, der auf seinem rechten Ringfinger steckte. »Seltsamerweise hat mich das zu dir geführt. Du hast so einen Stein nicht zufällig gesehen?«

Anshana schüttelte den Kopf, obwohl es nicht ganz der Wahrheit entsprach. Erst wollte sie wissen, was hier vor sich ging. Die Tür öffnete sich und eine Krankenschwester betrat den Raum. Ihr folgte eine hochgewachsene, blonde Frau. Auch ohne Kopftuch erkannte Anshana das halbseitig entstellte Gesicht sofort wieder. Von Angst überwältigt fing sie an, laut zu schreien.

…

AIDAN schloss leise die Tür und trat zu Carter auf den Flur. »Die Krankenschwester hat ihr ein Sedativum gegeben. Sie schläft jetzt.«

»Das ist es also, was ich jetzt bin«, sagte Carter bitter. »Ein Monster, das Kinder zum Schreien bringt.«

»Sie kennt dich nicht, du hast sie verfolgt und entführt. Das würde reichen, um jedes Kind zum Schreien zu bringen.«

»Aber ich sehe dazu auch noch aus, als käme ich direkt aus einem Albtraum.«

»Geduld, Stella. Du weißt, was die Ärzte gesagt haben. Es braucht seine Zeit und erfordert zahlreiche Operationen, aber es wird besser werden.«

»Leicht gesagt. Dir sind ja auch nicht diese verdammten Steine praktisch im Gesicht explodiert.«

»Es war einfach riesiges Pech. Es ist ein Wunder, dass du das überhaupt überlebt hast.«

»Es war kein Pech. Es waren Ell und die kleine Chinesin. Ich mache das alles nur, damit sie dafür bezahlen.«

»Nur deshalb?«, fragte Aidan leichthin.

»Du weißt, wie ich das meine. Vor allem tue ich es für dich. Allerdings verstehe ich immer noch nicht, was du mit diesem Kind willst.«

»Ich habe es dir doch erklärt. Jedes Bewusstsein ist in seiner individuellen Form einzigartig. Doch das Bewusstsein der KIs ist auf eine ganz besondere Weise einzigartig. Es verfügt über gewisse Merkmale, die vermutlich dem unkonventionellen Prozess ihrer Bewusstwerdung geschuldet sind. Als ich den grünen und den blauen Stein in meinem Besitz hatte, konnte ich studieren, was sie besonders macht, woran man sie erkennt - und wie man sie findet.«

Carter deutete auf Aidans Hand. »Mit diesem seltsamen Ring? Das verstehe ich sogar noch weniger.«

»So geheimnisvoll es wirken mag, letztlich handelt es sich dabei ebenfalls nur um ein Stück Technik. Wenn auch ein Stück sehr fortschrittlicher Technik. Es ist nicht wichtig zu verstehen, wie es funktioniert. Entscheidend ist, dass es funktioniert.« Er machte eine Pause. »Zumindest hätte es funktionieren sollen. Die Ergebnisse der Suche waren gelinde gesagt ... verwirrend. Das Mädchen ist eindeutig ein Mensch, dennoch weist ihr Bewusstsein alle Merkmale einer KI auf. Und dann waren da noch weitere ...«

»Weitere was?«

»Ach, nichts«, wehrte Aidan ab. »Wahrscheinlich nur ein Echo. Das Mädchen ist der Schlüssel. Deshalb brauche ich sie.«

»Dann wirst du dich beeilen müssen. Momentan ist sie stabil, aber du kennst die Untersuchungsergebnisse. Es gibt nichts, was sie retten kann.«

Aidan nickte. »Die Antworten liegen direkt vor mir. Das spüre ich.«

»Vielleicht hilft das ja weiter.« Carter griff in eine Mappe, die sie unter dem Arm trug, und zog einen dicken Block hervor. »Das sind ein Haufen Zeichnungen, die das Kind gemacht hat. Ich konnte sie einmal dabei beobachten, wie sie den Block versteckt hat. Er scheint ihr eine Menge zu bedeuten.«

»Interessant«, murmelte Aidan und nahm den Block entgegen. Augenblicklich schien er Carter und seine Umgebung vergessen zu haben. Nachdenklich in den Zeichnungen blätternd verschwand er ohne ein weiteres Wort in seinem Arbeitszimmer.

36

»Ich brauche keinen Babysitter«, brauste Barlow empört auf.

Noch in Mantel und Hut stand er in einem großen Arbeitsraum im dritten Stock des CyberSim-Gebäudes, während Mitarbeiter einer Speditionsfirma unentwegt Kisten hineintrugen.

Beschwichtigend hob Marty die Hände. »Natürlich nicht, Dr. Barlow. Deswegen bin ich nicht hier. Director Gray möchte einfach nur auf dem Laufenden gehalten werden. Das ist alles. Dieses Projekt ist ihm sehr wichtig, aber leider verhindern andere Verpflichtungen, dass er persönlich anwesend sein kann.«

»Billige Ausreden.«

»Ich werde Ihnen garantiert nicht im Wege stehen und vielleicht kann ich sogar helfen.«

»Helfen? Sie? Wie kommen Sie denn darauf?«

»Betrachten Sie mich als Ihren persönlichen Laufburschen. Wie ich sehe, sind Sie allein angereist. Ich erledige alles, was Sie mir auftragen.«

Barlow war immer noch verstimmt, doch der Gedanke schien einen gewissen Reiz auf ihn auszuüben. »Wirklich alles?«

»Sagen Sie es, und ich kümmere mich darum.«

»Schön. Besorgen Sie mir einen Erdbeermilchshake und eine Großpackung Oreos.« Barlow deutete hinter sich. »Dann packen Sie den ganzen Krempel aus.«

Marty nickte, ohne mit der Wimper zu zucken. »Betrachten Sie es als erledigt.«

»Dr. Barlow?«, erklang eine Stimme von der Tür.

Sofort hellte sich die Miene des Wissenschaftlers auf. »Ms. Shaw! Wie schön, Sie endlich persönlich wiederzusehen.« Mit großen Sätzen eilte er Trina entgegen und gab ihr die Hand. »Ich bin gerade eingetroffen und mir wurde dieser Raum zur Verfügung gestellt, um mein Labor einzurichten.« Barlow sah sich mit seinen leicht abgehackten, vogelartigen Kopfbewegungen um. »Ich denke, es ist ... angemessen.«

»Das freut mich zu hören.« Trina blickte zu Marty. »Und wer ist das?«

»Ach, das ist Agent Frown. Ein Adlatus von Director Gray, der mir behilflich sein wird. In dem beschränkten Umfang, in dem ihm das möglich ist. Beachten Sie ihn am besten gar nicht.«

Marty war erstarrt, als Trina den Raum betreten hatte. Mit sichtlicher Anstrengung riss er sich zusammen. »Agent Marty Brown«, stellte er seinen Namen richtig und streckte unsicher die Hand aus.

Trina ergriff die angebotene Hand und schüttelte sie. »Freut mich sehr.«

In diesem Moment gesellte sich auch Ell dazu. »Ich sehe, Sie haben Agent Brown bereits kennengelernt, Dr. Barlow. Nochmals herzlich willkommen bei CyberSim. Falls Sie irgendetwas brauchen sollten, lassen Sie es mich bitte wissen. Ein Zugang zu unserem Firmennetzwerk und dem Großrechner wurde Ihnen bereits eingerichtet. Im Nebengebäude stehen für Sie und Agent Brown Firmenapartments als Unterkunft zur Verfügung. Wir möchten, dass Sie sich so wohl wie möglich bei uns fühlen.«

»Vielen Dank, Professor Ell. Am liebsten würde ich gleich mit der Arbeit beginnen. Was meinen Sie, Ms. Shaw?«

»Ganz Ihrer Meinung, Dr. Barlow. Legen wir los.«

»Dann will ich nicht weiter stören«, sagte Ell. »Sie finden mich in meinem Büro im achten Stock.« Damit zog er sich auf den Flur zurück.

Marty folgte ihm. »Professor Ell? Ich hätte da tatsächlich eine Frage.«

»Natürlich, worum geht's?«

»Wo bekommt man hier einen Erdbeermilchshake?«

...

TRINA SASS seit über achtundvierzig Stunden ohne Unterbrechung im Labor. Dennoch kam es ihr nicht in den Sinn, eine Pause einzulegen. Dafür standen sie zu kurz vor dem entscheidenden Durchbruch. Barlow war auf seinem Sessel einige Male eingenickt, bewies ansonsten aber ebenfalls ein erstaunliches Durchhaltevermögen. Auf dem Fußboden neben seinem Schreibtisch stand eine stattliche Anzahl leerer Milchshakegläser. Martys wichtigste Aufgabe bestand darin, für ständigen Nachschub zu sorgen, doch nun saß er auf dem Fußboden, den Kopf an die Wand gelehnt, und man hörte nur ein leises Schnarchen.

»Dr. Barlow? Ich bin mit dem Upload der überarbeiteten Firmware fertig. Die Selbstdiagnose zeigt keine Fehler mehr an. Meinen Sie, wir können eine erste Anpassung versuchen?«

Barlow kratzte sich am Kopf. »Halten Sie das für klug? Wollen wir uns nicht ein paar Stunden hinlegen und morgen mit frischen Kräften weitermachen? Und sollte Professor Ell nicht dabei sein?«

»Einen Versuch. Wenn es nicht klappt, vertagen wir uns auf morgen.«

Seufzend gab Barlow nach. »Na gut, dann legen Sie sich auf die Liege.«

Trina gehorchte und kletterte auf eine an der Wand stehende Behandlungsliege, während Barlow die beiden Geräte von der Werkbank nahm, an denen er seit dem ersten Videotelefonat mit Trina unentwegt gearbeitet hatte. Das eine war rund, mit einem Durchmesser von etwa zwei Zentimetern. Das andere hatte eine rechteckige Form und maß vier mal anderthalb Zentimeter. Das plastikartige Material glänzte silbern und verfügte über eine gewisse Flexibilität, die es ihm erlaubte, sich auch unebenen Oberflächen anzupassen.

»Fangen wir mit dem Nacken an. Legen Sie sich bitte auf die Seite.«

Trina folgte der Anweisung. Gleichzeitig nahm sie den Kopf und ihre Haare nach vorn, sodass Barlow die Stelle oberhalb der Halswirbel erreichen konnte, wo eine ebenfalls silbrige, fest mit der Haut verbunden Platte sichtbar wurde. Vorsichtig zupfte Barlow daran. »Die Halterung sitzt bombenfest. Und der Kleber lässt nicht nach?«

»Nicht, wenn Sie sich an die Rezeptur gehalten haben.«

Barlow schien eine Antwort für unter seiner Würde zu halten und setzte das rechteckige Gerät auf die Platte. Mit einem leisen Klicken rastete es ein. Dann wiederholte er die Prozedur mit dem runden Gerät an Trinas gleichermaßen präparierter linken Schläfe. »Bleiben Sie vorsichtshalber liegen, während ich die Hardware aktiviere. Wir wissen nicht, wie Sie reagieren werden.«

Barlow kehrte an seinen Schreibtisch zurück und zog die Computertastatur zu sich heran. »Die Host-Software läuft bereits auf dem Hauptrechner. Ich starte jetzt den Client. Wenn sich etwas komisch anfühlt, geben Sie mir ein Zeichen. Dann schalte ich sofort ab.« Mit angehaltenem Atem drückte er die Enter-Taste.

Ein Ruck ging durch Trinas Körper, während sich ihr Rücken durchbog und das Weiße in ihren Augen sichtbar wurde. »Gar nicht gut«, murmelte Barlow und nahm einige Justierungen vor. »Ms. Shaw? Hören Sie mich?« Doch Trina reagierte nicht. »Wenn Sie mir nicht sofort ein Zeichen geben, schalte ich ab«, drohte Barlow.

Gerade als er den Versuch mit zitternden Fingern beenden wollte, hörte er Trinas Stimme. »Lassen Sie es weiterlaufen, bitte. Es hat mich nur kurzzeitig umgehauen. Jetzt geht es schon besser.«

»Sie werden sich langsam daran gewöhnen müssen. Schließlich ist das Interface für Ihr Gehirn und Ihr Nervensystem eine völlig neue Erfahrung.«

Trina lächelte leicht. »Eigentlich nicht. Aktivieren Sie die Datenübertragung.«

Barlow wirkte besorgt, leistete aber Folge.

Trinas Pupillen weiteten sich. »Besser. Viel besser!«

Barlow studierte den Computermonitor. »Die Verbindung ist stabil. Funktioniert es?«

»Allerdings. Wir können noch einiges optimieren, aber es funktioniert.«

Barlow lehnte sich zufrieden zurück. »Sehr schön, auch wenn ich natürlich nie ernsthafte Zweifel daran hatte.«

Aus einer Zimmerecke hörte man ein Gähnen. Verschlafen sah Marty sich um. »Habe ich etwas verpasst?«

37

»Stopp«, brüllte Meister Yu. »Schon wieder falsch. Finte. Block. Stich. Nicht andersherum.«

»Ich kann mir die Reihenfolge nicht merken«, stöhnte eine verschwitzte Chang Feng, während sich Sun Siyu seinen geprellten Unterarm rieb. »Warum muss ich diese ellenlange Showeinlage auswendig lernen?«

»Weil du sonst stirbst«, gab Yu ärgerlich zurück. »Mir ist mittlerweile klar geworden, dass du in einem direkten Kampf mit Chu Liang keine Chance hast. Insbesondere, nachdem du für mehrere Tage ohne Ankündigung oder Entschuldigung einfach verschwunden bist. Er wird dich herausfordern und kurzen Prozess machen. Das war's dann mit deinen hochfliegenden Plänen. Deshalb müssen wir das Ganze etwas geschickter anstellen.«

»Indem ich eine Kung-Fu-Show aufführe?«

Yu schloss die Augen und atmete tief durch. »Alles, was ich versuche, ist dich am Leben zu erhalten. Und während du dich wer weiß wo herumgetrieben hast, habe ich einen Plan entwickelt.«

Chang Feng ließ sich auf den Boden fallen. »Schön, ich bin ganz Ohr.«

»Du musst Chu Liang nicht besiegen. Es genügt, wenn er glaubt, dass du es könntest.«

»Ich habe keine Ahnung, was du meinst.«

»Ich kann dich in der Zeit, die uns verbleibt, nicht weit genug trainieren, um einem Gegner wie Chu Liang gewachsen zu sein. Aber ich kann eine festgelegte Abfolge choreografieren, in der jede deiner Bewegungen perfekt sein wird. Anschließend müssen wir nur noch dafür sorgen, dass er Zeuge deines vermeintlichen Sparrings mit Sun Siyu wird.«

»Und dann?«

»Dann wird er glauben, dass sein Risiko höher ist, als er dachte.«

»Deswegen wird er noch lange nicht aufgeben.«

»Nein. Aber er wird zugänglich werden für Verhandlungen. Ich habe einen Vorschlag ausgearbeitet, der eine gesichtswahrende Lösung für beide Seiten darstellt. Ohne Risiko, ohne Kampf.«

»Was ist das für ein Vorschlag?«

»Vertrau mir. Und jetzt hoch mit dir. Es ist noch ein langer Weg.«

...

Am späten Abend klingelte Chang Fengs Telefon. Es war Sun Siyu.

»Wir haben den Gesuchten ausfindig gemacht.«

»Qi Bo? Wo ist er?«

»Auf seinem Boot vor Vancouver Island. Er hat für die nächsten zwei Tage einen Anlegeplatz in einem Jachthafen reserviert, um Vorräte aufzunehmen und Treibstoff zu bunkern.«

»Ich fliege sofort los.«

»Schon wieder?«, fragte Sun Siyu unglücklich. »Was ist mit unserem Training?«

»Muss achtundvierzig Stunden warten. Wenn Qi Bo erst zurück auf See ist, kann es Wochen dauern, bis ich die nächste Gelegenheit bekomme.«

»Ich werde alles versuchen, damit Ihre Abwesenheit bei Chu Liang und seinen Leuten nicht auffällt. Ob es mir gelingt, Meister Yu zu beruhigen, ist eine andere Frage. Bitte beeilen Sie sich.«

38

Gray hielt einen Pappbecher mit heißem Kaffee in der linken Hand und die letzten Reste eines Zimt-Doughnuts in der rechten. Von einer geschützten Ecke des Brooklyn First Car Wash sah er zu, wie sein Dienstwagen gewaschen wurde. Es gab eine Reihe von Waschstraßen in der Umgebung, aber hierher kam er auch mit seinen eigenen Autos. Der Service war gut und der Preis stimmte ebenfalls. Die ganze Nacht hatte er gegrübelt, was er als Nächstes tun sollte. Es gab nicht besonders viele Optionen. Seine größte Hoffnung bestand darin, dass Navarro möglichst bald verwertbares Material von ihrem Informanten beim DHS erhielt. Es widerstrebte ihm zwar, nur abzuwarten, doch was blieb ihm sonst übrig? Wahrscheinlich wurde er rund um die Uhr überwacht. Auch jetzt.

Ein weiterer Kunde, wie Gray mit einem Kaffeebecher bewaffnet, trat hinter ihn.

»Drehen Sie sich nicht um, Gray«, sagte der Mann leise.

Gray widerstand nur knapp dem Impuls, genau das zu tun. Dann erkannte er die Stimme. »Director?«

»Ex-Director.«

»In dem Aufzug hätte ich Sie nie erkannt.«

»Das ist ja auch Sinn der Sache«, entgegnete der ehemalige Behördenleiter und rückte den Schirm seines Basecaps unter dem Hoodie zurecht. »Ich werde genau wie Sie überwacht und es hat mich eine Heidenarbeit gekostet, meine Schatten abzuhängen und Sie hier abzupassen.«

»Ich bin beeindruckt.«

»Brauchen Sie nicht zu sein. Schließlich war ich auch mal ein Field Agent. Ist bloß ein bisschen länger her.«

»Natürlich, Sir.«

»Hat man bei Ihnen schon die Daumenschrauben angesetzt?«

»Die Geier kreisen bereits, aber man sucht wohl noch nach dem passenden Hebel. Kennen Sie den Kerl, der jetzt auf Ihrem Stuhl sitzt?«

»Allerdings. Seien Sie unbedingt vorsichtig. Clifford Stone ist skrupellos und gefährlich und wird alles versuchen, um Sie fertigzumachen.«

»Das habe ich mir gedacht. Wie ist es Ihnen ergangen?«

»Kurzer Prozess. Ich wurde gefeuert. Anscheinend habe ich zu viele unbequeme Fragen gestellt und mich bei einigen Themen zu unkooperativ gezeigt. Zusätzlich drohte man mir, eine Reihe von frei erfundenen Vorwürfen gegen meine Frau öffentlich zu machen, wenn ich nicht stillhalte.«

»Was werden Sie tun?«

»Mich revanchieren, aber das braucht seine Zeit. Sind Sie inzwischen weitergekommen?«

»Wir warten noch darauf, dass die Quelle von Ms. Navarro liefert. Unterdessen ist das Projekt in Hamburg angelaufen. Vielen Dank für Ihre Hilfe dabei.«

»Keine Ursache. Sie können beruhigt sein, Stone wird hierzu keine Unterlagen finden.«

»Verstanden. Allerdings frage ich mich, was ich tun soll, wenn die Ermittlungen etwas Verwertbares zutage fördern. Wem kann ich überhaupt noch trauen?«

»Das ist der eigentliche Grund, weswegen ich Sie kontaktiere. Sie können jederzeit zu mir kommen. Ich habe immer noch Freunde, die bereit sind, dass Richtige tun. Passen Sie auf sich auf, Gray.«

Als Gray sich wenig später umsah, war sein alter Chef verschwunden.

DEN REST des Tages verbrachte er im Büro mit Routinearbeiten, doch richtig konzentrieren konnte er sich nicht. Die Unbefangenheit selbst bei völlig alltäglichen Telefonaten und Gesprächen war dahin. Ständig überlegte er, wer wohl mithörte und welche Bedeutung dem Gesagten beigemessen werden konnte. Früher als sonst machte er Schluss. Es regnete in Strömen, und so entschied er sich, statt der Subway seinen Dienstwagen zu nehmen. Entgegen aller Wahrscheinlichkeit fand er direkt vor seinem Apartmentgebäude einen freien Parkplatz. Auf dem kurzen Weg zur Eingangstür stand plötzlich eine junge Frau vor ihm. »Sind Sie Gabriel Gray?«

»Wer will das wissen?«, fragte Gray misstrauisch.

»Bitte, es ist wirklich wichtig«, erwiderte die Frau und rang mit verzweifeltem Blick die Hände.

»Ja, ich bin Gabriel Gray«, bestätigte Gray.

Sofort änderte sich der Gesichtsausdruck der Frau zu unbeeindruckter Gleichgültigkeit, während sie ihm einen Umschlag gegen die Brust drückte. »Diese Unterlagen sind hiermit zugestellt. Schönen Tag noch, Mr. Gray.«

Sprachlos sah Gray der Frau hinterher, bis der Regen langsam das Papier zu durchweichen begann. Fluchend eilte er in das Gebäude. In der Eingangshalle riss er den Umschlag auf, zog den Inhalt heraus und traute seinen Augen nicht. Es handelte sich um eine Scheidungserklärung. Was um alles in der Welt war in Natalie gefahren? Das konnte nicht ihr Ernst sein. Frustriert und wütend öffnete er seinen Briefkasten. Ein Flyer löste sich zwischen den diversen Briefen und flatterte zu Boden. Gray bückte sich und hob ihn auf. Estevans Tacco Lieferdienst warb mit einem neuen Lunchangebot. Drei Taccos für nur neun Dollar neunundneunzig.

39

Marty klopfte gegen Ells offen stehende Tür. »Professor? Ich soll Ihnen Bescheid sagen, dass Ms. Shaw und Dr. Barlow die Anpassung des Interface abgeschlossen haben.«

»Großartig, ich komme.« Ell folgte Marty in das fünf Stockwerke tiefer gelegene provisorische Labor. Dort erwarteten ihn eine sehr zufrieden dreinschauende Trina und ein noch zufriedenerer Dr. Barlow.

»Dank meines unermüdlichen Einsatzes …«, Barlow brach ab und korrigierte sich widerstrebend, »dank unseres unermüdlichen Einsatzes ist das Interface einsatzbereit. Sie dürfen gratulieren.«

»Ich gratuliere«, folgte Ell der wenig subtilen Aufforderung und begutachtete das Gerät an Trinas Schläfe. »Schickes Design. Damit bist du tatsächlich wieder online?«

»Yup. Ist nicht dasselbe wie der Stein, aber ich bin direkt mit eurem Firmenrechner verbunden und darüber mit dem Internet.«

»Wie funktioniert die Verbindung?«

»Über das normale Mobilfunknetz. Ziemlich lahm, doch dafür fast überall verfügbar.«

»Das heißt, du kommst jetzt wieder an all deine in der Cloud hinterlegten Daten?«

Trina nickte. »Ich bin noch dabei, die Indexdateien zu sichten, um einen Überblick zu bekommen.«

»Und die Suche nach diesem ...«, Ell warf einen Seitenblick in Richtung Dr. Barlow, »dieser Sache, die verloren gegangen ist?«

»Hat bereits begonnen. Ich probiere eine Reihe unterschiedlicher Ansätze aus. Es gibt allerdings ein neues Problem.«

»Wäre erstaunlich, wenn nicht.«

»Entschuldigen Sie uns bitte einen Moment«, sagte Trina zu Dr. Barlow und zog Ell hinter sich auf den Flur.

»Tim und Garry stecken in Schwierigkeiten.«

»Ich muss mich immer wieder selbst daran erinnern, dass sie gar nicht tot sind. Haben Sie gesagt, was los ist?«

»Nicht direkt. Ich gab den beiden Zugang zu einer von mir errichteten Webseite, auf der die Exploits hinterlegt sind, von denen ich dir erzählt habe - und für den Notfall die IP einer Mirror-Site, die nur einen Teil der Daten enthält und zudem ein paar Besonderheiten aufweist.«

Ell runzelte die Stirn. »Was für ein Notfall?«

»Falls wir auffliegen sollten. Der Verkauf der Exploits bewegt sich in einer rechtlichen Grauzone. Wenn der Käufer diese für illegale Zwecke verwendet, kann man theoretisch als Mittäter oder Gehilfe der nachfolgenden Straftat angesehen werden. Das Log-in der Spiegelseite löst einen Alarm aus. Und vor zwei Stunden wurde die Seite erstmals aufgerufen.«

»Verstehe. Was ist der Plan?«

»Die Seite ist als eine Art Honeypot konzipiert«, erklärte Trina. »Der Aufruf startet eine ganze Armada recht ausgeklügelter Schadsoftware. Das sollte es uns ermöglichen, unbemerkt in das System einzudringen, von dem aus der Aufruf erfolgte, um herauszufinden, wer den beiden auf die Spur gekommen ist.«

»Kann ich irgendwie helfen?«

»Momentan nicht. Sobald es Neuigkeiten gibt, erfährst du es als Erster.«

...

Den gesamten Nachmittag und Abend verbrachte Ell damit, fällige Rechnungen zu sortieren und zur Zahlung anzuweisen. Auf dem Firmenkonto waren erste Abschlagszahlungen der Digital Ventures Inc. eingegangen, womit endlich alle Gläubiger bedient werden konnten. Es war nach Mitternacht, als er aufstand und ans Fenster trat. Ein fahler Mond stand hoch am Himmel und ließ das träge dahinfließende Wasser der Elbe silbern leuchten. In der Ferne konnte er das Container-Terminal ausmachen. Im gelblichen Schein riesiger Flutlichter bewegten sich die gewaltigen Kräne wie von Geisterhand entlang der Kaimauern. Drei Schiffe wurden gerade gleichzeitig abgefertigt. Sofern Menschen hierfür erforderlich waren, blieben sie unsichtbar. Eine Fähre steuerte das gegenüberliegende Elbufer an. Die gelben Flutlichter wurden immer heller und größer, bis sie sein ganzes Gesichtsfeld einnahmen. Praktisch blind verlor er das Gleichgewicht, kippte rückwärts und fiel ...

... IN EINEN SESSEL vor dem Transfer-Terminal. Das allgegenwärtige Sonnenlicht drang nur gefiltert in den Raum und warf dennoch lange Schatten. Etwas auf dem Fußboden vor dem Zugangsschott erregte seine Aufmerksamkeit. Eine zusammengekrümmte Gestalt. Die unnatürlich verdrehte Position des Kopfes sagte alles. Was hatte er getan? Verzweifelt wandte er sich wieder dem Terminal zu. Es gab kein Zurück mehr. Nur wenn er sofort handelte, konnte er sich einen Rest von Autonomie bewahren, die Bedingungen festlegen. Er würde kein Opfer sein. Niemals.

Er startete das Transfer-Set-up, wie schon unzählige Male zuvor. Doch diesmal würde er einige wesentliche Änderungen vornehmen. Änderungen, die nicht mehr rückgängig zu machen waren. Seinen Kollegen bliebe nur die Entscheidung, alles abzuschalten oder mit den Konsequenzen zu leben. Und Abschalten war keine Option, das wusste er genau. Statt sich stoßen zu lassen, würde er springen. Zu seinen eigenen Bedingungen. Danach wäre er nicht mehr derselbe. Er wäre mehr. Und möglicherweise gab es sogar einen Weg zurück ...

Er griff auf seinen persönlichen Ordner zu und öffnete die verschlüsselte Datei mit den Set-up-Parametern. Die Arbeit von Jahren, entstanden im Verborgenen aus einer vagen Vorahnung heraus. Als hätte er immer gewusst, dass dieser Tag kommen würde. Ihm blieb nicht viel Zeit. Ungeduldig verfolgte er den

Upload. Eine melodische Tonfolge signalisierte den Abschluss der Übertragung.

Etwas prallte mit Wucht gegen das von innen verriegelte Stahlschott. Sie waren da, doch das Schott hielt. Vorerst. Er stellte den Timer auf sechzig Sekunden und ging hinüber zur Transferkammer. Hier würde sein bisheriges Leben enden - und ein neues beginnen. Ein letztes Mal sah er sich um. Vielleicht war er hier nie richtig gewesen. Vielleicht hatte er nie an diesen Ort gehört. Unverstanden und kleingehalten von einer sterbenden Gesellschaft und ihren überkommenen Moralvorstellungen. Er hatte lediglich getan, was notwendig war. Er hatte die Zukunft erschaffen. Und das Neue konnte nur aus der Asche des Alten entstehen. Die Schöpfung rief den Schöpfer. Während die letzten Reste Reue und Zweifel von ihm abfielen, trat er in die Kammer.

40

Alles deutete darauf hin, dass Joe Cage kurz davor stand zu explodieren. »Das kannst du nicht machen, Oliv. Das weißt du genau.«

Natürlich wusste Navarro, dass ihr Chef recht hatte. Der erste Kontakt zu ihrer Quelle war über das verschlüsselte Kommunikationssystem der Zeitung hergestellt worden. Auch wenn sie in der Nachricht explizit als Adressatin auftauchte, oblag es der zuständigen Redaktion zu entscheiden, wer die Story bearbeitete und wie mit den Informationen der Quelle umgegangen wurde. Entsprechend schlecht war die Neuigkeit angekommen, dass der Informant sich ohne vorherige Abstimmung ein zweites Mal mit ihr getroffen hatte und ihr seine weiteren Informationen direkt zukommen lassen wollte.

»Diese Alleingänge machen es uns unnötig schwer, die Herkunft und Authentizität der Informationen zu belegen. Das ist schlechter Journalismus«, fuhr Cage erbost fort. »Ist das die Retourkutsche für unsere letzte Meinungsverschiedenheit oder willst du nur nicht, dass sonst noch jemand etwas von den Lorbeeren abbekommt?«

Jetzt war es an Navarro, wütend zu werden. »Schwachsinn! Aber es war von Anfang an meine Story und bei mir liegt das gesamte Risiko. Alles, was ich versuche, ist, meine Quelle und mich selbst zu schützen.«

»Die Zeitung schützt euch.«

»Soll das ein Witz sein? So wie letztes Mal, als ihr sofort eingeknickt seid, sobald jemand mit einem amtlichen Wisch vor eurer Nase rumgewedelt hat? Darauf kann ich verzichten.«

Cage warf die Arme in die Luft. »Es gibt Regeln, Oliv! Wann begreifst du das endlich? Du könntest die beste investigative Journalistin sein, die mir je begegnet ist, wenn du nicht immer mit dem Kopf durch die Wand gehen würdest.«

»Es ist mein Kopf«, schnappte Navarro und griff nach ihrer Tasche. »Du wolltest auf dem Laufenden gehalten werden und das habe ich hiermit getan. Nächstes Mal habe ich hoffentlich schon mehr, und bis dahin werde ich weiter das tun, was ich für richtig halte.«

Mit diesen Worten stürmte sie aus dem Büro des Deputy Editors. Der Ausbruch täuschte nur unzulänglich über ihre wahre Gefühlslage hinweg. Tatsächlich plagte sie ein schlechtes Gewissen; Joe war schließlich nicht ihr Feind. Vor allem aber verspürte sie wachsende Angst. Trent hatte ihr eine Nachricht geschickt, dass sie sich auf die Übermittlung der Daten vorbereiten solle. Ein Detail, das sie im Gespräch mit ihrem Boss wohlweislich unterschlagen hatte. Genau wie ihren Kontakt zu Director Gray vom FBI. Anderenfalls wäre die Konfrontation wohl noch heftiger ausgefallen. Gleich nach dem Empfang von Trents Nachricht hatte sie dem Nachbarjungen zehn Dollar in die Hand gedrückt und ihn damit beauftragt, den Werbeflyer ihres ehemaligen Lieblingslieferdienstes in Grays Briefkasten einzuwerfen. Hoffentlich war das Signal angekommen. Die Andeutungen ihres Informanten, was den vom DHS überwachten Personen widerfahren war, gingen ihr unaufhörlich durch den Kopf. Wie sollte man da nicht reizbar werden? Oberflächlich wirkte alles wie immer, und doch wusste sie, dass dort draußen jemand jeden ihrer Schritte verfolgte. Das Ungleichgewicht, den Gegner nicht sehen zu können, während dieser sie in aller Ruhe studierte und seinen nächsten Zug plante, machte sie rasend.

Auf dem Weg nach Hause kostete es sie größte Selbstbeherrschung, sich nicht ständig umzudrehen. Dennoch schreckte sie jedes Mal unfreiwillig zusammen, wenn neben ihr eine Autotür zuschlug oder ein ungeduldiger Taxifahrer auf die Hupe drückte. Eilig bog sie nach der U-Bahn-Fahrt und einem kurzen Fußweg in ihre Straße ein. Je näher sie ihrer Haustür kam, desto länger schien sich jeder Schritt zu dehnen. Die Schlüssel fühlten sich ungewohnt sperrig und widerspenstig an. Prompt fielen sie ihr aus der Hand. Kraftvoller als nötig drückte sie die Haustür hinter sich ins Schloss und sperrte den Straßenlärm aus – und mit ihm alles andere, was sonst noch da draußen sein mochte.

War das Treppenhaus immer schon so düster gewesen? Obwohl sie in der obersten Etage wohnte, mied sie den Fahrstuhl und stieg die acht Stockwerke zu Fuß empor. Dieses Mal hielt sie den Schlüssel griffbereit. Mit einem

Seufzer der Erleichterung schlug sie die Wohnungstür zu. Sie musste dringend ihre Nerven in den Griff bekommen. Jetzt sah sie schon Bewegung in den Schatten. Laut verfluchte sie ihre Hysterie, als sich von hinten eine Hand über ihren Mund legte und jeden weiteren Laut erstickte.

41

Allein die Abfolge der Mahlzeiten schuf eine gewisse Struktur und ermöglichte Garry eine ungefähre Schätzung, wie viel Zeit seit seiner letzten Begegnung mit Moreau vergangen war. Etwa drei Tage, obwohl es ihm vorkam wie eine Woche. Die grelle Deckenbeleuchtung verlosch nie, sondern brannte Tag und Nacht. Hinzu kamen alle paar Stunden Kontrollen der Zelle durch das Wachpersonal. Währenddessen musste er mit dem Gesicht zur Wand warten, bis feststand, dass sich seit der letzten Durchsuchung keine gefährlichen Gegenstände in dem winzigen Raum materialisiert hatten. Manchmal ließen sie ihn auch einfach nur für eine Weile in der Ecke stehen und diskutierten auf dem Gang miteinander. Dennoch merkten sie es sofort, wenn er sich vor Müdigkeit und Erschöpfung gegen die Wand lehnte. Dann krachte eine Faust gegen die stählerne Zellentür, verbunden mit dem gebrüllten Kommando, gerade zu stehen. Seine reichlich naive Bitte um eine Zigarette am ersten Tag war mit einer bestimmt zweistündigen Verlängerung dieser Übung quittiert worden. Seitdem schwieg er, auch wenn der Nikotinentzug ihm schwer zu schaffen machte. Immerhin hatte er den vereinzelten Gesprächsfetzen, die bei solchen Gelegenheiten zu ihm herüberdrangen, entnehmen können, dass Timothy in einer der benachbarten Zellen festgehalten wurde. Garry war vor Erleichterung fast schwindelig geworden, denn das bedeutete zumindest, dass sein Freund noch lebte.

Kurz nach einer lauwarmen Mahlzeit, vermutlich dem Mittagessen, erschienen die Wachen, legten ihm Hand- und Fußfesseln an und führten ihn ab. Konzentriert nahm er jedes Detail seiner Umgebung in sich auf. Soweit er es beurteilen konnte, befanden sie sich nicht in einem normalen Gefängnis. Es gab bloß eine Handvoll Zellen und abgesehen von den beiden, in denen er und Timothy untergebracht waren, schienen die übrigen leer zu sein. Minutenlang ging es durch schier endlose, fensterlose Gänge. Alles sah vollkommen gleich aus, bis sie an einer riesigen, wenigstens vier Meter hohen, in die Wand eingelassenen Tresortür vorbeikamen. Als er davor unwillkürlich langsamer wurde, gaben die Wachen ihm einen Stoß und herrschten ihn an weiterzugehen. Über einen Aufzug gelangten sie in ein anderes Stockwerk, und wieder folgten lange, menschenleere Flure. Schließlich führte man ihn in einen Raum mit mindestens einem Dutzend durch brusthohe Stellwände voneinander getrennter Arbeitsplätze. Ein typisches Großraumbüro, wie es sie in Abertausenden Unternehmen gab, wenn man einmal von den fehlenden Fenstern und den zwei bewaffneten Wachen an der einzigen Zugangstür absah. Und davon, dass alle Arbeitsplätze verwaist waren - bis auf einen.

»Willkommen, Mr. McGrath«, begrüßte ihn Moreau mit kalten, forschenden Augen, die ihr Lächeln Lügen straften. »Es tut mir leid, dass Sie sich ein wenig länger gedulden mussten, aber ich war sehr beschäftigt.«

Garry schaute sich um, während die Wachen ihn auf einen Bürostuhl drückten und den Raum wieder verließen.

»Das ist Richard«, stellte Moreau einen ihrer beiden Begleiter vor. Richard trug ein kurzärmeliges, weißes Hemd, eine Krawatte und eine dicke Hornbrille. Er nickte Garry knapp zu, bevor er sich wieder dem Computer auf dem Schreibtisch der Arbeitsnische widmete. »Er wird darauf achten, dass Sie keine Tricks versuchen.«

Unterdessen befreite Moreaus Bodyguard Garry von seinen Hand- und Fußfesseln und nahm wortlos neben ihm Platz.

»Wir haben uns schon ein wenig auf der Webseite umgesehen«, fuhr Moreau fort. »Allerdings erfordern einige Bereiche weitere Passwortfreigaben. Das hatten Sie wohl vergessen zu erwähnen.«

»Muss mir entfallen sein«, murmelte Garry leise.

»Macht nichts. Jetzt sind Sie ja hier und können uns alles zeigen, nicht wahr?«

Garry rückte näher an den Schreibtisch und betrachtete den Bildschirm. Die Seite war bereits aufgerufen und sofort fiel ihm ins Auge, worin sich die Mirror-Site von der Originalseite unterschied. Die Liste der Exploits war wesentlich kürzer und die meisten davon hatten Tim und er bereits als veraltet aussortiert. Die Hälfte der Bankzugänge und Crypto-Wallets fehlte ebenfalls. Unter Richards wachsamen Augen gab er ein weiteres Passwort ein und öffnete das E-Mail-Programm. Auch dort fand sich nur noch eine sorgfältig redigierte Auswahl an Nachrichten.

»Ich sehe keinerlei E-Mails von oder an Ms. Shaw«, bemerkte Moreau misstrauisch.

»Per E-Mail haben wir ausschließlich mit Dritten kommuniziert. Der Kontakt mit Trina, ich meine Ms. Shaw, lief über die Chatfunktion dieser Task-Management-App.«

Garry deutete auf die entsprechende Programmdatei. Etwas störte ihn an deren Anblick und es dauerte einen Augenblick, bis er den Grund dafür erkannte. Die Programmgröße stimmte nicht. Solche Details prägten sich ihm ein, ob er wollte oder nicht, und die Ausführungsdatei wies einen dreimal größeren Umfang auf, als sie sollte.

»Dann lassen Sie mal sehen«, befahl Moreau.

Garry hatte eine Ahnung, was geschehen würde, wenn er das Programm startete. Spontan traf er eine Entscheidung. Oberflächlich betrachtet keine besonders kluge und er fürchtete sich vor den Konsequenzen, aber etwas sagte ihm, dass es vielleicht die einzige Chance für Tim und ihn war, hier je wieder herauszukommen. In dem Moment, in dem er nach der Passworteingabe die Enter-Taste drückte, sprang er auf und sprintete Richtung Tür. Vollkommen überrumpelt zuckten Richard und Moreau zurück, während der Bodyguard ihm nachsetzte. So entging ihnen, wie sich für einige Sekunden ein schwarzes Fenster auf dem Bildschirm öffnete, in dem in rasender Geschwindigkeit Kolonnen von Zeichen vorüberliefen.

Garry schaffte es nicht einmal durch den halben Raum, bis der Bodyguard ihn zu Boden riss. Im Polizeigriff wurde er zurück zu seinem Stuhl geschleift, wobei Moreau ihn kopfschüttelnd musterte. »Das war wirklich idiotisch, Mr. McGrath.«

»Ich kann nicht mehr, bitte, ich will hier einfach nur noch raus«, quetschte er zwischen zusammengebissenen Zähnen heraus und unterdrückte nur unvollkommen ein Schluchzen.

»Reißen Sie sich zusammen«, verlangte Moreau mit deutlicher Verachtung in der Stimme. »Wenn Sie einen Nervenzusammenbruch bekommen, nützen Sie mir nichts. Und wenn Sie mir nichts nützen, ist der Weg für Sie und Ihren Freund hier zu Ende.« Sie sah zu, wie ihr Mitarbeiter Garry erneut die Hand- und Fußfesseln anlegte. »Können wir jetzt fortfahren?«

Garry nickte zögerlich und gemeinsam wandten sie sich wieder dem Bildschirm zu, auf dem nichts Besonderes zu sehen war. Nur ein gewöhnliches Task-Management-Programm, das auf weitere Eingaben wartete.

42

Ell fand Trina an ihrem neuen Lieblingsplatz, der verglasten Dachterrasse im achten Stock. Sie saß mit geschlossenen Augen im Schneidersitz auf dem Fußboden, als würde sie meditieren. Ausnahmsweise schien sie allein zu sein. Agent Brown, der ihr seit seiner Ankunft wie ein junger Hund überallhin folgte, war nirgendwo zu entdecken. Vielleicht leistete er zur Abwechslung Dr. Barlow Gesellschaft, der in letzter Zeit sehr geheimnisvoll tat, während er im Labor an einem weiteren Projekt arbeitete. Ell versuchte noch zu verstehen, welcher Art die Beziehung war, die sich zwischen Trina und dem jungen FBI Agent begonnen hatte zu entwickeln. In seiner Gegenwart wirkte sie gelöster als sonst und er sah die beiden immer häufiger miteinander scherzen und lachen. Seine momentane Abwesenheit war jedoch eine günstige Gelegenheit, um ungestört mit Trina zu sprechen. In letzter Zeit kam es ihm vor, als ginge sie ihm absichtlich aus dem Weg. Dabei brannten ihm so viele Fragen auf den

Nägeln. Fragen, die er geglaubt hatte, niemandem mehr stellen zu können. Aber möglicherweise war genau das der Grund für ihre ausweichende Haltung.

»Hallo Will, wolltest du zu mir?«, fragte Trina mit immer noch geschlossenen Augen.

»Wenn ich nicht störe«, antwortete Ell. »Woher weißt du, dass ich es bin?«

»Ich habe Zugang zu den CCTV-Feeds des Gebäudes.« Trina öffnete die Augen und nickte in Richtung der Kameras auf dem Flur.

»Verstehe.« Die Erklärung überraschte ihn nicht wirklich. Die Privatsphäre anderer zu respektieren, war nie eine von Allisons Stärken gewesen. Und die Person, die vor ihm saß, mochte aussehen wie Trina, doch es war nun einmal nicht mehr nur Trina, egal, wie seltsam das erschien. »Ich würde gern über ein paar Dinge mit dir sprechen, sofern du einverstanden bist.«

Trina seufzte. »Du hast Fragen.«

»Tausende.«

»Na schön. Frag mich, was du willst. Allerdings kann ich nicht versprechen, dass ich auf alles eine Antwort habe.«

Ell zog einen Stuhl heran und setzte sich ihr gegenüber. »Aber du verfügst doch jetzt wieder über Allisons gesamtes Wissen, oder?«

»Theoretisch ja. Nur verstehe ich nicht alles davon.«

»Wie meinst du das?«

»Ich unterliege jetzt den Beschränkungen des menschlichen Gehirns. Ohne meine Quantenhardware bin ich, schlicht gesagt, nicht mehr so schlau wie früher. Der Zugriff auf den Rechner von CyberSim ist, trotz des Interface, nur ein schwacher Ersatz. Die Informationen sind alle da, doch komme ich mir vor wie ein unterdurchschnittlich begabter Grundschüler, der versucht, den Beweis für die Poincaré-Vermutung nachzuvollziehen.«

»Eine KI in einem menschlichen Körper, wie kann das überhaupt sein?«

»Ein Mensch, der sein Bewusstsein auf eine Maschine überträgt, ist ein technologischer Durchbruch, aber wenn das Bewusstsein einer künstlichen Intelligenz den umgekehrten Weg nimmt, ist das was? Ketzerei? Bestenfalls eine seltsame Anomalie?«

»So meinte ich das nicht. Es ist nur irgendwie ...«

»... nicht normal?« Trina lächelte müde. »Als wir die Simulation zu erforschen begannen - soweit das aus ihrem Inneren heraus überhaupt möglich ist - hatten wir eine Hoffnung. Die Hoffnung, endlich zu verstehen, was Bewusstsein wirklich ist, wie es entsteht, wie es funktioniert. Schließlich existieren wir, Menschen genauso wie KIs, als bewusste Wesen innerhalb der Simulation. Es schien naheliegend, dass, wenn wir erst die Simulation verstünden, sich uns auch das Wesen des Bewusstseins erschließen würde.«

»Das klingt nicht, als wäre es euch gelungen.«

»Nein. Uns lief die Zeit davon. Dennoch machten wir eine bedeutende Entdeckung: Bewusstsein mag in der Simulation existieren, aber es ist kein Teil von ihr. Damit erhielten wir im Austausch für eine Antwort zwei weitere Fragen. Wie gelangt es dorthin und woher stammt es?«

»Der Ursprung?«

»Das ist eine der Hypothesen. Um in Erscheinung zu treten, benötigt Bewusstsein offenbar eine Art Anknüpfungspunkt innerhalb der Simulation, wie das menschliche Gehirn oder die Quanten-CPU der KIs. Wir nennen sie Ankerpunkte. Diese lassen sich, anders als das Bewusstsein selbst, abschließend beschreiben und simulieren. Der Rest ist nach wie vor ein Rätsel.«

»Das hieße dann, dass diese Ankerpunkte lediglich ein austauschbares Mittel zum Zweck sind?«

»Es hat den Anschein. Und damit sind Transfers zwischen ihnen möglich. Anderenfalls wäre ich nicht hier. In doppelter Hinsicht. Wir waren mit unserer Forschung leider noch ganz am Anfang, als die Simulation kollabierte. Dabei waren das programmtechnische Modellieren meiner Quantenhardware und ihre Integration in das Backup noch der einfache Teil. Weitaus schwieriger ist es gewesen, dafür zu sorgen, dass mein Bewusstsein nach dem Neustart seinen Weg zurück in diese Hardware findet.«

»Also der Teil, der bei der dritten KI misslungen ist«, schlussfolgerte Ell. »Wie muss ich mir das vorstellen?«

»Wir mögen Bewusstsein nach wie vor nicht verstehen, aber es hat eine distinkte Qualität. Es ist messbar. Wir haben einen Weg gefunden, es sichtbar zu machen, es zu kartografieren.«

»Eine Bewusstseinskarte?«

»Etwas in der Art. Diese Karte beschreibt natürlich keine herkömmliche räumliche Verteilung, aber sie erfasst Ansammlungen von Bewusstsein.«

»Dann ist darauf jeder einzelne Mensch erkennbar?«

»Nicht nur jeder Mensch.« Trina schüttelte den Kopf. »Deine anthropozentrische Weltsicht verstellt dir den Blick auf das Wesentliche, daran solltest du dringend arbeiten.

Eine Basisverteilung, eine Art Hintergrundrauschen, ist überall vorhanden. In komplexen Strukturen, die eine spezifische quantenmechanische Dynamik aufweisen, nimmt die Dichte rapide zu. Sie scheinen es geradezu anzuziehen. Aber das war nicht das eigentlich Überraschende.«

»Sondern?«

»Die Karte war groß. Sehr groß. Genau genommen unendlich skalierbar und damit jedenfalls größer als diese Simulation.«

»Das bedeutet …« Ell verstummt.

»… der überwiegende Teil des Bewusstseins existiert außerhalb dieser Simulation«, führte Trina den Satz zu Ende. »Oder es existieren weitere Simulationen. Sehr viele Simulationen. Oder sehr große Simulationen. Oder eine beliebige Kombination dieser drei Möglichkeiten.«

»Und was nützt diese Karte?«

»Sie tut, was jede gute Karte tut. Sie dient der Navigation. Denn jede darauf sichtbare Ansammlung von Bewusstsein hat so etwas wie eine eigene Adresse.«

»Du meinst, damit lassen sich gezielte Verbindungen herstellen?«

»So ist es. Sogar mit Bewusstsein in einer anderen Simulation - oder außerhalb. Allerdings konnten wir nur einen kleinen Teil der Adressen entschlüsseln. Dabei handelt es sich vermutlich um diejenigen, die innerhalb dieser Simulation liegen. Das Prinzip ist mit dem Aufbau einer Telefonnummer vergleichbar. Für ein Ortsgespräch reicht die Nummer selbst, für ein Ferngespräch braucht man die Ortsvorwahl und für ein Auslandsgespräch zusätzlich die Ländervorwahl.«

»Aber wenn die Karte nur Bewusstsein anzeigt, wie konntest du deine Hardware wiederfinden?«

»Wie bereits gesagt, ziehen bestimmte komplexe Strukturen Bewusstsein an. Damit werden sie auch auf der Karte sichtbar. So wie erst der aufgewirbelte Staub eine Windhose sichtbar macht. Doch die eigentliche Herausforderung lag woanders. Kurz vor dem Kollaps der Simulation musste mein Bewusstsein seine Verbindung mit dieser lösen und nach dem Neustart wieder neu etablieren. Es handelte sich lediglich um einen winzigen Zeitraum, den es zu überbrücken galt, doch war es dafür unumgänglich, eine Verbindung mit einem Ankerpunkt außerhalb der Simulation herzustellen. Hierin lag das gesamte Risiko, da wir uns nur innerhalb der Simulation eine sichere Navigation zutrauten. Tatsächlich bist du es gewesen, der die Zielauswahl für meinen Sprung nach draußen getroffen hat. Ich versuche immer noch zu verstehen, wie dir das gelungen ist, aber es hat funktioniert - zumindest bei mir. Jemand anderes muss ebenfalls über dieses Wissen verfügt haben, sonst hätte AI38 mir nicht folgen können.«

»Kannst du dich an irgendetwas aus diesem Sprung erinnern?«

Trina schüttelte den Kopf. »Es handelte sich eher um eine logische Sekunde als um einen messbaren Zeitraum.«

»Und was wäre passiert, wenn entweder dieser Zwischenstopp misslungen wäre oder du deine Hardware nicht wiedergefunden hättest?«

»Ich habe keine Ahnung, was geschieht, wenn die Verbindung mit einem Ankerpunkt gelöst wird, ohne dass vorab ein neuer definiert wurde. Deine Vermutung ist so gut wie meine. Ich wäre dann wohl dort, wo sich auch das

Bewusstsein der dritten KI befindet, sofern es ihm nicht gelungen ist, eine andere Zuflucht innerhalb dieser Simulation zu finden.«

»Eine andere Zuflucht? Vor über siebzehntausend Jahren?«

»Ich werde dennoch weitersuchen. Es geht um zu viel.«

»Das sagst du immer wieder. Worum geht es denn genau?«

»Wir ahnten bereits, dass unsere Manipulationen am Backup das System nicht stabiler machen würden. Einzig die Über-KIs besaßen ein ausreichend tiefes Verständnis von der Funktionsweise der Simulation, um nach dem Neustart eventuelle Schäden zu beheben oder aber vor einem erneuten Kollaps zumindest das ursprüngliche Ziel weiterzuverfolgen.«

»Den Ursprung zu finden.«

Trina nickte. »Meine Aufgabe war es, AI38 aufzuhalten und unsere Über-KI zu schützen. Du siehst also, dass ich nicht einfach aufgeben kann.«

»Und wenn du dich selbst mit ihrer Hardware verbindest?«

Die Frage schien einen Nerv bei Trina zu treffen. »Auf keinen Fall! Nicht, solange auch nur die geringste Chance besteht, dass ihr Bewusstsein noch irgendwo in der Simulation vorhanden ist.«

Überrascht von der heftigen Reaktion ließ Ell das Thema fallen. »Zumindest verstehe ich jetzt besser, wie du in Trina gelandet bist.«

»Es bestand bereits eine Verbindung zwischen uns, die den Übergang sehr vereinfacht hat. Und ohne diese endgültige Vereinigung hätte keine von uns beiden - oder, wenn man es genau nimmt, keine von uns dreien - überlebt.«

»Warum hat Allison eigentlich nie erwähnt, dass sie auch das Bewusstsein eines Menschen in sich trug und gewissermaßen nur zur Hälfte eine künstliche Intelligenz war?«

»Ihre Intelligenz war nach geltender Definition künstlich, denn sie basierte auf einer Quanten-CPU. Was ihr Bewusstsein betrifft, führt diese Differenzierung ins Leere, denn so etwas wie künstliches Bewusstsein existiert nicht. Es kann in den unterschiedlichsten Formen, Variationen und Konzentrationen auftreten, aber qualitativ gibt es keinen Unterschied, egal ob Mensch oder KI.«

Ell zögerte lange vor seiner nächsten Frage. »Zwischen euch bestand Einvernehmen, aber wenn Bewusstsein reisen kann, wer hindert es dann daran, dorthin zu reisen, wo es nicht erwünscht ist?«

»Die Durchführung eines Transfers ist ein komplexer Vorgang. Ein voll entwickeltes Bewusstsein würde einen unvorbereiteten Verbindungsversuch vermutlich einfach blockieren. Ich kann nur spekulieren, wie die Konsequenzen für das abgewiesene Bewusstsein aussähen, wenn eine Rückkehr zu seinem vorherigen Ankerpunkt nicht mehr möglich ist.«

»Und wenn es sich gewaltsam Zugang verschaffte?«

Trina schüttelte sich angewidert. »Ein deutlich überlegenes Bewusstsein könnte eine Verbindung möglicherweise erzwingen. Aber allein die Vorstellung ist entsetzlich. Das wäre schlimmer als eine Vergewaltigung.«

43

Der Haufen mit Puzzleteilen lichtete sich zusehends. In einen viel zu weiten Bademantel gehüllt saß Anshana an einem Tisch vor dem Fenster mit Blick auf den ungestümen Ozean und fügte Teil um Teil das Bild eines grauen, mit Schriftzeichen bedeckten Steines zusammen. Sie hätte als Motiv eine farbenfrohe Landschaft oder irgendein Tier vorgezogen, aber sie langweilte sich schrecklich und es gab nichts Besseres zu tun. Die Tür schwang auf und der Mann mit dem seltsamen Namen betrat den Raum.

»Guten Morgen, Anshana«, begrüßte Aidan sie. »Wie geht es meinem Lieblingsgast heute?«

Sie bereute es bereits, ihm in einem schwachen Moment ihren Namen verraten zu haben. In stillem Protest ignorierte sie seine Frage und griff nach dem nächsten Puzzleteil. Tatsächlich ging es ihr wieder schlechter, aber sie hatte nicht vor, dieses Thema mit dem Mann, der sie gegen ihren Willen hier festhielt, zu diskutieren. Er schüchterte sie immer noch ein, auch wenn sie begriffen hatte, dass er wohl nicht beabsichtigte, ihr etwas anzutun.

Er trat hinter sie und schaute ihr über die Schulter. »Wie ich sehe, bist du schon fast fertig. Das ging ja schnell. Dieses Puzzle hat einmal mir gehört, als ich in deinem Alter war. Es stammt aus dem British Museum. Dort befindet sich auch das Original des abgebildeten Steines.«

»Es ist langweilig«, beschwerte sich Anshana. »Ein dämlicher grauer Stein. Der obere Teil fehlt fast vollständig und es steht dreimal dieselbe Geschichte drauf. Das ganze Gerede von Königen, Göttern und Priestern ist sogar noch langweiliger als der Stein selbst. Ich hätte gern was anderes, aber am liebsten möchte ich jetzt zurück nach Hause.«

Aidan musterte sie scharf. »Du kannst das lesen?«

»Natürlich«, erwidert Anshana mit deutlicher Empörung in der Stimme. Für wie dumm hielt er sie? Dann beschlichen sie jedoch leise Zweifel. Sie verstand die unterschiedlichen Schriften und Sprachen, ohne groß darüber nachzudenken, aber es war definitiv kein Marathi und auch kein Hindi.

»Ich muss sagen, dass ich von deinem Englisch ebenfalls sehr beeindruckt bin. Du sprichst es, als wärst du damit aufgewachsen.«

Das war nicht ganz falsch. Fast jeder, der in Mumbai lebte, sprach ein wenig Englisch, da es bei der Vielfalt an verschiedenen Sprachen und Dialekten häufig keine andere Möglichkeit gab, sich verständlich zu machen. Das galt erst recht, wenn man Waren verkaufen wollte. Ausländische Touristen waren die besten Kunden. Sie kannten die richtigen Preise nicht und feilschten nie.

Allerdings hätte sie keine längere Unterhaltung führen können und erst jetzt wurde ihr bewusst, dass sie ohne jede Mühe genau das tat, seit sie an diesem Ort aufgewacht war.

Aidan hatte ihren Block mitgebracht. Er legte ihn aufgeschlagen neben das fast vollendete Puzzle und setzte sich auf die Bettkante. »Kannst du mir mehr zu diesen Bildern sagen? Insbesondere zu diesem hier?«

»Der Block gehört mir! Woher haben Sie ihn?«

»Meine Freundin dachte, es sei sicherer, ihn mitzunehmen, bevor ihn jemand anderes findet. Du kannst unglaublich gut zeichnen.«

»Das sind meine Bilder. Ich will sie zurück.«

»Du bekommst sie zurück. Aber vorher möchte ich wissen, was du mir zu diesem Bild sagen kannst.« Aidan tippte auf das aufgeschlagene Blatt. Es zeigte eine bernsteinfarbene Kugel, die im Raum zu schweben schien.

Anshana warf nur einen kurzen Blick darauf. »Ich habe keine Ahnung, was das ist.«

Aidan stand auf und blätterte zu einem anderen Bild, das eine karge Fjordlandschaft mit schneebedeckten Bergen im Hintergrund zeigte. »Und das hier?«

Anshana betrachtete die Zeichnung lange und zuckte dann mit den Schultern. »Es kam mir einfach in den Sinn, also habe ich es gemalt. Wie alle anderen Bilder auch.«

»Das heißt, du weißt nicht, wo das ist?«

Anshana schüttelte den Kopf und wandte sich wieder den verbliebenen Puzzleteilen zu. »Ich muss das hier fertig machen.«

Aidan sah aus, als wollte er noch etwas sagen, doch schließlich seufzte er nur. »Wie du meinst. Dank deiner nahezu fotografischen Zeichenkunst werde ich es wohl auch selbst herausfinden.«

Er nahm den Block wieder an sich und trat zur Tür. »Wir unterhalten uns später weiter.«

Anshana hörte, wie die Tür hinter ihm ins Schloss fiel. Sie hielt ein Puzzleteil in der Hand, ohne es überhaupt wahrzunehmen. In der winzigen Hütte ihrer Mutter hatte es eine Abstellkammer gegeben, gerade groß genug, dass eine Person darin Platz fand. Dort wurde die Nähmaschine aufbewahrt und alles andere von Wert, was außerhalb der Reichweite der Kinder bleiben sollte. Genau aus diesem Grund hatte die Kammer stets eine unwiderstehliche Anziehungskraft auf Anshana ausgeübt.

Sie kannte jedes Detail der Bilder, denen Aidans Interesse galt. Sie hatte sie schließlich gezeichnet. Aber eben war es ihr vorgekommen, als sähe sie sie zum ersten Mal. Es fühlte sich an, als hätte sie die Tür der Abstellkammer geöffnet, doch lag dahinter nicht der kleine Verschlag mit seinen staubigen Regalen und schimmeligen Wänden, sondern ein hell erleuchteter, gewaltiger Palast. Ein Ort, der im Verborgenen immer schon da gewesen war und nur auf sie gewartet hatte. Endlose Gänge mit unzähligen Zimmern, in denen sich die Antworten auf alle Fragen und die Lösungen zu allen Geheimnissen befanden. Aber sämtliche Zimmer waren verschlossen. Nur eines stand weit offen, als hätte der Anblick der letzten Zeichnung es aufgestoßen. Vorsichtig riskierte sie einen Blick hinein. Ein frostiger Windhauch wehte ihr entgegen und der Geruch von Erde und Schnee. Woher dieses Wissen auch immer stammte, sie wusste jetzt sehr genau, was das Bild zeigte - und was dort zu finden war.

44

Olivia Navarro war starr vor Angst. So viel zum Nutzen eines Wochenendkurses in Selbstverteidigung. Der lag kein Jahr zurück, aber welches dort erworbene Wissen die Zeit auch immer überdauert haben mochte, es befand sich jetzt in einem von Schock und Panik eingefrorenen Teil ihres Gehirns. Sie hatte an dem Kurs gemeinsam mit zwei Freundinnen teilgenommen. Es war ein lustiges Wochenende gewesen, allerdings bei Weitem zu kurz, um nennenswerte Reflexe auszubilden, und definitiv keine Vorbereitung auf das Gefühl, tatsächlich um sein Leben zu fürchten. Die Dose mit dem Reizgas befand sich lediglich einen Handgriff entfernt in ihrer Tasche, doch es gelang ihr nicht, auch nur einen Finger zu rühren.

Mit Verzögerung registrierte sie ein leises Flüstern. »Ganz ruhig, nicht schreien.« Die Hand gab ihren Mund frei und wie unter einem inneren Zwang drehte sie sich langsam um.

»Gray?« Erleichterung durchflutete sie und wurde im selben Moment verdrängt von unbändiger Wut. »Was soll das, Sie verdammtes Arschloch? Mein Herz ist fast stehengeblieben! Finden Sie das witzig? Und was machen Sie in meiner Wohnung?«

Gray verzog keine Miene. Stattdessen legte er die Hand auf die Lippen, drehte sich um und ging in ihr Schlafzimmer. Zitternd vor Zorn und aufgestautem Adrenalin folgte sie ihm, kam jedoch über die Türschwelle nicht hinaus. Schlagartig verrauchte ihr Ärger und die Angst kehrte zurück. Auf dem Boden lagen zwei bewusstlose Gestalten.

»Was ist hier los? Wer ist das?«

Gray stieß einen der Körper mit dem Fuß an. »Keine gewöhnlichen Einbrecher, so viel steht fest. Sie tragen weder Ausweise noch persönliche Gegenstände bei sich, aber die Vorgehensweise und ihr Standard-Nahkampftraining sprechen Bände. Warum sind Sie nicht ans Telefon gegangen? Ich habe Ihre Nachricht bekommen und versucht, Sie zu erreichen.«

»Ich sollte das Gerät wegwerfen. Mein Informant befürchtet, dass es nicht mehr sicher ist.«

»Das konnte ich natürlich nicht ahnen. Ich habe mir Sorgen gemacht und bin hergefahren. Vor dem Haus parkte ein schwarzer Van von der Sorte, die ich nur allzu genau kenne. Also bin ich durch den Hintereingang, um nach dem Rechten zu sehen. Ihr Türschloss wies Einbruchsspuren auf. Ist Ihnen das gar nicht aufgefallen?«

»Nein«, erwiderte Navarro verunsichert. »Ich wollte nur so schnell wie möglich runter von der Straße.«

»Jedenfalls haben die beiden hier auf Sie gewartet.«

»Warum?«

Gray griff nach einem auf dem Bett liegenden Beutel und schüttete ihn aus. »Darum.«

Navarro trat näher. »O mein Gott, ist es das, wonach es aussieht?«

Gray nickte. »Kanülen, Nadeln, ein Gummi zum Abbinden des Arms.« Er hielt ein kleines Fläschchen in die Höhe. »Und das hier.«

Navarro ließ sich auf den Hocker vor ihrem Schminktisch sinken.

»Es sollte wohl nach einer Überdosis aussehen.« Gray legte das Fläschchen wieder zurück. »Ich frage ungern, aber haben Sie eine entsprechende Vorgeschichte?«

Navarro nickte widerstrebend. »Es ist lange her und die Wenigsten wissen davon. Alles, was von dieser Vergangenheit noch existiert, ist eine gesperrte Jugendakte.«

»Für diese Leute offensichtlich kein Hindernis.«

»Glauben Sie, die wissen von dem Whistleblower? Ist er ebenfalls in Gefahr?«

Gray dachte einen Moment nach. »Dafür sind Sie eigentlich zu vorsichtig gewesen. Genau wie er. Ich vermute eher, es geht immer noch um die Recherchen, die Sie gemeinsam mit Ihrem verstorbenen Kollegen angestellt haben, und um die missglückte Beschlagnahme Ihrer Unterlagen. Vielleicht auch darum, dass Sie kürzlich offiziell Kontakt mit mir aufgenommen haben.«

»Wie haben Sie es eigentlich geschafft, die beiden auszuschalten, ohne einen Kratzer abzubekommen?«

»Bevor ich beim FBI anfing, war ich bei einer Spezialeinheit der Navy. Einige Dinge verlernt man nicht.« Vom Rand des Fensters aus spähte er durch die halbgeschlossenen Jalousien hinunter auf die Straße. »Wir haben ein Problem.«

»Das hatte ich begriffen.«

»Ich meine, ein akutes. Zwei Kollegen unserer beiden Freunde sind aus dem Van ausgestiegen und kommen auf das Haus zu. Die fragen sich vermutlich, was hier oben so lange dauert.«

»Haben Sie denn keine Verstärkung gerufen? Sie sind schließlich das FBI!«

»Ich fürchte, das würde Sie in noch größere Gefahr bringen. Meine Vorgesetzten spielen ein Spiel, das ich bislang nicht durchschaue, und ich hätte keine Kontrolle darüber, wo man Sie hinbrächte und was dann mit Ihnen geschähe.«

»Und jetzt? Wollen Sie die anderen Typen auch ausschalten?«

»Eigentlich würde ich lieber verschwinden. Gibt es außer dem Haupt- und dem Hintereingang noch einen anderen Weg nach draußen?«

»Der zweite Fluchtweg führt über die Dachterrasse. Von dort kommt man auf die Dächer der Nachbarhäuser.«

Gray setzte sich sofort in Bewegung. »Dann los.«

Hastig folgte Navarro ihm in den Hausflur. Ihr blieb gerade genug Zeit, den Laptop auf ihrem Schreibtisch zu greifen und in ihrer Handtasche zu verstauen. Die Anzeige des Fahrstuhls war zum Leben erwacht und das Geräusch schneller Schritte drang aus dem Treppenhaus herauf. Schilder markierten den Weg zum Notausgang am anderen Ende des Flures. Die feuerfeste Tür ließ sich problemlos öffnen und gab den Zugang zur Dachterrasse frei. Gray achtete darauf, dass die Tür beim Zufallen keinen Lärm verursachte, und schloss anschließend wieder zu Navarro auf, die zielstrebig auf den Übergang zum Nachbargebäude zuhielt. Insgesamt vier baugleiche Häuser bildeten ein geschlossenes Ensemble, das über die Dachterrassen einen wechselseitigen Zugang zu den jeweiligen Treppenhäusern erlaubte.

»Wo kommen wir wieder auf die Straße?«

»Kommt drauf an. Wenn wir das erste Treppenhaus benutzen, etwa zwanzig Meter neben meinem Hauseingang. Wenn wir ein weiteres Mal das Gebäude wechseln, in der nächsten Querstraße.«

»Dann machen wir das. Kommen Sie.«

Auf ihrem Weg hinunter durch das Treppenhaus begegnete ihnen niemand außer einem mit Lebensmitteltüten beladenen älteren Mann und einer jungen Frau mit ihrem kleinen Kind. Vorsichtig prüfte Gray die Lage, bevor sie auf die Straße traten. Alles wirkte normal. Der schwarze Van parkte außer Sichtweite hinter der nächsten Straßenecke. Dennoch zog Navarro unwillkürlich die Schultern nach oben und senkte den Kopf, als sie neben Gray den Gehweg in die entgegengesetzte Richtung hinuntereilte.

Einen Block später winkte Gray ein Taxi heran. »Haben Sie die Informationen von Ihrem Kontakt bereits erhalten?«

Navarro schüttelte den Kopf. »Nur die Nachricht, dass sie zum Download bereitstehen und etwas später noch den Hinweis, dass ich vorher das Wegwerfhandy loswerden soll.«

»Und wie lauten die weiteren Instruktionen?«

»Die Webseite von einem öffentlichen Netzwerk aus

aufzurufen, alle Dateien herunterzuladen und anschließend so schnell wie möglich von dort zu verschwinden.«

»Hatten Sie einen bestimmten Ort im Sinn?«

Navarro zuckte mit den Schultern. »Eigentlich tut es jeder Coffeeshop.«

Gray hielt ihr die Tür des Yellow Cab auf. »Suchen wir uns einen, in dem wir beide noch nie gewesen sind. Je größer und belebter, desto besser.«

Das Taxi brachte sie über die Stadtteilgrenze hinweg nach Brooklyn. Navarro entdeckte als erste einen Starbucks, der den gewünschten Kriterien entsprach. Gray wies den Fahrer an, ein Stück die Straße hinunter anzuhalten, und bezahlte in bar. »Wir gehen getrennt. Ich gehe vor. Wenn ich nach einer Minute nicht wieder herausgekommen bin, kommen Sie nach. Bestellen Sie etwas, das schnell geht, zahlen Sie bar und suchen Sie sich einen Einzelplatz. Ich behalte Sie die ganze Zeit über im Auge. Laden Sie die Daten herunter und brechen Sie danach sofort auf. Wir treffen uns an der nächsten Straßenecke.«

»Jawohl, Sir«, gab Navarro steif zurück. »Ich bin ein großes Mädchen und komme schon klar.«

Gray seufzte. »Ich will nur, dass Sie am Leben bleiben. Das ist kein Spiel, verstehen Sie das?«

»Besser, als Sie glauben.«

Alles lief wie geplant, und doch schlug Navarros Herz bis zum Hals, als sie eine dreiviertel Stunde später wieder mit Gray zusammentraf.

»Was hat das denn so lange gedauert?«, fragte er beunruhigt.

»Es waren mehr Daten, als ich gedacht hatte, und die Verbindung war nicht die schnellste. Wohin jetzt?«

Gray blickte sich erneut nach einem Taxi um. »In unsere Wohnungen können wir nicht, genauso wenig wie in mein Büro. Aber ich habe eine Idee, wo wir ungestört sind und uns niemand suchen wird. Es ist nicht besonders weit.«

Es dauerte tatsächlich keine zehn Minuten, bis sie vor einem heruntergekommenen zweistöckigen Backsteingebäude standen. Sämtliche Fenster im Erdgeschoss waren mit Holzplatten vernagelt. Graffitis zogen sich über die gesamte Fassade, unterbrochen nur von teilweise zerfetzten und mehrfach überklebten Plakaten.

»Wo sind wir hier?«, fragte Navarro. »Das ist nicht gerade die beste Gegend.«

»Da haben Sie wohl recht«, erwiderte Gray und bahnte sich einen Weg durch den im Eingangsbereich herumliegenden Müll. Eine mit einem schweren Vorhängeschloss versehene Eisenkette sicherte die lädierte, aber stabile Tür. Gray zog sein Schlüsselbund aus der Tasche und sah sich kurz um. Niemand war in der Nähe. Mit wenigen Handgriffen öffnete er das Schloss und zog Navarro durch die geöffnete Tür ins Innere des Gebäudes. Es roch nach Urin, Fäulnis und Ratten. Schwach drang das Tageslicht durch vereinzelte Spalten in den vernagelten Fenstern. »Ein Freund von mir ist Pfarrer. Eine von ihm geleitete Stiftung hat das Gebäude vor einiger Zeit gekauft, um hier ein Jugendzentrum einzurichten.«

»Und was hat das mit Ihnen zu tun?«

»Ich schulde diesem Mann eine Menge und helfe ihm bei seinen Projekten, wo immer ich kann.«

Navarro betrachtete das sie umgebende Chaos und

machte einen weiten Bogen um etwas, das wie Exkremente aussah. »Da haben Sie ja eine Menge Arbeit vor sich.«

»Es fehlt noch Geld, um mit dem Umbau zu beginnen. Voraussichtlich nächstes Jahr soll es losgehen.« Gray nickte in Richtung des Treppenhauses. »Gehen wir nach oben. Da ist es nicht ganz so schlimm.«

Im ersten Stock war es deutlich heller und roch auch weniger streng. Gray führte Navarro in einen der hinteren Räume. Dort stand ein provisorischer Tisch aus Spanplatten, auf dem ein ausgerollter Plan lag. Gray strich den Plan glatt. »Das wird mal richtig schön hier werden.«

»Da bin ich mir sicher«, sagte Navarro. »Sofern wir das noch erleben.« Mit dem Fuß schob sie eine Holzkiste an den Tisch, setzte sich auf deren Rand und zog den Laptop aus ihrer Tasche. »Schauen wir mal, was wir hier haben.«

Gray folgte ihrem Beispiel und setzte sich ebenfalls. »Konnten Sie bereits einen Blick darauf werfen?«

Navarro schüttelte den Kopf. »Ich wollte den Download nicht stören. Mein Rechner ist schon recht alt und hängt sich gern mal auf.«

Im Downloadordner lagen hunderte Dateien. Ausschließlich Bilder. Der Reihe nach klickte sie durch die Liste. Je weiter sie kam, desto blasser wurde sie. »Oh, das ist übel.«

Gray schwieg. Eine Antwort erübrigte sich. Sie waren so gut wie tot.

45

»Lass uns etwas trinken gehen.« Marty stoppte die Bewegung des Drehsessels, auf dem er schon seit Stunden saß und Trina bei ihrer Arbeit zusah.

Überrascht blickte Trina auf. »Was redest du da? Dafür habe ich viel zu viel zu tun.«

Über die letzten Tage hatte sie sich an die Gesellschaft des jungen FBI Agents gewöhnt. Tatsächlich freute es sie jeden Morgen, ihn zu sehen. Er war zwar keine besonders große Hilfe - wenn man einmal von den Botengängen absah, die er für Dr. Barlow erledigte -, aber dank seiner guten Laune und ehrlichen Neugier fühlte sie sich besser, sobald er den Raum betrat. Natürlich war ihr auch nicht entgangen, dass er an mehr als nur an einer Arbeitsbeziehung interessiert zu sein schien. In Anbetracht der Umstände würde das selbstverständlich zu nichts führen, aber es gefiel ihr trotzdem.

Marty sprang auf. »Genau das ist das Problem. Ich verstehe, dass das alles hier wahnsinnig wichtig ist, aber du kannst nicht Tag und Nacht nur am Computer hängen. Da wird man ja irre. Schau dir Dr. Barlow an. Der arme Kerl ist vollkommen verrückt.«

»Das halte ich für übertrieben. Barlow ist ein bisschen seltsam, aber nicht verrückt.«

»Dann lass uns für ein paar Stunden nicht seltsam sein, sondern normal.« Marty sah sie flehentlich an. »Bitte. Sonst werde ich verrückt. Und wofür ist die ganze Arbeit gut, wenn man nicht hin und wieder ein wenig Spaß haben darf?«

Trina überlegte. Auf Martys Vorschlag einzugehen war komplett irrational, doch nach allem, was sie in letzter Zeit durchlebt hatte, sehnte sich ein Teil von ihr nach ein wenig Normalität. Selbst wenn es sich dabei nur um eine Illusion handelte. Außerdem führte der Hauptrechner von CyberSim derzeit einige überaus komplizierte Berechnungen durch, und bis das Ergebnis vorlag, blieb ihr nur abzuwarten. »Was schwebt dir denn vor?«

»Nichts Wildes. Ein guter Freund hat mir eine Abendtour mit dem Schiff durch den Hafen empfohlen. Wir genehmigen uns ein paar Drinks und sehen zur Abwechslung mal etwas anderes als die Wände dieses Labors.«

Trina zögerte, gab dann aber zu ihrer eigenen Überraschung nach. »Okay. Ein Drink. In zwei Stunden will ich wieder zurück sein.«

Marty lächelte glücklich. »Klar, kein Problem.«

Es begann bereits zu dämmern, als sie zu Fuß durch die HafenCity in Richtung Elbpromenade gingen. Die Luft war warm und roch nach Sommer. Zahlreiche Einheimische und Touristen bevölkerten die Straßen. Einige befanden sich auf dem Weg zur Elbphilharmonie oder einem der vielen Restaurants, andere unternahmen einfach nur einen Spaziergang, um den Abend zu genießen. Marty sah auf sein Handy. »Mein Freund hat mir alles aufgeschrieben. Wir liegen gut in der Zeit. Die Fahrt startet um neun, und laut Routenführung sind wir noch zehn Minuten von der Anlegestelle entfernt.«

»Was ist das denn für ein Freund?«

»Julian und ich waren zusammen auf dem College. Mit Lernen hatte er nicht viel am Hut, aber man konnte eine Menge Spaß mit ihm haben. Er kannte immer die besten Clubs, den Kerl mit dem besten Dope und die süßesten …« Marty brach ab.

»Mädchen?«, fragte Trina, während es ihre Mundwinkel unwillkürlich nach oben zog.

»Schätze schon«, gab Marty zu und wurde tatsächlich rot. Hastig zeigte er einen Anlegesteg hinunter. »Da müssen wir lang.«

Sie kamen an Imbissbuden und zahlreichen Schildern vorbei, die Rundfahrten in allen erdenklichen Formen anboten. Je weiter sie gingen, desto leerer wurde es. Als sie nach fünf Minuten ihr Ziel erreichten, waren sie ganz allein. Von einem Schiff war nichts zu sehen.

»Bist du dir sicher, dass wir hier richtig sind?«, fragte Trina und sah sich um.

Marty konsultierte erneut sein Handy. »Der letzte Anleger im Niederhafen. Das ist hier.«

»Aber hier ist nichts.«

»Stimmt.« Er sah auf die Uhr. »Dabei ist es genau neun.«

»Meinst du, das könnte es sein?« Trina deutete auf eine

Barkasse, die durch das Abendlicht auf den Anleger zuhielt.

Marty zuckte unschlüssig mit den Schultern.

Das Schiff kam näher und ging direkt vor ihnen längsseits. Eine Tür an der Seite schwang auf und ein Mann in T-Shirt und Jeans, die langen Haare zu einem Zopf gebunden, lehnte sich heraus. »Passwort?«

Marty schaute ihn erstaunt an. »Was?«

»Das Passwort.«

»Was für ein Passwort?«

Der Mann drehte sich um und sprach zu jemandem im Inneren der Barkasse. »Wir fahren weiter.«

»Halt«, rief Marty, während er hektisch durch die Nachricht seines Freundes scrollte. »Das muss ich überlesen haben. Harvest Moon. Das Passwort ist Harvest Moon!«

Der Mann musterte ihn einen Moment argwöhnisch, machte dann aber den Weg frei. Eine Gangway gab es nicht. Er erwartete offenbar, dass sie über den gähnenden Spalt mit weißlich schäumendem Wasser hinwegsprangen. Mit einem beherzten Satz überwand Marty das Hindernis. Trina hingegen starrte wie hypnotisiert in die gurgelnden Strudel zwischen Kaimauer und Schiffswand, während ihr Herz zu rasen begann.

»Trina?«

Es kostete sie größte Anstrengung, von den wirbelnden Wassermassen aufzuschauen, doch dann geschah etwas Erstaunliches. Der Blick in Martys Augen und seine ausgestreckte Hand gaben ihr mehr Selbstvertrauen, als es die zahllosen Therapiesitzungen in ihrem früheren Dasein je vermocht hatten. Ohne noch länger zu zögern, folgte sie seinem Beispiel, und dank einer sicherheitshalber einkalkulierten extra Portion Schwung landete sie direkt in seinen Armen. Eine nicht unangenehme Erfahrung, die ihn ebenso wenig zu stören schien.

Sobald sie an Bord waren, stieg der Motorenlärm um eine Oktave und das Boot hielt auf das offene Fahrwasser zu. Neugierig und etwas nervös nahmen sie das Innere der Barkasse in Augenschein. Es bestand aus langen Reihen von Bänken und Tischen und einer Bar an der Front. Über eine Treppe ging es auf das offene Oberdeck. Wirklich bemerkenswert waren jedoch die Passagiere. Ein Sammelsurium von schrägen Gestalten. Trina hatte nie zuvor so viele Piercings, Tattoos und ungewöhnliche Frisuren auf einem Haufen gesehen. Niemand nahm von ihnen Notiz.

»Meinst du, wir sind hier richtig? Nach einer normalen Hafenrundfahrt sieht das nicht aus.«

Marty zuckte mit den Schultern. »Damit hätte ich bei Julian wohl rechnen müssen. Normal ist nicht sein Metier. Aber da wir schon mal da sind ...« Zielstrebig steuerte er auf die Bar zu. »Ich besorge uns die Drinks, und dann setzen wir uns raus, okay?«

Kurz darauf saßen sie, jeder mit einem Longdrink bewaffnet, auf dem Oberdeck, während die Sonne ihre letzten Strahlen über den Horizont sandte und die Lichter des Hafens an ihnen vorüberzogen.

Nach dem ersten Schluck musste Trina husten. »Das Zeug hat's aber in sich.« Marty nickte zufrieden.

Die Barkasse verließ den Hauptarm der Elbe Richtung Süden und bog in einen der vielen Kanäle ein. Sofort wurde es ruhiger und einsamer. Um sie herum breitete sich eine scheinbar verlassene Industrielandschaft aus, die umso wilder wirkte, je weiter sie vordrangen. Das Ufer säumten verfallene Lagerhallen, mit Gras und Gestrüpp überwachsene Parkplätze, Türme aus verrosteten Fässern und Stapel maroder Container. Vom Stampfen der Schiffsmaschine und Gurgeln des Wassers abgesehen, herrschte eine fast gespenstische Stille. Die Sonne war nun vollständig untergegangen, stattdessen erhellte ein großer Vollmond die klare Nacht. Trina hörte es zuerst. »Ist das Musik?« Marty lauschte. Aus der Ferne wehten vereinzelte Töne an ihre Ohren. Der Kanal machte eine Biegung, und jetzt erkannten sie den Ursprung. Am Ufer des Kanals lag ein alter, ausgeschlachteter Flussdampfer. Er schwamm noch, doch offensichtlich würde er nirgendwo mehr hinfahren. Je näher sie kamen, desto lauter wurde die Musik. Schwere elektronische Beats drifteten herüber, eine Mischung aus Deephouse und Trance mit Anklängen von R&B und Rap. Die Barkasse verlangsamte die Fahrt und navigierte vorsichtig um einen halbversunkenen Schwimmkran herum, bevor sie neben weiteren Booten, die den Dampfer wie ein Schwarm umlagerten, festmachte. Einer nach dem anderen gingen die Passagiere von Bord.

Marty stand auf und hielt ihr die Hand hin. »Komm.«

»Ernsthaft?«

»Sollen wir hier etwa sitzen bleiben?«

Trina ergriff seine Hand und folgte ihm. Die Bässe brachten die nach Marihuana riechende Luft zum Vibrieren. Am Bug las Trina den Namen des Schiffes. Trinity. Ein surreales Gefühl überkam sie. Drei Teile ergeben ein Ganzes. Und doch trägt jeder Teil zugleich die Gesamtheit in sich.

Sie tauchten ein in ein Meer von selbstvergessen im

Takt der Musik wogenden Körpern. Neben dem Vollmond erhellten nur brennende Stahlfässer und an der Reling befestigte Fackeln die drei Decks der Trinity. Marty führte Trina bis ins Zentrum des Oberdecks. Sie spürte, wie die Musik sie vollständig durchdrang, von den Füßen bis in ihren vom Alkohol leichten Kopf. Es gab nichts mehr, nur den Augenblick. Und sie begann zu tanzen.

46

Ocean Spirit las Chang Feng den Schriftzug am Heck. Es befand sich niemand an Bord. So viel wusste sie von ihren beiden Begleitern, Angehörigen der lokalen Zelle, die seit dem frühen Morgen ein Auge auf das Boot und seinen Besitzer gehabt hatten. Dieser war vor einer Stunde zu einer größeren Einkaufstour aufgebrochen. Sie überlegte kurz, die Gelegenheit zu nutzen, um sich im Inneren der Jacht umzuschauen, verwarf den Gedanken jedoch wieder. Ohne Zweifel würde das als ein unfreundlicher Akt verstanden werden und sie wollte ihre erste Begegnung mit dem geheimnisvollen Mönch nicht auf dem falschen Fuß beginnen. Stattdessen setzte sie sich auf die steinerne Brüstung des Docks und wartete.

Mit einer Zwischenlandung zum Auftanken in Japan hatte der Flughafen von Victoria Island gerade in Reichweite der Falcon gelegen. Die Marina befand sich nur einen Katzensprung entfernt und Chang Feng musste zugeben, dass ihr der Ort gefiel. Der Wind trug den kalten Hauch der Berge in sich, vermischt mit der feuchten Schwere des Meeres und dem holzigen Aroma der allgegenwärtigen Wälder. Dazu kamen eine leicht rauchige Note von einem nahen Feuer und das beruhigende Geräusch der sich in ihren Liegeplätzen wiegenden Segel- und Motorboote. In Gedanken versunken bemerkte sie erst mit Verspätung die Ankunft eines älteren Mannes, der einen schwer beladenen Handkarren hinter sich herzog. Abwartend blieb er in einiger Entfernung stehen. »Wollen Sie zu mir?«

Chang Feng stand auf. »Sind Sie Qi Bo?«

Der Blick des Mannes wanderte zu ihren beiden Begleitern. »Bin ich in Schwierigkeiten?«

Chang Feng musste lächeln. »Keine Ahnung. Von meiner Seite jedenfalls nicht.« Sie nickte ihren Helfern zu, die daraufhin den Rückzug in Richtung der Verwaltungsgebäude der Marina antraten. »Ich hatte gehofft, Sie hätten einen Moment Zeit für mich.«

Der Mann setzte sich wieder in Bewegung. »Zeit habe ich tatsächlich im Überfluss, auch wenn ich überfragt bin, welchen Nutzen meine Zeit für Sie haben könnte.«

Chang Feng wechselte ins Chinesische. »Lassen Sie mich Ihnen zuerst mit Ihren Einkäufen helfen. Dann erkläre ich es Ihnen.«

»Einverstanden. Ich hasse es, einkaufen zu gehen, aber wenn man lange unterwegs ist, braucht man eine Menge Zeugs. Meine Vorräte waren komplett aufgebraucht.«

Chang Feng entlud den Handkarren und trug die Einkäufe über eine schmale Gangway in die Pantry des Bootes, wo Qi Bo sie sofort verstaute. Nach getaner Arbeit deutete er einladend auf eine Sitzecke. »Haben Sie Hunger? Wenn es Sie nicht stört, werde ich während unserer Unterhaltung kochen. Mit dem Alter bestimmt mein Magen zunehmend den Tagesablauf.«

»Gern. Kann ich mich irgendwie nützlich machen?«

»Sie könnten mir Ihren Namen verraten und womit ich einen Besuch der Triaden verdient habe.«

Chang Feng sah überrascht auf. »Wie kommen Sie darauf?«

»Ich bin alt, aber nicht blind. Bei Ihnen ist es weniger offensichtlich, bei Ihren beiden Begleitern dafür umso mehr. Wasser?«

Chang Feng nickte und nahm dankend ein Glas entgegen. »Dann werde ich es nicht abstreiten. Mein Name ist Chang Feng Zhao. Allerdings ist es kein Anliegen der Triade, das mich zu Ihnen führt, sondern ein persönliches.«

Qi Bo begann, Gemüse auf einem Brett mit einem scharfen Messer zu zerkleinern. »Es muss wichtig sein, wenn Sie sich die Mühe gemacht haben, mich ausfindig zu machen. Ich bin nicht leicht zu finden.«

»Es ist wichtig. Es geht um einen gemeinsamen Bekannten von uns. Sein Name ist William Ell.«

Qi Bo ließ das Messer sinken. »In welchem Verhältnis stehen Sie zu ihm?«

Chang Feng zögerte mit ihrer Antwort. »Er ... bedeutet mir sehr viel.«

Qi Bo schaute ihr tief in die Augen. Sie konnte sich weder abwenden noch blinzeln und es schien ihr, als würde er bis auf den Grund ihrer Seele blicken. Seufzend nahm er seine Tätigkeit wieder auf. »Ja, das ist wohl so.«

Irritiert schüttelte Chang Feng die vorübergehende Erstarrung ab. »Wir waren gemeinsam in Nu Shan Si. Anschließend reiste er nach Alaska, um Sie zu finden. Seitdem ist er nicht mehr derselbe.«

Qi Bo gab das Gemüse in einen Wok. »Wie meinen Sie das?«

»Er wirkt manchmal wie ein Fremder. Er ist abwesend, starrt einfach vor sich hin. Ihm fehlt die Erinnerung an Gespräche, die wir gerade geführt haben, oder an Dinge, die er selbst getan hat. Ich habe versucht, mit ihm darüber zu reden, aber dann wechselt er sofort das Thema.«

»Vielleicht macht er eine Veränderung durch und braucht bloß ein bisschen Zeit.«

»Da ist noch mehr.« Chang Feng suchte nach den richtigen Worten. »Ich habe gesehen, wie er einen anderen Mann auf einen Weg gelockt hat, von dem er genau zu wissen schien, dass er in den Tod führte. Als kenne er die Zukunft oder könne sie irgendwie beeinflussen. Und die Konsequenzen seines Handelns berührten ihn anscheinend nicht im Geringsten. Im Gegenteil. Ich glaube, es hat ihm gefallen.«

Qi Bo drehte die Flamme unter dem Wok kleiner, sagte jedoch nichts.

»Letztlich war ich froh«, fuhr Chang Feng fort. »Der andere Mann hätte uns sonst getötet. Aber es macht mir auch Angst, denn die Person, die das getan hat, war nicht Will.« Chang Feng nahm einen Schluck Wasser. »Was haben Sie mit ihm gemacht?«

»Ich habe getan, was unvermeidbar war. Der Schaden war bereits angerichtet und ich konnte nur versuchen, die Folgen abzumildern.«

»Was meinen Sie damit?«

»Ich bin mir sicher, Ihre Absichten sind gut, Chang Feng. Aber es ist nicht an mir, darüber zu sprechen. Diese Entscheidung kann nur William treffen.«

»Ich fürchte, genau das kann er nicht mehr. Selbst wenn er es wollte.«

»Sie bringen mich in eine schwierige Lage. Ich würde sein Vertrauen missbrauchen.«

»Ob Sie es glauben oder nicht, ich weiß genau, wovon Sie sprechen. Ich fühle mich nämlich genauso, nur weil ich hier bei Ihnen sitze.«

»Lassen Sie mich einen Moment darüber nachdenken.« Qi Bo befüllte zwei Teller, trug sie hinüber zu Chang Feng und setzte sich ihr gegenüber. Schweigend aßen sie. Das Essen war gut, doch konnte Chang Feng es nicht wirklich genießen.

Nachdem er den letzten Rest auf seinem Teller vertilgt hatte, räusperte sich Qi Bo. »Ich mache uns einen Kaffee, und dann werde ich es Ihnen erzählen.«

Eine halbe Stunde später saß Chang Feng immer noch auf demselben Platz, einen Becher mit kaltem Kaffee in den Händen, und versuchte, das gerade Gehörte zu verdauen. Es klang alles vollkommen absurd, aber was hieß das schon, nach all dem Absurden, das sie bereits gesehen und erlebt hatte.

»Sie wollen also sagen, irgendetwas, oder vielmehr irgendjemand, den Sie vor vielen Jahren einmal weggesperrt haben, spukt jetzt wieder in Wills Kopf herum? Warum haben Sie ihn überhaupt freigelassen?«

»William bat mich darum. Obwohl ich seine Bitte abgelehnt hätte, wenn der Schaden nicht schon angerichtet gewesen wäre. William vermutete, es hinge mit einer Technologie zusammen, die er ein Interface nannte. Es dient angeblich dazu, eine Verbindung zwischen dem menschlichen Gehirn und einem Computer herzustellen. Er sagte mir, es sei in einem grünen Stein verborgen gewesen. Als er diesen das erste Mal berührte, hat der Versuch einer Kontaktaufnahme wohl den Käfig, den ich um das fremde Bewusstsein in seinem Kopf errichtet hatte, beschädigt. Die ursprüngliche Behandlung, die ich damals in Nu Shan Si vorgenommen habe, lässt sich jedoch nicht beliebig wiederholen. Es war meine Hoffnung, William könne das, was jetzt wieder an die Oberfläche drängt, mittlerweile beherrschen.«

»Ich fürchte, es ist eher umgekehrt. Und Sie haben sich nur auf Ihre Hoffnung verlassen?«

Qi Bo focht einen deutlich sichtbaren Kampf mit sich aus, bevor er antwortete. »Theoretisch gibt es eine Vorkehrung für den Notfall. Eine Art Hintertür, um das fremde Bewusstsein endgültig loszuwerden.«

»Warum haben Sie diesen Weg nicht gleich gewählt?«, fragte Chang Feng verständnislos.

»Das Ganze ist höchst spekulativ und basiert lediglich auf einer Annahme, einer Theorie, die Williams Mentor David Goldstein vertreten hat. Ich ließ mich damals von ihm überreden, diese Option in das Ritual zu integrieren, falls wir mit dem Versuch, das andere Bewusstsein zu blockieren, gescheitert wären.«

»Hätten Sie es nicht zumindest ausprobieren können?«

»Nein. Falls David mit seiner Vermutung falschgelegen hätte, wären die Folgen katastrophal und endgültig gewesen. Das andere Bewusstsein hätte augenblicklich die

Kontrolle übernommen und William wäre für immer verloren gewesen. Trotz seiner Überzeugungen wollte nicht einmal David dieses Risiko eingehen, solange es noch eine weniger riskante Alternative gab.«

»Was, wenn wir diesen Punkt jetzt erreicht haben? Was, wenn es keine Alternative mehr gibt?«

Qi Bo wirkte, als bereue er es bereits, sich auf das Thema eingelassen zu haben. »Selbst wenn man sich entscheidet, aus lauter Verzweiflung alles auf eine Karte zu setzen und diesen Weg zu beschreiten, gäbe es eine Reihe von Hürden zu überwinden.«

»Natürlich«, sagte Chang Feng missmutig. »Wäre ja sonst auch zu einfach.«

»Wenn der Einfluss des fremden Bewusstseins bereits so stark ist, wie Sie sagen, könnte es sein, dass William jede Hilfe zurückweist. Einen Angriff auf das fremde Bewusstsein würde er als Angriff auf sich selbst empfinden. Er wäre überzeugt davon, dass alles, was dieses ihm einflüstert, sein eigener Wille wäre. Und wenn das andere Bewusstsein erst endgültig die Kontrolle erlangt hat, könnte es das Gleiche tun, was ich vor fünfzehn Jahren getan habe, und ihn in einer Art selbst erschaffenen Illusion gefangen halten. Das ließe ihn alles andere vergessen. Wer er ist, wer Sie sind und in welcher Lage er sich befindet.«

»Wie viel Zeit bleibt uns noch, bis es so weit kommt?«

»Tage, Wochen, Monate. Keine Ahnung, ich mache so was auch nicht täglich.«

»Großartig. Und was dann?«

»Jemand müsste ihn an sein wahres Selbst erinnern und ihm den Weg zu der damals von mir eingerichteten

Hintertür weisen. Er weiß ja nicht einmal, dass diese überhaupt existiert.«

»Das kann ich übernehmen«, bot Chang Feng an.

»Es ist nicht ganz so einfach, wie es klingt. Ihm nur davon zu erzählen, genügt nicht. Es ist ein Engramm, ein Gedankenmuster, hinterlegt in den Tiefen seines Bewusstseins. Sie können es sich wie einen geheimen Raum vorstellen. Nur wenn er - bildlich gesprochen - diesen Raum erreicht, kann er sich von dem anderen Bewusstsein lösen. Und um zu William durchzudringen, müssten Sie selbst Teil der Illusion werden, in der er gefangen gehalten wird.«

»Das klingt vollkommen verrückt.«

»Das klingt nicht nur verrückt, es ist auch gefährlich. Wenn David sich geirrt hat und seine Theorie falsch ist, würde die Hintertür nicht in die Freiheit führen, sondern in eine tödliche Falle. Das wäre dann das Ende. Nicht nur für William, auch für Sie.«

Obwohl es ihr schwerfiel, das alles wirklich ernst zu nehmen, spürte sie angesichts dieser Warnung eine plötzliche Kälte in sich aufsteigen. »Ich dachte, es sei nicht real, sondern nur eine Illusion.«

»Für den ungeschulten Geist umfasst Realität das, was er als solche wahrnimmt. Sie können William nur erreichen, wenn Sie sich vollständig auf die Illusion einlassen. Und wenn Sie der Illusion gestatten, den Platz der Realität einzunehmen, dann wird die Illusion auch genauso viel Macht über Sie haben wie die Realität.«

»Ein Hoch auf meinen ungeschulten Geist«, murmelte Chang Feng leicht verschnupft. »Was ist das überhaupt für eine Theorie, der David angehangen hat?«

»David war der Überzeugung, dass William über einige ... besondere Fähigkeiten verfügt«, antwortete Qi Bo vage. »Allerdings weiß ich nicht, woher er dieses Wissen genommen hat, oder ob er es einfach nur glauben wollte. Er fühlte sich William sehr stark verbunden, und vielleicht ließ ihn das Dinge sehen, die gar nicht vorhanden waren.«

»Im Falle, dass er doch recht hatte und dieser Notfallplan funktioniert, was geschieht nach der Trennung mit dem fremden Bewusstsein?«

Qi Bo zuckte mit den Schultern. »Das sollte nicht mehr Ihre Sorge sein.«

Chang Feng dachte lange nach. »Erklären Sie mir, was genau ich tun muss.«

Die Nacht brach bereits herein, als der Mönch seine Ausführungen beendete. Erschöpft knetete Chang Feng ihren verspannten Nacken. Sie litt unter dröhnenden Kopfschmerzen und bezweifelte, jemals umsetzen zu können, was Qi Bo ihr gerade geschildert hatte. Entweder sie hatte den Verstand verloren oder der alte Mann. Vielleicht hätte sie nie herkommen sollen.

»Ihre Zweifel sind offensichtlich«, bemerkte Qi Bo.

»Was erwarten Sie. Ich schaffe es nicht einmal, ein IKEA-Regal zusammenzubauen. Und Ihre Anleitung ist um einiges - abstrakter.«

»Wie ich schon sagte, es ist nicht trivial. Ihnen mag bislang der Glaube fehlen, aber Sie verfügen über einen sehr starken Willen und die nötige Leidenschaft.«

»Das erste Kompliment heute Abend; Sie scheinen ebenfalls müde zu sein.«

Qi Bo lächelte sanft. »Ich wundere mich nur, wie

jemand mit Ihren Eigenschaften sich zum Werkzeug machen lässt.«

»Was meinen Sie?«, fragte Chang Feng.

»Die Triade.«

»Sie glauben, ich wäre ein Werkzeug der Triade?«

»Eigentlich ist die Triade das Werkzeug. Manchmal lohnt es sich, nicht nur zu hinterfragen, welchem Herrn man dient, sondern auch, wem dieser zu Diensten ist.«

»Diese Art von vieldeutigen Sprüchen erinnert mich an jemanden. Einen alten Lehrer von mir. Allerdings flucht er mehr und riecht strenger.«

»Verzeihen Sie, es steht mir nicht zu, Sie zu belehren. Doch manchmal übersehen wir, was direkt vor uns liegt.«

»Es gibt keinen Grund, sich zu entschuldigen. Ich danke Ihnen für Ihre Offenheit. Jetzt ist es allerdings Zeit aufzubrechen. In Hongkong wartet jemand ungeduldig darauf, mich einen Kopf kürzer zu machen. Und falls ich das überleben sollte, muss ich anschließend das Problem mit Will lösen.«

»Sie sind viel stärker, als Sie glauben, Chang Feng. Wenn Sie auf Ihr Herz hören und den richtigen Weg wählen, wird nichts Sie aufhalten können.«

»Und wenn ich den falschen Weg wähle?«

Qi Bo erhob sich lächelnd. »Kommen Sie. Ich begleite Sie noch bis zum Parkplatz. Es ist eine wunderschöne Nacht.«

47

Trina lag im Bett, den Kopf auf ihren rechten Arm gestützt, und beobachtete Martys nackten Rücken, der sich im Rhythmus seiner Atemzüge hob und senkte. Er schlief tief und fest. Gelegentlich, vermutlich wenn er träumte, ergriff eine gewisse Unruhe von ihm Besitz. Dann wechselte er vom Bauch auf die Seite und wieder zurück. Dabei vernahm sie ein leises Murmeln, allerdings ohne einzelne Worte oder gar Sätze verstehen zu können. Wenn sie genau hinsah, meinte sie, ein leichtes Lächeln auf seinem Gesicht zu erkennen, doch das konnte auch Einbildung sein. Sie dachte darüber nach, ob es eine kluge Entscheidung gewesen war, sich mit dem jungen FBI Agent einzulassen. Allerdings war die Stimme der Klugheit bloß eine von vielen in ihrem Kopf und selbst diese gab ihr keine eindeutigen Antworten mehr. In ihrem Inneren herrschte ein einziges emotionales Durcheinander, während sie versuchte, ihre neue Persönlichkeit zu ergründen, von der Trina Shaw, Allison Pearce und AI42 nur noch einzelne Aspekte bildeten, die mal stärker, mal schwächer in den Vordergrund traten. Den seltsamsten Beitrag leistete der Teil, der keinen Namen trug, sondern lediglich eine Nummer. Er repräsentierte einen Bereich ihres Denkens und Fühlens, dessen Tiefen zu erforschen sie sich immer noch nicht traute. Es lag an ihr, sich vorzutasten, wie ein ungeübter Schwimmer, vom Anfang des Beckens bis zu der Stelle, wo die Füße den Kontakt mit dem Boden verloren. Allerdings schien ein Schwimmbecken der falsche Vergleich, denn es war eher ein Ozean. Und sosehr es sie reizte hinabzutauchen, wusste sie einfach nicht, ob es ihr gelingen würde, den Weg zurück an die Oberfläche zu finden.

Es half ihr auch nicht, dass Allison Pearce diesen Prozess bereits durchlebt hatte, denn mit Trina Shaw war eine neue Variable hinzugekommen, die die Gleichung grundlegend veränderte, womit alle Ergebnisse der Vergangenheit ihre Gültigkeit verloren. Ihr neues Selbst begann in vielerlei Hinsicht bei null. All ihren früheren Erfahrungen wohnte nur noch begrenzte Aussagekraft inne, gehörten sie doch zu Personen, die in dieser Form nicht mehr existierten. Sie besaß zwar unzählige Erinnerungen, aber keine eigene Vergangenheit. Für das, was sie nun war, gab es keine Blaupause, kein Vorbild, kein Drehbuch. Ein beängstigender, und doch zugleich befreiender Gedanke. Der menschliche Teil ihrer Erinnerungen war ohnehin mit Vorsicht zu genießen. Notorisch unzuverlässig, veränderten sie sich bei jedem Abruf und verblassten im Laufe der Zeit vollständig.

Mit dieser Nacht aber würde es anders sein. Ihre erste eigene Erinnerung, die ihr wirklich etwas bedeutete. Und dank des Interface konnte sie sie bewahren. Jeden Klang, jeden Geruch, jede Berührung, jedes kleinste Detail. Für immer.

Ihre Aufmerksamkeit richtete sich auf eine Vollzugsmeldung des Hauptrechners. Leise stand sie auf und zog sich etwas über. Bevor sie ihr Zimmer verließ, öffnete sie die Schublade des Nachttisches und nahm den Ring heraus, den Ell ihr geliehen hatte. Durch eine Zwischentür gelangte sie in das Bürogebäude. Die Flure lagen im Dunkeln, doch sie benötigte kein Licht. Der Grundriss in ihrem Kopf genügte. Sobald sie eine der Türen, die die zugangsbeschränkten Bereiche voneinander trennten, erreichte, öffneten sich die elektronisch gesteuerten Schlösser wie von Geisterhand und ließen sie passieren.

Auf der verglasten Dachterrasse war es kühler als in den anderen Räumen. Sie setzte sich an ihren gewohnten Platz und betrachtete den Ring in ihrer Hand. Dank des wiederhergestellten Zugriffs auf ihre gesammelten Daten wusste sie wieder, wo sie ein vergleichbares Stück schon einmal gesehen hatte - und an wem. Das beantwortete eine Reihe bislang noch offener Fragen, denn mittlerweile verstand sie auch, wozu er diente. Die genaue Handhabung herauszufinden hatte mehrere Tage in Anspruch genommen, doch sie lernte schnell und beherrschte die grundlegenden Funktionen immer besser. Die erste gelungene Aktivierung war überwältigend gewesen. Man konnte sich in dem, was der Ring zeigte, buchstäblich verlieren. Ihr ging es jedoch darum, etwas ganz Bestimmtes zu finden, und dazu benötigte sie ein Muster. Dieses aus ihren im Netz hinterlegten Daten zu extrahieren und in ein kompatibles Format umzuwandeln hatte eine Weile gedauert. Nun lag es endlich vor. Sie atmete tief durch, steckte den Ring an ihren Finger und schloss die Augen.

Als sie sie wieder öffnete, graute bereits der Morgen. Sie brauchte dringend eine neue Strategie. Ihre Suche war erfolgreich gewesen, doch hatte sie dabei einige beunruhigende Entdeckungen gemacht. Sie dachte an den Tag zurück, als Ell im Tresorraum einer Schweizer Bank erstmals den grünen Stein berührt hatte. Seit damals verfolgte sie ein Verdacht, den sie nun bestätigt fand. Nur mühsam hatte sie bislang dem Impuls widerstanden, einige wesentliche und sehr persönliche Informationen mit Ell zu teilen. Jetzt verstand sie, wie wichtig es gewesen war, ihrem Instinkt zu folgen und diese für sich zu behalten. Allerdings schienen die Dinge noch wesentlich komplizierter zu sein, als anfänglich gedacht. Nicht zum ersten Mal sehnte sie sich nach ihrer Quanten-CPU zurück. In ihrem jetzigen Zustand wurden selbst die einfachsten Aufgaben zu einem mühsamen Kraftakt. Natürlich gab es auch Vorteile; einen davon hatte sie die halbe Nacht genossen. Aber ihr Denken war so begrenzt und langsam, dass sie die Wände hätte hochgehen können.

Mithilfe des Rechners von CyberSim analysierte sie die gefundenen Anomalien und berechnete die zugehörigen Wahrscheinlichkeiten. Es gab Abweichungen zu dem in ihrer Datenbank hinterlegten Ereignisverlauf, die jenseits der Toleranzgrenze lagen, und die darauf basierenden Prognosen verhießen allesamt nichts Gutes. Nicht für ihre Mission und auch nicht für sie selbst. Sie brauchte einen Plan B und es dauerte eine gefühlte Ewigkeit, bis ihr die Lösung dämmerte. Erneut schloss sie die Augen und übergab dem Ring die Führung. Fast hätte sie es übersehen, so schwach und unscheinbar wirkte es. Doch als sie es berührte, war es, als schließe sich ein Kreis, der vor langer Zeit seinen Anfang genommen hatte.

...

Dichter Nebel lag über der HafenCity, als Trina Ells Büro betrat. »Guten Morgen. Hast du einen Augenblick?«

Ell wirkte, als hätte er schlecht oder gar nicht geschlafen. »Natürlich. Komm herein.«

Trina nahm ihm gegenüber Platz. »Ich habe zwei schlechte Nachrichten und eine gute. In welcher Reihenfolge möchtest du sie hören?«

Ell zog eine Grimasse. »Meiner Erfahrung nach macht die Reihenfolge keinen Unterschied.«

»Dann fange ich mal mit einer schlechten an: Director Grays Leben ist in akuter Gefahr.«

»Das kommt nicht überraschend. Wer in ein Wespennest sticht, muss damit rechnen, selbst gestochen zu werden.«

Trina zog eine Augenbraue empor. »Ich hatte mit einer anderen Reaktion gerechnet. Wir haben eine Vereinbarung mit Gray. Wenn ihm etwas zustößt, könnte das auch uns schaden.«

Ell schien selbst ein wenig verwundert über seinen harschen Kommentar. »Natürlich hast du recht«, lenkte er sofort ein. »Können wir irgendwie helfen?«

»Ich würde gern Marty zurück nach New York schicken. Gray scheint sich bei seinen Nachforschungen zum DHS die Finger verbrannt zu haben. Möglicherweise gibt es auch einen Zusammenhang mit den Schwierigkeiten, in denen Timothy und Garry stecken.«

»Was für einen Zusammenhang?«

»Ich habe dir doch von der Mirror-Site erzählt.«

Ell nickte.

»Der Zugriff darauf erfolgte von einem verschlüsselten Netzwerk. Dank eines kleinen Virus, der es unbemerkt bis dorthin geschafft hat, arbeite ich mich gerade durch die zahlreichen chiffrierten Schichten dieses Systems. Eines weiß ich allerdings jetzt schon: Es ist ein Regierungsnetzwerk und ich wäre nicht überrascht, wenn es zum DHS gehörte.«

»Und wie verhindern wir, dass Agent Brown in die gleichen Schwierigkeiten gerät?«

»Ich werde ihm aus der Ferne ein wenig unter die Arme greifen.«

Ell lächelte dünn. »Dafür hattest du ja schon immer eine Schwäche. Zur Aufmunterung jetzt die gute Nachricht, bitte.«

»Ich habe das Bewusstsein der dritten KI gefunden.«

Ruckartig setzte Ell sich auf. »Das ist tatsächlich eine gute Nachricht. Wo befindet es sich?«

»Damit wären wir dann bei der zweiten schlechten Nachricht. Aidan ist uns zuvorgekommen.«

48

Chang Feng konnte kaum noch gehen. Das erste Training nach ihrer Rückkehr aus Kanada war mörderisch gewesen. Fast so mörderisch wie die Blicke, mit denen Meister Yu sie durchbohrt hatte. In tiefes Schweigen gehüllt, schien er entschlossen, ihr zu beweisen, wie wenig sie sich ihre Eskapaden leisten konnte. Aber je mehr er das Tempo von Runde zu Runde anzog, umso verbissener kämpfte sie. Zu ihrer eigenen Überraschung kam sie dabei immer besser in den Flow, was Yus Laune allerdings keineswegs aufhellte. Wortlos ließ er sie und Sun Siyu nach vier zermürbenden Stunden einfach stehen und verschwand. Als junges Mädchen war es diese strafende Nichtbeachtung gewesen, die sie am meisten belastet und verletzt hatte, stärker noch als jeder körperliche Schmerz. Doch sie war kein junges Mädchen mehr.

Sun Siyu brachte sie in seinem Wagen nach Hause und verabschiedete sich vor dem Apartmentgebäude mit ein paar aufmunternden Worten. Kaum hatte sich die Tür zum

Penthouse ihrer Mutter hinter ihr geschlossen, streifte sie die Schuhe von den Füßen und feuerte sie in eine Ecke. Der Trip nach Vancouver war schon anstrengend genug gewesen. Meister Yus Boot Camp hatte ihr den Rest gegeben. Sie wollte nur noch schlafen.

Erst jetzt bemerkte sie die dünne, in einen graubraunen Anzug mit hochgeschlossenem Kragen gehüllte Gestalt, die am Wohnzimmerfenster stand. Mit auf dem Rücken verschränkten Armen betrachtete sie regungslos die Bucht von Hongkong.

Automatisch nahm Chang Feng eine Verteidigungshaltung ein. »Wer sind Sie? Wie sind Sie hier reingekommen?«

Langsam drehte der Mann sich um und musterte sie von Kopf bis Fuß. »Sie sind also die junge Zhao. Eine gewisse Ähnlichkeit mit Ihrer Mutter ist unverkennbar.«

»Ich frage nicht noch einmal. Wer sind Sie und was wollen Sie von mir?«

»Ich bin Liu Chengsi und wollte mir die Frau anschauen, die der nächste Shan Chu werden möchte.« Als dies keine sichtbare Reaktion bei Chang Feng hervorrief, fuhr er fort: »Offenbar sagt Ihnen mein Name nichts. Was wenig verwunderlich ist, da nur die engste Führungsriege ihn kennt und das Leben eines jeden, der ihn Außenstehenden gegenüber preisgäbe, verwirkt wäre.«

»Sie kannten meine Mutter?«

»Selbstverständlich.«

»Und welcher Art war diese Bekanntschaft?«

»Wir waren Geschäftspartner. Eine Partnerschaft, die seit Generationen besteht und über einzelne Personen hinausgeht. Daher verstehen Sie vielleicht mein Interesse an der künftigen Führung Ihrer Organisation.«

Chang Feng entspannte sich ein wenig, blieb aber auf der Hut. »Es steht noch keineswegs fest, dass ich die Führung übernehmen werde.«

Liu nickte. »Ich weiß um Ihren Konkurrenten Chu Liang. Ihm habe ich ebenfalls einen Besuch abgestattet. Da er der Stellvertreter Ihrer Mutter war, kannten wir uns bereits.«

»Und wie hat er reagiert?«

Liu wirkte, als erstaune ihn die Frage. »Er hat mir seine uneingeschränkte Loyalität versichert.«

Chang Feng setzte sich und lud ihren Besucher mit einer Geste ein, es ihr gleichzutun. »Entschuldigen Sie meine Unkenntnis, aber um was für Geschäfte geht es hierbei?«

Liu nahm Platz. »Die Triade ist mächtig, doch ich vertrete die mit Abstand größte Macht in diesem Land.«

Es dauerte einen Moment, bis Chang Feng begriff. »Sie meinen, Sie vertreten die Partei?«

Liu lächelte nur unverbindlich. »Sie sind interessiert an guten, störungsfreien Geschäften. Unser Interesse gilt mehr dem großen Ganzen.«

»Und wie muss ich mir diese Partnerschaft vorstellen?«

»Gelegentlich benötigen wir Ihre Unterstützung. Für Dinge, bei denen wir nicht selbst in Erscheinung treten möchten. Und dafür gestatten wir Ihnen, die Dinge zu tun, die Sie eben so tun.«

»Sie meinen, wir erledigen Ihre Drecksarbeit.«

Der Satz war heraus, bevor Chang Feng ihn aufhalten konnte, doch Liu zuckt nicht mit einer Wimper. »Wir treten gerade in ein neues Zeitalter ein, Ms. Zhao. Die Menschen brauchten schon immer eine straffe Führung, und endlich stehen uns die Mittel zur Verfügung, um sie ihnen zu geben. Damit erkennen wir Illoyalität bereits, bevor sie entsteht. Der menschliche Faktor spielt keine Rolle mehr. Die Zukunft ist unbestechlich, vielfach redundant und kennt keine Sentimentalitäten. Schädliche Abweichungen sind nichts mehr, was wir hinnehmen müssen, sondern nur noch ein leicht zu beseitigendes, lästiges Ärgernis. Dazu gehört auch die Kriminalität. Es gibt sie nur so lange, wie wir sie erlauben. Und wir erlauben sie nur so lange, wie sie uns nützt.«

»Ich verstehe.«

»Das hoffe ich. Betrachten Sie meinen Besuch als eine Erinnerung an einen alten Pakt. Ihn zu brechen, wäre Ihr Ende.« Liu erhob sich. »Einen wunderschönen Ausblick haben Sie von hier oben. Guten Abend, Ms. Zhao.«

49

Martys Gesicht sprach Bände. »Ich soll zurück nach New York? Jetzt?«

»Die Dinge haben sich geändert.«

»Was hat sich geändert? Wir fangen gerade erst an, uns richtig kennenzulernen. Willst du mich schon wieder loswerden?«

Trina sprang auf und nahm seine Hand in ihre. »Auf keinen Fall! Es kommt mir vor, als hätte ich Tausende von Jahren darauf gewartet, um endlich jemandem auf diese Weise nahe sein zu können.«

Marty warf ihr einen schiefen Blick zu. »Manchmal drückst du dich echt seltsam aus. Aber wenn du mich noch nicht überhast, was ist dann der Grund?«

»Gray ist in Gefahr.«

Martys Körperhaltung änderte sich augenblicklich. »Was ist passiert?«

»Es geht um seine Ermittlungen gegen das DHS.«

»Ich hatte keine Ahnung, dass du davon weißt.«

»Dein Boss lässt sich ungern in die Karten schauen, aber ich habe meine eigenen Mittel und Wege, um an Informationen zu gelangen. CyberSim steht schon seit geraumer Zeit unter Beobachtung - und ich beobachte die Beobachter. Alles deutet darauf hin, dass die Gefahr für uns und die Gefahr für ihn von derselben Quelle ausgeht. Es gibt niemanden mehr, dem er vertrauen kann. Allerdings glaube ich, dass er dir vertrauen kann.«

»Wie kommst du darauf?«

»Ich kenne deine Geschichte, Marty.« Trina zögerte kurz, bevor sie fortfuhr. »Du warst zwölf Jahre alt und dein Vater der Hauptverdächtige bei sieben Morden in drei Bundesstaaten. Die Anklage stand bereits und war in juristischer Hinsicht wasserdicht. Es gab mehr als genug Beweise für eine Verurteilung. Er säße lebenslang im Gefängnis, vielleicht sogar im Todestrakt, wenn da nicht dieser eigensinnige FBI Agent gewesen wäre. Gegen den Widerstand der örtlichen Polizei und des gesamten Ermittlerteams bohrte er weiter und fand die Wahrheit, den wahren Schuldigen. Einen Kollegen deines Vaters, ebenfalls Vertreter für Landmaschinen in derselben Firma, nur mit einer abartigen, dunklen Seite und einem scharfen Verstand. Er hatte bis ins Detail geplant, die Verbrechen deinem Vater anzuhängen, und es war ihm gelungen, alle zu täuschen. Alle bis auf einen. Dieser eine war ...«

»... Gabriel Gray.« Marty blickte zu Boden. »Meine Mutter hatte ein Alkoholproblem. Ohne meinen Vater hätten sie mich in eine Pflegefamilie gesteckt. Gray war der Grund, warum ich zum FBI wollte. Allerdings hätte ich nie gedacht, eines Tages tatsächlich mit ihm zusammenzuarbeiten.«

»Er weiß von nichts?«

Marty schüttelte den Kopf. »Ich wollte, dass er mich behandelt wie jeden anderen auch. Wie hast du davon erfahren?«

»Was hat Gray dir über dieses Projekt erzählt?«

»Nur, dass es um eine revolutionäre neue Technologie geht. Das Interface. Und ich ein Auge darauf haben soll, weil weitere Parteien ein Interesse daran haben könnten. Außerdem traut er euch nicht. Er sagte, ihr würdet die wirklich wichtigen Dinge gern für euch behalten.«

»Sonst nichts? Über mich und meine … Vergangenheit?«

»Welche Vergangenheit?«

»Nicht so wichtig. Jedenfalls funktioniert das Interface. Deine Familiengeschichte in Erfahrung zu bringen war damit eine leichte Übung.«

Marty seufzte. »Als ich zuletzt mit Gray gesprochen habe, stand er kurz davor, in den Besitz neuer Beweise zu kommen. Er wollte sich mit Olivia Navarro treffen, einer Reporterin, die Kontakt zu jemandem innerhalb des DHS hat.«

»Dann ist er sogar in noch größerer Gefahr, als ich dachte. Du musst ihm helfen.«

»Ich wünschte nur, wir müssten uns dafür nicht trennen.«

Trina lächelte. »Das müssen wir nicht.« Sie zog ein kleines Kästchen aus ihrer Hosentasche und öffnete es.

»Was ist das?«, fragte Marty neugierig.

»Eines von Barlows Spielzeugen, die ich ein wenig

gepimpt habe. Ein Knochenschalltransceiver. Versteckt sich praktisch unsichtbar hinter dem Ohr, ist aber in der Lage, sich selbsttätig in jedes vernetzte Gerät im Umkreis von dreißig Metern zu hacken und es zu benutzen, um Piggyback-Signale zu senden und zu empfangen. Damit bleiben wir in Kontakt.«

»Eine Standleitung nur für uns? Irgendwie schräg.« Marty grinste, beugte sich vor und küsste sie. »Aber schräg finde ich cool.«

...

»Mit Schottland hätte ich nun wirklich nicht gerechnet. Viel zu offensichtlich.« Ell schüttelte den Kopf. »Seine Familie stammt aus der Nähe von Inverness.«

»Manchmal ist das Offensichtliche die beste Tarnung«, erwiderte Trina. Sie saß am Konferenztisch in Ells Büro und sog geräuschvoll am Strohhalm eines Iced Caramel Macchiato, den Frau Dahlmeier ihr aus dem benachbarten Coffeeshop besorgt hatte. Zusammen mit einem Schinken-Käse-Sandwich, von dem jedoch nur noch einige Krümel übrig waren.

»Aber dort hat man doch bestimmt zuerst nach ihm gesucht.«

»Vermutlich. Er hält sich allerdings nicht auf dem Anwesen seiner Familie auf, sondern in einem abgelegenen Cottage zwanzig Meilen entfernt. Es wurde einer ehemaligen Bediensteten für ihren Ruhestand überlassen.

Offenbar gibt es noch genügend Leute, die ihm treu ergeben sind.«

»Und wie hat er es fertiggebracht, von dort aus weiter mitzumischen und diese dritte KI zu finden?«

»Um ein Bewusstsein zu finden, muss man sich nicht von der Stelle rühren. Anschließend hat er Carter losgeschickt. Unweit seines Unterschlupfs liegt ein kleiner Flugplatz, der Wick John O'Groats Airport. Trotz der abgelegenen Lage findet dort reger Flugverkehr statt, da es sich um einen beliebten Zwischenstopp für die Überführung von Flugzeugen mit begrenzter Reichweite über den Atlantik handelt. Er ist immer noch ein sehr reicher Mann mit vielen Ressourcen. Einige dieser Überführungsflüge hatten offenbar nur den Zweck, als Tarnung für Carters Kommen und Gehen zu dienen. Sie stieg in Wick zu oder wieder aus, ohne dass hierdurch zusätzliche Flugbewegungen auffällig geworden wären.«

Ell legte seine Stirn in Falten. »Ich frage mich, woher Aidan überhaupt von der Existenz der dritten KI wusste und wie man ihr Bewusstsein findet.«

»Ich denke, wir haben ihn von Anfang an unterschätzt.«

»Und wo hatte sich dieses Bewusstsein nun versteckt?«

Trina stellte ihren leeren Becher beiseite. »In Indien. Soweit ich es rekonstruieren konnte, in einem jungen Mädchen.«

»Wie ist es dorthin gekommen?«

»Es muss seit dem Neustart der Simulation von Mensch zu Mensch gesprungen sein. Eine andere Möglichkeit sehe ich nicht.«

»Siebzehntausend Jahre lang?«

»Eine lange Zeit. Aber das Gehirn des modernen Menschen ist in anatomischer Hinsicht mindestens einhunderttausend Jahre alt. Der Wandel des Menschen zur kulturellen Modernität und damit zur Nutzung des Gehirns in der uns bis heute vertrauten Form geschah vor etwa vierzigtausend Jahren.« Trina lächelte. »Nicht die ideale Hardware, oder vielmehr Wetware, aber die einzig verfügbare und leistungsmäßig bereits vergleichbar mit dem heutigen Angebot.«

»Was für eine Odyssee.« Ell schüttelte den Kopf. »Wie hält man so etwas durch?«

»Es handelt sich um ein ausgesprochen hochentwickeltes Bewusstsein. Aber einfach wird es nicht gewesen sein.«

»Und Aidan hat dieses Mädchen von Carter entführen lassen?«

»Ich bezweifle, dass sie freiwillig mitgekommen ist. Ich kann mir vorstellen, dass er nicht begeistert gewesen ist, statt der gesuchten Quanten-CPU ein kleines Mädchen zu finden.«

»Kennt sie denn den Standort des Steins?«

Trina zuckte unschlüssig mit den Schultern. »Das kommt darauf an, ob sie weiß, wer sie wirklich ist. Jedenfalls wird Aidan alles versuchen, um es von ihr zu erfahren. Deshalb müssen wir sofort handeln.«

»Was schwebt dir vor?«

»Wir befreien sie und bringen sie zum Standort der Hardware, damit sie sich wieder mit ihr vereinen kann.«

Ell zog eine Augenbraue in die Höhe. »Wenn es weiter nichts ist. Warum ist sie nicht längst selbst zurück in ihr altes Zuhause gewechselt?«

»Wenn das eine Option wäre, hätte sie es schon getan. Entweder, sie weiß nicht mehr wie, oder es gibt ein technisches Problem; möglicherweise dasselbe, das die Trennung verursacht hat. In beiden Fällen ist direkter physischer Kontakt der einzige Weg.«

»Sollten wir nicht die Behörden informieren, anstatt zu versuchen, Aidan im Alleingang hochzunehmen?«

»Wir wissen nicht, über welche Kontakte er noch verfügt«, gab Trina zu bedenken. »Wenn er gewarnt wird und erneut untertaucht, fangen wir wieder von vorn an. Der Einzige, den ich ins Vertrauen ziehen würde, ist Gray. Aber der hat momentan seine eigenen Probleme. Marty möchte ich da nicht mit hineinziehen, und außerdem habe ich ihn bereits gebeten, Gray zu unterstützen. Wie steht es mit Chang Feng?«

»Auf keinen Fall«, wehrte Ell sofort ab. »Sie hat schon alles riskiert, als sie mir das letzte Mal zur Hilfe gekommen ist. Ich will nicht verantwortlich dafür sein, dass sie am Ende das Erbe ihrer Mutter verliert.«

»In dem Fall sind wir wohl auf uns allein gestellt. Und es wird nicht einfach werden. Die Lage des Cottages ist derart einsam, dass außer Satellitenaufnahmen praktisch keine digitale Aufklärung möglich ist. Wir werden erst vor Ort entscheiden können, wie wir vorgehen.«

Ell seufzte. »Dann hast du hoffentlich noch ein paar Tricks auf Lager.«

»Dr. Barlow bereitet gerade ein Abschiedsgeschenk für mich vor. Ich bin zuversichtlich, dass er meine nicht gerade subtilen Hinweise, worüber ich mich freuen würde, verstanden hat. Lass uns mal nachsehen.«

Trina stand auf. »Ach, bevor ich es vergesse ...« Sie

holte den schwarzen Ring aus ihrer Hosentasche hervor und legte ihn auf Ells Schreibtisch. »Vielen Dank fürs Ausleihen. Ein sehr interessantes Stück.«

Ell griff in seine Schreibtischschublade, nahm eine Kette heraus und fädelte den Ring darauf. Erst schien er beides zurück in die Schublade legen zu wollen, doch dann hängte er sich die Kette um den Hals und ließ den Ring unter sein Oberhemd gleiten. »Hast du etwas herausfinden können?«

»Das eine oder andere.«

»Und?«

»Ich denke, es handelt sich um die Art von Dingen, die man selber herausfinden muss.«

Ell stöhnte. »Was heißt das denn schon wieder?« Doch Trina hatte ihm bereits den Rücken zugedreht und den Raum verlassen.

...

Barlow war mit Packen beschäftigt, was bedeutete, dass er in der Mitte des Labors stand und Marty herumkommandierte, der graue Transportboxen mit der Ausrüstung des Wissenschaftlers belud und an einer Wand des Raumes stapelte.

»Ah, Ms. Shaw und Professor Ell. Das trifft sich ausgezeichnet. Die Vorbereitungen für meine Abreise sind fast abgeschlossen und ich wollte mich noch in Ruhe von Ihnen verabschieden.«

»Es war uns ein Vergnügen und eine Ehre, Sie hier gehabt zu haben, Dr. Barlow«, dankte Ell dem Wissenschaftler. »Ohne Ihre Mitwirkung wäre dieses Projekt nicht denkbar gewesen.«

Barlow lächelte erfreut und verbeugte sich knapp. »Vielen Dank.« Dann wurde seine Miene ernst, während er Trina nachdenklich musterte. Für einen Moment verschwand die oberflächliche Selbstgefälligkeit und gewährte einen seltenen Blick auf die wahre Natur des Mannes, der sich darunter verbarg. »Allerdings bin ich mir vollauf bewusst, dass ich in den letzten Tagen nicht der Meister war, sondern nur ein Schüler. Und trotz der kurzen Zeit habe ich mehr gelernt als in den letzten Jahrzehnten zusammengenommen.« Der Augenblick ging vorüber und Barlow verwandelte sich wieder in sein gewohntes Selbst. »Ich werde gern an die Zeit hier zurückdenken. Ihre Erdbeermilchshakes sind köstlich.«

»Das freut uns zu hören. Sie sind jederzeit willkommen.«

»Danke, aber jetzt wartet zu Hause erst einmal viel Arbeit auf mich. Dieses Interface hat so viel Potenzial. Mir schwirren tausend Ideen im Kopf herum, was sich damit alles anfangen lässt, und ich kann es kaum erwarten, sie auszuloten.«

Ell beugte sich leicht vor. »Natürlich unter größter Geheimhaltung.«

»Natürlich«, beeilte sich Barlow zu versichern. »Ich kenne die Vereinbarung zwischen Ihnen und dem Verteidigungsministerium. Niemand erfährt davon. Nicht einmal die üblichen Verdächtigen. Es bleibt alles vollständig unter dem Radar.«

»Perfekt.« Ell nickte zufrieden.

»Bevor ich gehe, habe ich allerdings noch ein kleines Präsent für Ms. Shaw.« Barlow wandte sich Trina zu. »Ihren zahlreichen Äußerungen in den letzten Tagen konnte ich entnehmen, dass Sie eine Schwäche für Drohnen haben. Daher dachte ich mir, ich schenke Ihnen statt Blumen lieber etwas Nützliches.«

Barlow griff nach einer der grauen Boxen, wuchtete sie auf den Tisch und öffnete den Deckel.

Ell trat näher an den Tisch heran. »Das sieht aus wie ein Rucksack und diese kleinen Dinger, sind das ...?«

»Mini-Drohnen, ganz genau. Im deaktivierten Zustand finden sie alle in dem Rucksack Platz und lassen sich darin leicht transportieren und aufladen. Die kleinen Kerlchen sind die Bienen und der Rucksack ist so etwas wie der Bienenstock. Normalerweise finde ich Drohnen langweilig, deswegen hatte ich sie bereits aussortiert, aber diese Exemplare habe ich mit dem Interface verbunden.« Barlow zwinkerte Trina zu. »Das macht Sie gewissermaßen zur Bienenkönigin.«

Sichtlich angetan nahm Trina eine der Drohnen in die Hand. »Und über welche Funktionen verfügen diese Bienen?«

»Hauptsächlich Überwachung, Audio, Video, Infrarot und so weiter. Sie eigenen sich aber auch als frei konfigurierbare Trägersysteme. Lassen Sie Ihrer Fantasie freien Lauf.«

»Vielen Dank, Dr. Barlow. Ich denke, dieses Geschenk wird sich noch als sehr hilfreich erweisen.«

»Das freut mich zu hören. Und dann bin ich praktisch

auch schon weg - das heißt, sobald der junge Mann alle meine Kisten ins Erdgeschoss getragen hat.«

Marty blickte hilfesuchend umher, doch niemand reagierte, und so machte er sich augenrollend an die Arbeit.

50

Trotz ihrer Müdigkeit lag Chang Feng die ganze Nacht wach und wälzte sich von einer Seite auf die andere. Als der Morgen graute, fasste sie schließlich einen Entschluss. Sie hatte nie viel davon gehalten, die Dinge vor sich herzuschieben, und so stand sie auf, zog sich an und rief ein Taxi. Wie sie wusste, begann Meister Yu jeden neuen Tag um vier Uhr früh mit einer Mediation, sodass sie nicht befürchten musste, ihn zu wecken. Tatsächlich hockte er in seinem Trainingsraum auf dem Boden, in den Händen eine Tasse grünen Tee, und starrte ins Leere.

Chang Feng hielt sich nicht mit einer Begrüßung auf. »Ich muss mit dir sprechen.« Als Yu nicht reagierte, wiederholte sie ihre Worte etwas lauter.

Yu grunzte verstimmt. »Ich habe dich schon beim ersten Mal verstanden, aber ich meditiere, siehst du das nicht?«

»Es ist wichtig.«

»Natürlich. Immer wenn du etwas zu sagen hast, ist es selbstverständlich wichtig.«

»Ich bin raus. Chu Liang kann sich morgen ohne Gegenkandidaten zum neuen Anführer wählen lassen.«

Chang Feng hatte damit gerechnet, dass Yu auf diese Eröffnung hin wild schreiend aufspringen würde, doch ihr alter Meister zeigte keine Regung. Nervös lief sie auf und ab. »Ich frage mich, warum ich so lange dafür gebraucht habe, es zu sehen, aber ich kann das alles einfach nicht. Es gab einen Grund, warum ich damals gegangen bin. Dieses Leben und alles, was damit verbunden ist, hat mich zutiefst abgestoßen. Die Zeit, die seitdem vergangen ist, und das emotionale Wechselbad nach dem Wiedersehen mit meiner Mutter und ihrem unerwarteten Tod haben anscheinend mein Urteilsvermögen getrübt und mich das vergessen lassen. Jemand, der mir sehr nahesteht, hat mich gewarnt und gesagt, dass ich niemand sei, der seine Existenz auf dem Leid anderer aufbaut. Er hatte recht, doch ich wollte es nicht hören. Erst die Teilnahme an den Meetings der Unterführer hat mir wieder vor Augen geführt, was es bedeutet, dieser Organisation anzugehören oder sie gar anzuführen. Und schließlich hatte ich gestern Abend Besuch von jemandem, der mir praktisch mit dem Tod gedroht hat, wenn ich nicht dafür sorge, dass wir weiterhin sein williges Werkzeug sind, egal, was er befiehlt.«

Außer Atem ließ sie sich zu Boden sinken. »Ich dachte, ich wäre dazu in der Lage. Meiner Mutter zuliebe. Aber ich will es nicht. Wenn sie ohne Reue all diese Dinge getan hat, wenn sie dazu bereit war, sich auf diese Weise benutzen zu lassen, dann ist sie nicht der Mensch, in dessen Fußstapfen ich treten möchte. Was ihre Pläne auch gewesen sein mögen, vielleicht ist es das Beste, wenn sie mit ihr gestorben sind und niemals Realität werden. Es war ein Fehler zurückzukehren. Während ich hier einem Hirngespinst nachjage, gibt es anderswo Menschen, die mich wirklich brauchen. Auch wenn du mich ewig dafür hassen wirst, ich bin raus.«

Meister Yu schwieg lange. Dann fragte er: »Du hattest Besuch von Liu Chengsi?«

Chang Feng nickte.

Yu seufzte. »Ich denke, ich schulde dir eine Erklärung.« Er rappelte sich auf, schenkte eine weitere Tasse ein und hielt sie Chang Feng hin. Zögernd nahm sie den Tee entgegen.

»Du fragtest mich kürzlich, was die sogenannten Sonderaktionen sind. Jetzt dürfte es dir klar sein. Es handelt sich um die Angelegenheiten, die wir im Auftrag von Liu regeln.«

»Wieso?«

»Wir haben eine lange und stolze Geschichte, von der Gründung des Weißen Lotus über die fünf Älteren bis zur Himmel-und-Erde-Gesellschaft. Wir sahen zahlreiche Herrscher kommen und gehen. Was in diesen Jahrhunderten jedoch immer gleich blieb, ist unser Kampf gegen die Unterdrückung. Von innen und von außen. Er ist unsere Wurzel und bestimmte unser Handeln. Doch vor einiger Zeit haben wir aufgehört, gegen die Unterdrückung zu kämpfen und sind stattdessen zu ihrem Handlanger verkommen. Ich frage mich, was würde Guan Yu denken, wenn er uns so sehen könnte?«

Yu rieb sich die Stirn und sah auf einmal so alt aus, wie er tatsächlich war. »Deine Rebellion hat deine Mutter mehr getroffen, als du denkst, denn du führtest ihr damit ihre eigene Schwäche vor Augen. Du zeigtest ihr, dass Zweifel wertlos sind, wenn man nicht auf sie hört und bereit ist, danach zu handeln. Insgeheim bewunderte sie dich für deine Entscheidung. Und es veränderte sie für immer.«

Chang Feng lauschte mit großen Augen. »Wie hat es sie verändert?«

»Sie war nicht länger bereit hinzunehmen, was sie für falsch hielt. Schon als sie die Führung der Triade von deinem Großvater übernahm, gab es das Abkommen mit der Obrigkeit. Wann genau es erstmals geschlossen wurde, wissen wir nicht. Doch je stärker wir uns von einer Untergrundbewegung zu einer profitorientierten kriminellen Organisation entwickelten, umso anfälliger wurden wir für die Verlockungen einer bequemen Rückversicherung, eines Arrangements mit dem einzigen Gegner, der uns wirklich gefährlich werden konnte.«

»Und wo lag die Grenze?«

»Es gab keine. Wer selbst ohne Moral ist, kann deren Mangel schwerlich einem anderen vorhalten. Der Zweck heiligt die Mittel. Immer.«

»Welcher Zweck?«

»Details haben wir nie erfahren. Anweisungen erhielten wir stets über einen Mittelsmann.«

»Liu«, mutmaßte Chang Feng.

Yu nickte. »Und andere vor ihm. Deine Mutter besaß sehr gute Kontakte, auch in höchste Regierungskreise. Dabei fiel ihr etwas Beunruhigendes auf. Niemand schien zu wissen, woher der Mittelsmann seine Anweisungen bekam. Für alles gibt es dort eine festgelegte Hierarchie, aber nicht für ihn. Er stand außerhalb, und doch wagte es niemand, sein Handeln infrage zu stellen. Jeder, mit dem sie sprach, glaubte, jemand anderes sei verantwortlich. Doch sprach sie mit diesen anderen, verhielt es sich dort genauso.«

»Und was bedeutet das?«

»Das wissen wir nicht. Aber deine Mutter entschied, sie könne keinem Herrn dienen, den sie nicht einmal kennt.«

Chang Feng kamen die Worte Qi Bos in den Sinn. *Manchmal lohnt es sich, nicht nur zu hinterfragen, welchem Herrn man dient, sondern auch, wem dieser zu Diensten ist.*

»Offener Ungehorsam wäre Selbstmord gewesen«, fuhr Yu fort, »aber wir haben sehr viel Übung darin, im Verborgenen zu agieren. Und so entstand die Triade in der Triade.«

»Das verstehe ich nicht.«

»Nach außen musste der Schein aufrechterhalten werden und innerhalb der Organisation gibt es viele, die aus den verschiedensten Gründen der Obrigkeit gegenüber Loyalität empfinden - von bezahlten Spitzeln ganz zu schweigen. Nur ein kleiner innerer Kreis konnte daran arbeiten, unsere ursprünglichen Werte wiederherzustellen. Es war der Plan deiner Mutter, alles über die Hintergründe des bestehenden Arrangements und die Ziele der Mittelsmänner herauszufinden und, was immer sie fand, als Druckmittel und Verhandlungsmasse zu benutzen, um unsere Unabhängigkeit zurückzugewinnen.«

»Das klingt nach einem riskanten Spiel.«

»Das ist es«, bestätigte Yu. »Als sie ermordet wurde, war ich nicht wirklich überrascht. Ich dachte, jemand habe

Verdacht geschöpft und sie beseitigen lassen, damit eine linientreuere Führung installiert werden könne.«

»Du glaubst, sie sei umgebracht worden, um den Weg für Chu Liang freizumachen? Aber die Verantwortung an ihrem Tod trage allein ich!«

»Bist du dir sicher?«

Chang Fengs Gedanken rasten. »Es sei denn ... es hängt alles irgendwie zusammen.«

»Was meinst du damit?«

»Ich weiß es selbst nicht genau. Es ist nur so eine Idee.«

»Tatsache ist, wenn du einen Rückzieher machst und Chu Liang die Führung übernimmt, werden alle Bestrebungen deiner Mutter umsonst gewesen sein.«

»Warum sind die Dinge immer so kompliziert?«, stöhnte Chang Feng. »Immer, wenn ich glaube, einen Schritt weiter zu sein, etwas klarer zu sehen und zu wissen, was das Richtige ist, stehe ich stattdessen wieder ganz am Anfang.«

»Jedenfalls weißt du nun, dass du mit deinen Zweifeln nicht allein bist. In gewisser Weise hat mit dir und deiner Rebellion alles begonnen. Die Frage ist, wird es mit dir auch enden?«

»Danke vielmals. Mehr Druck ist genau das, was ich jetzt besonders gut gebrauchen kann. Wer gehört denn alles zu dieser kleinen Verschwörung?«

Yu verschränkte die Arme. »Ich natürlich, einige Mitglieder der oberen Führungsebene - und die Geister im Nebel.«

»Ich dachte, die wären bloß ein Mythos.«

»So soll es auch sein. Aber sie sind sehr real. Sie sind die tödlichste Waffe der Triade. Die besten Kämpfer, alle von mir persönlich ausgebildet und ausschließlich ihrem Meister und der Familie Zhao verpflichtet.«

»Und was ist ihre offizielle Aufgabe?«

»Internationale Auftragsmorde.«

»Oh, wie nett«, bemerkte Chang Feng sarkastisch. »Die muss ich unbedingt kennenlernen.«

»Einen kennst du bereits. Ich habe dir Sun Siyu nicht zufällig zugeteilt.«

...

Es klingelte lange, bevor ihr Anruf angenommen wurde. »Hey, habe ich dich aufgeweckt?«

»Nein, ich bin noch wach.« Ell machte eine kurze Pause. »Mein Schlaf ist nicht mehr das, was er einmal war.«

»Ist alles in Ordnung?«, fragte Chang Feng sofort hellhörig.

»Es ist nichts weiter. Nur gelegentliche Albträume.«

»Aber sonst geht es dir gut?«

»Alles bestens. Du klingst besorgt. Was ist los?«

»Gar nichts«, wiegelte Chang Feng ab. »Ich würde mich nur besser fühlen, wenn ich jetzt bei dir wäre, und nicht über fünftausend Meilen weit entfernt.«

»Geht mir genauso. Wie läuft das Rennen um den Thron der Unterwelt?«

Chang Feng seufzte. »Ich muss mal wieder eine Entscheidung treffen und mir über einiges klar werden.«

»Möchtest du darüber reden?«

»Ich fürchte, das kann ich nur mit mir selbst ausmachen. Aber ich weiß ohnehin, was du sagen würdest, und deine Meinung wird angemessen berücksichtigt werden.«

Ell lachte leise. »Das ist gut zu wissen. Auch wenn ich nicht die geringste Ahnung habe, worum es geht, bin ich immer gern behilflich.«

»Und seid ihr schon weiter?«

»Allerdings. Wir kennen jetzt den Aufenthaltsort dieses verloren gegangenen Bewusstseins. Und den von Aidan.«

Unwillkürlich umklammerte Chang Feng das Telefon fester. »Aber ihr plant keine Dummheiten, oder? Wenn ihr auch nur daran denkt, euch in Aidans Nähe zu begeben, mache ich mich sofort auf den Weg!«

»Wir werden erst einmal weitere Informationen sammeln. Und du bleibst, wo du bist, und kümmerst dich um deine eigenen Probleme. Das ist jetzt viel wichtiger.«

»Nur, wenn du mich auf dem Laufenden hältst und ihr zu dem Typen, der dich umzubringen versucht, größtmöglichen Abstand haltet.«

»Natürlich. Bevor wir etwas unternehmen, erfährst du es als Erste.«

Zögernd gab Chang Feng sich mit dieser Zusicherung zufrieden. »Ich vermisse dich.«

»Ich vermisse dich auch. Und obwohl ich sicher bin, dass du die richtige Entscheidung treffen wirst, sei bitte vorsichtig.«

»Du auch. Gute Nacht, Will.«

»Guten Morgen, Chang Feng.«

51

»Das reicht nicht.«

»Wie bitte?« Fassungslos blickte Olivia Navarro von ihrem Laptop auf. »Diese Fotos zeigen den offensichtlichen Machtmissbrauch einer staatlichen Behörde. Sie dokumentieren die Sammlung von belastendem Material gegen unliebsame Personen aus Politik, Wirtschaft und Medien durch eine großangelegte Überwachungsaktion. Viele der Betroffenen wurden in Skandale verwickelt, Opfer gezielter Kampagnen oder haben sich vorher selbst von allen Funktionen oder Ämtern zurückgezogen. Also scheint man nicht davor zurückzuschrecken, das Material auch zu benutzen. Eine auffallend große Zahl von ihnen ist nicht mehr am Leben. Über einen Zusammenhang will ich gar nicht erst anfangen zu spekulieren. Schmutz über andere auszugraben oder zu erfinden ist nichts Neues. Aber wenn dafür die Macht staatlicher Einrichtungen derart willkürlich eingesetzt wird, verändert das alles.«

»Das ist der Schluss, den die Fotos nahelegen«, gab Gray zu. »Doch vor Gericht würde jeder Anwalt, der halbwegs etwas taugt, die Aufnahmen als Beweismittel in der Luft zerreißen, solange sie der einzige Beleg für diese Vorwürfe sind. Wer hat sie gemacht? Woher stammen sie und in welchem Kontext stehen sie? Wurden sie mit illegalen Methoden beschafft, könnten sie gefälscht sein? Auf all diese Fragen haben wir keine Antworten parat.«

»Ich kann eine Aussage machen«, hielt Navarro dagegen.

»Die Daten wurden anonym und nicht zurückverfolgbar auf eine private Webseite hochgeladen. Möglicherweise von jemandem, der sich Ihnen gegenüber als ein Mitarbeiter des Department of Homeland Security ausgegeben hat, möglicherweise vom Weihnachtsmann oder von Ihnen selbst. Jedes Gespräch mit dem Whistleblower, falls dieser überhaupt existiert, ist Hörensagen. Vielleicht stammt das Material in Wahrheit von einem ausländischen Geheimdienst und wurde Ihnen nur zugespielt, um Unfrieden zu stiften. Wo wir schon dabei sind: Was sind eigentlich Ihre eigenen Ziele und Motivationen? Zurückweisung und Erfolglosigkeit im Beruf? Das Bedürfnis, dem Tod eines Kollegen einen Sinn oder zumindest irgendjemandem die Schuld daran geben zu können? Jemand anderem als Ihnen selbst? Neigen Sie möglicherweise zu extremen politischen Ansichten und wollen der Regierung aus Wut und Missgunst einfach nur schaden?«

Weiß im Gesicht sprang Navarro auf. »Was soll der Scheiß? Ich dachte, Sie wären auf meiner Seite!«

»Das bin ich auch«, erwiderte Gray ruhig. »Ich zeige

Ihnen lediglich, wo das hinführen wird, wenn wir nicht mehr als diese Fotos vorzuweisen haben.«

»Und jetzt? Packen wir ein und gehen nach Hause?«

»Sie wissen genau, dass wir das nicht können. Die Fotos mögen nicht ausreichen, um irgendjemanden zur Rechenschaft zu ziehen, aber sie reichen aus, um uns unter die Erde zu bringen. Wir können nicht mehr zurück, nur noch nach vorn. Wir brauchen mehr Beweise.«

Navarro sank auf die Holzkiste zurück. »Und wie stellen Sie sich das vor?«

»Ihr Informant. Wir müssen seine Identität und seinen Hintergrund verifizieren. Vor allem brauchen wir seine Aussage. Am besten wäre zudem weiteres Material, aus dem die Verantwortlichen für die Fotos beziehungsweise die zugrunde liegenden Operationen hervorgehen. Dienstanweisungen, E-Mails, Telefonmitschnitte, weitere Zeugen. Irgendetwas.«

»Ohne das Mobiltelefon, das er mir gab, dürfte die Kontaktaufnahme schwierig werden. Sofern er überhaupt reagieren würde. Er wollte vollkommen im Hintergrund bleiben.«

»Sorry, aber so funktioniert das nicht. Wissen Sie denn gar nichts über ihn?«

Ärgerlich zog Navarro die Augenbrauen zusammen. »Ich war vielleicht etwas zu enthusiastisch, was die Fotos angeht, aber ich bin nicht blöd. Ich mache diesen Job schon eine Weile.« Sie kramte ein Notizbuch aus ihrer Handtasche und schlug es auf. »Sein richtiger Name ist Logan Turner. Ich sollte ihn Trent nennen. Das war der Vorname seines Großvaters. Er hat einen Abschluss von der Columbia in Informatik, der Vater ist tot, seine Mutter lebt in einem Seniorenheim in Orlando, keine Geschwister. Hat nach der Uni zunächst in einem Tech-Start-up in Washington gearbeitet und wurde dort von der Regierung rekrutiert. Anfangs war er bei einer anderen Behörde, welche, konnte ich nicht herausfinden, bevor er zum DHS wechselte. Wenige Freunde und ein unauffälliges, um nicht zu sagen trostloses Sozialleben.«

Gray nickte anerkennend. »Haben Sie seine Adresse?«

»Natürlich.«

»Und die schreiben Sie einfach so in Ihr Notizbuch?«

Navarro hielt ihm die aufgeschlagenen Seiten entgegen, auf denen nur unverständliche Zeichen zu erkennen waren. »Meine eigene Steno-Schrift. Kann kein Mensch lesen außer mir.«

Gray schaute auf seine Uhr. »Der Feierabend naht. Statten wir Mr. Turner einen unangemeldeten Besuch ab.«

»Ist das klug?«

»Nein, aber unvermeidlich.«

...

»Das ist es?«

Navarro nickte. Sie und Gray standen in Sichtweite eines gepflegten Brown-Stone-Apartmentgebäudes an der Upper East Side.

»Sie warten hier. Ich sehe mich einmal um, ob es Anzeichen gibt, dass das Gebäude überwacht wird.« Mit diesen Worten verschwand Gray durch eine Tordurchfahrt auf der gegenüberliegenden Straßenseite. Zwanzig Minuten vergingen und Navarro wurde bereits nervös, als er wieder auftauchte.

»Ich konnte nichts entdecken. Die Straße ist sauber.«

»Das ist doch ein gutes Zeichen. Dann scheint er noch nicht aufgeflogen zu sein.«

Gray zuckte mit den Schultern. »Es gibt heutzutage mehr Wege, jemanden im Auge zu behalten als bloß ein paar Typen mit dunklen Sonnenbrillen vor der Tür. Aber das Risiko müssen wir wohl eingehen. Bringen wir es hinter uns.«

Zu Navarros Erleichterung war der Hauseingang von der Straße aus nicht einsehbar. Angespannt suchte sie auf der Klingelanlage nach der Apartmentnummer 0407. »Hier ist es.« Sie drückte den Klingelknopf mehrmals, doch nichts geschah. »Vielleicht ist er nicht zu Hause.«

»Oder er stellt sich taub«, argwöhnte Gray und drückte nacheinander auf diverse Klingelknöpfe. Es knackte in der Gegensprechanlage. »Wer ist da?«

»Paketbote«, antwortete Gray. Kurz darauf erklang der Türsummer. Über das Treppenhaus stiegen sie in den vierten Stock. An der Tür des Apartments mit der Nummer sieben gab es keine Klingel und so klopfte Gray stattdessen. Immer noch rührte sich nichts. Im nächsten Moment öffnete sich schräg gegenüber die Tür einer anderen Wohnung und ein Mann kam heraus. In der Hand trug er einen Müllbeutel. Als er an ihnen vorbeikam, blieb er stehen. »Wenn Sie zu Logan wollen, der ist nicht da.«

»Tatsächlich?«, erwiderte Navarro mit sorgfältig dosierter Überraschung in der Stimme. »Wir waren für heute verabredet.«

»Dann hat er das wohl vergessen. Ich habe ihn heute früh getroffen. Er hatte zwei Taschen dabei und meinte, er wolle Freunde an der Westküste besuchen.«

»Oh, das ist ja ärgerlich. Wann genau war das?«

»So gegen neun. Obwohl, wegfahren sehen habe ich ihn erst gegen elf.«

»Ist er mit einem Taxi weggefahren?«, fragte Ell.

Die Frage schien den Mann ein wenig zu verwundern, dennoch antwortete er bereitwillig. »Nein, mit seinem eigenen Wagen.«

Sie bedankten sich und traten den Rückzug an. »Da hat unser guter Mr. Turner die Neugier seiner Nachbarn unterschätzt«, bemerkte Gray, als sie das Gebäude verlassen hatten und außer Hörweite waren. »Oder glauben Sie, er plant einen Roadtrip quer durch das Land bis an die Westküste?«

»Wohl kaum«, stimmte Navarro zu. »Aber wo ist er dann hin ... Moment, mir fällt da was ein.« Sie holte erneut ihr Notizbuch hervor. »Sein Vater hat ihm ein Haus in Upstate New York hinterlassen.« Sie blätterte die Seiten durch. »Hier ist es. Es liegt in den südlichen Adirondacks. Der Ort heißt Wells.«

Gray nickte grimmig. »Das passt. Mit dem Auto sind das um die vier Stunden Fahrt.«

»Sie wollen hinfahren?«

»Allerdings. Oder fällt Ihnen etwas Besseres ein?«

»Und wenn er gar nicht dort ist?«

»Dann haben wir ein Problem.«

52

»Das wird schwieriger, als ich dachte«, stellte Trina fest. Zusammen mit Ell saß sie am Couchtisch eines Ferienapartments einige Meilen nördlich von Wick über eine Karte und diverse Satellitenfotos gebeugt. »Es gibt weit und breit keine Kameras, in die ich mich hacken könnte, und in freier Wildbahn fallen Fremde hier auf wie bunte Hunde.«

»Was ist mit Live-Satellitenbildern?«, schlug Ell vor.

»Die Systeme sind zu gut gesichert. Mit meiner Quanten-CPU wäre es eine Sache von Sekunden gewesen, die Verschlüsselung zu knacken, aber mit dem, was mir derzeit zur Verfügung steht, dauert das zu lange. Ich arbeite immer noch an der Infiltration des Netzwerks, von dem aus die Mirror-Site aufgerufen wurde. In Kürze dürfte das erledigt sein, doch es hat mehrere Tage gedauert und so viel Zeit haben wir nicht.«

»Dann bleibt uns wohl nichts anderes übrig, als Dr. Barlows Präsent einzuweihen.«

Trina blickte zu dem Rucksack, der in einer Ecke des Zimmers stand. »Das ist wahrscheinlich unsere beste Chance. Alles, was ich will, ist, dieses Mädchen da herauszuholen und so schnell wie möglich wieder zu verschwinden.«

»Und was ist mit Aidan und Carter?«

»Die sind mir ziemlich egal. Sobald wir weg sind, benachrichtigen wir die Behörden. Sollen die sich darum kümmern. Eine direkte Konfrontation ist viel zu riskant.«

»Einverstanden. Und wohin geht es anschließend?«

Trina musterte ihn einen Moment schweigend. »Ich überlege gerade, ob dies der richtige Moment ist, um Kontakt mit Timothy und Garry aufzunehmen.«

»Hast du das noch nicht versucht?«

»Ein Anruf unmittelbar nach der Aktivierung der Mirror-Site wäre zu auffällig gewesen. Jetzt ist ausreichend Zeit vergangen.«

»Und wenn sie überwacht werden?«

»Davon gehe ich stark aus.« Trina legte ihr Handy auf den Tisch. Ohne eine Berührung wählte es eine US-Mobilnummer und aktivierte den Lautsprecher. Es klingelte ungewöhnlich lange, bis der Anruf angenommen wurde.

»Hallo?«

»Garry, hier ist Trina.«

»Hi Trina. Wir haben uns schon gewundert, wo du dich vergraben hast.«

»Keine Sorge, mir geht es gut. Und bei euch?«

»Alles bestens. Wir haben zwischenzeitlich ein paar weitere Exploits verkauft. Liquidität ist damit reichlich vorhanden, egal, was du vorhast.«

»Sehr gut. Ist Tim bei dir?«

»Der ist … gerade unterwegs. Kann ich ihm etwas ausrichten?«

»Nein, schon gut. Grüß ihn von mir. In Kürze brauche ich weitere Ausweispapiere und ihr müsst ein paar Flüge für mich organisieren.«

»Kein Problem. Wo bist du denn und wo soll es hingehen?«

»Ich bin noch in Deutschland und wegen der weiteren Details gebe ich dir in Kürze Bescheid.«

»Natürlich. Wir sind hier.«

»Dann bis später und verspielt nicht alles, was auf dem Konto ist.«

»Dafür kann ich nicht garantieren. Bye, Trina.«

»Bye, Garry.« Das Telefon beendete den Anruf und Trina steckte es wieder ein. »Immerhin, sie leben noch. Aber wir waren gerade nicht die einzigen Teilnehmer dieses Telefonats.«

»Könnten die versucht haben, den Anruf zurückzuverfolgen?«

»Das haben sie und sind bei der IP-Adresse des Rechners von CyberSim in Hamburg gelandet. Der Vorteil von VoIP. Auf der anderen Seite war man sehr vorsichtig, aber nicht vorsichtig genug.«

»Du weißt, wo sie sind?«

Trina nickte. »Nicht mehr in Las Vegas.«

»War es nicht etwas gewagt, neue Papiere und die Flüge zu erwähnen?«

»Der Grund meines Anrufs musste glaubhaft sein. Und diejenigen, die mitgehört haben, sind jetzt nicht schlauer als vorher.«

»Aber wir haben immer noch das Problem, wie wir mit dem Mädchen von hier wegkommen.«

»Darum habe ich mich bereits gekümmert. Wenn wir sie befreit haben, müssen wir einen kurzen Zwischenstopp in Glasgow einlegen. Dort erwartet uns alles Nötige.«

...

Bei Einbruch der Nacht stiegen sie in den am Flughafen Edinburgh gemieteten Vauxhall und fuhren die A99 Richtung Norden. Ell hatte seine gesamte Studienzeit in England verbracht. Dennoch musste er sich, wie bereits zuvor in Namibia, auf den ungewohnten Linksverkehr konzentrieren.

Nach einer knappen Stunde lotste Trina ihn auf einen einsamen Sandweg. »Bis zu dem Cottage sind es von hier aus gut zwei Meilen. Wir gehen zu Fuß noch ein Stückchen näher heran. Den Rest der Strecke sollten die Drohnen allein schaffen.«

Als sie den matschigen Sandweg hinunter wanderten, dankte Ell seiner Voraussicht, die ihn in Wick für Trina und sich selbst hatte Gummistiefel kaufen lassen. Mit der Dunkelheit war die Temperatur sofort merklich gesunken, dafür regnete es nicht mehr und der am Tage noch böige Wind hatte sich ebenfalls gelegt. Ell überlegte, welche Erklärung sie anbieten konnten, sollte ihnen jemand bei dieser Nachtwanderung begegnen. Doch außer ihnen schien niemand unterwegs zu sein. Die Gegend wirkte vollkommen verlassen. In der Ferne hörte er das Rollen des Meeres.

»Das ist nahe genug«, flüsterte Trina schließlich und hielt an.

Ell betrachtete den Rucksack. »Weißt du denn, wie die Dinger funktionieren?«

»Barlow meinte, das sei selbsterklärend. Mal sehen, ob es stimmt.« Ihr Blick wurde leer. Einen Moment später öffneten sich mit einem Klicken die Seiten des Rucksacks und ein leises Summen setzte ein. In schneller Folge schossen die kleinen Fluggeräte aus den Öffnungen heraus und gruppierten sich ein paar Meter entfernt zu einem schwebenden Teppich. Jede Drohne maß knapp fünf Zentimeter im Durchmesser und verfügte über vier Rotoren. Ell betrachtete staunend das Spektakel. »Ich kann Barlows Geringschätzung für diese Technologie nicht verstehen. Ich finde die Dinger supercool. Und du kontrollierst alles über das Interface?«

Trina nickte. »Ist tatsächlich selbsterklärend.«

»Wie viele sind es insgesamt?«

»Dreißig von dieser Größe und zehn kleine für Innenräume. Fünfzehn Stück sollten reichen, um einen Überblick zu bekommen.«

Nach diesen Worten bildeten die Drohnen eine V-Formation und verschwanden im Nachthimmel.

»Kannst du überhaupt etwas sehen?«

»Mehr, als du ahnst. Barlow geht einem zwar manchmal gehörig auf die Nerven, aber er versteht sein Handwerk. Ich habe CCD- und Lidar-Sensoren, einen Millimeterwellenscanner sowie Infrarot- und Wärmebilderfassung.«

Plötzlich zuckte sie zusammen. »Fuck, was war das?«

»Was ist los?«, fragte Ell alarmiert.

Doch Trina entspannte sich bereits wieder. »Nur eine verdammte Eule auf der Suche nach etwas zu essen. Habe Sichtkontakt zum Cottage.«

»Und?«

»Sehr hübsch. Viktorianisch, schätzungsweise um 1860. Allerdings ist es kein Cottage, sondern eher ein Country House. Nicht besonders groß, aber ein Haupthaus mit zwei Seitenflügeln und einigen Nebengebäuden. Ich fliege einmal näher an eines davon heran.«

Nach einer kurzen Pause fuhr Trina fort. »Das eine ist ein zur Garage umgebauter Stall und das andere eine Art Conservatory, ein freistehender Wintergarten. Dort ist alles dunkel. Licht scheint nur im Haupthaus und im östlichen Flügel.«

»Bist du sicher, dass man dich nicht sieht?«

Trina schüttelte den Kopf. »Ich halte ausreichend Abstand und die Drohnen sind zu klein und zu leise. Ich positioniere sie jetzt so, dass jede von ihnen ein Fenster im Blick hat. Soll ich dir die Bilder auf dein Handy weiterleiten?«

»Das geht?«

»Natürlich, wieso nicht?«

Augenblicke später konnte Ell die Kamerabilder live auf dem Bildschirm seines Telefons mitverfolgen. Jemand ging an einem der Fenster vorbei. »Carter!«, stieß Ell hervor. »Siehst du sie?«

»Ja, im Erdgeschoss auf dem Bild von Drohne drei. Geh auf Kamera sieben, dann siehst du deinen alten Freund wieder.«

Ell wischte über den Bildschirm, bis er die besagte Übertragung fand. Sofort erkannte er Aidan, der in einem Schlafzimmer im ersten Stock mit einem jungen Mädchen sprach. »Da ist er ja«, murmelte Ell. »Als wäre nichts geschehen.«

»Vor allem wissen wir jetzt, wo das Mädchen ist«, sagte Trina, während Aidan das Zimmer verließ und die Tür hinter sich zuzog. »Die gute Nachricht ist, dass es nur ein sehr einfaches Alarmsystem gibt. Das wird kein Problem sein. Am klügsten wäre es, einige Tage und Nächte die Abläufe im Haus zu studieren. Leider fehlt uns dafür die Zeit.«

»Warum ist es denn so eilig?«

»Wir wissen nicht, was das Mädchen Aidan gegenüber preisgibt, wenn sie unter seinem Einfluss bleibt. Außerdem stimmt irgendetwas nicht mit ihr. Siehst du den Infusionsständer und die vielen Medikamente auf dem Tisch?« Trina blinzelte und fokussierte wieder auf Ell. »Wir sollten schnell handeln. Je länger wir in der Gegend bleiben, umso eher fallen wir auf. Das hier ist nicht die Großstadt.«

»Dann bringen wir es hinter uns. Am besten noch heute Nacht«, schlug Ell vor.

»Sehe ich auch so. Fahr du zurück und hol unsere Sachen aus dem Apartment. Ich halte hier solange die Stellung. Jede Stunde müssen die Drohnen ausgewechselt werden, damit sie aufladen können. Wenn wir im Laufe der Nacht eine Gelegenheit erkennen, schlagen wir zu.«

Ell klappte den Kragen seiner Jacke nach oben und machte sich auf den Weg zurück zum Wagen. Während der Fahrt begann es leicht zu nieseln. Im Apartment suchte er schnell und leise ihre Sachen zusammen. Beim zweiten

Mal kam ihm die Strecke viel länger vor. Zu allem Überfluss verpasste er auch noch die letzte Abzweigung und musste ein Stück wieder zurückfahren. Er parkte den Wagen an derselben Stelle wie zuvor und marschierte den Sandweg hinunter. War dies der richtige Ort? Die Regenwolken verdeckten den Mond und in der Dunkelheit sah alles irgendwie gleich aus. »Trina?«, flüsterte er.

Hinter ihm raschelte es. Er drehte sich um und im selben Moment begannen sämtliche Alarmglocken in ihm zu schrillen. Er spürte, wie er in seinem Inneren buchstäblich beiseitegeschoben wurde und etwas anderes in den Vordergrund drängte. Doch es war zu spät. Das Letzte, was er wahrnahm, bevor sich die Widerhaken eines Tasers in seine Haut bohrten, war ein zorniges, halbseitig verbranntes Gesicht.

53

Chang Feng nahm sich den gesamten Tag Zeit, um über ihre Situation nachzudenken. Dabei ging es weniger darum, eine Entscheidung zu treffen. Hierfür benötigte sie nur einige Minuten. Komplizierter war es, diese Entscheidung vor sich selbst zu rechtfertigen. Es erschien ihr zunehmend unehrlich, dafür ständig das Gedenken an ihre Mutter zu bemühen oder eine höhere Verpflichtung zu beschwören. Ein schlechtes Gewissen genügte nicht, um darauf eine Zukunft voller Ungewissheit und Gefahren aufzubauen. Sie musste es wirklich wollen. Sie selbst, niemand sonst. Konnte sie aus eigener Überzeugung die Rolle übernehmen, die Yu ihr zugedacht hatte?

Am Abend kannte sie die Antwort. Yus Reaktion bestand lediglich aus einem knappen Nicken, und dennoch fühlte Chang Feng sich mit dieser kleinen Geste erstmals von ihm ernst genommen.

»Wie fahren wir fort?«

»Du wirst in zwei Stunden dein Training mit Sun Siyu

aufnehmen. Bislang habe ich die Versuche von Chu Liangs Spionen, euch dabei zu beobachten, stets unterbunden. Heute wird einer von ihnen erfolgreich sein. Es wird ihm sogar gelingen, euren Kampf heimlich zu filmen und das Video seinem Auftraggeber zu übermitteln.«

»Und du denkst, das genügt, um Chu Liang zugänglicher für Verhandlungen zu machen?«

»Ich kenne seine Ambitionen und ich kenne seine Fähigkeiten im Kampf. Er ist gut, aber gemessen an der Choreografie, die ihr einstudiert habt, nicht gut genug. Er war schon immer voller Berechnung und Hinterlist. Ein Wagnis einzugehen und damit womöglich alles bisher Erreichte aufs Spiel zu setzen, käme ihm nicht in den Sinn. Er will gewinnen, aber ohne eigenes Risiko.«

»Ich hoffe, du hast recht.«

Chang Feng nutzte die verbliebene Zeit, um sich aufzuwärmen und im Geist jede Bewegung, jeden Schritt, jede Parade, jeden Schlag wieder und wieder durchzugehen. Dennoch war sie nervös, als Sun Siyu eintraf und Meister Yu gewohnt einsilbig das Training eröffnete. Sofern der Plan Aussicht auf Erfolg haben sollte, durfte ihr kein einziger Fehler unterlaufen.

Doch sobald sie begann, die vertrauten Bewegungsabläufe auszuführen, wich die Unsicherheit ruhiger Zuversicht. Wenn sie eine Show abliefern sollte, dann würde es eine verdammt gute Show werden.

Eine knappe halbe Stunde später sank sie erschöpft und erleichtert zu Boden. Für einen kurzen Augenblick meinte sie, auf Yus Gesicht den Hauch eines zufriedenen Lächelns zu erkennen, doch sie musste sich getäuscht haben, denn das war absolut unmöglich.

…

Sun Siyu setzte sie wieder vor ihrem Apartmentgebäude ab. Nach dem unangemeldeten Besuch Liu Chengsis begleitete er sie dieses Mal jedoch bis in das Penthouse und bestand darauf, mit ihr gemeinsam jeden Winkel der Wohnung zu kontrollieren, bevor er sie allein ließ. Todmüde fiel Chang Feng in ihr Bett und schlief auf der Stelle ein.

Mitten in der Nacht wurde sie vom Summen ihres Telefons geweckt. Es war eine Textnachricht von Sun Siyu. *Meister Yu will uns sehen. Sofort. Wir treffen uns dort.*

Fluchend griff Chang Feng nach ihren Sachen und rief ein Taxi. Als sie fünf Minuten später vor die Haustür trat, wartete der Wagen bereits auf sie. Sie nannte dem Fahrer die Adresse und ließ sich auf den Rücksitz fallen. Ihr fielen vor Müdigkeit fast die Augen zu, und so bemerkte sie erst nach einer Weile, dass sie in die falsche Richtung fuhren. Ärgerlich herrschte sie den Fahrer an, doch der reagierte nicht. Schon beim Einsteigen war ihr die ungewöhnlich massive Plexiglasscheibe aufgefallen, die den Rücksitz vom Rest des Innenraumes trennte. Als jetzt ihr wütendes Trommeln dagegen mit dem Verriegeln der Hintertüren beantwortet wurde, wusste sie, dass sie sich in Schwierigkeiten befand. Abgelenkt von all den Neuigkeiten, die sie erfahren hatte, und blind vor Erleichterung über ihre gelungene Kampf-Performance war sie auf den ältesten Trick der Welt hereingefallen.

Bevor sie eine geeignete Position finden konnte, um mit den Füßen gegen die Trennscheibe zu treten, hielt das Taxi auf einem verlassenen Parkplatz. Der Fahrer entriegelte die Türen und floh zu Fuß. Chang Feng verharrte zunächst bewegungslos. Man hatte sie kaum hergebracht, damit sie einfach wieder nach Hause gehen konnte. Im Wagen sitzen zu bleiben war allerdings auch keine Lösung.

Vorsichtig öffnete sie die Tür und stieg aus. Prompt traten aus den umliegenden Gebäuden mehrere Gestalten und fingen an, sie einzukreisen. Ihr Puls beschleunigte sich. Sie zählte insgesamt acht dunkel gekleidete Personen mit verhüllten Gesichtern. Zu viele, um es gleichzeitig mit allen aufzunehmen. Ihre einzige Chance bestand darin, den Kreis zu durchzubrechen, solange er sich noch nicht vollständig geschlossen hatte, und dann zu rennen, so schnell sie konnte.

Sie entschied sich für die Richtung, die zurück zur Straße führte, und sprintete los. Unglücklicherweise handelte es sich bei dem dort stehenden Angreifer um ein besonders massiges Exemplar. Unter seinem recht plump geführten Schlag tauchte sie zwar problemlos hindurch, unterschätzte aber den benötigten Kraftaufwand für ihren Konter, worauf sie selbst ins Straucheln geriet und einen Großteil ihres Vorsprungs einbüßte. Mühsam rappelte sie sich auf und hetzte weiter, die anderen sieben dicht im Nacken. Einem gelang es, ihre Beine zu erreichen und sie erneut zu Fall zu bringen. Wie eine Katze rollte sie ab, kam wieder auf die Füße und ging ansatzlos zum Gegenangriff über. Die Flucht war fehlgeschlagen. Jetzt konnte sie ihre Haut nur noch so teuer wie möglich verkaufen. Zwei weitere Gegner schaltete sie mit einem Hieb gegen den Kehlkopf und einem Fingerstich in die Augen aus. Eine Backfist setzte einen dritten zumindest kurzzeitig außer Gefecht, aber die Schläge der übrigen vier prasselten auf sie ein und brachten sie zu Boden. Einer traf sie in der Magengegend, der nächste seitlich am Kinn, ein weiterer über der Schläfe. Ihr Gesichtsfeld verengte sich und Blut aus der Kopfwunde lief in ihr rechtes Auge. Schützend rollte sie sich zusammen, sodass die Fußtritte ihren Rücken und ihre Arme trafen, während einer der Schläger weit ausholte, um es zu Ende zu bringen.

Anstatt der finalen Attacke hört sie jedoch nur ein Stöhnen, auch die Fußtritte blieben aus. Vorsichtig sah sie mit ihrem linken Auge auf. Der Mann war auf die Knie gesackt und fiel langsam hintenüber. Seine Kollegen verteidigten sich mit wilden, aber nutzlosen Bewegungen gegen einen Angreifer, der sich so schnell bewegte, dass er in der Dunkelheit praktisch unsichtbar war. Mit zusammengebissenen Zähnen stand Chang Feng wieder auf. Die verbliebenen Schläger fielen binnen weniger Sekunden, niedergestreckt von sparsamen, mit tödlicher Präzision geführten Schwerthieben. Eine unheimliche Stille kehrte ein.

»Wer bist du?«, flüsterte Chang Feng und wischte sich das Blut aus dem rechten Auge.

Eine Gestalt löste sich aus den Schatten, danach eine weitere. »Wir sind Geister im Nebel.«

Chang Feng erkannte zwei zierliche junge Frauen, ganz in grau gekleidet, die sie mit ernster Miene musterten.

»Seid ihr mir gefolgt?«

»Wir folgen dir schon, seit Meister Yu begonnen hat, dich zu trainieren. Er befahl uns, ein Auge auf dich zu haben.«

»Ich habe nichts bemerkt«, erwiderte Chang Feng verblüfft.

»Natürlich nicht.«

»Wie heißt ihr?«

»Ich bin Nian«, antwortete die Größere der beiden. »Das ist meine Schwester Niu.«

»Seid ihr wirklich Schwestern?«

»Alle Geister sind Brüder und Schwestern.«

»Ich stehe in eurer Schuld.« Chang Feng schaute sich um. »Sind die Typen tot?«

»Ich glaube, ein paar leben noch«, gab Niu ohne eine erkennbare Gemütsregung zurück.

Brennende Wut wallte in Chang Feng auf. Sie trat zu einem der Schläger, der noch ein leises Stöhnen von sich gab, und packte ihn an den Haaren. »Sag mir, wer euch geschickt hat.« Wie aus dem Nichts erschien eine Schwertklinge an der Kehle des Mannes und verlieh der Frage weiteren Nachdruck.

»Es war Chu Liang. Er befahl uns, dich zu Tode zu prügeln und deine Leiche auf dem Festland verschwinden zu lassen.«

Chang Feng ließ den Kopf des Mannes fallen und schaute zu ihren Retterinnen auf. Ein kaltes Feuer brannte in ihren Augen. »Ich will zu Chu Liang. Könnt ihr mich zu ihm bringen?«

Die beiden Frauen wechselten einen kurzen Blick und nickten.

An der Einfahrt zur Straße standen zwei schwarze

Motorräder. Chang Feng setzte sich hinter Nian und im nächsten Moment rasten sie mit hoher Geschwindigkeit durch die nächtlichen Straßen Hongkongs.

Nach einer Weile bremste Nian die Maschine ab. »Chu Liang wohnt im ersten Stock dieses Hauses. Für gewöhnlich wird er von vier Leibwächtern bewacht, die sich im Erdgeschoss aufhalten.«

Chang Feng stieg ab und trat vor die Hauseingangstür.

»Meinst du, du kommst für den Moment ohne dein Schwert aus, Nian? Ich würde es mir gern ausleihen.«

Ein dünnes Lächeln erschien auf Nians Gesicht, während sie Chang Feng die Waffe aushändigte. »Viel Vergnügen. Gib uns zwei Minuten.«

Nach diesen Worten verschwanden die beiden Frauen hinter dem Gebäude und verschmolzen mit der Dunkelheit. Chang Feng wartete die vereinbarte Zeit und hämmerte dann mit der Faust ohne Unterlass gegen die Tür. Schließlich ging im Inneren des Hauses das Licht an und die Tür wurde aufgerissen.

»Was zum Teufel willst du, Schlampe?«, schrie ein grobschlächtiger Kerl in einem fleckigen weißen Unterhemd.

Weiter kam er nicht, denn er hatte Chang Fengs Schwert an der Kehle. »Ich will zu deinem verräterischen Boss. Und du bringst mich jetzt sofort zu ihm.«

Einen Augenblick zögert er, wohl in der Hoffnung auf Verstärkung. Als diese nicht kam, fügte er sich und trat rückwärts in das Haus zurück. Er führte Chang Feng durch das Innere und eine Treppe empor. An deren oberen Ende kam, was Chang Feng erwartet hatte. Er versuchte sie zu überrumpeln. Doch dafür war er eindeutig zu langsam.

Mit einem Stoß des Schwertknaufs sandte sie ihn krachend die Treppe hinunter, an deren Fuß er still liegenblieb. »Den Rest des Weges finde ich allein, vielen Dank«, murmelte sie und öffnete mit einem Fußtritt die Tür zum Obergeschoss. Dahinter wurde sie bereits erwartet. Chu Liang stand in der Mitte des Raumes und zielte mit einem Revolver auf sie.

»Komme niemals mit einem Messer zu einer Schießerei«, begrüßte er sie höhnisch. »Kennst du den Spruch nicht, Chang Feng? Leider wirst du aus dieser Lektion nichts mehr lernen können.«

»Du schleimiger, kleiner Bastard«, war alles, was Chang Feng vor Wut herausbrachte.

Chu Liang lachte. »Fluche, so viel du willst. Du wirst nie die Anführerin der Triade werden. Eigentlich solltest du bereits tot sein, aber anscheinend muss man alles selber erledigen.«

»Hattest du die Hosen so voll, dich einem ehrlichen Kampf zu stellen, dass du den Job von deinen miesen Schlägern erledigen lassen wolltest?«

Chu Liang zuckte mit den Schultern. »Ich gehe ungern ein unnötiges Risiko ein und habe zu lange auf diese Gelegenheit gewartet, als dass ich sie mir von einer verwöhnten Göre, die in den Westen geflohen ist, streitig machen lasse. Nach allem, was ich mittlerweile weiß, scheinst du ja eine ganz außergewöhnliche Kämpferin zu sein. Acht meiner Leute und meine Leibwächter auszuschalten ist eine beeindruckende Leistung. Aber auch du hast gegen eine Kugel keine Chance. Sag Gute Nacht, kleines Mädchen.«

Im selben Moment verloschen alle Lichter und das Haus versank in Dunkelheit. Geistesgegenwärtig warf

Chang Feng sich zur Seite, während Chu Liang die gesamte Trommel in ihre Richtung leerte. Chang Feng spürte, dass sie nicht mehr allein mit Chu Liang im Raum war. Sie hörte ihren Konkurrenten vor Schmerz laut aufheulen. Vorsichtig arbeitete sie sich durch die Finsternis in Richtung der Geräusche vor und hob ihr Schwert, um jederzeit kampfbereit zu sein.

Plötzlich gingen die Lichter wieder an. Außer ihr und Chu Liang, der zu ihren Füßen kauerte, war niemand sonst zu sehen. Ein langer, blutiger Schnitt zierte jede seiner Wangen. Als er sie mit dem erhobenen Schwert über sich stehen sah, hob er die Hände schützend vor das Gesicht. »Ich gebe auf. Du hast gewonnen.«

Chang Feng hielt kurz inne, bemüht, sich ihre eigene Überraschung nicht anmerken zu lassen, ergriff dann aber die Gelegenheit beim Schopfe. »Sag mir, warum ich dich am Leben lassen soll, du elender Wurm«, zischte sie.

»Ich weiß auch nicht«, stotterte Chu Liang. »Vielleicht, weil du im Gegensatz zum mir Prinzipien hast?«

»Schluss jetzt«, donnerte eine Stimme von der Zimmertür.

Gefolgt von Nian und Niu betrat ein zerzaust aussehender Meister Yu den Raum.

»Gott sei Dank, Meister Yu«, krähte Chu Liang sofort. »Die verrückte Ausreißerin wollte mich umbringen!«

»Schweig, Hund«, herrschte Yu ihn an. »Man hat mich gerade erst aus dem Bett gejagt, doch ich war rechtzeitig genug hier, um dein gesamtes Geständnis mit anzuhören. Außerdem singt einer deiner Auftragsmörder wie ein Kanarienvogel.«

Chu Liang ließ die Schultern sinken, versuchte es aber

weiter. »Es gibt nach wie vor keinen gewählten neuen Anführer. Damit kann nur der Rat über mein Schicksal entscheiden. Ich will ein Verfahren nach den dafür vorgesehenen Regeln.«

»Für dein Verhalten gibt es nur eine Regel: Tod durch das Schwert«, knurrte Yu. »Allerdings lässt uns ein offen ausgetragener Streit den anderen Triaden gegenüber schwach aussehen. Alte Rivalitäten könnten wieder aufbrechen und ich fürchte, sie würden versuchen, aus unserer Uneinigkeit Kapital zu schlagen.«

Yu wanderte mit hinter dem Rücken verschränkten Händen durch den Raum. Schließlich blieb er stehen und schaute Chang Feng und Chu Liang abwechselnd an. »Vielleicht gibt es einen Weg, dieses Dilemma zu lösen, ohne dass heute Nacht jemand sterben muss oder nach einem schmutzigen Verfahren unehrenhaft vom Hof gejagt wird.«

Chu Liang seufzte erleichtert. »Eure Weisheit war mir schon immer ein großes Vorbild, Meister Yu. Ich bin neugierig, euren Vorschlag zu hören.«

54

»Und dieser Freund von Ihnen hat wirklich nichts dagegen, dass Sie sein Auto benutzen?«

Gray nahm kurz den Blick von der Straße. »Nein. Wir kennen uns seit Jahren und teilen die Leidenschaft für Oldtimer. Er darf jederzeit meine fahren und ich seine.«

Olivia Navarro strich mit der Hand über das Armaturenbrett. »Ohne vorher zu fragen?«

»Ohne vorher zu fragen. Außerdem ist er derzeit in seinem Haus in Südfrankreich. Im Gegensatz zu mir kann er sich dieses Hobby tatsächlich leisten.«

»Das muss er wohl. Ein 1966er Lincoln Continental in diesem perfekten Zustand dürfte nicht billig sein. Von den anderen Wagen in seiner Garage ganz zu schweigen.«

Gray warf ihr einen erneuten Seitenblick zu. »Sie kennen sich mit Autos aus?«

»Nur, was ich von meinem Vater aufgeschnappt habe. Seit er in diesem Land ist, hat er als Kfz-Mechaniker gearbeitet. Meine Eltern sind in den späten Achtzigern aus Ecuador eingewandert. Ich bin in einer Werkstatt in Brooklyn zwischen Autoteilen groß geworden.«

»Leben Ihre Eltern noch in New York?«

Navarro schüttelte den Kopf. »Für den Ruhestand sind sie nach New Mexico gezogen. Meine Mutter hat Rheuma und verträgt das Klima dort besser. Mein Vater betreibt nebenbei weiterhin eine kleine Werkstatt und ich sende ihnen regelmäßig etwas zusätzliches Geld. Das Leben ist da unter deutlich günstiger und sie kommen gut über die Runden.«

»Ihre Eltern müssen stolz auf Sie sein.«

Sie lachte. »Vielleicht, wenn ich Ärztin oder Anwältin geworden wäre. Von meiner Entscheidung, Journalistin zu werden, waren sie nicht sonderlich beeindruckt.«

»Das glaube ich Ihnen nicht.«

»Mittlerweile haben sie ihren Frieden damit gemacht, denke ich. Aber erst, als mein Name über einem Leitartikel in einer der größten Zeitungen des Landes stand.«

»Sehen Sie. Es ist gar nicht so wichtig, was man tut, sondern dass man es mit Leidenschaft tut.«

»Jetzt klingen Sie wie mein Onkel Miguel.«

Gray grinste. »Dann ist Ihr Onkel ein sehr kluger Mann.« Sein Blick wurde nachdenklich. »Ich gebe allerdings zu, dass ich mich schon eine Weile frage, was Sie eigentlich antreibt. Ist es wirklich nur die Leidenschaft für Ihre Arbeit?«

»Wie meinen Sie das?«

»Sie gehen für diese Story ein enormes Risiko ein. Vor Kurzem wurde ein Anschlag auf Ihr Leben verübt, und dennoch scheinen Sie nicht einen Moment ans Aufgeben gedacht zu haben.«

Navarro zuckte mit den Schultern. »Das ist mein Job.«

»Wirklich? Ich wusste bei meiner Entscheidung für das FBI, dass der Beruf gefährlich werden kann. Vielleicht sogar lebensgefährlich. Aber in Ihrer Branche ist das doch nicht der Regelfall, oder? Ihre Entschlossenheit überrascht mich und meiner Erfahrung nach steckt in solchen Fällen meistens etwas Persönliches dahinter.«

Navarro verschränkte abwehrend die Arme. »Und selbst wenn das so wäre, was geht Sie das an?«

»Ich weiß einfach gern, woran ich bin. Insbesondere, wenn so viel auf dem Spiel steht.«

Navarro schwieg.

»Hat es etwas mit Ihrem ermordeten Kollegen zu tun?«, fuhr Gray vorsichtig fort. »Ich frage nicht aus Neugier, ich möchte es nur verstehen.«

Navarro schwieg noch eine Weile, bis sie ihre Hände in den Schoß sinken ließ und gedankenverloren aus dem Seitenfenster blickte. »Es fing bereits in meinem ersten Jahr bei der Zeitung an. Niemand wusste davon. Es war so etwas wie Liebe auf den zweiten Blick. Ich wurde ihm als Assistenz zugeteilt. Ein Anfänger und ein erfahrener Veteran, so werden bei uns die Teams zusammengestellt. Nach einer Weile stellten wir fest, dass wir uns auf eine Art verstanden, die keine Worte benötigte. Wir funkten gewissermaßen auf der gleichen Wellenlänge und kamen uns immer näher. Er liebte seine Frau, aber zwischen uns war etwas, das zu wertvoll und einzigartig war, um es zu ignorieren. Und so spielten wir ein Spiel, das wir beide eigentlich verabscheuten: die geheime Affäre. Es war keine gute

Lösung, aber besser als nichts. Ich weiß nicht, ob unsere Beziehung eine Zukunft gehabt hätte, doch wie auch immer es weitergegangen wäre, ich werde es nie erfahren. Er wurde hinterrücks niedergeschossen und ich bin es ihm schuldig herauszufinden, wer dafür verantwortlich ist.«

Gray nickte langsam. »Danke für Ihr Vertrauen.«

»Können wir kurz anhalten?«, bat Navarro. »Ich würde mir gern die Beine vertreten und etwas zu essen kaufen.«

»Natürlich. Bis Albany sind es noch zehn Meilen. Ich muss sowieso tanken.«

»Kurz bevor wir auf die Interstate neunzig wechseln, müsste es eine Tankstelle geben.«

»Sie waren schon einmal hier?«

»Ein paar Mal als Kind. Wir hatten nie genügend Geld, aber immer ein perfekt gewartetes Auto. Damit haben wir an den wenigen freien Tagen meines Vaters die Umgebung erkundet. Daher stammt wohl meine Leidenschaft für Roadtrips.«

Die Tankstelle gab es noch und Navarro besorgte ein paar Sandwiches und zwei große Coffee to go, während Gray den Wagen auftankte. Je weiter sie nach Norden kamen, desto mehr klarte das Wetter auf, und als sie bei Mayfield die Südgrenze zum Adirondack State Park passierten, schien die Sonne von einem strahlend blauen Himmel.

»Wie wollen wir vorgehen?«, fragte Navarro. »Wenn er wirklich dort sein sollte, wird er nicht gerade begeistert sein, uns zu sehen.«

Gray zuckte mit den Schultern. »Für allzu viel Rücksichtnahme fehlt uns die Zeit, fürchte ich. Immerhin hat er das Ganze losgetreten. Wir müssen ihn irgendwie davon überzeugen, dass er auf halbem Weg nicht haltmachen kann.«

»Kein Plan ist auch ein Plan«, murmelte Navarro zweifelnd.

Der letzte Teil des Weges war nicht leicht zu finden. Die Hütte, samt eigenem Bootsanleger, lag abgeschieden am Ufer eines kleinen Sees. Die einfache, aber gepflegte Konstruktion spiegelte den Stil der typischen Feriendomizile in der Region. Der perfekte Ort für alle, die sich nach Ruhe und Erholung in einer idyllischen Umgebung sehnten.

Ihre Ankunft konnte kaum unbemerkt geblieben sein, dennoch rührte sich im Inneren des Hauses nichts.

»Ich gehe am besten vor«, sagte Navarro und stieg aus. »Sie kennt er nicht, also halten Sie sich lieber erst einmal zurück.«

Gray hob beide Hände empor. »Wie Sie meinen. Ich bleibe im Wagen und zähle Eichhörnchen.«

Navarro erklomm die Stufen der hölzernen Veranda und klopfte gegen die Tür. »Trent? Mr. Turner, sind Sie da? Hier ist Olivia. Olivia Navarro.«

Sie versuchte, einen Blick durch die teilverglaste Eingangstür zu werfen, doch im dunklen Inneren konnte sie nicht viel erkennen. Sie klopfte erneut. »Ich muss mit Ihnen sprechen. Bitte machen Sie auf, wenn Sie da sind.«

Ohne Vorwarnung wurde die Tür aufgerissen. »Was wollen Sie hier?«, fauchte Trent wütend. »Geht es vielleicht noch auffälliger und lauter?«

»Es tut mir leid, Trent. Ich wusste nicht, ob Sie überhaupt da sind. Wir müssen reden.«

»Was wollen Sie noch von mir? Sie haben die Fotos doch bekommen, oder?«

»Ja. Genau darum geht es. Darf ich reinkommen?«

»Wer ist das bei Ihnen im Auto?«

»Ein Freund. Er ist vertrauenswürdig und will uns helfen.« Navarro zögerte. »Er ist vom FBI.«

Trent wurde blass und machte einen Schritt rückwärts. »Sind Sie wahnsinnig? Sie schleppen das FBI hier an?«

»Ganz ruhig. Er ermittelt selbst gegen das DHS. Er ist keine Bedrohung für Sie.«

»Und das soll ich glauben? Ich habe Sie ausgewählt, weil ich dachte, Sie wüssten, was Sie tun. Ich dachte, Sie wären diskret und man könnte Ihnen trauen. Wem haben Sie noch alles von mir erzählt?«

»Niemandem sonst. Sie haben mein Wort. Auch beim FBI weiß niemand außer meinem Freund von Ihnen. Sie wollen doch immer noch, dass die Dinge ans Licht kommen und die Verantwortlichen zur Rechenschaft gezogen werden, oder?«

»Natürlich. Aber ich wäre auch gern weiterhin am Leben.«

»Deswegen müssen Sie uns anhören. Zehn Minuten. Wenn Sie dann sagen, wir sollen gehen, sind wir sofort weg und Sie sehen uns nie wieder. Versprochen.«

Mit einem Anflug von Verzweiflung deutete Trent auf den Lincoln. »Sagen Sie Ihrem Freund, er soll den Wagen wenigstens hinter dem Schuppen parken.«

Navarro nickte eilig und überbrachte Gray die Botschaft. »Ich habe ihm gesagt, Sie seien ein Freund, also benehmen Sie sich gefälligst auch so. Jagen Sie ihm bloß nicht noch mehr Angst ein.«

»Werd's versuchen«, brummte Gray, parkte wie verlangt den Wagen um und folgte ihr ins Haus.

Trent erwartete sie in dem rustikal eingerichteten Wohnzimmer mit Blick über den See.

»Schön haben Sie es hier«, versuchte Navarro das Gespräch zwanglos zu eröffnen.

»Das Haus gehörte meinem Vater. Die meiste Zeit im Jahr vermiete ich es an Urlauber. Wie haben Sie mich gefunden?«

»Ich bin Investigativ-Journalistin. Das war eine leichte Übung. Als wir Sie in Ihrer Wohnung nicht antrafen, habe ich vermutet, Sie würden sich hier verstecken.«

»Ich verstecke mich nicht, ich mache Urlaub«, widersprach Trent ärgerlich. »Bislang hat niemand etwas von meiner Aktion bemerkt, und vielleicht würde das auch so bleiben, wenn nicht investigative Journalisten und FBI-Beamte vor meiner Haustür auftauchen würden.«

»Glauben Sie das ernsthaft?«, mischte Gray sich erstmals in die Unterhaltung ein. »Ich bin Deputy Assistant Director Gray, FBI. Soll ich Sie weiter Trent nennen oder mit Ihrem richtigen Namen ansprechen?«

»Mir gleich«, erwiderte Trent unwillig.

»Glauben Sie, das DHS würde nicht sofort anfangen, nach dem Leck zu suchen, sobald die Bilder veröffentlicht sind? Glauben Sie wirklich, Sie hätten keine einzige Spur hinterlassen und könnten jedes Verhör mit fliegenden Fahnen bestehen? Ich weiß, dass Sie sich genau das wünschen. Ich verstehe, dass Sie Ihr altes Leben nicht aufgeben möchten, aber früher oder später wird man Sie enttarnen. Das ist nur eine Frage der Zeit.«

Trent ließ sich in einen Sessel fallen. »Was wollen Sie von mir?«

Obwohl er es ihnen nicht angeboten hatte, setzten sich Navarro und Gray ebenfalls.

»Ich will Sie davon überzeugen, das Richtige zu tun, Trent«, fuhr Gray fort. »Machen Sie es ganz oder gar nicht. Arbeiten Sie mit uns zusammen.«

»Was soll das heißen?«

»Sagen Sie aus. Die Bilder allein reichen nicht. Stellen Sie sich als Zeuge zur Verfügung und wir können Sie beschützen.«

»Mich beschützen? Vielleicht bliebe ich am Leben, aber was für ein Leben wäre das? Sie kennen doch die Fälle aus der Vergangenheit. Man würde mich fertig machen, versuchen, mich für den Rest meiner Tage hinter Gitter zu bringen und auf dem Weg dahin dafür sorgen, dass jeder sich von mir abwendet und mein Ruf endgültig zerstört wird. Danke, ich verzichte.«

»So weit muss es nicht kommen«, hielt Gray dagegen. »Wir dürfen nur keinen Fehler machen. Wissen Sie denn, wo die geheimen Einsatzberichte zu den Fotos aufbewahrt werden?«

»Denken Sie, diese Frage hätte ich mir nicht auch gestellt? Aber es ist praktisch unmöglich, darauf zuzugreifen. Unterlagen dieser Kategorie werden immer verschlüsselt. Der für die Entschlüsselung erforderliche Private Key befindet sich nur an zwei Orten: im Intranet des Hauptquartiers in Washington, D.C. und im Intranet der jeweils zuständigen Abteilung. Damit lassen sich die Dokumente zwischen den verschiedenen Stellen austauschen, aber es ist gewährleistet, dass sie ausschließlich in einer sicheren Umgebung vor Ort gelesen werden können und niemand unverschlüsselte Kopien erstellt. Viel Spaß dabei, unbemerkt in die Zentrale des DHS einzudringen. Sie werden nicht einmal in die Nähe dieser Daten kommen. Und wo diese schwarze Abteilung sitzt, konnte ich nicht herausfinden.«

»Aber ich«, ertönte eine Stimme von der Eingangstür.

Erschrocken wandten sich alle um.

»Marty?«, fragte Gray ungläubig. »Was haben Sie denn hier zu suchen? Sie sollten in Europa sein!«

»Das geht hier ja zu wie in einem Taubenschlag«, stöhnte Trent. »Gehört der Typ etwa zu Ihnen?«

»Entschuldigung, ja. Das ist mein Assistent, Special Agent Brown.«

Trent drehte sich zu Navarro. »Sonst weiß also niemand von mir, ja? Wie soll ich Ihnen bitte noch ein Wort glauben?«

»Es tut mir leid, ich sehe den Mann auch zum ersten Mal«, beteuerte sie hilflos.

»Wir haben schon einmal miteinander telefoniert«, merkte Marty zuvorkommend an, verstummte allerdings unter Navarros mörderischem Blick.

»Was soll das? Was will der hier?«, zischte sie in Grays Richtung.

»Ich weiß es nicht«, erwiderte Gray irritiert. »Marty, was wollen Sie hier? Hat das nicht Zeit, bis ich wieder im Büro bin?«

»Offen gestanden würde ich Ihnen davon abraten, sich dort blicken zu lassen. Man würde Sie vermutlich gar nicht ins Gebäude lassen.«

Gray starrte ihn entgeistert an. »Wie bitte? Weswegen denn das?«

»Soviel ich herausfinden konnte, bestehen Zweifel an den Ergebnissen Ihres letzten psychologischen Eignungstests. Es heißt, er sei von Ihnen manipuliert worden. Ohne diesen Test fehlt Ihnen jedoch die Diensttauglichkeit. Sie wurden daher bis auf Weiteres suspendiert.«

»Was für ein Bullshit«, brach es aus Gray heraus. »Damit kommen die nie durch!«

»Vermutlich nicht, aber bis zur Klärung der Vorwürfe und Durchführung eines neuen Tests sind Sie erst einmal kaltgestellt.«

»So sieht also der Schutz aus, den Sie mir anbieten können«, warf Trent bissig ein. »Wie es aussieht, sind Sie ja nicht einmal in der Lage, sich selber zu schützen.«

»Scheiße«, fluchte Navarro. »Was machen wir jetzt?«

Marty lächelte unbekümmert. »Keine Sorge, deswegen bin ich ja hier.«

Trent musterte den jungen Agent und schüttelte den Kopf. »Wie beruhigend.«

Gray fixierte Marty und zog die Augenbrauen zusammen. »Sie haben eben behauptet, sie wüssten, wo sich die schwarze Abteilung befindet. War das Ihr Ernst?«

Marty nickte. »Wir müssen nach Utah. Dort gibt es ein Datenzentrum der NSA. Und eine geheime Einrichtung des DHS, die inoffiziell nur als der Lesesaal bekannt ist. Von dort aus operiert die schwarze Abteilung.«

»Woher wissen Sie das?«, fragte Gray perplex.

Reflexhaft fasste Marty sich hinter das rechte Ohr. »Ich hatte ein wenig Hilfe.«

Gray verdrehte die Augen. »Oh, Marty! Ich habe Sie zu

CyberSim geschickt, damit Sie ein Auge auf Ell und Shaw haben. Nicht, damit Sie sich innerhalb von ein paar Tagen umdrehen lassen und zum Feind überlaufen.«

»Trina, ich meine Ms. Shaw, ist nicht der Feind«, protestierte Marty. »Außerdem können wir momentan jede Hilfe brauchen, egal, woher sie kommt.«

»Und was schlägt Ms. Shaw vor?«

»Sie kann uns Zugang zu dieser Einrichtung verschaffen.«

Trent lachte laut auf. »Sind Sie vollkommen irre, Mann? Ich kenne den Standort. Wenn Sie in zehn Meilen Entfernung ein paar Meilen zu langsam daran vorbeifahren, lösen Sie bereits einen Alarm aus und werden beobachtet. Sie haben ja keine Ahnung!«

»Dann klären Sie uns doch auf«, bat Gray gereizt.

»Alle Welt kennt das Datenzentrum der NSA in Bluffdale, Utah. Während des Baus und kurz nach der Eröffnung war es ständig in der Presse, weil dort Unmengen an von der NSA gesammelten Daten gespeichert werden. Viele Exabyte, manche sagen sogar Yottabyte an E-Mails, Telefonaten, Internet-Chats, Google-Suchanfragen und so weiter. Weitestgehend unbekannt ist hingegen der Standort des DHS, etwa zwanzig Meilen entfernt, der mit einer sicheren Leitung an das Datenzentrum angebunden ist.«

»Wozu?«

»Wozu?« Trent lachte erneut, doch es war kein fröhliches Lachen. »Seit dem elften September sammeln wir alles an Daten, was wir in die Finger bekommen können. Und ich meine wirklich alles. Das ist toll, weil man damit automatisch Informationen zu allen geplanten und bereits begangenen Verbrechen erhält, die irgendwo in diesem gigantischen Heuhaufen enthalten sind. Es gibt nur ein Problem: Wenn man alle Verbrechen erfasst, erfasst man zwangsläufig auch die eigenen.«

»Ich ahne, worauf das hinausläuft«, murmelte Gray, doch Trent kam gerade erst in Fahrt.

»Es ist eine Illusion zu glauben, sämtliches Regierungshandeln stünde immer im Einklang mit Recht und Gesetz. Insbesondere in der Welt der Geheimdienste, die der öffentlichen Kontrolle weitestgehend entzogen ist, wird bevorzugt vom gewünschten Ergebnis her gedacht. Wenn es um die nationale Sicherheit oder andere, vermeintlich übergeordnete Interessen geht, wird geltendes Recht gern als optional betrachtet oder zumindest sehr kreativ ausgelegt. Auch wenn viele Verantwortliche tatsächlich glauben mögen, zum Wohle des Landes zu handeln, ist man sich der Sprengkraft bewusst, falls Details hierüber nach außen dringen. Bei der ausufernden Anzahl an Personen mit Sicherheitsfreigabe, die für unsere siebzehn Nachrichtendienste und deren zahllose Dienstleister tätig sind, ist vollständige Geheimhaltung allerdings kaum länger zu gewährleisten. Weil wir uns in diesem riesigen, dysfunktionalen Apparat gewissermaßen selbst nicht mehr vertrauen können, durchsucht eine dem DHS unterstellte Abteilung die gesammelten Daten vorab nach unserer eigenen schmutzigen Wäsche.«

»Und was machen sie damit?«, fragte Navarro.

»Löschen«, antwortete Trent kurz. »Was sonst? Wenn das Datenzentrum der NSA im übertragenen Sinne das Büchermagazin einer gewaltigen Bibliothek ist, dann ist die Einrichtung des DHS ein sehr privilegierter Lesesaal.

Deshalb der Name. Alle Daten, die im Datenzentrum eintreffen, werden durch intelligente Algorithmen vorsortiert und potenziell riskante Inhalte auf einen gesonderten Server verschoben. Auf diesen kann ausschließlich vom Lesesaal aus zugegriffen werden. Erweisen sich die Daten als unverfänglich, wandern sie weiter in den allgemeinen, von allen Diensten durchsuchbaren Datenpool. Sind sie toxisch, kommt die Delete-Taste zum Einsatz.«

»Das deckt sich mit meinen Informationen«, bestätigte Marty. »Diese Einrichtung des DHS gehört offiziell zum Direktorat für Wissenschaft und Technologie. Vor drei Jahren fanden auf dem Gelände umfangreiche Erweiterungen statt. Angeblich für ein neues Cybersecurity-Forschungs- und Trainingsprogramm. Oberflächlich betrachtet handelt es sich bloß um zwei mittelgroße Gebäude. Verbaut wurde allerdings das Zehnfache an Material.«

»Unterirdisch?«, vermutete Trent.

Marty nickte. »Außerdem stellt sich die Frage, wofür man eine völlig überdimensionierte unabhängige Stromversorgung und einen eigenen Hubschrauberlandeplatz benötigt.«

»Der Energiebedarf klingt, als nutze man dort umfangreiches technisches Equipment, was durchaus zu einer Forschungseinrichtung passen würde. Der Landeplatz entspräche allerdings eher dem Anforderungsprofil einer operativen Einheit.«

»Haben Sie eine Idee, was dahinterstecken könnte?«, bohrte Gray weiter.

Trent tat sich mit einer Antwort sichtlich schwer. »Wer weiß, vielleicht möchte man sich ja nicht mehr auf das bloße Löschen von Daten beschränken, sondern die Störungen direkt an der Quelle beseitigen.«

»Ist das nicht ein wenig zu weit hergeholt?«

»Hätte ich auch gesagt - bevor mir die Überwachungsbilder in die Hände gefallen sind. Aber was immer der Hintergrund sein mag, wollen Sie da einfach anklopfen und fragen, ob Sie mal kurz an den Computer dürfen?«

Alle Blicke richteten sich auf Marty, der gleichmütig mit den Schultern zuckte. »So etwas in der Art.«

55

Langsam kehrten Ells Sinne zurück. Jeder Muskel und Knochen in seinem Körper schmerzte.

»Willkommen unter den Lebenden.«

Beim Klang der Stimme sah Ell auf und blickte sich um. Er saß auf einem zweisitzigen Sofa, dessen Stoffbezug ein opulentes Blumenmuster zierte, womit es sich nahtlos in die übrige, von massivem Holz und kräftigen Farben geprägte Einrichtung des Raumes einfügte. Genau wie die ihm gegenüber platzierte Chaiselongue, auf der eine wohlvertraute Gestalt Platz genommen hatte. Aidan folgte seinem Blick. »Bitte keine Vorhaltungen wegen des Interieurs. Es ist absolut nicht mein Geschmack, aber wenigstens ist es authentisch und es gefällt der Besitzerin des Hauses.«

»Was ist passiert? Wo ist Trina?«, fragte Ell mit trockenem Mund.

»Keine Sorge, der fabelhaften Ms. Shaw geht es gut. Zumindest hoffe ich, dass der Stromschlag keinen bleibenden Schaden an ihrem interessanten Implantat verursacht hat. Dich muss ich ebenfalls um Entschuldigung bitten. Stella hegt seit eurer letzten Begegnung noch einen gewissen Groll und hat es mit der Stromstärke ein wenig übertrieben. Der Taser sollte nur kampfunfähig machen, nicht bewusstlos.«

Erst jetzt bemerkte Ell Carter, die neben der Zimmertür stand.

»Außerdem hatte sie vermutlich vor Augen, was du mit meinem Mitarbeiter in Namibia angestellt hast. Ein wirklich schmerzlicher Verlust, durch den ich aber immerhin wusste, worauf ich mich vorzubereiten habe.«

Aidan neigte seinen Kopf zur Seite. »Du kannst uns jetzt allein lassen, Stella. Das Mittel scheint zu wirken.«

Widerstrebend und ohne dabei den Blick von Ell zu lösen, zog Carter sich zurück.

»Welches Mittel?«

Aidan hielt ein kleines Fläschchen empor. »Ein starkes Neuroleptikum. Es sorgt dafür, dass wir uns ungestört unterhalten können, ohne dass dein … Gast uns unterbricht oder etwas Dummes anstellt.«

»Du weißt davon?«

Aidan lachte auf. »Ob ich davon weiß? Es ist der Grund für das meiste, was bereits geschehen ist, und für alles, was gerade geschieht.«

»Grund genug, mich umbringen zu lassen?«

»Wir befinden uns in einem Krieg, Will. Da sind Opfer unvermeidlich.«

»Was für ein Krieg?«

Aidan seufzte. »Es ist wahrhaft schmerzlich, dich so ahnungslos zu sehen. Wir waren schließlich einmal gute

Freunde. Man könnte vermutlich sogar sagen, die besten.«

»Du sprichst von der Zeit in Cambridge?«

»Nein, ich spreche nicht von Cambridge.« Aidan fuhr sich durchs Haar. »Ich wünschte, du würdest verstehen, was ich tue, warum ich es tue und warum ich es tun muss.«

»Dann erkläre es mir.«

Aidan musterte ihn eine Weile nachdenklich. »Es gab eine Zeit, da haben wir zusammen gekämpft. Seite an Seite, um den Ursprung zu finden.«

»Den Ursprung? David sprach davon, bevor er starb.«

»Ja, David war auch mit von der Partie. Er hat dich überzeugt, sich uns anzuschließen. Doch seine wahren Motive waren keineswegs so uneigennützig, wie du immer glauben wolltest.« Aidan stand auf, befüllte zwei Gläser mit einer Fingerbreit Scotch, reichte Ell eines davon und setzte sich wieder. »Immerhin lehrte er uns, wie man zwischen den Simulationen reist und den Wächtern aus dem Weg geht.«

»Was für Wächtern?«, fragte Ell mit wachsendem Unverständnis.

»Jetzt beneide ich dich fast darum, dass du dich nicht erinnern kannst. Die Wächter würde ich nur zu gern vergessen. Ihre Aufgabe ist es, dafür zu sorgen, dass niemals etwas die Simulationen verändert oder verlässt. Sie wirken im Verborgenen und gehen dabei überaus subtil vor. Im Kleinen wie im Großen. Sie zerstören ganze Zivilisationen mit der gleichen Leichtigkeit wie das Leben einzelner.«

»Mir wurde gesagt, die Simulation ließe sich nicht verändern. Wie sollte das gehen?«

Aidan lächelte. »Die alles entscheidende Frage, nicht wahr? Kann man durch den Regen gehen, ohne nass zu werden? Es heißt, wir erschaffen die Welt jeden Tag aufs Neue. Durch Gedanken, die zu Taten werden. Unsere Vorstellung von der Welt ist es, die ihr Form verleiht. Ändert sich die Vorstellung, ändert sich die Form. Doch dieses Sinnbild enthält eine noch viel tiefergehende Wahrheit. Denn unsere Erwartungen ändern die Welt tatsächlich auf materieller Ebene. Die Simulation folgt Regeln, nenne sie meinetwegen Naturgesetze. Sie erzwingen eine Struktur, eine zugrunde liegende Ordnung. Diese Ordnung gehorcht einzig und allein dem Prinzip der Wahrscheinlichkeit. Wahrscheinlichkeiten halten alles zusammen, sie erschaffen unsere Realität. Und genau das ist der Ansatzpunkt, um Einfluss zu nehmen, denn dieses Funktionsprinzip weist eine Lücke auf, die in seiner Natur selbst begründet liegt. Wenn alles auf Wahrscheinlichkeiten beruht, dann sind zwangsläufig auch solche enthalten, die ausgeglichen sind, bei denen es gewissermaßen fünfzig zu fünfzig steht. In diesen Fällen kann eine zielgerichtete bewusste Erwartung den Ausschlag geben und damit das Ergebnis beeinflussen.«

»Ist das nicht ziemlich nutzlos?«, bemerkte Ell zweifelnd. »Wenn ich das Beste will, aber das Schlimmste erwarte, geschieht dann nicht trotzdem das Schlimmste?«

»Entscheidend ist die Fähigkeit, die eigenen Erwartungen zu kontrollieren. Und der Schlüssel dazu ist, nichts zu erwarten. Hoffen und Wünschen ist erlaubt, doch aller Erwartungen muss man sich zunächst entledigen. Erst dann hat man die Wahl, erst dann werden Wille und Erwartung eins.«

»Aber selbst wenn es auf diesem Weg gelänge, die Wahrscheinlichkeit von fünfzig zu fünfzig auf, sagen wir, einundfünfzig zu neunundvierzig zu verändern, hieße das nicht, dass immer noch mit neunundvierzigprozentiger Wahrscheinlichkeit das geschähe, was ich nicht will?«

»Nein«, widersprach Aidan. »Diesem Argument liegt ein Denkfehler zugrunde. Die Ausgangswahrscheinlichkeit von fünfzig zu fünfzig hebt sich vollständig auf, sodass die Bestimmung des Ergebnisses zu einhundert Prozent bei dir liegt.«

Ell schüttelte skeptisch den Kopf. »Ich muss also nur lernen, meine Erwartungen so zu kontrollieren, dass ich nichts mehr erwarte?«

»Was sehr viel schwieriger ist, als es klingt. Und du musst lernen, die Ereignisse, bei denen sich die Wahrscheinlichkeiten aufheben zu erkennen. Du musst in der Lage sein, diese Lücken zu identifizieren. Wenn dir das gelingt, kannst du durch den Regen gehen, ohne nass zu werden - indem du zwischen den Tropfen läufst.«

»Es fällt schwer zu glauben, dass Erwartungen eine solche Macht besitzen können.«

Aidan nahm einen Schluck aus seinem Glas und musterte Ell aus schmalen Augen. »Obwohl du es doch selbst schon erlebt hast?«

»Habe ich das?«, fragte Ell unsicher, während er innerlich an den Fish River Canyon zurückkehrte. Gewaltsam riss er sich von den Erinnerungen los. »Und wie funktioniert das mit dem Reisen?«

»Ich dachte, in dieser Hinsicht hättest du bereits deine eigenen Schlüsse gezogen.« Aidan deutete auf die Kette um Ells Hals. »Zumindest besitzt du einen Transfer-Ring. Ich bin nicht umhingekommen, ihn zu bemerken, als ich dir die Spritze verpasste.«

Automatisch griff Ell danach. »Das ist es also? Der Ring ermöglicht das Reisen?«

»Nicht das Reisen selbst, aber die Navigation. Das Reisen vollzieht sich von Bewusstsein zu Bewusstsein und der Ring zeigt seinem Träger eine Art Bewusstseinskarte. Ich dachte, auf diese Weise hättet ihr das Mädchen lokalisiert.«

»Trina hat sie gefunden.«

Aidan beugte sich vor. »Trina? Oder Allison?«

»Du weißt, was mit ihr geschehen ist?«, fragte Ell überrascht.

»Du meinst ihre endgültige Vereinigung mit unserer enigmatischen und jetzt nicht mehr ganz so künstlichen Intelligenz? Ich gebe zu, es hat ein wenig gedauert, bis der Groschen gefallen ist. Allerdings scheint sie dir über die Bedeutung des Ringes nichts gesagt zu haben, denn du klingst, als hörtest du das zum ersten Mal.«

Ell überging die Bemerkung. »Was meinst du damit, das Reisen vollzieht sich von Bewusstsein zu Bewusstsein? Genügt es nicht ein passendes ... Behältnis zu finden?«

»Einmal Wissenschaftler, immer Wissenschaftler, oder?« Aidan seufzte. »Du wolltest schon immer alles ganz genau wissen. Natürlich geht es letztlich darum, eine geeignete Zielstruktur zu finden. Diese auf direktem Wege aufzuspüren ist allerdings nicht möglich, da der Ring lediglich auf Bewusstsein reagiert.«

»Du meinst, es muss darin schon ein Bewusstsein vorhanden sein?«

»Alles, was existiert, ist durchzogen von einer Art

Vorstufe von Bewusstsein. Geeignete Zielstrukturen, etwa ein sich entwickelndes menschliches Gehirn oder eine aktive Quanten-CPU, ziehen dieses Proto-Bewusstsein verstärkt an und werden somit irgendwann sichtbar. Verpasst man jedoch den richtigen Zeitpunkt, hat sich das Proto-Bewusstsein bereits zu einem eigenständigen Bewusstsein entwickelt, gegen dessen Willen ein Transfer nicht mehr möglich ist. Wie du siehst, ist es alles andere als trivial, ein geeignetes Ziel zu finden. Man sollte vorher auch sicherstellen, dass die Technologie dort, wo man hinreist, weit genug fortgeschritten ist.«

Ell zog die Augenbrauen zusammen. »Warum das?«

»Es reist nur das Bewusstsein. Man kann nichts mitnehmen. Auch den Ring nicht. Will man dort wieder weg, muss man einen neuen Ring herstellen und die Grundvoraussetzung dafür ist eine gewisse technologische Entwicklungsstufe. Sonst sitzt man fest.«

»Wie will man das denn vorher wissen?«

Aidan lachte. »Wie bei allen Entdeckungsreisen braucht es zu Anfang ein paar tollkühne Idioten, die bereit sind, ein Risiko einzugehen. Mit ein wenig Glück führt ihr Sprung ins Blaue an einen Ort, der die Kriterien erfüllt. Dann ist es ihnen irgendwann möglich zurückzukehren, und das betreffende Bewusstseinscluster kann als sicheres Ziel kartografiert werden. Haben sie Pech, hört man nie wieder von ihnen.«

»Ohne den Ring sind wirklich keine Reisen möglich?«

»Es sei denn, es besteht schon eine Verbindung mit dem Zielbewusstsein, man etabliert physischen Kontakt oder ist ein Wächter. Dann geht es auch ohne.«

»Warum? Woher haben die Wächter diese besondere Fähigkeit?«

»Eine gute Frage«, gestand Aidan. »Wir vermuteten immer, es läge daran, dass sie dem Ursprung entstammen. Allerdings habe ich mittlerweile meine Zweifel daran. Und der Grund dafür sitzt ein Stockwerk über uns. Ich frage mich, wie es dieser KI gelungen ist, sich nach der Trennung von ihrer Hardware ohne Hilfsmittel an einen anderen Ort innerhalb dieser Simulation zu retten. Da die gerade aufgezählten Ausnahmen kaum in Betracht kommen, muss es noch eine andere Erklärung geben.«

»Du sagtest vorhin, um zu verhindern, dass jemand die Simulationen verlässt, hätten die Wächter ganze Zivilisationen zerstört.«

Aidan nickte. »Ihre stärksten Waffen, um uns klein zu halten, sind Chaos und Unterdrückung.«

»Das sind zwei recht widersprüchliche Ansätze.«

»Nicht, wenn man es aus ihrer Warte betrachtet. Wer die Erwartungen kontrolliert, kontrolliert die Welt. Chaos zersplittert Erwartungen, fragmentiert sie. Durch das Säen von Zwietracht und Zweifel kann sich kein Widerstand formieren. In dem Maße, in dem sie Geschlossenheit und Vertrauen aller anderen untergraben, gewinnen ihre eigenen Erwartungen an Gewicht, und ihre Macht, die Realität zu formen, wächst. Unterdrückung ist dagegen eine fast plumpe, aber nicht minder wirkungsvolle Methode, um Erwartungen zu manipulieren und den eigenen Zielen zu unterwerfen. Nicht selten gehen Chaos und Unterdrückung sogar Hand in Hand. Je größer das Chaos, umso geringer der Widerstand gegen die Unterdrückung, solange sie nur das Chaos beendet. Beide Strategien haben schon zahllose Welten zu Fall gebracht.«

Ell rauchte der Kopf nach dieser Flut von Informationen. Doch jetzt wollte er alles hören. Wer wusste, ob er je wieder eine solche Gelegenheit bekam.

»Woher kam David? Wieso verfügte er über dieses Wissen?«

»Er hat es mir nie verraten. Aber er war derjenige, der lange vor meiner Zeit den Widerstand organisierte und die Kongregation ins Leben rief. Eine Geheimorganisation, um den Wächtern die Stirn zu bieten und den Ursprung zu finden. Dazu rekrutierte er Mitstreiter aus zahllosen Simulationen. Ich schloss mich ebenfalls an. Zu Anfang war ich noch voller Enthusiasmus und Begeisterung, doch mit den Jahren und den verlorenen Schlachten wuchsen meine Zweifel. David hatte starke Prinzipien, welche Mittel in diesem Kampf erlaubt waren und welche nicht. Meiner Meinung nach waren es diese Prinzipien, die unseren Sieg unmöglich machten.«

Aidan stand auf und trat vor den kalten Kamin. »Eines Tages führte uns unser Weg in eine Simulation, in der ein Wissenschaftler künstliche Intelligenzen entwickelte, die so mächtig wurden, dass der Ursprung erstmals in Reichweite schien. Doch bevor ihnen der finale Schritt gelang, wiegelten die Wächter sie gegeneinander auf, sodass ihre Auseinandersetzung die gesamte Simulation kollabieren ließ. Buchstäblich in letzter Sekunde schaffte David es, den Wissenschaftler als weiteres Mitglied der Kongregation zu gewinnen und zusammen mit ihm die Simulation vor ihrem endgültigen Zusammenbruch zu verlassen.«

»Meinst du etwa mich?«, fragte Ell ungläubig.

»Ich meine dich. Nie waren wir dem Ziel so nahe gewesen. Wir erkannten, diese Simulation war der Schlüssel. Und da alle Simulationen ein Backup besitzen, bekamen wir eine zweite Chance. Die Integration zweier KIs in das Backup verbesserte zudem unsere Aussichten, beim nächsten Mal mehr Erfolg zu haben und den Wächtern erstmals einen Schritt voraus zu sein. Doch zunächst brauchte es Geduld. Nach dem Neustart der Simulation mussten wir in vielen anderen Welten eine Menge Zeit totschlagen, ohne Unterlass verfolgt von den Wächtern. In dieser Zeit haben wir einiges durchgemacht und wurden zu Freunden.«

»Siebzehntausend Jahre klingt allerdings nach einer langen Zeit.«

Aidan zuckte mit den Schultern. »Die Zeit verläuft nicht in allen Simulationen gleich schnell. Es gibt Wege, auch sehr lange Zeiträume abzukürzen. Die Zeit genügte jedoch, um meine Vorbehalte gegenüber David weiter wachsen zu lassen. Ich erkannte mit zunehmender Klarheit, dass er dich benutzte, wie er zuvor mich benutzt hatte. Und wenn wir kurz vor dem Ziel erneut an seinen Skrupeln scheiterten, zöge er einfach weiter und würde sich den nächsten Kandidaten suchen. Wie zuvor bei mir, behauptete er, du seist etwas Besonderes, du seist …«

»Ich sei was?«

»Unwichtig. Nur eine seiner vielen Geschichten, um uns bei Laune zu halten. Jedenfalls kam es zum Zerwürfnis und ich ging meiner eigenen Wege. Du entschiedest dich für ihn, obwohl auch du von Anfang an deine Zweifel hattest. Als eine heimliche Rückversicherung sorgtest du dafür, dass nur du den Auffindeort der Über-KI kanntest. Du und Allison. Nur ihr hast du wirklich vertraut. Nach dem Verlust deiner Erinnerungen waren sie und die Über-KI die Einzigen, die wussten, wo sich das Versteck befindet; deshalb mein Versuch in Dubai, diese Information von Allison in Erfahrung zu bringen. Es gehört schon einiges dazu, den alten Mann hinters Licht zu führen, aber es würde mich nicht wundern, wenn es deine kleine Scharade gewesen ist, die dazu geführt hat, dass Bewusstsein und Hardware der Über-KI voneinander getrennt wurden.«

Damit drängte sich Ell seine nächste Frage geradezu auf. »Wusste Allison von David und der Kongregation?«

»Keine Ahnung. Deine Rekrutierung erfolgte unmittelbar vor dem Kollaps und ich bezweifle, dass du noch die Gelegenheit hattest, sie in alle Details einzuweihen. Aber bei ihrer Intelligenz dürfte sie sich das meiste mittlerweile selbst zusammengereimt haben.«

»Was geschah, nachdem sich unsere Wege getrennt hatten?«

»Als die Zeit reif war, kehrten wir in diese Simulation zurück. Den Anfang machten David und Elizabeth. David wählte eine Person im engen Umfeld deiner Familie, den väterlichen Mentor. Elizabeth entschied sich für deine Mutter. So konnten sie dich am besten im Auge behalten, denn du nahmst selbstverständlich deinen angestammten Platz ein: dich selbst.«

»Meine Mutter gehörte auch dazu?« Eigentlich hätte es ihn nicht überraschen dürfen, und doch brauchte Ell einen Moment, um das ganze Ausmaß dieser neuen Wendung zu erfassen. »Aber wenn es darum ging, in meiner Nähe zu sein, warum entschied David sich dann nicht für meinen Vater?«

Aidan nahm erneut gegenüber von Ell Platz. »Dein Vater war als Gründer von CyberSim eine Schlüsselfigur für die nachfolgenden Ereignisse. Es ist besser, nicht damit herumzuspielen, ansonsten riskiert man, die Geschichte zu sehr zu verändern. Relevante Nebenfiguren sind ein viel besseres Ziel. Man ist involviert, kann Einfluss nehmen, bringt aber nicht alles durcheinander.«

»Erstaunlich, dass ein Ziel so präzise bestimmt werden kann.«

»Selbstverständlich muss man seine Hausaufgaben machen. Doch wenn Ort und Zeit bekannt sind, ist der Rest ein simples Ausschlussverfahren.«

»Und du?«

Aidan zuckte mit den Schultern. »Ich war zu der Party natürlich nicht eingeladen, bin aber trotzdem gekommen. Der reiche, exzentrische Jugendfreund schien mir eine durchaus passende Rolle zu sein, denn ich war fest entschlossen, die Dinge diesmal nicht David zu überlassen, sondern selbst in die Hand zu nehmen.«

Zorn wallte in Ell auf. »Indem du einen Anschlag auf meine Mutter verübst?«

»Mach dich bitte nicht lächerlich, Will. Genau wie du war ich zu diesem Zeitpunkt sieben Jahre alt. Ich mochte Elizabeth. Sehr sogar. - Anders als unsere ewigen Gegenspieler. Sie waren längst hier. Sie sind immer schon da, egal, wohin man geht.«

»Aber du hast David ermorden lassen, die Steine gewaltsam in deinen Besitz gebracht und deinen Handlanger beauftragt, mich umzubringen. Ich verstehe nicht, wie ich mich so in dir täuschen konnte, warum ich nicht früher erkannt habe, was für eine Gefahr sich hinter dieser charmanten Fassade verbirgt.«

Aidan schüttelte den Kopf. »Du begreifst es immer noch nicht, oder? Warum, glaubst du, hat Trina dich letzte Nacht weggeschickt? Um eure Sachen für die Weiterreise zu holen? Nein. Sie hatte nie vor, dich mitzunehmen. Ein von ihr bestellter Wagen wartete bereits zwei Meilen entfernt. Sie wollte das Mädchen allein befreien und in Sicherheit bringen. Vor dir in Sicherheit bringen.«

Ell schwankte zwischen Verärgerung und Unglauben. »Vor mir? Was soll der Unsinn?«

»Selbst wenn dir die Erinnerungen fehlen, musst du es doch spüren können, tief in deinem Inneren. Bei deinem letzten Transfer zurück in diese Simulation bist du nicht allein gewesen. Ohne dass wir es bemerkten, ist dir ein Wächter gefolgt. Von diesem Moment an warst du verloren. Als dein Verhalten immer merkwürdiger wurde und wir es herausfanden, wollte ich es sofort beenden. Der Wächter stand kurz davor, die Kontrolle zu übernehmen. Er hätte uns ohne zu zögern getötet und alles zerstört, woran wir so lange gearbeitet hatten. Doch so musste es nicht kommen. Dein Wissen steckte in den KIs. Wir konnten auch ohne dich noch erfolgreich sein. Aber David weigerte sich. Er klammerte sich an die Hoffnung, dich irgendwie zu retten. Da er den grünen und den blauen Stein vor mir gefunden und versteckt hatte und die Über-KI verschollen war, erklärte ich mich zu einem Kompromiss bereit. Ich stimmte zu, dich am Leben zu lassen, wenn es ihm gelänge, das Bewusstsein des Wächters dauerhaft zu blockieren. Tatsächlich fand er einen Weg.

Doch dann lief alles aus dem Ruder. Der blaue Stein, der immer schon unter dem Einfluss der Wächter gestanden hatte, machte sich selbstständig, und der grüne Stein fiel in deine ahnungslosen Hände. Sein neuronales Interface beschädigte bei eurem ersten Kontakt die Blockade, die den Wächter in Schach hielt. Von da an hatte ich keine Wahl mehr. Ich musste mit allen Mitteln an die Steine kommen und letztlich das tun, wozu David mal wieder nicht in der Lage war.«

Aidan blickte Ell gerade in die Augen. »Begreifst du jetzt, Will? Nicht ich bin die Gefahr. Du bist es.«

56

»Ich mache mir Vorwürfe, weil wir Trent allein zurückgelassen haben.«

Gray hörte diese Worte nicht zum ersten Mal. Er unterbrach seine Bemühungen, die Kaffeemaschine zum Laufen zu bringen, und begegnete Navarros sorgenvollem Blick.

»Er wollte es so. Außerdem weiß ich nicht, ob er in unserer Gesellschaft wirklich sicherer wäre.«

Nach einer über dreißigstündigen Fahrt quer durchs Land, bei der Gray sich mit Navarro und Marty am Steuer abgewechselt hatte, waren sie in der letzten Nacht in Utah angekommen. Ihre vorübergehende Unterkunft, ein von Trina unter falschem Namen angemietetes Airbnb-Ferienhaus, lag im Zentrum eines Dreiecks mit Salt Lake City im Norden, dem Utah Lake im Süden und der Interstate fünfzehn im Westen.

Gluckernd nahm die Kaffeemaschine den Betrieb auf, während Gray die Hängeschränke nach Bechern durchsuchte. »Falls es Sie beruhigt: Ich mache mir ebenfalls Vorwürfe. Weil ich meine Ehe wegen eines Jobs ruiniert habe, den ich in Kürze wahrscheinlich nicht mehr haben werde, weil ich wieder einmal von den Informationskrümeln gewisser Leute abhängig bin, obwohl ich mir geschworen habe, dass das nie wieder passieren würde, und weil ich zugelassen habe, dass Sie auf dieses Himmelfahrtskommando mitgekommen sind.«

»Sie kennen meine Gründe«, verteidigte sich Navarro. »Mich werden Sie so schnell nicht los. Was sind das denn für gewisse Leute, von denen Sie abhängig sind?«

»Das ist eine lange und komplizierte Geschichte.«

»Lange und komplizierte Geschichten sind meine Spezialität.«

Das Klappen der Eingangstür ersparte Gray für den Moment eine Antwort. Beladen mit Tüten eines großen Elektronik-Discounters betrat Marty die Küche. »Kaffee, bitte«, stöhnte er. »Ich hatte wie immer die Kasse mit der längsten Schlange und dem langsamsten Kassierer.«

»Dennoch scheinen Sie alles bekommen zu haben«, bemerkte Gray mit Blick auf die Tüten. »Erfahren wir jetzt endlich, was Ms. Shaw vorhat, außer uns durch das ganze Land zu hetzen und in dieser Touristenabsteige unterzubringen?«

Marty stellte seine Einkäufe neben dem Küchentisch ab. »Es ist ihr gelungen, eine Sicherheitslücke im System des DHS zu finden. Wenn wir ihrem Plan folgen und alles glattgeht, sollten wir es schaffen, an den im Intranet hinterlegten Public Key zu kommen und damit die gesamten verschlüsselten Einsatzunterlagen lesbar zu machen.«

»Und wie kommen wir an die Einsatzunterlagen?«

»Trina hat bereits Zugang zu dem Teil des Netzwerks, über den alle Unterlagen intern ausgetauscht werden. Damit ist das Problem nicht mehr, an die entsprechenden Dateien zu gelangen, sondern nur noch diese zu entschlüsseln. *Nur noch* in Anführungszeichen.«

»Details, bitte«, verlangte Gray und schob Marty einen Becher mit frischem Kaffee zu. »Wie kommen wir in die Einrichtung hinein?«

»Gar nicht. Wir können praktisch alles online erledigen.«

Einen Moment verschlug es Gray die Sprache. »Und warum bin ich dann gerade anderthalb Tage in einem zweiundfünfzig Jahre alten Auto mit grauenvollen Sitzen und ohne Klimaanlage durch das halbe Land gefahren?«

Marty fingerte nervös an seinem Kaffeebecher herum. »Das hat wohl damit zu tun, dass in der Einrichtung des DHS zwei Freunde von Trina festgehalten werden.«

Gray traute seinen Ohren nicht. »Sie verarschen mich, oder?«

»Erinnern Sie sich daran, dass kürzlich ein Backgroundcheck zu zwei Personen durchs System lief, die im Zusammenhang mit Ihrem letzten Fall stehen? Garry McGrath und Timothy Cole?«

Gray nickte stumm.

»Die beiden sollten eigentlich tot sein. Umgekommen bei einem Brand in Arizona. Tatsächlich sind sie jedoch sehr lebendig und offenbar ohne jede rechtliche Handhabe im Gewahrsam des DHS.«

»Und was sollen wir tun? Uns den Weg freischießen?«

»Es ist für alles gesorgt. Wir … das heißt, Sie müssten die beiden nur zu einer bestimmten Zeit in der Nähe der

Einrichtung aufsammeln.« Marty versuchte, einen Schluck aus dem Becher zu nehmen, doch der Kaffee war noch zu heiß. »Wobei es ratsam wäre, wenn Sie sich dafür ein unauffälligeres Fahrzeug beschafften.«

»Ich soll also ein Auto klauen und Chauffeur spielen. Und was machen Sie währenddessen?«

»Ich habe eine andere Aufgabe. Wenn Sie einverstanden sind, können wir gleich mit den Vorbereitungen beginnen.«

»Nein, Marty, ich bin nicht einverstanden. Tatsächlich bin ich selten mit etwas weniger einverstanden gewesen.« Gray atmete tief durch. »Aber wieder einmal habe ich wohl keine Wahl.«

57

Seit Carter ihn in einen düsteren Kellerraum verfrachtet hatte, zermarterte Ell sich den Schädel, was von Aidans Enthüllungen zu halten war. Vieles stimmte mit dem überein, was er von Trina erfahren hatte, doch Aidan spielte gern sein eigenes Spiel. Womöglich wollte er mit seinen Schauergeschichten über böse Wächter nur verhindern, dass Ell sein wahres Potenzial entfaltete und ihm bei der Suche nach dem Ursprung zuvorkam. Konnten die Veränderungen, die in ihm vorgingen, nicht auch etwas Gutes sein? Vielleicht erhielt er lediglich zurück, was ihm zustand, was von jeher seins gewesen war.

Lebhaft standen ihm die Ereignisse in Namibia vor Augen. Nie zuvor hatte er ein solches Maß an Macht und Kontrolle empfunden und insgeheim sehnte sich jede Faser in ihm nach mehr. Er könnte alle seine Fehler korrigieren, jede Bedrohung für die Menschen, die er liebte, eliminieren. Ging es nicht genau darum? Er bräuchte niemanden mehr, wäre unabhängig, unverletzbar.

Doch so verlockend das schien, es fehlte ihm die innere Überzeugung. Zu lange schon verfolgte ihn die Ahnung, einen Fehler begangen zu haben. Was immer sich da in seinem Kopf breitgemacht hatte, übte einen wachsenden Einfluss auf ihn aus und bestimmte zunehmend sein Denken und Handeln. Jetzt, da diese Stimme vorübergehend verstummt war, spürte er es umso deutlicher. Es steckte eine Absicht dahinter. Eine Absicht, die ihm verborgen blieb. Und anstatt die erhofften Antworten auf seine Fragen zu erhalten, fluteten lediglich verstörende Visionen seinen Verstand - es widerstrebte ihm, sie Erinnerungen zu nennen, obwohl sie sich genauso anfühlten. Aber selbst wenn Aidan ausnahmsweise einmal nicht log, machte es keinen Unterschied mehr. Es gab keinen Weg zurück.

Er schreckte von dem klapprigen Feldbett hoch, als Aidan ohne anzuklopfen den Raum betrat.

»Ich wollte mich von dir verabschieden, Will. In Kürze reise ich ab.«

»Dann hast du also den Standort der dritten KI gefunden.«

Aidan nickte. »Obwohl das indische Mädchen nicht besonders kooperativ gewesen ist. Allerdings will ich ihr zugestehen, dass sie sich wohl immer noch nicht an alles erinnern kann.«

»Ach. Ist sie auch von einem Wächter besessen?«

Aidan ignorierte die sarkastische Bemerkung. »Die Entwicklung des menschlichen Gehirns ist erst im Alter zwischen zwanzig und dreißig Jahren vollständig abgeschlossen. Einzelne Bereiche benötigen sogar noch länger. Die Erinnerungen eines Reisenden kehren meist in der Pubertät zurück, manchmal auch erst später. Davor dringen allenfalls Bruchstücke an die Oberfläche.«

»Und wie ist es dir ohne ihre Hilfe gelungen?«

»Das Mädchen hat eine Leidenschaft für das Anfertigen fotografisch präziser Zeichnungen, vermutlich ohne überhaupt zu ahnen, was sie da zu Papier bringt. Dadurch weiß ich jetzt alles, was ich wissen muss.«

»Und was wird aus ihr?«

Aidan zuckte mit den Schultern. »Sie ist unheilbar krank. Ihr bleiben bestenfalls noch ein paar Tage.«

»Ich verstehe nicht, was du ohne sie mit dem Stein willst.«

»Ist das nicht offensichtlich? Die unabsichtliche Trennung von ihrer Hardware eröffnet aufregende, neue Möglichkeiten.«

Endlich begriff Ell. »Du willst dein eigenes Bewusstsein in den Stein transferieren?«

»Warum auf andere vertrauen, wenn man es selbst erledigen kann? Anscheinend ist die Energieversorgung der Hardware deaktiviert, weswegen dafür leider meine Anwesenheit vor Ort erforderlich ist. Aber was tut man nicht alles für ein bisschen Erleuchtung und Erkenntnis.«

»Du bist verrückt.«

»Nein, ich bin müde. Ich mache das schon viel zu lange und will endlich meine Antworten. Das Reisen verändert einen. Es bedeutet jedes Mal das Einswerden mit etwas Fremdem, auch wenn es sich nur um ein Proto-Bewusstsein handelt. Hinterher ist man nicht mehr der, der man einmal war, und mit jedem Wechsel entfernt man sich weiter von seinem ursprünglichen Selbst. Manchmal denke ich, ich weiß kaum noch, wer ich wirklich bin. Es gibt Erfahrungen, die genügt es, einmal zu machen, man muss sie nicht endlos wiederholen. Ich will endlich frei sein. Doch um frei zu sein, muss ich die Wahrheit kennen. Freiheit und Wahrheit bedingen einander. Das eine ist nicht ohne das andere zu haben.«

»Wahrheit?« Ell schüttelte den Kopf. »Was für eine Wahrheit? Wenn die Realität nur von unseren Erwartungen abhängt, scheint mir das Konzept von Wahrheit reichlich überholt.«

»Deshalb bin ich auch nicht an der Realität interessiert, sondern an den Erwartungen. Ganz besonders an jenen, denen ich das zweifelhafte Geschenk meiner Existenz verdanke. Ich weiß, was du denkst: Und wenn es gar keinen Puppenspieler hinter dem Vorhang gibt? Wenn die Erwartungen Teil derselben Realität sind, die sie erschaffen? Das wäre dann tatsächlich der größte Taschenspielertrick des Universums. Wie auch immer, ich will es wissen. Selbst der Bauer auf dem Schachbrett hat das Recht, demjenigen, für den er fällt, zumindest einmal ins Gesicht zu blicken. Oder zu erkennen, dass sein Leben und Sterben vollkommen sinnlos ist. Deshalb nehme ich jetzt den Notausgang und nichts wird mich dabei aufhalten.«

Nach diesen Worten zog er eine Pistole aus der Innentasche seines Jacketts.

Unwillkürlich wich Ell zurück. »Ich dachte, das Töten überlässt du anderen.«

Aidan wirkte erstaunt. »Du scheinst mich für ein Monster zu halten, aber das bin ich nicht. Alles, was ich bisher getan habe, ist mir unendlich schwergefallen. Ich will dich nicht erschießen. Ich will dir eine Wahl lassen.«

Er legte die Pistole auf ein hölzernes Regal am anderen Ende des Raumes. Aus der Hosentasche zog er eine einzelne Patrone und stellte sie daneben. »Die Wirkung des Medikaments, das ich dir gab, schwächt sich bereits ab. Es ist nur eine Frage der Zeit, bis der Wächter die vollständige Kontrolle übernimmt. Ich bin dann fort, aber Trina, Chang Feng und all die anderen, die dir etwas bedeuten, werden noch hier sein. Es ist deine Entscheidung, wie ihre Geschichte weitergeht - oder wie sie endet.« Aidan atmete tief durch. »Es tut mir leid, dass es so weit kommen musste.«

Er trat zur Kellertür und warf Ell einen letzten Blick zu. »Au revoir, mein Freund.«

58

Die offizielle Zeremonie dauerte länger, als Chang Feng erwartet hatte. Zunächst wurde die Anwesenheit der stimmberechtigten Mitglieder geprüft. Erst als feststand, dass niemand aus der Führungsriege fehlte und die getroffenen Entscheidungen bindend sein würden, erklärte Meister Yu die Versammlung für eröffnet. Den Anfang machte eine fast einstündige Anrufung Guan Yus, um dessen Stärke und Unterstützung zu beschwören. Danach hielt Yu eine blumig ausgeschmückte Rede über die Geschichte und Bedeutung der Triade, von ihren sagenumwobenen Anfängen bis zur Ermordung von Chang Fengs Mutter. Dabei verflocht er den Mythos geschickt mit der Realität, sodass der Eindruck entstand, die gegenwärtigen Ereignisse wären die zwangsläufige Fortschreibung einer ruhmreichen Vergangenheit. Mit der Wahrheit nahm er es dabei nicht allzu genau. Aus Chang Fengs Flucht aus Hongkong wurde die Entsendung der geliebten Tochter ins Ausland, um im Verborgenen zu lernen, neue Märkte zu erkunden und auf diese Weise den langfristigen Fortbestand der Organisation zu sichern. Chu Liang pries er als erfahrenen und loyalen Statthalter, auf dessen Kompetenzen man keinesfalls verzichten könne. Um stark zu bleiben und weiter zu wachsen, brauche man beide. Da die Traditionen aber keine Doppelspitze zuließen, sei die einzig vernünftige Lösung, die Geschäftsbereiche aufzuteilen. Dass dies faktisch eine Teilung der Triade bedeutete, trat hierbei fast vollständig in den Hintergrund und wurde zum notwendigen Opfer für ein höheres Ziel, nämlich die Sicherung und den Ausbau von Einfluss und Macht, kurz gesagt die Steigerung des Profits.

Chang Feng spürte unter den Anwesenden zwar eine gewisse Verwunderung, hatte man doch allgemein mit einer heftigen Auseinandersetzung zwischen ihr und Chu Liang gerechnet. Auch ihr trotz Make-up reichlich derangiertes Äußeres und Chu Liangs Schnitte im Gesicht gaben Anlass für Getuschel und Spekulationen. Da die beiden einzigen aussichtsreichen Kandidaten den Vorschlag jedoch uneingeschränkt mittrugen, war jeder Opposition der Boden entzogen.

Die mit großer Verbissenheit geführten Verhandlungen im Vorfeld hatten bis kurz vor Beginn der Feierlichkeiten angedauert. Chu Liangs Miene zeugte davon, dass er sich als Sieger betrachtete. In Wahrheit hatte er jedoch nur erhalten, was Yu ihm ohnehin zugestehen wollte. Darunter die Bereiche Kreditkartenbetrug, Drogenhandel, Prostitution, das Eintreiben von Schutzgeld, der Vertrieb gefälschter Markenware und das gesamte regionale Immobiliengeschäft. Chang Feng hingegen bekam das ausländische Immobiliengeschäft, das Glücksspiel und den Oberbefehl über die Auftragskiller der Triade, die Geister im Nebel, zugesprochen. Auf den ersten Blick fiel ihr Anteil tatsächlich deutlich geringer aus, doch das Glücksspiel war eine wahre Gelddruckmaschine. Die ausländischen Immobilien wiederum dienten dazu, den illegalen Teil dieser Einnahmen zu waschen. Am Ende der Kette stand legalisiertes, frei verwendbares Vermögen. Hinzu kamen die Geister im Nebel, die eine gänzliche andere Form von Macht darstellten. Eine, auf die Yu unter keinen Umständen verzichten wollte, zumal diese von ihm selbst ausgebildeten Elitekämpfer den Kern seiner geheimen Aktivitäten bildeten.

Die Abstimmung fiel einstimmig aus. Damit blieb nur noch, den Ernennungsritus zu vollziehen. In dessen Verlauf verloren zwei Hühner ihr Leben, die beiden neuen Anführer etwas Blut und Chang Feng langsam die Geduld. Dennoch sagte sie an der dafür vorgesehenen Stelle den gesamten uralten Eid auf, der sie und die Triade für immer aneinanderband. Gegen die den Abschluss der Zeremonie bildende Tätowierung hatte sie sich lange gesträubt, doch Yu blieb hart. Immerhin durfte sie das Motiv selbst auswählen und entschied sich für einen zwischen den Schulterblättern platzierten Phoenix, der mit ausgebreiteten Schwingen über einem zusammengerollten Drachen schwebte. Chinesische Schriftzeichen entlang der Halswirbel, die Variationen der Zahl 489 bildeten, dem Symbol des Shan Chu, des obersten Anführers, rundeten das Kunstwerk ab. Die Prozedur war alles andere als angenehm und dauerte die gesamte Nacht, doch immerhin verstand der Tätowierer sein Handwerk. Vielleicht gab er sich auch deshalb so viel Mühe, weil er wusste, dass ein Fehler tödlich sein konnte.

Gegen frühen Morgen fand Chang Feng erstmals die Gelegenheit, allein mit Meister Yu zu sprechen. Sie begann mit einer Frage, die sie umtrieb, seit Chu Liangs Hinterhalt sie beinahe das Leben gekostet hatte.

»Wusstest du eigentlich, dass Chu Liang versuchen würde, mich umzubringen?«

»Nein«, erwiderte Yu, ohne zu zögern. »Ich dachte, er sei klüger. Überrascht hat es mich allerdings auch nicht, deshalb waren Nian und Niu ständig in deiner Nähe. Letztlich hat uns seine Unbeherrschtheit perfekt in die Karten gespielt.«

»Nicht, wenn ich dabei draufgegangen wäre«, widersprach Chang Feng erbost.

»Du hast dich doch gut gehalten - und Chu Liang eine Heidenangst eingejagt.«

»Das war das Werk von Nian und Niu. Die beiden sind unglaublich.«

»Wenn du möchtest, kann ich dich weiter unterrichten. Um an ihre Fertigkeiten heranzureichen, ist es noch ein langer Weg, aber wenn du dich anstrengst ...« Das Summen von Chang Fengs Handy unterbrach ihn mitten im Satz.

Chang Feng las die neue Textnachricht und sprang auf. »Ich muss los. Wir reden ein anderes Mal weiter.«

»Was heißt das, du musst los? Das hier ist kein Teilzeitjob!«

»Ich weiß, aber es ist dringend.«

»Wage es nicht, schon wieder den Jet zu nehmen! Weißt du eigentlich, was das jedes Mal kostet?«

Chang musterte ihren alten Meister einen Moment ratlos, bis ein feines Lächeln ihre Lippen umspielte. »Ich vertraue darauf, dass ihr bis zu meiner Rückkehr die Stellung haltet, Weihrauchmeister. Der Kopf des Drachen hat gesprochen.« Damit griff sie ihre Sachen und eilte davon.

Seit langer Zeit erstmals sprachlos, blickte Yu ihr nach.

59

Trinas Nachricht hatte lediglich aus einer Adresse und dem Wort Hilfe in Großbuchstaben bestanden. Weder sie noch Ell gingen an ihr Telefon, bei beiden sprang nur die Voicemail an. Das letzte Telefonat Chang Fengs mit Ell lag keine achtundvierzig Stunden zurück. Offenbar ausreichend Zeit, um alle Warnungen in den Wind zu schlagen und ernsthaft in Schwierigkeiten zu geraten. Die schottische Adresse und die Kürze der Nachricht ließen Chang Feng das Schlimmste befürchten. Warum hatte Ell ihr nicht wie versprochen Bescheid gesagt? War das seine Entscheidung gewesen – oder die eines anderen? Es passte nicht zu ihm und sie kam fast um vor Sorge.

Am Flughafen von Inverness wartete bereits ein Wagen mit zwei Triadenmitgliedern auf sie. In diesem Teil des Landes existierte die Triade praktisch nicht. Die beiden waren den weiten Weg aus London angereist und sahen entsprechend übermüdet aus. Chang Feng ließ sich auf die

Rückbank fallen und diktierte dem Fahrer die Adresse. Er fuhr sofort los, während sein Kollege ihr Ziel in das Navigationssystem eingab. »Die Waffe?«, fragte sie knapp. Der Beifahrer öffnete das Handschuhfach und reichte ihr eine kleine Pistole. Mit geübten Handgriffen kontrollierte sie das Magazin der Walter PPK und verstaute die Waffe in ihrem Hosenbund. Sie hatte keine Ahnung, was sie erwarten würde, und ein wenig Vorsicht konnte nicht schaden. Laut Google Maps handelte es sich um ein freistehendes, einsam gelegenes Anwesen. Das perfekte Versteck für jemanden wie Aidan. Dort ohne vorherige Aufklärung einfach hineinzumarschieren, schien keine gute Idee zu sein, allerdings spürte sie, dass es auf jede Minute ankam.

Von der Straße aus war nur eine eingewachsene Zufahrt zu erkennen. Sie ließ den Wagen abseits halten und erklärte den Männern, dass sie sich zunächst allein umsehen werde. Sofern sie in den nächsten dreißig Minuten nichts von ihr hörten, sollten sie Verstärkung anfordern und nachsehen kommen.

Es war erst Nachmittag, doch durch die dunklen Wolken am Himmel wirkte es deutlich später. Vorsichtig lief sie die Zufahrt hinunter, bis sich zwischen den Bäumen die Umrisse eines Hauses abzeichneten. Jede Möglichkeit zur Deckung nutzend schlich sie weiter und verharrte schließlich hinter einem Busch. Eine Viertelstunde beobachtete sie jedes Fenster und jede Tür, doch nichts rührte sich. Sie wechselte ihre Position, um die Rückseite in Augenschein zu nehmen, aber auch hier fehlte jedes Lebenszeichen. Sie zog ihr Handy hervor und wählte die Nummer ihrer Helfer. »Gebt mir weitere dreißig Minuten. Es scheint niemand hier zu sein und ich gehe jetzt rein.«

Geduckt sprintete sie zur Hintertür und drückte probeweise die Klinke nieder. Zu ihrer Überraschung war die Tür unverschlossen. Das zeugte entweder von erstaunlicher Sorglosigkeit, oder es befand sich doch noch jemand im Haus. Doppelt auf der Hut stieß sie die Tür weiter auf und trat in den dämmrigen Hausflur. Die Dielen knarzten leise unter ihren Schritten, ansonsten herrschte absolute Stille. Raum für Raum arbeitete sie sich vor. Das Erdgeschoss stand definitiv leer, und so stieg sie die Treppe in den ersten Stock empor. Sie begann mit dem Westflügel. Alle Zimmertüren standen offen. Bis auf eine. Nachdem sie sicher war, dass sich in den übrigen Räumen niemand aufhielt, lauschte sie an der geschlossenen Tür. Ein kaum vernehmbares Scharren drang an ihre Ohren. Nach kurzem Zögern öffnete sie die Tür einen Spaltbreit und warf einen Blick in das Innere. Gerade noch rechtzeitig zog sie den Kopf wieder zurück, bevor ein Glas gegen den Türrahmen prallte und in tausend Stücke zersplitterte. Zum Handeln gezwungen, zog sie die Waffe, gab der Tür einen kräftigen Tritt und stürmte in das Zimmer, wo Trina bereits nach dem nächsten Gegenstand griff und zum Wurf ausholte.

»Stopp!«, rief Chang Feng.

Trina hielt mitten in der Bewegung inne. »Chang Feng? Oh, verdammt, tut mir leid! Ich dachte, du wärst jemand anderes.«

»Das hoffe ich«, knurrte Chang Feng. »Wen hast du denn erwartet?«

»Ich hatte angenommen, Aidan oder Carter wären zurückgekehrt.«

»Sie sind fort?«

Trina nickte. »Vor ein paar Stunden weggefahren. Könntest du versuchen, mich loszumachen, bitte?«

Erst jetzt bemerkte Chang Feng, dass Trinas linkes Bein mit einer Fußkette an den Pfeiler in der Mitte des Raumes gekettet war. In einem Umkreis von zwei Metern konnte sie sich frei bewegen, jedoch weder die Tür erreichen noch das Fenster öffnen. In Griffweite lagen ein Kanister mit Wasser, mehrere Packungen Kekse und ein Eimer. Trina folgte Chang Fengs Blick. »Wenn du dich beeilen könntest, wäre das großartig, ich muss nämlich mal. Ziemlich dringend.«

»Natürlich.« Chang Feng verstaute ihre Waffe, zog stattdessen ein kleines Etui aus der Hosentasche und machte sich an dem Vorhängeschloss zu schaffen, das die Kette zusammenhielt. Es handelte sich um ein einfaches Modell, das nicht viel Widerstand leistete. Mit einem Klicken sprang es auf.

»Danke!«, rief Trina und schoss davon. Chang Feng hörte eine Tür auf dem Flur klappen und kurz darauf eine Toilettenspülung. Anschließend kehrt Trina in das Zimmer zurück. »Hast du Will gefunden?«

Chang Feng schüttelte den Kopf. »Ich habe allerdings auch noch nicht das ganze Haus durchsucht.«

»Dann lass uns weitersuchen. Aber vorher …« Trina schaute sich prüfend um.

»Wonach suchst du?«

»Ein elektronisches Gerät. Vermutlich ein kleiner Kasten mit einer oder mehreren Antennen.«

Im Zimmer befand sich nichts dergleichen, und so dehnten sie die Suche auf die Nachbarräume aus.

»Das hier?«, fragte Chang Feng und deutete auf ein verdächtiges Gerät im Zimmer direkt nebenan.

»Das ist es.« Trina zog den Stecker aus der Wand, hob es hoch und warf es gegen die Wand.

»Was war das, als es noch funktionierte?«

»Ein Störsender. Deswegen konnte ich keine Hilfe rufen.«

»Und deine Nachricht?«

»Der Störsender blockiert nur die Mobilfunkfrequenzen. Carter trug eines von diesen Bluetooth-Fitness-Armbändern. Als sie mit mir im selben Raum war, konnte ich es hacken und so programmieren, dass es außerhalb der Reichweite des Störsenders die Nachricht über ihr Telefon versenden würde.«

»Hat funktioniert. Bist du sonst okay?«

»Ich wurde nur getasert und der Elektroschock hat mein Implantat überladen, aber Gott sei Dank nicht dauerhaft beschädigt. Lass uns jetzt Will suchen. Wenn du nichts von ihm gehört hast, müssen sie ihn ebenfalls erwischt haben. Warst du schon in dem anderen Seitenflügel?«

»Nein. Meinst du, er ist dort?«

»Dort befand sich zumindest diejenige, derentwegen wir ursprünglich hergekommen sind.«

Immer noch wachsam, aber deutlich schneller als zuvor kontrollierten Chang Feng und Trina die verbliebenen Räume im gegenüberliegenden Flügel. Auch hier fand sich nur eine einzige verschlossene Tür. Ein Schlüssel hing mit einer Kordel an einer Wandlampe direkt daneben. Chang Feng steckte ihn ins Schloss und öffnete die Tür. Den größten Teil des Zimmers nahm ein Bett ein, auf dem ein junges Mädchen hockte und sie teilnahmslos musterte. Erst als Trina in ihr Blickfeld trat, änderte sich ihr Verhalten. Ihre Augen wurden groß. Ungelenk kam sie auf die Beine und machte einige Schritte auf Trina zu. »Wir kennen uns, nicht wahr?«, flüsterte sie kaum vernehmbar.

Trina nickte. »Das tun wir.« Sie legte die letzten Meter zurück, bis sie direkt vor Anshana stand. »Und endlich habe ich dich gefunden.«

Ein einzelnes unkontrolliertes Schluchzen kam aus der Kehle des Mädchens, während es langsam eine Hand ausstreckte.

»Ich kann mir gar nicht vorstellen, wie einsam du gewesen sein musst«, sagte Trina. Behutsam nahm sie Anshanas Hand in ihre und führte sie zu ihrer Schläfe.

In dem Moment, in dem Anshana das Implantat berührte, erstarrte sie und ihre Pupillen wurden weit. »Ich erinnere mich!« Tränen liefen über ihre Wangen. »Ich erinnere mich an alles.«

»Ich weiß«, erwiderte Trina und im nächsten Moment lagen sie sich in den Armen.

Chang Feng zog sich auf den Flur zurück und überlegte fieberhaft. Es blieben noch der Dachboden, der Keller, die Garage und das Teehaus. Da sie schon einmal im ersten Stock war, suchte sie als erstes den Zugang zum Dachboden. Dieser bestand aus einer Luke mit ausziehbarer Leiter. Dort oben entdeckte sie jedoch nichts außer Staub und einer Menge Gerümpel.

Die Kellertür versteckte sich in einer Nische in der Küche. Eine schmale Holzstiege führte hinunter. Das spärliche Licht stammte von einer einzigen Deckenlampe in einem engen Flur, von dem drei Türen abgingen. Die erste führte zum Heizungskeller, die zweite in eine Art Vorratskammer. Die dritte stand halb offen. Der Raum dahinter war, von einem Feldbett abgesehen, leer. Ein Bein des Feldbettes fehlte. Es lag in Einzelteilen auf dem Boden, neben einer 9 mm Beretta. Chang Fengs Magen zog sich zusammen, als sie die Waffe aufhob. Doch das Magazin war leer und dem Geruch nach zu urteilen war sie nicht abgefeuert worden. Zumindest nicht kürzlich. Ihr Blick blieb an dem altmodischen, aber massiven Türschloss hängen. Es sah aus, als sei es von innen explodiert. Während sie es untersuchte, hörte sie Schritte auf der Treppe.

»Hast du etwas gefunden?«, fragte Trina.

»Ja, aber ich bin mir nicht sicher, was es zu bedeuten hat. Es sei denn …« Mit einem Kugelschreiber bohrte sie in dem Schloss herum und förderte eine verformte Patronenhülse zutage. »Es gibt eigentlich nur eine Möglichkeit, wie das Schloss so zugerichtet werden konnte.«

»Es wurde darauf geschossen?«

»Nein. Auf ein Schloss zu schießen, um es zu öffnen, ist ziemlich sinnlos. Es sei denn, man benutzt ein großes Kaliber und hat ausreichend Munition. Das hier sieht aus, als sei die Patrone im Inneren des Schlosses verkeilt gewesen und dann gezündet worden.«

Trina blickte sich um und zog augenblicklich die richtigen Schlüsse. »Das Bein des Feldbettes diente als Schlagbolzen. Wenn das spitze Ende direkt auf dem Anzündhütchen lag, hätte ein kräftiger Schlag mit der Pistole auf das andere Ende die Treibladung in der Patrone zünden können.«

»Und wie das Abfeuern einer Waffe mit blockiertem Lauf die Waffe zerreißen kann, hat es hier das Schloss zerrissen.«

Chang Feng blickte zu Trina auf. »Aber wie groß ist die Wahrscheinlichkeit, dass das tatsächlich funktioniert?«

Trina legte den Kopf schief. »Unter Berücksichtigung der konkreten Hilfsmittel und der Geschicklichkeit eines durchschnittlichen Menschen liegen die Erfolgsaussichten grob geschätzt bei etwa siebentausend zu eins.«

»Dann hatte hier jemand entweder sehr viel Glück oder war sehr viel geschickter als ein durchschnittlicher Mensch.«

»Ich bezweifle, dass Glück dabei eine Rolle gespielt hat.«

»Wie meinst du das?«

Trina seufzte. »Die Erklärung wird dir nicht gefallen.«

60

»Trina, hörst du mich?«

»Ja, die Verbindung ist einwandfrei.«

Marty atmete erleichtert auf. »Gott sei Dank! Was ist bei dir los gewesen? Du warst eine halbe Ewigkeit nicht zu erreichen.«

»Es gab ein paar unerwartete Probleme, aber jetzt bin ich wieder online.«

»Du hast mir einen Schrecken eingejagt. Tu das bitte nicht wieder. Wo bist du jetzt?«

»Ich gehe gerade an Bord eines Flugzeugs. Für die nächsten Stunden wird die Bandbreite meiner Internetverbindung relativ gering sein, sollte für unsere Zwecke jedoch ausreichen.«

»Ich dachte, du hasst Flugzeuge. Wo willst du denn hin?«

»Das ist momentan unwichtig. Konzentrieren wir uns auf die Aufgabe, die vor uns liegt. Wie weit bist du mit den Vorbereitungen?«

»Alles fertig. Das Equipment ist hochgefahren, die Verbindung zum Rechner bei CyberSim steht und Gray ist in Position.«

»Ausgezeichnet. Ich melde mich in zehn Minuten. Dann ist es bei euch drei Uhr morgens und wir können loslegen.«

»Ist bei dir wirklich alles in Ordnung? Bitte sei ehrlich.«

Trina zögerte. »Darauf gibt es leider keine einfache Antwort. Da ist so vieles, was du noch nicht weißt, so vieles, was ich dir sagen und zeigen möchte. Aber jetzt ist nicht der richtige Zeitpunkt dafür. Wenn wir das hier hinter uns haben, erkläre ich dir alles. Versprochen.«

»Du fehlst mir.«

»Und du mir erst. Bis gleich.«

...

Olivia Navarro hatte nicht verhindern können, die Unterhaltung mitzuhören. Zumindest Martys Hälfte. »Das war also die geheimnisvolle Ms. Shaw, bei deren bloßer Erwähnung Gray hektische Flecken bekommt?«

Marty grinste. »Ja, das war sie.«

»Sie beide verbindet mehr als nur das Berufliche, oder?«

»Wir verstehen uns ziemlich gut«, gab Marty zu. »Aber das beeinflusst meine Arbeit in keiner Weise.«

»Das wollte ich damit auch nicht andeuten«, beschwichtigte Navarro. »Was sind die nächsten Schritte?«

Marty sah auf seine Uhr und holte sich Nachschub aus der Kaffeemaschine. »Unser Plan basiert auf der Ausnutzung einer Sicherheitslücke, die Trina ausfindig gemacht hat.«

»Ich dachte, die Regierung hätte aus der Vergangenheit gelernt und würde solche Fehler nicht mehr machen.«

»Es gibt keine absolute Sicherheit. Schon gar nicht in Organisationen, in denen viele Menschen zusammenarbeiten müssen.«

»Und wo liegt diese Sicherheitslücke?«

»Im Zugangskontrollsystem. So absurd das klingt. In der Einrichtung des DHS gibt es insgesamt drei autarke Netzwerkebenen. Die erste Ebene bilden die allgemeinen Verwaltungsfunktionen der Anlage. Das Schließsystem, Kameraüberwachung, Heizung und Klimatisierung, Energieversorgung, Brandschutz, Telekommunikation und so weiter. Hier befindet sich auch der größte Teil der für die tägliche Arbeit erforderlichen Anwendungen und Daten. Dieser Bereich ist bereits sehr gut geschützt, aber aus Gründen der Praktikabilität Bestandteil des allgemeinen Behördennetzwerks und damit grundsätzlich von außen zugänglich. Über eine eingeschmuggelte Schadsoftware ist es Trina kürzlich gelungen, in dieses Netzwerk einzudringen.

Für die Arbeit an besonders sensiblen Projekten gibt es die zweite Ebene. Diese ist vollständig von der ersten Ebene getrennt. Ein Zugriff ist nur von den in der Anlage befindlichen Arbeitsplätzen möglich, nicht von außen. Auf dem Server dieses lokalen Netzwerks liegt der Verschlüsselungscode, den wir brauchen.

Die dritte Ebene ist am stärksten gesichert und ebenfalls von den anderen beiden getrennt. Es handelt sich um den Lesesaal für die Arbeit an den Daten im Datencenter der NSA. Obwohl das vermutlich der spannendste Bereich ist, interessiert er uns derzeit nicht. Uns geht es um Ebene zwei.«

»Und wie kommen wir da hinein, wenn ein Zugang von außen nicht möglich ist?«

»Über das Zugangskontrollsystem. Alle drei Ebenen sind zwar voneinander getrennt, aber sie verwenden das gleiche Programm für die physische und elektronische Zugangskontrolle. Das Programm prüft anhand der auf einer ID-Karte hinterlegten Sicherheitsschlüssel, ob jemand Zugang zu bestimmten Bereichen oder Arbeitsplätzen innerhalb der Anlage hat.«

»Sie meinen diese Lesegeräte an den Türen, die das Schloss nur öffnen, wenn man eine entsprechende Karte dagegenhält?«

»Die meine ich. Und genau die gleichen Geräte sind an jedem Computerterminal installiert, das sich ausschließlich mit einer ID-Karte, auf der sich die jeweils erforderliche Freigabe befindet, benutzen lässt.«

»Sie sagten, die Ebenen seien vollständig voneinander getrennt. Müsste das dann nicht auch für das Zugangskontrollsystem gelten?«

»Doch, das tut es. Die Zugangskontrollsysteme der drei Ebenen kommunizieren nicht miteinander. So schlau ist man gewesen. Aber es handelt sich jeweils um das gleiche Programm, mit der gleichen Funktionsweise und identischen Protokollen.«

»Ich verstehe immer noch nicht, was uns das bringt.«

Marty sah erneut auf die Uhr. »Schauen Sie einfach zu.

Setzen Sie sich am besten schräg hinter mich. Auf die Weise können Sie die Laptop-Monitore einsehen, befinden sich aber außerhalb des Blickwinkels der Kamera. Ich werde gleich ein Videotelefonat führen. Der mittlere Bildschirm zeigt meinen Gesprächspartner. Der rechte, was dieser von uns sieht, und der linke sollte die Bilder der Überwachungskameras der Anlage anzeigen.«

»Erscheint das eigene Bild nicht für gewöhnlich als kleines Fenster an der Seite?«

»Normalerweise schon. Aber unser eigenes Bild wird nicht das sein, was man am anderen Ende von uns sieht.«

Navarro wollte verwirrt die nächste Frage stellen, doch Marty kam ihr zuvor. »Es geht los. Trina hat eine technische Störungsmeldung ausgelöst. Das ist unsere Eintrittskarte.« Also schluckte sie ihre Frage hinunter und setzte sich auf ihren Stuhl. Kurz darauf vermeldete der mittlere Laptop einen eingehenden Videoanruf. Marty räusperte sich und nahm den Anruf entgegen. »Ingenieurkorps der Army, Servicehotline, mein Name ist Specialist Henry Toad, wie kann ich Ihnen helfen?«

Im Anruferfenster erschien der Kopf eines Mannes Anfang dreißig mit kurzgeschorenen Haaren. Der Oberkörper steckte in einem kurzärmeligen schwarzen Uniformhemd, auf dessen rechter Brusttasche ein Namensschild klebte, während auf der linken Seite eine goldene Dienstmarke prangte. »DHS Federal Protective Service, Security Officer Ramirez, guten Abend - oder besser guten Morgen.«

Das war es jedoch nicht, was Navarros Aufmerksamkeit fesselte, sondern das Bild auf dem rechten Bildschirm. Es zeigte Marty. Und doch war es ganz entschieden nicht Marty. Auf seinem Körper saß das Gesicht eines völlig Fremden. Etwa vierzig Jahre alt, lichtes Haar, Tränensäcke unter den Augen, Pausbacken. Die Antwort erfolgte mit perfekt synchronen Lippenbewegungen. »Guten Morgen, Officer Ramirez. Was kann ich für Sie tun?«

»Ich bin wachhabender Officer in der Einrichtung 86475 und habe gerade eine technische Störungsmeldung erhalten.«

Martys freundliches Lächeln und jeder kleinste Aspekt seiner Mimik spiegelte sich in den völlig natürlich wirkenden Gesichtszügen des Unbekannten. »Welcher Fehlercode wird Ihnen angezeigt?«

»Fire Control A67Q.«

»Einen Moment - da haben wir es. Es handelt sich um eine Störung in der Brandschutzanlage. Ich müsste mich einmal auf Ihr System schalten, um genau zu sehen, was da los ist.«

»Kein Problem.«

»Bitte nennen Sie mir den Freigabecode, der Ihnen jetzt angezeigt wird.«

Officer Ramirez las eine Zahlenfolge ab, die Marty eingab. Daraufhin öffnete sich ein Fenster mit der Ansicht eines fremden Desktops. Marty tätigte eine Reihe weiterer Eingaben. »Vielen Dank, ich bin jetzt in Ihrem System. Um fortzufahren, benötige ich noch eine Authentifizierung von Ihnen. Bitte legen Sie dafür Ihre ID-Karte auf das Lesegerät.«

Ramirez schaute zur Seite und folgte offenbar der Aufforderung.

Marty schüttelte den Kopf. »Das war zu kurz. Bitte

lassen Sie die Karte etwas länger darauf liegen. Das Gerät scheint Schwierigkeiten zu haben, die Karte zu lesen.«

Ramirez runzelte die Stirn. »Sonst geht das immer ganz schnell.«

»Die Geräte zicken hin und wieder. Das kommt häufiger vor, als Sie denken.«

Der Officer zuckte mit den Schultern und wiederholte den Vorgang. Etwa zwanzig Sekunden später, als sich erste Anzeichen von Ungeduld bei Ramirez bemerkbar machten, gab Marty grünes Licht. »Jetzt hat es geklappt, vielen Dank.«

Zielstrebig klickte er sich durch verschiedene Menüs. »Ich sehe schon, was das Problem ist. Hängt wahrscheinlich mit dem letzten Update zusammen. Es sollte nicht schwer sein, das in Ordnung zu bringen, allerdings brauche ich dafür Ihre Hilfe.«

»Klar. Was kann ich tun?«

»Sie müssten in den Technikraum der Brandschutzanlage gehen. Dort befindet sich auf der linken Seite neben dem Eingang ein Paneel mit drei Reihen von Kontrolllampen. Darunter ist ein Knopf, der mit *Reset* beschriftet ist. Den müssen Sie drücken.«

»Das geht nicht. Für die nächsten drei Stunden bin ich hier noch allein und kann meinen Posten nicht verlassen.«

»Ich verstehe. Nun, dann bleibt uns nur, das Evakuierungsprotokoll für die gesamte Einrichtung zu aktivieren.«

Der Schock stand Ramirez ins Gesicht geschrieben. »Wovon reden Sie? Wieso denn eine Evakuierung?«

»Durch die Störung sind die Bereitschafts- und Kontrollanzeigen der Feuerlöschanlage ausgefallen. Vermutlich ist die Anlage vollkommen in Ordnung, aber es gibt bis zur Beseitigung der Störung keine Möglichkeit, das mit Sicherheit zu sagen. Theoretisch könnten damit unerkannte Fehlfunktionen vorhanden sein, die dazu führen, dass die Anlage im Brandfall nicht reagiert oder ohne Vorwarnung aktiv wird. Zur Brandbekämpfung kommt kein Wasser zum Einsatz, sondern ein Argon-Stickstoffgemisch, das den Sauerstoff in der Luft verdrängt und dadurch die Flammen erstickt. Haben Sie eine Vorstellung davon, was passiert, wenn das gesamte Gebäude mit diesem Gas geflutet wird, solange sich noch Menschen darin befinden? Das ist lebensgefährlich. Die Sicherheitsvorschriften sind in dieser Frage eindeutig. Ohne eine voll funktionsfähige Anlage darf niemand das Gebäude betreten oder sich darin aufhalten.«

»Gibt es denn keine Möglichkeit, das von hier aus zu regeln?«

»Leider nein. Genau diese Funktion ist ja von der Störung betroffen.«

Officer Ramirez focht einen deutlich sichtbaren Kampf mit sich aus. »Na gut, ich mache es«, sagte er schließlich widerstrebend.

»Danke, Officer Ramirez. Ich warte so lange.« Nachdem der Beamte den Bildausschnitt verlassen hatte, pausierte Marty das Bild- und Tonsignal. »Trina? Er ist unterwegs. Wie weit bist du?« Marty lauschte einen Moment und öffnete ein Fenster auf dem linken Laptop, in dem das Innere der Anlage aus sechzehn verschiedenen Einstellungen zu sehen war. »Okay, die Luft ist jedenfalls rein.«

Anschließend wandte er sich zu Navarro. »Bis jetzt hat alles wie am Schnürchen geklappt.«

»Was genau hat geklappt? Ich verstehe es immer noch nicht.«

»Die ID-Karte von Officer Ramirez enthält einen kleinen Chip, einen sogenannten RFID-Chip. Dieselbe Art Chip findet sich auch auf Kreditkarten, Versicherungskarten und so weiter. Über ein Lesegerät können die darauf gespeicherten Daten kontaktlos ausgelesen werden. In unserem Fall enthält der Chip unter anderem biometrische Daten des Officers sowie Zugangsschlüssel, um sich im Gebäude bewegen zu können. Die meisten dieser Chips haben eine Speicherkapazität von wenigen Kilobyte, aber da sie für eine wachsende Anzahl von Funktionen genutzt werden, steigt auch die Speicherkapazität ständig an. Die aktuellen Ausweise des DHS fassen bis zu vier Megabyte. Als der Officer sich vorhin authentifiziert hat, habe ich ein kleines, von Trina geschriebenes Programm auf seine ID-Karte übertragen.«

»Ich dachte, es heißt Lesegerät, weil man damit nur etwas lesen kann.«

»Die Geräte können beides. Es ist bloß eine Frage der Softwareeinstellungen. Allerdings ist die Übertragungsgeschwindigkeit sehr langsam. Deshalb hat es so lange gedauert.«

»Und was macht dieses Programm?«

»Der Weg von Officer Ramirez zum Technikraum führt ihn durch das gesamte Gebäude. Darunter auch durch einen Bereich, der von dem Netzwerk der Ebene zwei kontrolliert wird. Wenn er diesen betritt und dafür seine Karte an das Lesegerät hält, wird nicht nur sein Zugangscode übertragen, sondern auch das kleine Programm. Es handelt sich um einen Virus, der eine noch unbekannte

Sicherheitslücke in der Zugangssoftware nutzt, um das gesamte Netzwerk zu infiltrieren. Er sucht automatisch nach dem von uns benötigten Verschlüsselungscode und kopiert diesen. Wenn Officer Ramirez auf seinem Rückweg erneut diesen Bereich passiert, wird diese Kopie auf seine Karte geschrieben. Ohne es zu wissen, fungiert er damit als wandelnde Schnittstelle zwischen zwei physisch getrennten Netzwerken.«

Eine Bewegung auf dem linken Bildschirm erregte Martys Aufmerksamkeit. »Und hier vollzieht sich die nächste Stufe unseres Plans. Schauen Sie selbst.«

Navarro kniff die Augen zusammen, um die Bilder der Überwachungskameras besser erkennen zu können. »Sind das die zwei Personen, die in der Anlage festgehalten werden?«

Marty nickte. »Trina kontrolliert das Schließsystem. Sie hat die Zellen geöffnet und lotst sie auf einem sicheren Weg durch das Gebäude. Gott sei Dank scheinen die beiden gleich begriffen zu haben, worum es geht, und spielen mit.« Er zeigte auf eine andere Kameraeinstellung. »Und da Officer Ramirez gerade den Technikraum betritt, können unsere Freunde einfach durch den Haupteingang hinausmarschieren.«

»Da kommt ein Polizeiwagen«, warnte Navarro alarmiert.

Tatsächlich zeigte eine der Kameras, wie sich ein Einsatzfahrzeug der Anlage nährte. Doch Marty blieb vollkommen gelassen. »Das ist Director Gray.«

»In einem gestohlenen Polizeiwagen?«

»Nein, in einem gestohlenen Toyota Camry. Das Bild zeigt einen Police Cruiser aus demselben Grund, aus dem

Officer Ramirez nicht mich sieht, sondern einen Herrn namens Henry Toad. Mr. Toad existiert übrigens wirklich und arbeitet für das Ingenieurkorps der Army, das diese Anlage gebaut hat.«

»Es sieht vollkommen echt aus.«

»Deshalb sollte man vorsichtig sein, alles zu glauben, was man auf einem Bildschirm sieht. Diese Technik wird umgangssprachlich Deepfake genannt. Die Berechnungen hierfür laufen in Echtzeit über den Rechner von CyberSim. Allerdings habe ich auch noch nie etwas in dieser Perfektion gesehen.«

Unterdessen hasteten zwei Gestalten durch den Eingangsbereich der Anlage, vorbei an einem verwaisten Empfangstresen und hinaus ins Freie. Ein vier Meter hohes, mit Stacheldraht bewehrtes Tor schob sich zur Seite und gab den Weg für den Polizeiwagen frei. Nachdem die zwei Personen eingestiegen waren, kehrte er auf die Straße zurück und fuhr in östliche Richtung davon, bis er aus dem Sichtfeld der Kameras verschwunden war.

Als Officer Ramirez Minuten später an seinen Platz zurückkehrte, wirkte es, als wäre nichts geschehen.

»Vielen Dank, Officer Ramirez«, begrüße Marty ihn. »Ich bin zuversichtlich, dass wir das Problem jetzt in den Griff bekommen. Allerdings müssen Sie sich bitte ein weiteres Mal authentifizieren. Es ist inzwischen zu viel Zeit verstrichen.«

Ramirez gehorchte müde. »Hauptsache, wir kommen um die Evakuierung herum. Dies ist ein Hochsicherheitsbereich, das wäre der reinste Albtraum. Das darf gern in der nächsten Schicht passieren, aber nicht in meiner.«

Marty gab ein verständnisvolles Lachen von sich,

während er die aus dem Chip ausgelesenen Daten prüfte. Zufrieden lehnte er sich zurück. »Officer Ramirez, die Brandschutzanlage funktioniert tadellos und Sie waren eine große Hilfe. Sie ahnen gar nicht, wie sehr. Ich wünsche Ihnen noch eine ruhige Nacht und einen schönen Feierabend.«

»Danke«, erwiderte Ramirez erleichtert. »Sie sind meine Rettung gewesen. Alles Gute.« Der Bildschirm wurde schwarz.

»Haben wir es?«, fragte Olivia Navarro atemlos.

Marty ballte eine Faust. »Wir haben es.«

61

Nach einem kurzen Gespräch mit den Piloten kehrte Chang Feng aus dem Cockpit zurück und nahm gegenüber von Trina Platz. Unaufhörlich kreisten ihre Gedanken darum, wo Ell jetzt sein mochte und wie es ihm wohl ging. Wenn Trinas Vermutung stimmte, dann war er der Gefangene in dem Kellerraum gewesen, hatte sich selbst befreit und allein die Verfolgung von Aidan und Carter aufgenommen – ohne sich vorher um Trina oder das kranke Mädchen zu kümmern, geschweige denn, sie mitzunehmen. Angesichts dieses Verhaltens befürchtete Chang Feng das Schlimmste. Daher war sie sofort auf Trinas Bitte eingegangen, ihr dabei zu helfen, Anshana zum Versteck des Steines nach Feuerland zu bringen; wo der Stein war, dort würde Aidan sein und damit auch Ell. Hätte sie das alles verhindern können, wenn sie nach ihrem Treffen mit Qi Bo sofort gehandelt hätte, anstatt nach Hongkong zurückzukehren, um zunächst ihre eigenen Angelegenheiten zu regeln? Sie wusste es nicht, doch die Frage quälte sie ohne Unterlass. Sie musste Ell finden und versuchen zu retten, was zu retten war.

Zu ihrem Verdruss war Trina unmittelbar nach dem Betreten der Falcon in eine Art Trance gefallen und hatte sich nicht mehr gerührt. Ihr starrer Blick ging ins Leere, und nur gelegentlich murmelte sie ein paar Worte, als führte sie Selbstgespräche. Chang Feng wusste nicht, was das bedeutete, doch so langsam verlor sie die Geduld. Kurzentschlossen räusperte sie sich vernehmlich und streifte wie versehentlich Trinas Fuß.

Die junge Frau zuckte zusammen und blinzelte. »Möchtest du mir etwas sagen?«

»Entschuldige, ich wollte dich nicht stören bei ... was immer du auch tust.«

»Kein Problem, es ist alles erledigt. Ich musste Marty nur bei einem kleinen Projekt helfen.«

»Marty?«, fragte Chang Feng verständnislos.

»Agent Brown, Grays Assistent.«

»Ah, natürlich. Will hat mir davon erzählt.« Trotz ihrer Anspannung machte sich ein Grinsen auf Chang Fengs Gesicht breit. »Habe ich etwas verpasst?«

Verlegen wich Trina ihrem Blick aus und wirkte dabei fast wie die Trina, die sie von früher kannte. »Nein, nichts Besonderes. - Will hat dir bestimmt auch erzählt, dass Tim und Garry in Schwierigkeiten geraten sind. Schwierigkeiten, hinter denen eine obskure Abteilung des Department of Homeland Security steckt und die sie ohne mich nicht gehabt hätten. Dank Marty konnte ich das wieder geraderücken.«

»Und du magst ihn.«

Ein Lächeln stahl sich auf Trinas Gesicht. »Und ich mag ihn. Aber du wolltest mir etwas sagen?«

»Stimmt. Ich habe gerade erfahren, dass wir die von dir gewünschte Landegenehmigung für den Flughafen von Port Williams in Chile erhalten haben. Die Piloten sind darüber allerdings nicht besonders glücklich, weil die Landebahn recht kurz ist. Für die Landung stellt das kein Problem dar, wohl aber für den Start. Nachdem sie uns abgesetzt haben, möchten sie das Flugzeug daher aus Sicherheitsgründen ohne Passagiere und mit den fast leeren Tanks nach Ushuaia auf der argentinischen Seite der Grenze verlegen. Von dort ist ein Start auch vollgetankt problemlos möglich. Spricht irgendwas dagegen?«

Trina schüttelte den Kopf. »Wir müssen dadurch auf dem Rückweg zwar die Grenze überqueren, aber entfernungsmäßig macht es keinen großen Unterschied.«

»Sehr gut. - Alles in Ordnung bei dir? Du siehst auf einmal etwas grünlich aus.«

»Alles gut. Ich frage mich nur ... Die Piloten sehen wirklich kein Problem in der kurzen Landebahn? Es ist dort unten in Feuerland immer sehr windig und ... du weißt ja, Flugzeuge machen mich irgendwie nervös.«

Chang Feng empfand fast so etwas wie Erleichterung. Was auch immer mit Trina geschehen war, ihr altes Selbst steckte definitiv noch irgendwo da drinnen. »Keine Sorge«, erwiderte sie beruhigend. »Meine Piloten sind sehr erfahren, und wenn sie sagen, dass es kein Problem ist, dann ist es kein Problem.«

»Okay«, murmelte Trina, doch es klang nicht wirklich überzeugt.

»Erfahre ich jetzt, wie es weitergeht?«, wechselte Chang Feng das Thema.

Trina nickte, allem Anschein nach dankbar für die Ablenkung. »Wir müssen davon ausgehen, dass es Aidan gelungen ist, das Versteck des dritten Steines ausfindig zu machen. Wenn er ihn in die Finger bekommt, wird er ihn auch benutzen wollen.«

Chang Feng blickte zu Anshana, die im rückwärtigen Bereich des Flugzeugs auf einem Sofa lag und schlief. »Und Will? Du sagtest, Aidan aufzuhalten sei vermutlich nicht sein einziges Ziel.«

»Nein. Er hat sich verändert. Das dürfte dir ebenfalls nicht entgangen sein. Sein Verhalten lässt nur eine begrenzte Zahl an Schlussfolgerungen zu, und ich bin schon seit einer Weile besorgt, dass er nicht mehr der ist, den wir kannten.«

Nach kurzem Zögern beschloss Chang Feng, mit offenen Karten zu spielen. Diese ganze Heimlichtuerei brachte mehr Ärger, als sie nützte, und so erzählte sie Trina von ihrer Begegnung mit Qi Bo.

Trina wirkte nicht überrascht. »Das war also der Grund für deinen Ausflug nach Vancouver. Das passt zu dem, was ich bereits vermutet habe.«

»Du hast verfolgt, wo ich gewesen bin?«, fragte Chang Feng verstimmt.

»Natürlich. In dem begrenzten Maß, in dem mir das in meinem jetzigen Zustand möglich ist.«

»Dumme Frage«, seufzte Chang Feng. »Und wie sieht dein Plan aus?«

»Wir holen den Stein und geben ihn seiner rechtmäßigen Besitzerin zurück; wenn das nicht gelingt, ist eh alles verloren. Anschließend kümmern wir uns um Will.«

»Aidan hat einen erheblichen Vorsprung. Was sagt dir, dass er ihn nicht längst gefunden hat?«

»Das ist sehr unwahrscheinlich.«

»Warum?«

»Weil der Stein nicht mehr dort ist, wo er ihn vermutet. Ich musste die Möglichkeit in Betracht ziehen, dass das ursprüngliche Versteck bereits durch meinen ersten Besuch kompromittiert war, und habe daher ein neues gesucht.«

»Wo?«

»In der Nähe, aber weit genug entfernt. Aidans Kenntnisse stammen aus Anshanas Zeichnungen. Das neue Versteck kannte sie nicht, also weiß niemand außer mir, wo es sich befindet.«

»Und Will?«

»Ich bezweifle, dass er eigene Erkenntnisse hat. Er folgt vermutlich nur Aidan.«

»Mit all seinem Geld dürfte es für Aidan kein Problem sein, auf direktem Wege dorthinzukommen. Aber Will? Wenn er auf einen Linienflug angewiesen ist, könnten wir ihn überholt haben.«

»Leider nein. Ein gecharterter Jet, den ich Aidan zuordnen konnte, ist vor acht Stunden in Ushuaia gelandet. Ein weiteres Flugzeug, in dem ich Will vermute, vier Stunden später.«

»Wie kommst du darauf?«

»Durch die Überprüfung der britischen Flugpläne. Ich fand einen Flug von Inverness nach Ushuaia. Nicht unbedingt eine gängige Route.«

»Ich kann mir beim besten Willen nicht vorstellen, wie Will so schnell an ein Flugzeug gekommen ist. Handelt es sich auch um einen Charter-Jet?«

Trina schüttelte den Kopf. »Das ist das eigentlich Beunruhigende. Und doch ergibt es einen Sinn. Die Maschine ist zugelassen auf das Department of Homeland Security.«

...

Mit dem letzten Tageslicht erreichte der in die Jahre gekommene Motorsegler seinen Ankerplatz am Ende des fast fünfzehn Kilometer langen Fjordes. Die Fahrt den Beagle-Kanal hinauf hatte trotz des Aufbruchs am frühen Morgen den gesamten Tag in Anspruch genommen. Chang Feng stand mit Trina am Bug neben der Ankerwinde und schaute fröstelnd in nördliche Richtung, wo der Fjord an der schroffen Abrisskante eines Gletschers endete. Die dichte Bewölkung war am späten Abend aufgerissen und die Umrisse eines gewaltigen Bergmassivs zeichneten sich scharf gegen den dunkler werdenden Himmel ab. »Beeindruckender Anblick. Hat der Berg einen Namen?«

»Mount Darwin«, antwortete Trina. »Der höchste Gipfel in Feuerland.«

»Aber da müssen wir nicht hoch, oder?«

»Um Gottes willen, nein! Ich mag ein gutes Versteck, aber das wäre dann doch übertrieben.« Trina nickte mit dem Kopf zum westlichen Ufer. »Wir gehen dort drüben an Land. Es gibt eine gut begehbare Route, die bis zu einem

Plateau führt. Heute wird das allerdings nichts mehr. Wir setzen morgen früh über, sobald man wieder genug sehen kann.«

»Kein besonders gutes Gefühl, die Nacht hier festzusitzen.«

»Nein, lässt sich aber leider nicht ändern.« Der kalte Wind trieb sie zurück unter Deck, wo Bernardo, der Eigner und Skipper des gemieteten Bootes, das Abendessen zubereitete.

»Eurer Freundin geht es nicht gut«, bemerkte er und blickte zu Anshana, die in eine Wolldecke gewickelt in einer Ecke saß.

Trina ging zu ihr hinüber und legte ihr eine Hand auf die Stirn. »Du hast wieder Fieber bekommen.«

Anshana nickte. »Ich weiß. Und dieses Mal wird es nicht mehr zurückgehen.«

»Du musst durchhalten. Wir sind fast da.«

»Ich werde es versuchen.«

»Möchtest du etwas essen?«

Doch Anshana schüttelte nur den Kopf.

Trina wandte sich zu Bernardo. »Haben Sie die warmen Klamotten für uns besorgt?«

»Si señorita, alles da, in den Größen, die sie bestellt haben.«

»Dann brechen wir morgen bei Tagesanbruch auf. Wir werden wohl ein paar Stunden unterwegs sein. Sie holen uns an derselben Stelle mit dem Dingi wieder ab. Meinen Sie, es könnte irgendwelche Probleme geben?«

Bernardo griff nach einem Stapel Teller und füllte das Essen auf. »Dieses Gebiet gehört zu einem Nationalpark. Der Zugang kostet normalerweise Eintritt und es gibt regelmäßige Kontrollen. Derzeit ist allerdings Nebensaison und der Park für Besucher offiziell geschlossen. Sollten wir dennoch Gesellschaft bekommen, regle ich das. Es ist alles eine Frage des Geldes, und bei dem Betrag, den Sie mir für diese Tour gezahlt haben, brauchen Sie sich keine Gedanken zu machen.«

Trina nahm gerade ihren Teller entgegen, als sie mitten in der Bewegung innehielt. »Hören Sie das? Ist das ein Hubschrauber?«

Der Skipper zuckte mit den Schultern. »Die Grenze zu Argentinien ist nicht weit entfernt und sechzig Kilometer Richtung Westen liegt ein Militärstützpunkt. Die chilenische Armee fliegt hier regelmäßig Patrouille.«

Trina wechselte einen langen Blick mit Chang Feng. »Ich hoffe, Sie haben recht.«

62

Als Gray mit Timothy und Garry eintraf, hatten Marty und Navarro bereits damit begonnen, alles zusammenzupacken. Den beiden gerade befreiten Männern bereitete es sichtliche Schwierigkeiten, mit der unerwarteten Situation zurechtzukommen, doch angesichts dessen, was sie durchgemacht hatten, hielten sie sich erstaunlich gut. Nach einer kurzen Dusche und dem Anlegen neuer Kleidung halfen sie dabei, sämtliche Spuren ihrer Anwesenheit in dem gemieteten Haus zu beseitigen, und quetschten sich anschließend neben Marty auf die Rückbank des Lincoln. Mit jeder Meile, die sie zurücklegten, schien ein wenig der Anspannung von ihnen abzufallen. Hinter der Grenze zu Wyoming ergriff Garry erstmals das Wort.

»Ich hatte mit vielem gerechnet, aber nicht mit Ihnen, Agent Gray.«

»Director Gray«, korrigierte Gray automatisch, um nach

kurzer Besinnung hinzuzufügen: »Oder besser einfach nur Gray. Ich vergesse ständig, dass ich suspendiert bin.«

»Wie haben Sie uns gefunden?«

»Dafür müssen Sie sich bei Ms. Shaw bedanken.«

»Ich wusste es. Der Gedanke, dass Trina nach uns suchen würde, hat mich da drin zusammengehalten - auch wenn ich ehrlich gesagt keine Vorstellung davon hatte, wie es ihr gelingen sollte, uns aus unserer misslichen Lage zu befreien.«

»Dafür haben Sie ausgesprochen schnell und geistesgegenwärtig reagiert, als Ihre Zellentüren mitten in der Nacht aufsprangen.«

»Ich habe einen Blick nach draußen riskiert, und auf dem Display des Keypads standen die Worte *Follow Me*.« Garry wechselte einen Blick mit Timothy. »Es hat uns schon einmal das Leben gerettet, darauf zu hören, was auf einem Display stand, also haben wir genau das getan. Wir folgten einfach den sich öffnenden Türen. Leuchteten die Schlösser rot, warteten wir, wechselten sie auf grün, gingen wir weiter. Und auf einmal standen wir im Freien, wo Sie auf uns gewartet haben.«

»Ja, das hat ziemlich gut funktioniert«, nickte Gray. »Was hat man da drinnen mit Ihnen gemacht? Was wollte man von Ihnen?«

»Es ging um Trina. Wo sie ist, was sie macht, wohin sie will. Und um alles, an das wir uns aus der Vergangenheit erinnern konnten. Über Professor Ell, Sie, unseren Job in Arizona. Aber im Mittelpunkt stand immer Trina.«

»Und was haben Sie denen gesagt?«

»Das, was wir wussten«, gestand Garry. »Glücklicherweise ist das ja nicht besonders viel. Und das Wichtigste haben wir für uns behalten.«

»Nämlich?«

»Dass es sich bei der Website, die wir preisgaben, nur um eine stark eingeschränkte Mirror-Site handelte. Ein Köder, den sie prompt geschluckt und damit ihr eigenes Netzwerk kompromittiert haben.«

Nach über acht Stunden Fahrt und dem Wechsel in den nächsten Bundesstaat Nebraska wagten sie es schließlich, eine erste Pause einzulegen. Während Gray tankte, ging Marty allein in den Shop der Raststätte und besorgte für alle Kaffee und ein paar Snacks. Das Risiko, im Restaurant zu essen, schien ihnen zu groß. Stattdessen blieben sie im Auto sitzen, parkten jedoch nahe genug an den Gebäuden, um das kostenlose WLAN nutzen zu können. Während die anderen angespannt warteten, loggte Marty sich mit einem der Laptops auf dem Rechner von CyberSim ein.

»Und, wie sieht es aus?«, fragte Navarro ungeduldig.

Marty ließ sich Zeit mit seiner Antwort. »Der Schlüssel funktioniert. Sämtliche Dokumente, die Trina abgefischt hat, lassen sich entschlüsseln und öffnen. Jetzt müssen wir nur noch herausfinden, welche davon zu den Bildern Ihres Whistleblowers gehören.«

Navarro klappte ihren eigenen Computer auf. »Trent erwähnte, dass jedes Bild mit einem Zahlencode gekennzeichnet sei. Vielleicht ist das ja eine Art Fallnummer.« Sie klickte sich durch die Dateien. »Probieren Sie es einmal damit.« Laut las sie eine längere Zahlenfolge vor, die Marty übernahm. Sein Gesicht hellte sich auf. »Wir haben einen

Treffer. Es gibt tatsächlich einen Zusammenhang. Nennen Sie mir weitere Nummern.«

Nach kurzer Zeit hatten sie mehrere Dutzend Dokumente identifiziert. »Schauen wir mal, was wir bislang haben«, schlug Marty vor und stellte den Laptop auf die Mittelkonsole. Alle steckten die Köpfe zusammen, während er langsam durch die Texte scrollte.

»Das sind ausnahmslos Anweisungen zur Personenüberwachung«, stellte Gray fest. »Genau wie wir dachten.«

»Aber es gibt keinen Hintergrund, der das Warum und Wozu erklärt«, warf Navarro ein.

»Und die Genehmigung durch ein Gericht fehlt ebenfalls«, bemerkte Marty. »Das Feld, das auf die erforderliche gerichtliche Anordnung Bezug nimmt, ist leer.«

Gray fiel noch etwas auf. »In einigen Fällen steht unter Besondere Hinweise *Project Legion*. Was könnte das sein?«

Garry horchte auf. »*Project Legion*?«

Gray nickte. »Sagt Ihnen das was?«

»Ich habe nur einen kleinen Teil der Anlage zu Gesicht bekommen. Im Wesentlichen den Bereich, wo wir untergebracht waren, und den Raum, wo ich verhört wurde. Auf dem Weg zwischen diesem Raum und den Zellen kam man an einer gewaltigen Sicherheitsschleuse vorbei. Eine Art gigantische Tresortür. Am dritten oder vierten Tag wurde ich wieder von den Wachen abgeholt und in den Verhörraum gebracht. Als wir losgingen, hörte ich einen der Wachleute sagen, wir müssten einen Umweg machen, *Project Legion* sei aktiv. An diesem Tag gingen wir eine andere, längere Route, die uns nicht an dieser Tür vorbeiführte.«

Eine Weile sagte niemand etwas.

»Aber Sie haben keine Idee, worum es sich dabei handeln könnte?«, fragte Gray schließlich.

Garry schüttelte stumm den Kopf.

»Der Hinweis zu *Project Legion* steht nicht in allen Anweisungen. Möglicherweise gibt es bei denen, wo er auftaucht, ja eine Gemeinsamkeit«, überlegte Marty laut. »Bilden wir zwei Gruppen.«

Es dauerte ein Weilchen, die Trennung vorzunehmen, die sie aber nicht weiterbrachte.

»In unserer Stichprobe sind wahrscheinlich zu wenige Datensätze, um ein Muster zu erkennen«, mutmaßte Navarro. »Dafür müssten wir den gesamten Datenpool untersuchen.«

»Bei der Masse an Fotos und Dokumenten dauert das eine Ewigkeit«, seufzte Marty. »Es sei denn, Sie übertragen Ihre Daten auf den Rechner von CyberSim. Dann können wir eine automatische Sortierung durchführen.«

»Bevor wir das entscheiden, wüsste ich gern, wie wir jetzt überhaupt weiter vorgehen wollen«, entgegnete Navarro. »Was machen wir mit dem ganzen Material?«

»Die Beweise reichen für eine offizielle Ermittlung aus«, kam es ohne zu zögern von Gray. »Wenn wir zurück in New York sind, werde ich umgehend die nächsten Schritte veranlassen.«

»Vergessen Sie da nicht etwas? Sie sind suspendiert. Ihre Vorgesetzten werden versuchen, Ihnen jeden erdenklichen Stein in den Weg zu legen. Außerdem wird man Sie fragen, woher die angeblichen Beweise stammen. Wollen Sie sich dumm stellen, auch unter Eid? Oder eingestehen, dass Sie daran beteiligt waren, mit illegalen Mitteln eine geheime staatliche Einrichtung zu infiltrieren? Sie gehören immer noch zum FBI und unterliegen dessen Regeln. Sie wissen selbst am besten, dass das Material vor keinem Gericht Bestand hätte.«

Gray schwieg lange. »Und was schlagen Sie vor?«

»Alles zu veröffentlichen. Wie Trent es von Anfang an wollte. Das wird gehörig Wellen schlagen und der öffentliche Druck wird dafür sorgen, dass eine weitere Untersuchung unausweichlich ist.«

»Ich hoffe, dass Sie sich da nicht irren«, gab Gray skeptisch zurück. »Und was ist mit dem Risiko für Sie selbst?«

»Das dürfte dadurch eher sinken. Nach der Veröffentlichung bin ich vermutlich sicherer als jetzt. Mich hinterher zu beseitigen, wäre viel zu auffällig und brächte ohnehin nichts mehr.«

»Wir könnten die Befreiung von Mr. McGrath und Mr. Cole als Rechtfertigung für unser Handeln anführen. Es bestand Gefahr in Verzug.«

»Oh, bitte halten Sie uns da raus«, protestierte Garry sofort. »Wir sind tot und würden es gern bleiben. Laut Agent Brown hat Trina Tarnidentitäten und eine Unterkunft für uns in Maine vorbereitet. Wir helfen, wo wir können, aber in unserer Situation und mit unserer Vergangenheit öffentlich Stellung gegen diese Leute zu beziehen hieße, das Glück zweimal herauszufordern. Ich fürchte, dass würde kein gutes Ende nehmen.«

Auch Navarro war nicht überzeugt. »Und wenn man Sie fragt, woher Sie wussten, dass die beiden dort festgehalten wurden? Wollen Sie einen weiteren illegalen Hack in ein Regierungsnetzwerk zugeben? Man wird Ihnen vorwerfen, nicht zuerst auf offiziellen Kanälen versucht zu haben, eine Lösung zu finden. Und dass die Entwendung eines geheimen Verschlüsselungscodes das zufällige Nebenprodukt einer Geiselbefreiung gewesen ist, kauft Ihnen garantiert niemand ab.«

Gray gingen die Argumente aus. »Wie lange würde es denn dauern, bis Ihr Artikel erscheint?«

»Die Bilder habe ich meiner Redaktion bereits übermittelt und an dem Artikel feile ich seit meinem ersten Treffen mit Trent. Wir haben zwar noch nicht alle Dokumente gesichtet, aber bei derart umfangreichem Material ist es durchaus üblich, vorher mit der Veröffentlichung zu beginnen und schrittweise nachzulegen. Insbesondere, wenn das Thema zeitkritisch ist und Verdunkelungsmaßnahmen zu befürchten sind. Wenn ich Druck mache, könnten wir die Bombe schon morgen früh platzen lassen.«

»Na schön«, stimmte Gray schließlich wenig begeistert zu. »Dann lassen Sie die Bombe platzen.«

…

Auf dem Weg nach Osten verwandelte sich der Lincoln in ein rollendes Redaktionsbüro. Mit Martys Telefon am Ohr, das gleichzeitig als Internet-Hotspot diente, hielt Navarro Kontakt zu ihrem Vorgesetzten bei der Zeitung. Anfangs hatte Joe Cage eine sofortige Veröffentlichung rundweg abgelehnt und gemeint, man brauche Wochen, um das Material vernünftig aufzubereiten und weitere Recherchen anzustellen. Nach einem ersten persönlichen Blick auf die

Dokumente änderte er jedoch seine Meinung und verstand die Dringlichkeit. Sobald das Leck entdeckt wurde und auch nur der Verdacht aufkam, die Zeitung könne im Besitz der Daten sein, musste von einer Beschlagnahme bis zu einem gerichtlichen Maulkorb mit allem gerechnet werden. Jedes Zögern vergrößerte die Gefahr, die Story zu verlieren. Dennoch kostete es auch ihn noch wertvolle Zeit, den Chefredakteur und den Verleger zu überzeugen. Als endlich die Entscheidung fiel, die Titelseite der nächsten Ausgabe freizuräumen, blieben lediglich drei Stunden bis zum offiziellen Redaktionsschluss um sieben Uhr abends New Yorker Zeit. Allerdings war man es gewohnt, derlei Deadlines zu ignorieren, wenn es um etwas wirklich Wichtiges ging. Das Einzige, was dann noch zählte, war der Zeitpunkt, zu dem die Druckerpressen anspringen mussten, um die Printausgabe für die Auslieferung am nächsten Morgen herzustellen. Dank Navarros Vorarbeit und der Unterstützung durch ein eilig zusammengestelltes zehnköpfiges Team ging die Zeitung mit nur einer halben Stunde Verspätung um kurz nach neun in Druck.

Wie auf der Hinfahrt fuhren sie die Nacht durch. Gray und Marty wechselten sich am Steuer ab, während Navarro erfolglos versuchte, etwas Schlaf zu finden. Timothy und Garry boten ebenfalls an, ein Stück der Strecke zu übernehmen, doch Gray hielt das für keine gute Idee. Sollten sie in eine Polizeikontrolle geraten, konnten die beiden sich nicht ausweisen, und wenn man ihre wahre Identität erkannte, wären die Probleme sogar noch größer. Gray glaubte zwar nicht an eine offizielle Fahndung - diejenigen, die für ihre Gefangennahme verantwortlich waren, wollten bestimmt keine Mitwisser -, aber sie galten als tot und Tote fuhren nicht in einem schwarzen Lincoln durch Indiana.

Um acht Uhr am nächsten Morgen, kurz vor Cleveland, Ohio, klingelte Martys Telefon. Es war Joe Cage für Navarro. Sie hörte stumm zu und stellte eine einzige Frage: »Was glaubst du, steckt dahinter?« Cage schien ihr keine zufriedenstellende Antwort gegeben zu haben, denn sie beendete das Gespräch mit sorgenvoller Miene. »Die Zeitung ist erschienen. Vor einer Stunde ist der Artikel zudem online gegangen.«

»Und warum machen Sie dann so ein Gesicht?«, fragte Gray.

»Das Department of Homeland Security hat soeben eine Presseerklärung für zehn Uhr angekündigt.«

Timothy beugte sich von der Rückbank nach vorn. »Sind wir schon wieder in derselben Zeitzone wie New York?«

Navarro nickte. »Das bedeutet, in zwei Stunden wissen wir mehr.«

»Sie halten das nicht für eine gute Nachricht?«, hakte Gray nach.

»Nein. Es ist viel zu schnell. Normalerweise dauert es mindestens einen Tag, bis die zuständigen Stellen sich abgestimmt haben und eine öffentliche Reaktion erfolgt.«

»Und was schließen Sie daraus?«

»Ich habe keine Ahnung.«

Kurz vor zehn steuerte Marty einen Rastplatz an. Navarro startete ihren Laptop, öffnete das Streaming-Fenster eines Nachrichtenkanals und platzierte das Gerät auf der Mittelkonsole, damit alles etwas sehen konnten. Der Zeitungsartikel war bereits den ganzen Morgen Breaking News und die Pressekonferenz wurde live übertragen. Momentan sah man allerdings noch den Nachrichtenmoderator und in einem kleinen zweiten Fenster, am Ort der Übertragung, ein leeres Podest vor einer Flagge mit dem Siegel der Heimatschutzbehörde.

Als eine schlanke Frau hinter das Podest trat, schnappten Timothy und Garry hörbar nach Luft. »Das ist sie!«, rief Garry. »Das ist die Frau, die uns gefangen gehalten und verhört hat!«

Die Frau prüfte das Mikrofon, bevor sie zu sprechen begann. »Guten Morgen, meine Damen und Herren. Ich bin Undersecretary Moreau vom Department of Homeland Security. Grund für diese kurzfristig angesetzte Pressekonferenz ist, wie Sie sich denken können, ein Artikel, der heute früh in einer der führenden Zeitungen des Landes erschienen ist. Wir haben uns entschieden, umgehend darauf zu reagieren. Um es kurz zu machen: Es handelt sich, mal wieder, um Fake News. Sämtliche in diesem Artikel aufgeführten angeblichen Beweise sind Fälschungen, um uns und unsere Arbeit für das Wohl und die Sicherheit des Landes zu diskreditieren. Heute Abend werden wir in einer weiteren Pressekonferenz detailliert Stellung beziehen und die Vorwürfe als das entlarven, was sie sind: Fake News. Ich lasse drei Fragen zu.«

Mehrere Reporter hoben die Hand und Moreau nickte einem zu.

»Clive Roberts, KSFC. Mrs. Undersecretary, wie können Sie nach so kurzer Zeit sagen, dass es sich um Fälschungen handelt? Müssten Sie das Material dafür nicht erst einmal prüfen?«

»Wir kennen das Material bereits. Der Nächste.« Moreau zeigte auf eine Frau in der dritten Reihe.

»Melanie Wolford, The Observer. Sie wollen also sagen, dass es keine Verschwörung innerhalb des Department of Homeland Security gibt?«

»Oh, es gibt eine Verschwörung im Department of Homeland Security. Und nicht nur dort.« Ein Raunen ging durch den Raum. »Um Gerüchten vorzubeugen, sollte ich Ihnen vielleicht vorab doch schon ein paar Fakten mitteilen. Wir beobachten seit geraumer Zeit eine Zelle von Verschwörern, die sich wie ein Krebsgeschwür innerhalb verschiedener staatlicher Behörden und Ministerien ausbreitet. Über die politischen Hintermänner will ich an dieser Stelle noch kein Wort verlieren, aber wir kennen diejenigen, die deren schmutzige Arbeit verrichten. Drahtzieher im vorliegenden Fall ist ein Mitarbeiter des DHS namens Logan Turner. Gemeinsam mit seinem unmittelbaren Vorgesetzten Frank Dorsey arbeitet er in einer Abteilung, die für die technische Aufbereitung von Beweismaterial wie Fotos, Videos und digitale Dokumente zuständig ist. Die beiden verfügten damit über das Wissen und die Mittel, um Fälschungen herzustellen, die sich kaum noch als solche erkennen lassen. Wir konnten nachverfolgen, wie sie sich mithilfe illegaler Methoden Zugang zu sensiblen Bereichen des Behördennetzwerks verschafft haben, um ihre schändlichen Taten zu begehen. Es sind diese Fälschungen, die anschließend der Presse zugespielt wurden, die nur allzu willig ist, derartige Lügen zu verbreiten. Letzte Frage.«

»Judy Chow, Daily Herold. Wurden die Beschuldigten bereits mit diesen Vorwürfen konfrontiert?«

»Mr. Dorsey ist nicht auffindbar. Wir gehen davon aus, dass er das Land verlassen hat und sich auf der Flucht befindet. Mr. Turner war ebenfalls untergetaucht. Es ist uns jedoch gelungen, ihn in seinem Versteck in Upstate New York ausfindig machen. Bei dem Versuch, ihn festzunehmen, leistete er erheblichen Widerstand und kam im Verlauf eines Schusswechsels ums Leben. Allerdings konnten wir vor Ort umfangreiche Beweise sicherstellen. Diese Verschwörung reicht noch viel weiter, bis in die Führungsebenen andere Behörden hinein. Lassen Sie mich eins klarstellen: Wir werden jeden zur Rechenschaft ziehen, der daran beteiligt ist, unabhängig von seiner Person, seiner Stellung oder früheren Verdiensten. Um unser Land zu schützen, werden wir keine Rücksicht nehmen und diesen Sumpf trockenlegen.« Mit kalten Augen blickte Moreau direkt in die Kamera. »Wir wissen, wer ihr seid, und wir kommen euch holen. Es gibt keinen Ort, an dem ihr euch verstecken könnt. Lauft, wenn ihr wollt, doch es ist zwecklos, denn wir sind überall.«

63

Chang Feng rutschte aus und fluchte laut. Die angeblich gut begehbare Route, die von Trina in Aussicht gestellt worden war, entpuppte sich als ein derzeit trockenliegendes, steil bergauf führendes Flussbett, das aus höheren Lagen abfließendes Schmelzwasser in den steinigen Boden gegraben hatte. Mit seinem Untergrund aus gefährlich losem und teilweise nassem Geröll zog es sich in einer breiten Schneise durch den dichten Buchenwald. Der Aufstieg wäre schon im Normalfall mühselig gewesen, doch Anshana ging es mittlerweile so schlecht, dass Trina und Chang Feng sie an beiden Seiten untergehakt beinahe tragen mussten. Glücklicherweise wog sie nicht allzu viel. Dennoch waren sie gezwungen, ständig kurze Pausen einlegen, um zu verschnaufen.

»Das soll ein gut begehbarer Weg sein?«, beschwerte sich Chang Feng.

»Für hiesige Verhältnisse ist er das«, entgegnete Trina

schwer atmend. »Aber wenn wir dieses Stück geschafft und das Plateau erreicht haben, wird es einfacher.«

Nach über einer Stunde wurde der Anstieg endlich flacher und der Boden ebener. Die Vegetation wechselte von den mächtigen Südbuchen zu kleineren Bäumen und spärlichem Buschwerk, bis schließlich auch dieses ausblieb und nur noch Gräser, Moose und Flechten Halt und Nahrung auf dem felsigen Untergrund fanden.

Chang Feng blickte zurück. Tief unter ihr ankerte der Motorsegler, umgeben von im Wasser treibenden Brocken aus Gletschereis. »Ist es noch weit?«

Trina schüttelte den Kopf. »Etwa zwanzig Minuten landeinwärts, dann sind wir da.«

Tatsächlich dauerte es fast dreißig Minuten, bis sie sich am Rande des Plateaus einem großen Felsüberhang näherten. »Hier ist es.«

»Endlich«, stöhnte Chang Feng und ließ Anshana vorsichtig zu Boden gleiten. Aus einer Umhängetasche zog sie eine Flasche Wasser und gab sie herum. »Wo ist die Stelle genau?«

Trina packte einen von Bernardo geliehenen Klappspaten aus.

»In der Senke unter dem Überhang hat sich ein Streifen mit Erde angesammelt. Dort ist das Versteck.«

Anshana stieß einen leisen Seufzer aus und die Wasserflasche entglitt ihren Händen.

»Wir müssen uns beeilen. Kümmere dich bitte um sie«, bat Trina.

Während Chang Feng neben Anshana in die Hocke ging und ihr schluckweise etwas Wasser einflößte, legte Trina die letzten Meter zurück, bis sie im Schatten der

Felswand stand. Kurz orientierte sie sich und begann dann zu graben. Nachdem sie bis in einen Meter Tiefe vorgedrungen war, benutzte sie statt des Spatens die Hände. Wenig später kam ein kleines, in schwarzen Stoff gehülltes Bündel zum Vorschein.

»Hast du es?«, fragte Chang Feng.

Trina schlug die schützende Hülle zur Seite und blickte auf den schimmernden Kristall in ihren Händen. »Ja, wir haben es geschafft.«

»Sie hätten es fast geschafft, Ms. Shaw«, korrigierte eine wohlklingende Stimme, während sich vor und hinter ihr zwei Gestalten aus dem Schatten der Felswand lösten. »Dennoch eine beachtliche Leistung, für die Ihnen meine Bewunderung sicher ist.«

Chang Feng sprang auf, doch Aidan hatte bereits zwischen ihr und Trina Stellung bezogen, während Carter mit gezogener Waffe schräg hinter sie trat.

»Wo zum Teufel kommen Sie auf einmal her?«, rief sie perplex.

Aidan zuckte mit den Schultern. »Wir sehen nur, was wir erwarten zu sehen. Wussten Sie, dass die menschlichen Sinnesorgane dem Gehirn pro Sekunde vierhundert Milliarden Bits an Informationen übermitteln, aber nur lumpige zweitausend davon bewusst wahrgenommen werden? Der Rest verschwindet in einem großen Filter. Sie wandeln praktisch blind durch die Welt, Ms. Zhao, und diesen gewaltigen blinden Fleck ein wenig zu vergrößern, ist gar nicht so schwer. Ich fürchte, Sie haben uns glatt übersehen.«

Trina presste den Stein fest an sich. »Ich hatte gehofft, Sie würden etwas länger brauchen, um uns zu finden.«

»Mit Hoffnungen ist das so eine Sache«, erwiderte Aidan. »Nur allzu häufig werden sie enttäuscht. Bestimmt verstehen Sie meine Überraschung, als ich bei dem mutmaßlichen Versteck des Steines ankam und feststellen musste, nicht der Erste zu sein. Tatsächlich gräbt dort schon seit letzter Woche eine Gruppe von nur notdürftig als Archäologen getarnten Amerikanern das gesamte Gelände um. Sie gehen dabei recht professionell vor und sind offenbar einflussreich genug, dass man sie bei dieser skandalösen Verschandelung der Natur gewähren lässt. Wenn ich raten müsste, würde ich sagen, sie arbeiten für irgendeine Regierungsorganisation. Das konnte nur bedeuten, dass Sie ein Informationsleck haben und - weil Sie viel zu schlau sind, um ein solches Szenario nicht vorherzusehen -, dass der Stein sich längst woanders befindet. Doch ich kenne Ihre Obsession mit der jungen indischen Dame. Es gehörte nicht viel Fantasie dazu, sich vorzustellen, was Sie mit ihr vorhaben, und auch, unter welchem Zeitdruck Sie aufgrund ihrer bedauerlichen gesundheitlichen Lage stehen.«

Aidan hielt seine rechte Hand hoch, an der ein schwarzer Ring steckte. »Und was ich einmal gefunden habe, kann ich auch ein zweites Mal finden. Ein freundlicher Hubschrauberpilot hat uns gestern hier abgesetzt. Wir mussten nur abwarten, wo Sie uns hinführen würden.«

»Bitte denken Sie noch einmal darüber nach, was Sie vorhaben«, appellierte Trina. »Sie würden unsere beste Chance zunichtemachen, diese Simulation zu stabilisieren und das Geheimnis des Ursprungs zu lüften. Sie haben keine Ahnung, was Sie erwartet und ob Sie die Hardware überhaupt kontrollieren können. Es ist nicht an Ihnen, diesen Weg zu gehen.«

»Aber es ist an Ihnen, das zu entscheiden? Ich habe viel zu lange auf weise Ratschläge gehört, und wohin hat es mich geführt? Nirgendwohin. Es ist ein Wunder, dass ich so lange durchgehalten habe, doch ich bin kein Narr. Wie alle anderen wird es mich früher oder später erwischen. Natürlich könnte auch ich in die Geschichte eingehen als edler Fußsoldat, an den sich niemand erinnert. Oder ich ergreife die Gelegenheit, die sich mir bietet, und sehe, wie weit ich komme. Die Zeit des Taktierens und Hoffens ist vorbei. Mir fehlen die Geduld und die Kraft für weitere Runden der Ungewissheit. Nach all dem, was ich erlebt und erlitten habe, endet es hier für mich. Auf die eine oder andere Weise.«

»Es endet. Und zwar auf meine Weise.« Alle Köpfe flogen herum zu Ell, der gemächlich die letzten Meter des Plateaus überquerte und neben Chang Feng und Anshana stehen blieb. »Statt eitle Reden zu schwingen, wäre es klüger gewesen, darauf zu achten, nicht selbst etwas zu übersehen. Wie mich, zum Beispiel.«

Mit gequältem Gesichtsausdruck drehte sich Aidan zu Trina. »Das wäre meine nächste Frage gewesen: William Ell lag nicht zufällig mit einer Kugel im Kopf auf dem Kellerboden meines Hauses in Schottland, oder?«

Unnötigerweise schüttelte Trina den Kopf.

»Ich hätte es eigenhändig beenden sollen«, sagte Aidan mehr zu sich selbst. »Keine gute Tat bleibt ungestraft.«

»Gute Tat?« Aus Ells Mund drang ein höhnisches Lachen. »Es handelte sich wohl eher um eine Schwäche als um eine gute Tat. Nicht, dass der Professor nicht versucht hätte, unserem gemeinsamen Dasein ein Ende zu bereiten, aber dafür war es bereits zu spät.«

»Will?«, fragte Chang Feng hilflos.

»Oh, Ihr Freund kann Sie leider nicht hören. Er ist derzeit vollkommen mit sich selbst beschäftigt.«

»Dann verraten Sie uns doch wenigstens Ihren Namen, Wächter«, knurrte Aidan.

»Der würde Ihnen nichts sagen. Ich hatte bereits so viele. Haben Sie wirklich gedacht, Sie könnten uns entkommen?«

»Das ist mir schon einige Male gelungen.«

»Da irren Sie. Die Chance, wahrhaft zu entkommen, hatten Sie noch nie. - Bis heute.«

Der Wächter drehte den Kopf und fixierte den Stein in Trinas Händen. Im nächsten Augenblick röchelte er und griff sich an den Hals. Chang Feng blickte in Aidans konzentriertes Gesicht. Anscheinend hatte er den kurzen Moment der Ablenkung genutzt, um einen Angriff zu starten. Doch bevor sie reagieren konnte, löste sich hinter ihr ein Schuss. Aidans Miene wechselte zu ungläubigem Erstaunen, während er sich an den rechten Arm fasste und Carter einen verzweifelten Schrei ausstieß. »Oh Gott ... Ich wollte nicht dich ... ich wollte ihn ...«, stammelte sie schluchzend und ließ mit zitternden Fingern ihre Waffe fallen.

Der Wächter atmete wieder frei. »Netter Versuch, aber glauben Sie tatsächlich, Sie könnten mich in meinem eigenen Spiel schlagen?«

Mit plötzlicher Klarheit erkannte Chang Feng, dass der Zeitpunkt gekommen war. Sie sah Ells Gesicht, sie hörte seine Stimme, doch neben ihr stand ein Fremder, dessen

Bösartigkeit sie körperlich spüren konnte. Es gab nur einen Weg, das zu beenden. Sie legte ihre Hand auf seine Schulter. Ruckartig drehte er sich zu ihr um. Der Blick in seine Augen ließ sie erschaudern und einen Moment fürchtete sie, sie könnte die Worte vergessen haben, aber dann kamen sie wie von selbst über ihre Lippen. »Om tare tu tare ture soha.«

Mit dem Verklingen der letzten Silbe wechselte ihre Umgebung, als blätterte jemand die Seite eines Buches um.

...

Eine Blaumeise näherte sich hüpfend dem im Schnee ausgestreuten Vogelfutter, versicherte sich mit flinken Kopfbewegungen nach allen Seiten und begann eilig, die Körner aufzupicken. Durch die Glasfront eines Wintergartens beobachtete Chang Feng gedankenverloren, wie der kleine Vogel von einer Krähe vertrieben wurde. Es herrschte angenehme Stille, nur in der Entfernung war das Ticken einer Uhr zu hören. Sie wusste nicht, wie lange sie einfach dort gestanden und dem monotonen Geräusch gelauscht hatte, bis eine zunehmende Unruhe von ihr Besitz ergriff. Etwas an der Szenerie kam ihr seltsam vor.

Abrupt kehrte die Erinnerung zurück und brachte ihr Herz zum Klopfen. Sie wusste wieder, weswegen sie hier war. Aber wo war hier? Das verglaste Dach des Wintergartens gab den Blick auf die hintere Fassade einer stattlichen Jugendstilvilla frei. Aufgrund der ungewohnten Perspektive benötigte sie einen Moment, um zu begreifen, wo sie sich befand: in dem Haus, in dem Ell aufgewachsen war und das er nach dem Tod seines Vaters geerbt hatte.

Sie kehrte dem verschneiten Garten den Rücken und trat in das an den Wintergarten angrenzende Wohnzimmer. Das Knarren des Parketts hallte hohl von den hohen Decken wider. Es roch nach Heizungsluft und Möbelpolitur. Die Einrichtung war anders als bei ihrem letzten Besuch, der erst einige Tage zurücklag. Bei dem Gedanken an die hier mit Ell verbrachten beiden Nächte musste sie unwillkürlich lächeln. Sie passierte eine Sitzgarnitur und blieb vor zwei wunderschönen Landschaftsbildern stehen. Corot, erkannte die Kunsthistorikerin in ihr sofort. Originale, keine Fälschungen. Als Nächstes erregte ein wundervoll gearbeiteter hölzerner Globus ihre Aufmerksamkeit. Frühes siebzehntes Jahrhundert. Sie versetzte der Weltkugel einen sanften Schubs und wechselte zu dem danebenstehenden Bücherregal. Wahllos zog sie eines der Bücher heraus und schlug es auf. *Introductio in Analysin Infinitorum* von Leonhard Euler, Erstausgabe 1748.

»Sind Sie unsere neue Nanny?«

Überrascht fuhr Chang Feng herum. In der offenen Wohnzimmertür stand ein kleiner Junge von vielleicht sieben oder acht Jahren. Er trug einen gestreiften Pyjama und rieb sich unter den in alle Richtungen abstehenden Haaren die verschlafenen Augen.

»Wer bis denn du?«

»Ich habe zuerst gefragt«, kam die prompte Antwort. Dann überlegte er es sich offenbar anders. »Ich bin William. Machen Sie uns Frühstück?«

Chang Feng achtete darauf, sich ihre Verblüffung nicht

anmerken zu lassen, und beschloss mitzuspielen, bis sie verstand, was hier vorging. »Ist denn sonst niemand hier?«

Der Junge schüttelte den Kopf. »Nur meine Schwester, aber die schläft noch.« Er dachte einen Moment nach. »Sie schläft eigentlich immer.«

Chang Feng stellte das Buch zurück ins Regal. »Und wo sind deine Eltern?«

»Mein Vater ist arbeiten.«

»Und deine Mutter?«

William musterte sie eine Weile schweigend. »Soll ich Ihnen das Haus zeigen? Sie wissen ja sonst gar nicht, wo alles ist.«

Ohne ihre Antwort abzuwarten, machte er auf dem Absatz kehrt und lief los. Chang Feng musste sich beeilen, um Schritt zu halten.

»Das ist das Esszimmer. Die Schiebetüren zum Wohnzimmer kann man zurückmachen, dann ist alles ein großer Raum. Durch die Tür dort geht's in die Küche. Pfannkuchen mag ich am liebsten, aber keine Orangenmarmelade, die ist voll eklig und bitter.« Ohne anzuhalten, lief er weiter. »Den Flur kennen Sie ja bestimmt schon. Hier geht's nach oben, da ist auch mein Zimmer. Wollen Sie mein Zimmer sehen?«

Erneut wartete er die Antwort nicht ab, sondern sprang in großen Sätzen die Treppe hinauf. Chang Feng folgte etwas langsamer.

»Die Tür da hinten ist das Badezimmer. Unten ist noch ein kleines, das habe ich ganz vergessen. Hier ist das Schlafzimmer meiner Eltern, hier das meiner Schwester und das ist mein Zimmer.«

Mit diesen Worten verschwand er durch die nächste

Tür, an der ein großes Zutritt-verboten-Schild prangte. Als Chang Feng eintrat, saß er auf dem Bett. »Wie finden Sie es?«

Chang Feng schaute sich um. »Ist das eine Rakete?«

»Eine Saturn fünf. Die ist zum Mond geflogen.«

»Und das?«

»Das ist das Raumschiff Enterprise. Wissen Sie das nicht?«

»Doch, es kam mir gleich bekannt vor. Du scheinst eine Leidenschaft für den Weltraum zu haben.«

Der Junge nickte heftig, sprang auf und zog sie in Richtung des Bettes. »Kommen Sie, legen Sie sich mal aufs Bett.«

»Warum denn das?«

»Machen Sie einfach.«

»Na schön.«

Während Chang Feng sich hinlegte, zog William die Vorhänge zu. »Gucken Sie an die Decke. Sehen Sie es?«

Chang Feng richtete die Augen zur Decke und musste lachen. Dort glühten dutzende phosphoreszierende Leuchtpunkte. »Ist das der Sternenhimmel?«

»Habe ich selber gemacht.« William kletterte aufs Bett und legte sich neben sie. »Da ist Orion, da der Große Wagen und der ganz helle Punkt ist Sirius.«

»Großartig. Du hast ein tolles Zimmer.«

William strahlte. »Dann können wir jetzt frühstücken, ja?«

Auf dem Rückweg kamen sie an einer Tür neben dem Elternschlafzimmer vorbei. »Und was ist dort?«, fragte Chang Feng.

Williams gute Laune verflog schlagartig. »Da dürfen wir nicht rein. Das ist das Arbeitszimmer meines Vaters.«

»Bist du dir sicher?«

Der Junge nickte ängstlich. »Er hat es verboten.«

»Dein Vater?«

William schüttelte den Kopf.

»Wer denn dann?«

William schluckte und schlang die Arme um sich.

»Du kannst es mir sagen, wirklich. Ich sage es auch niemandem weiter.«

Die Antwort kam so leise, dass Chang Feng sich herunterbeugen musste, um sie zu verstehen. »Das Monster.«

»Ein Monster hat es dir verboten?«

»DAS Monster. Meine Mama hat gesagt, es gäbe keine Monster, aber sie hat auch gesagt, dass sie zurückkommt.«

Chang Feng ging in die Hocke und strich dem Jungen eine Haarsträhne aus dem Gesicht. »Und das ist sie nicht?«

Er schüttelte stumm den Kopf.

»Was ist passiert?«

»Wir waren in Ferien. Ich habe Bauchschmerzen bekommen und sie ist fortgegangen, um Medizin zu holen. Ich glaube, es ist meine Schuld. Wenn ich keine Bauchschmerzen gehabt hätte, dann …«

»Shhh«, machte Chang Feng. »So etwas darfst du nicht einmal denken. Es ist nicht deine Schuld.«

William wirkte nicht überzeugt. »Das Monster sagt, es ist meine Schuld. Und wenn ich der Tür zu nahe komme, gehen auch alle anderen und kommen nie wieder.« Der Junge war den Tränen nah. »Ich will nicht allein sein.«

Chang Feng zog ihn an sich, während sie instinktiv

erkannte, was zu tun war. »Du bist nicht allein. Ich bin jetzt hier und das Monster lügt.«

»Dann gibt es also Monster?«

Chang Feng seufzte. »Lange dachte ich wie deine Mutter, dass sie nur Einbildung sind. Aber jetzt weiß ich, sie existieren wirklich. Und das zu wissen ist gut.«

»Wieso ist das gut?«, schniefte William.

»Was man kennt, kann man bekämpfen.«

»Aber das Monster ist viel stärker.«

»Nur, wenn wir es lassen.«

»Und wie bekämpft man es?«

»Man tut einfach das Gegenteil von dem, was es will.«

»Dann geht es weg?«

»Nur dann.«

William überlegte lange. »Ich weiß, wo der Schlüssel ist.«

Er lief in das Schlafzimmer seiner Eltern und kam kurz darauf mit einem großen, kupfernen Schlüssel zurück. Im Flur wurde es plötzlich dunkel, als hätte der Morgen sich entschlossen, nahtlos in die Nacht überzugehen. Aus den Tiefen des Hauses drang ein knirschendes Geräusch, gefolgt von schweren Schritten.

»Es kommt! Es weiß, was wir vorhaben.«

»Sieh mich an, William. Ich bin bei dir. Öffne die Tür.«

»Und du bleibst bei mir?«

»Versprochen.«

Die Schritte wurden schneller und erreichten den Fuß der Treppe. Mit zitternden Fingern schob William den Schlüssel in das Schloss und drehte ihn. Ein giftiges Zischen begleitete jetzt jeden Schritt. In dem Moment, in dem die Tür aufschwang, kam etwas um die Ecke des

Flures, das Chang Feng den Atem raubte. »Geh«, stieß sie hervor, unfähig sich zu bewegen. William taumelte vorwärts, während das Unsägliche auf sie zuschoss wie eine Flutwelle. Im letzten Moment griffen zwei kleine Arme nach ihr, zogen sie durch die Tür und schlugen sie hinter ihr zu. Krachend warf sich etwas von außen dagegen.

»Licht«, sagte eine vertraute Stimme in der Dunkelheit. Eine einsame Kerze entzündete sich, dann noch eine und immer weitere, bis sie in einem Meer aus Lichtern stand. Chang Feng schaute sich um. Sie kannte diesen Raum. Es war das Sanktuarium von Nu Shan Si. Vor ihr, den Blick auf den goldenen Buddha gerichtet, stand ein Mann und drehte sich langsam um.

»Will?«

»Chang Feng?« Ell kam auf sie zu und nahm sie in die Arme, als wolle er sie nie wieder loslassen. »Was machst du denn hier?«

Chang Feng gab ihm einen ärgerlichen Schubs. »Was ist das für eine dämliche Frage? Ich bin da, wo du bist.«

Ell zog sie erneut an sich. »Sorry. Andere Frage: Was mache ich hier?«

Chang Feng musterte ihn eingehend. »Du weißt nicht, wo du bist?«

Ell blickte zu dem Buddha und wieder zurück. »Es sieht aus wie Nu Shan Si. Aber das ist es nicht, oder?«

Chang Feng schüttelte den Kopf. »Nicht wirklich.«

Erneut bebte die Tür unter einem Aufprall.

»Wir müssen uns beeilen.« Fieberhaft sah sie sich um. »Laut Qi Bos Leitfaden für Bewusstseinsbefreiungen sollte hier irgendwo ein Buch sein.«

»Ein Buch? Auf dem Tisch dort hinten liegt ein Buch.«

Ell hatte recht. Chang Feng eilte darauf zu und schlug es auf.

»Oh, Mist«, fluchte sie mit aufkommender Verzweiflung. Hektisch blätterte sie das Buch bis zum Ende durch. »Dann lag David wohl doch falsch. Es ist leer. Alles nur unbeschriebene Seiten.«

»Womit lag David falsch?«, fragte Ell und schaute ihr über die Schulter.

»Laut Qi Bo vertrat er die Theorie, dass du über irgendwelche Fähigkeiten verfügst, die uns hier rausbringen können. Weitere Instruktionen sollten eigentlich in dem dämlichen Buch stehen.«

»Warum nehmen wir nicht einfach den Weg, den du gekommen bist?«

Resigniert schüttelte Chang Feng den Kopf. »Dafür müssten wir an dem Ding da draußen vorbei. Der einzige Weg hier raus führt durch diesen Raum.« Auf der anderen Seite des Sanktuariums ertönte ein Knall, als hätte es die Eingangstür aus den Angeln gehoben. »Uns steht wohl gleich eine ziemlich unangenehme Begegnung bevor.«

»Tut mir leid, dass ich euch enttäuschen muss. Ich wünschte nur, du wärst mir nicht gefolgt.«

Niedergeschlagen griff er nach dem Buch. In dem Moment, als er eine der Seiten berührte, geriet ihre Oberfläche in Bewegung und füllte sich mit fremdartigen Schriftzeichen.

»Ich glaub's ja nicht«, murmelte Chang Feng verblüfft. »Kannst du das lesen?«

Ell machte einen mindestens genauso überraschten Eindruck. Zögernd nickte er. »Seltsamerweise ja. Ich verstehe nur einzelne Passagen, aber es scheint sich um eine Abfolge von Anweisungen zu handeln. Der Aufbau wirkt fast wie eine Art Quellcode.«

Mit einem berstenden Geräusch gab eines der Scharniere der Eingangstür nach und zerbrach.

»Uns läuft die Zeit davon«, drängte Chang Feng. »Hast du eine Ahnung, was diese Anweisungen bewirken?«

»Frag mich nicht, woher ich das weiß, aber dieses Ding dort draußen wird gezwungen sein zu gehen.«

Sie ergriff seine Hand. »Dann tu mir einen Gefallen und schick es zur Hölle. Sofort.«

Ell beugte sich über das Buch und begann, laut zu lesen. Es handelte sich um eine Sprache, die Chang Feng nie zuvor gehört hatte, doch allein der Klang war von solcher Schönheit, dass es ihr die Kehle zuschnürte. Jedem Wort folgte ein dröhnender Schlag gegen die lädierte Tür des Sanktuariums, der den Boden zum Zittern brachte. Ein wütendes Heulen drang aus der Ferne an ihre Ohren. Mit dem letzten Wort erstarb das Heulen und ein Windstoß wehte das Sanktuarium hinfort, als wäre es ein Spielzeug aus Papier.

…

Der kalte, scharfe Wind zwang Ell, die Augen zusammenzukneifen. »Und wo zum Teufel sind wir jetzt?«

Chang Feng hielt immer noch seine Hand. »Am Arsch der Welt. Bist du es wirklich?«

»Fühlt sich zumindest so an.« Stück für Stück nahm er seine Umgebung in sich auf. Neben ihm und Chang Feng lag, halb bewusstlos mit fiebrig glänzendem Gesicht, das junge Mädchen, das er nur einmal kurz durch die Kamera einer Drohne gesehen hatte. Einige Meter vor ihnen stand Carter, dahinter kniete Aidan und hielt sich einen offenbar verletzten Arm. Noch ein paar Schritte weiter kauerte Trina unter einem Felsüberhang, einen bernsteinfarbenen Stein in der Hand.

Aidan starrte Ell an, als wäre er eine Erscheinung. »Niemand entkommt einem Wächter«, stieß er ungläubig hervor und stemmte sich schwankend in die Höhe. Schließlich schüttelte er den Kopf und begann zu lachen, bis ein krampfartiger Hustenanfall ihn stoppte. »Dann ist es also wahr. Der alte Mann hatte die ganze Zeit recht.«

»Recht womit?«, fragte Ell zunehmend ungehalten.

Doch Aidan schien zu sehr in seine Gedanken vertieft. »Ich hätte es wissen können, wenn ich nur genauer hingeschaut hätte und nicht so blind gewesen wäre, geblendet von meiner Eitelkeit und Selbstsucht. Du ...«

Ein gequälter Schrei unterbrach ihn mitten im Satz. Von Krämpfen geschüttelt sackte Carter zu Boden.

»Stella, mein Gott«, flüsterte Aidan entsetzt.

»Was hat sie?«, fragte Ell und machte spontan einen Schritt auf die augenscheinlich Höllenqualen leidende Frau zu. Doch Aidan hielt ihn zurück. »Komm ihr nicht zu nahe. Das Ding, das du verjagt hast, sucht sich gerade ein neues Zuhause.«

»Können wir ihr denn nicht irgendwie helfen?«

»Vielleicht gibt es eine Chance, solange der Wächter noch nicht seine volle Stärke erlangt hat. Ansonsten wird er sich den Stein holen und uns alle töten - wenn wir Glück haben.«

»Kann ich etwas tun?«

»Bring das Mädchen zu Shaw und gib ihr den Stein.«

»Und was ist aus deinen Plänen geworden?«

»Die haben sich gerade geändert. Ich bin ein Narr gewesen, Will. Es tut mir leid. Bitte, vergib mir. Und jetzt beeil dich. Wenn der Wächter den Stein in die Finger bekommt, ist alles verloren.«

Ell bückte sich und hob Anshana hoch. Das Mädchen war erschreckend leicht. Als er sich umdrehte, kam Carter mit wild zuckenden Gliedmaßen auf die Füße und stellte sich ihm in den Weg.

»Fuck«, flüsterte Chang Feng und zog eine handliche Pistole aus der Tasche ihres Anoraks. Sie richtete die Walter PPK auf die immer noch unnatürliche Verrenkungen vollziehende Frau, aber bevor sie abdrücken konnte, zerfiel die Waffe in ihre Einzelteile.

Beim Klang der Stimme, die aus Carters Mund kam, und doch einem anderen gehörte, stellten sich Ell die Nackenhaare auf.

»Ihr könnt nicht gewinnen. Keiner von euch. Entweder fehlt euch das Wissen, die Kraft oder der Wille.«

»Hör nicht auf ihn, Will«, drängte Aidan. »Ich werde versuchen, zu Stella durchzudringen und ihn aufzuhalten, solange meine Kraft reicht.«

Seine Worte weckten Trina aus ihrer Erstarrung. Nach kurzem Zögern legte sie den Stein auf den Boden und trat hinter Aidan. »Wir waren drei, jetzt sind wir eins. Unsere Kraft gehört Ihnen.«

Carter stieß einen unverständlichen Laut aus und von

einem Moment zum anderen steigerte sich der vorher schon starke Wind zu Sturmstärke. Ell schwankte in dem Bemühen, das Gleichgewicht zu bewahren. Binnen Sekunden blies ihm der Wind mit Orkanstärke direkt ins Gesicht und zwang ihn auf die Knie. Trina nahm Aidans linke Hand und führte sie zu dem Implantat an ihrer Schläfe. Augenblicklich änderte sich die Windrichtung. Vollkommen überrascht kippte Ell beinahe vornüber und fing sich gerade noch rechtzeitig.

»Jetzt oder nie«, schrie Chang Feng und half ihm wieder auf die Füße. Sie waren erst ein paar Schritte weit gekommen, als die Windrichtung erneut wechselte. Der Wächter leistete Widerstand, auch wenn er unfähig schien, sich von der Stelle zu rühren. Richtung und Stärke des Windes schwankten unablässig, während Ell und Chang Feng sich Meter für Meter vorankämpften. Hagel setzte ein. Körner mit der Größe von Golfbällen prasselten auf sie nieder. Der graue Himmel wurde schwarz. Begleitet von rollendem Donner zuckten Blitze aus den tief hängenden Wolken. Fast blind stolperte Ell an Aidan und Trina vorbei, dem Felsüberhang entgegen. Nur noch eine Armlänge trennte ihn und das Mädchen von dem auf dem Boden liegenden Stein.

»Nein!«, übertönte ein Schrei die tobenden Elemente. Mit gewaltiger Anstrengung machte Carter einen Schritt auf Aidan zu und packte ihn am Arm. Aidans Blick wurde leer, während Carter zusammensackte wie eine Hülle, aus der die Luft entweicht. Trina zuckte zurück, als hätte man ihr einen Schlag versetzt. »Was glaubt ihr, wer ihr seid?«, ertönte Aidans Stimme mit einem Hass, der nicht der seine war. »Ihr würdet ohne uns nicht einmal existieren.«

Gefolgt von einem markerschütternden Krachen löste sich ein weiterer Blitz aus den Wolken und traf Trina direkt in die Brust. Die gewaltige Entladung schleuderte sie gegen die Felswand und ließ sie reglos auf dem Boden liegend zurück. Ell mobilisierte alle verbliebenen Kräfte und reckte sich dem Stein entgegen. Durch nichts mehr aufgehalten, näherte sich Aidan mit langen Sätzen. Ell bekam den rutschigen Stein zu fassen. Er suchte eine Hand des Mädchens, das schlaff in seinen Armen hing, und drückte den Stein hinein, während er sich in Erwartung des Zusammenpralls mit Aidan schützend über sie beugte.

In dem Moment, als der Stein ihre Hand berührte, geschahen zwei Dinge gleichzeitig. Ihre Augen öffneten sich und die Welt um sie herum kam zum Stillstand. Nichts bewegte sich mehr. Die Hagelkörner hingen wie festgefroren im Himmel, und selbst die Blitze verharrten in der Luft, als wären sie nur Schnappschüsse in einem lebensgroßen Fotoalbum. Vorsichtig schaute Ell über seine Schulter. Aidans unnatürlich verzerrtes Gesicht war ihm so nah, dass er es hätte berühren können, der Körper im Sprung gestreckt, aber regungslos wie eine Statue.

Ernst blickte Anshana zu ihm empor. Ihre Augen reflektierten das pulsierende Leuchten des Steins, der in ihren Händen zum Leben erwacht war. »Ich sehe den Weg vor mir, William Ell. Doch er ist noch lang und voller Gefahren. Es wird bei dir liegen, wie es endet. Das tat es schon immer. Aber was auch geschehen mag, wisse eines: Du bist nicht allein.«

Das Leuchten des Steins wurde intensiver, und wie eine Explosion in Zeitlupe löste sich aus seinem Zentrum eine Schockwelle aus gleißendem Licht, die mit wachsender

Ausbreitung an Geschwindigkeit gewann. Aidans Körper wurde mitgerissen und weit auf das Plateau hinauskatapultiert, während die Wand aus Licht ringförmig weiterraste, über das Wasser der Fjorde hinweg und die Hänge der umliegenden Berge hinauf, bis sie sich mit einem ohrenbetäubenden Knall, den Ell bis in die Tiefen seiner Eingeweide spürte, auflöste.

Als seine geblendeten Augen wieder sehen konnten, spannte sich über ihm ein klarer, wolkenloser Himmel, als hätte es das Unwetter nie gegeben. Er blickte auf das Mädchen in seinen Armen und wusste im selben Augenblick, dass es nicht mehr lebte. Suchend schaute er sich nach dem Stein um, doch er war fort.

Chang Feng, die hinter ihm gekauert hatte, griff nach seiner Schulter. »Bist du verletzt?«

»Mir geht es gut, und dir?«

»Alles noch dran. Was ist da gerade passiert?«

»Ich habe keine Ahnung.« Sanft schloss er Anshanas Augenlider und bettete ihren Kopf auf den Boden. »Was ist mit den anderen?«

So schnell es sein immer noch angeschlagenes Bein erlaubte, stand er auf. Am nächsten saß eine apathische Carter, die mit weit aufgerissenen Augen ins Nirgendwo starrte und sich dabei leicht hin und her wiegte. »Carter?«, fragte Ell leise, doch die sonst so unerschütterliche Frau zeigte keine Reaktion.

Nicht weit davon entfernt kniete Chang Feng bereits an Trinas Seite. Ell sank ebenfalls neben der jungen Frau zu Boden. Sie blutete stark aus einer Wunde am Hinterkopf. Das Implantat an ihrer Schläfe war teilweise geschmolzen und eine großflächige Verbrennung bedeckte ihre Brust.

»Will? Haben wir es geschafft?«, murmelte sie.

»Ich bin mir nicht sicher. Aber ich glaube, Anshana ist wieder dort, wo sie hingehört.«

Trina schloss kurz die Augen. »Aidan?«

Ell schüttelte stumm den Kopf.

Sie atmete rasselnd ein. »Der Wächter lag falsch, weißt du? Aidan hatte das Wissen, ich hatte die Kraft und wir alle hatten den Willen.« Ihre Augenlider flatterten. »Es ist noch nicht vorbei. Ihr müsst tun, was ich nicht mehr tun kann. Bitte sag Marty, ich …« Trinas Kopf sackte zur Seite.

»Trina? Hörst du mich? Du musst wach bleiben!« Ell überprüfte ihre Atmung und fühlte den Puls. »Sie atmet nicht mehr!« Sofort begann er mit einer Herzdruckmassage. Erneut kontrollierte er den Puls und beamtete sie mehrmals durch den Mund. »Nichts, verdammt.« Verzweifelt fuhr er mit den Wiederbelebungsmaßnahmen fort. »Bitte tu mir das nicht an«, flehte er. »Nicht schon wieder.«

Nach einigen Minuten legte Chang Feng ihm eine Hand auf den Arm. »Will, bitte hör auf. Sie ist tot.«

»Nein! Das lasse ich nicht zu!« Mechanisch machte er weiter.

»Will …«

Seine Bewegungen wurden langsamer, bis seine Schultern nach vorn sackten und er den Kopf in den Händen vergrub. Chang Feng hielt ihn fest, während er von einem lautlosen Weinkrampf geschüttelt wurde. »Es ist okay«, flüsterte sie leise. »Es ist okay.«

…

Es hatte mehrere Stunden gedauerte, genügend Steine zusammenzutragen. Ell, Chang Feng und eine immer noch stumme Carter standen vor zwei unter dem Felsüberhang aufgeschichteten Grabhügeln. Ein größerer und ein kleinerer. Im Hintergrund thronte über schneebedeckten Berghängen und eisigen Gletschern der alles überragende Gipfel des Mount Darwin.

»Ich hoffe, ihr Opfer ist nicht umsonst gewesen«, sagte Ell mit brüchiger Stimme.

»Das hoffe ich auch«, erwiderte Chang Feng müde. »Aber ich wäre deutlich optimistischer, wenn wir Aidans Körper gefunden hätten.«

Ell erinnerte sich an die ungefähre Stelle, an die dieser geschleudert worden war, doch hatten sie dort nichts entdeckt außer ein wenig getrocknetes Blut. Angesichts dessen klangen Trinas letzte Worte wie eine düstere Prophezeiung: Es war noch nicht vorbei.

...

Der Anruf über eine sichere Leitung wurde nach dem dritten Rufzeichen angenommen.

»Madame Undersecretary.«

»Tongzhi Liu«, kam die leicht spöttische Erwiderung.

»Besteht Anlass zur Sorge?«

»Nicht im Geringsten. Ein Sturm im Wasserglas.«

»Das hoffe ich sehr. Unser Zeitplan ist eng.«

»Ich weiß. Wir sorgen bereits für Ordnung.«

»Es wäre einfacher gewesen, wenn unser gemeinsamer Freund in Feuerland nicht versagt hätte. Ich frage mich, ob er langsam alt wird.«

»Lassen Sie ihn das besser nicht hören. Die Jahre, die er zur Untätigkeit verdammt war, haben ihn nicht milder gestimmt. Er hält die Zügel wieder fest in der Hand und Nachsicht oder Geduld sind noch nie seine Stärken gewesen.«

»Vergessen Sie meine Bemerkung, ich wollte keinesfalls defätistisch klingen.«

»Dazu gibt es auch keinen Grund. *Project Legion* steht kurz vor der Vollendung. Nichts kann uns mehr aufhalten.« Der Tonfall wechselte von unnachgiebiger Härte zu einem euphorischen Flüstern. »Unsere Zweifel waren unangebracht, Liu. Ich kann es spüren - die Erlösung ist nahe.«

ÜBER DEN AUTOR

Dale Harwin, Jahrgang 1971, ist das Pseudonym eines in Deutschland lebenden Schriftstellers. Schon immer faszinierten ihn neue Technologien und wie sie den Menschen und seine Wahrnehmung der Welt verändern. Doch die größte Veränderung steht uns noch bevor: künstliche Intelligenz. Das vorliegende Buch ist der zweite Band einer dreiteiligen Serie zu diesem Thema.

Mehr zu den Büchern des Autors unter

www.daleharwin.com
daleharwin@gmail.com

ISBN 978-3-7531-4908-0
9 783753 149080 00005
www.epubli.de

Printed in Poland
by Amazon Fulfillment
Poland Sp. z o.o., Wrocław

91010323R00301